LE MANDARIN BLANC

JACQUES BAUDOUIN

LE MANDARIN BLANC

ROMAN

JC Lattès

À Martine Mairal

Prologue

De la terrasse du Temple des Nuages, Teodorico Pedrini contemplait le monde. Pékin était loin. Des écharpes de brume filaient à l'assaut des montagnes escarpées. Quelques arbres aux formes tourmentées s'accrochaient dans le vide. Il avait froid. Ses habits de mandarin dont il avait été si fier ne seraient bientôt plus que des loques. Leur soie ternie s'effilochait déjà. La soutane noire avec laquelle il avait débarqué en Chine, trente ans plus tôt, avait perdu, elle aussi, son lustre d'antan. Comme ses vêtements, sa gloire s'effacerait-elle du souvenir des hommes, sa destinée ne laissant pas plus de trace que celle d'un oiseau dans le ciel ?

Lui qui aurait dû vivre et mourir dans son village des bords de l'Adriatique, le voilà, pourtant, qui méditait sur sa fin au cœur d'un ermitage perdu au sommet des monts du Shanxi. Autrefois, il avait connu les fastes de Rome, les pompes de l'Église, le secret des papes. Il avait affronté des océans et des détroits meurtriers, les voluptés du Nouveau Monde et l'enfer du Pacifique. Il avait servi trois empereurs de Chine, pénétré les mystères de la Cité interdite et souffert dans sa chair des pires trahisons. Il avait éprouvé la grandeur du sacerdoce. Il avait aussi rencontré toutes les tentations et toutes les beautés du monde. Il avait aimé. Avec passion, avec rage, parfois. Malgré les interdits. Le souvenir de ces amours le faisait encore trembler. Chacune de ces femmes, à sa façon, avait mêlé sa vie à la sienne pour le conduire aujourd'hui sur la terrasse de ce temple.

Qui avait ainsi tissé la trame de son destin ? Ce que les hommes appelaient là-bas la Divine Providence ou, ici, le Tao ? Au fond quelle importance puisqu'il était resté fidèle à lui-même.

À l'autre bout du monde, où il était né, on l'avait sans doute déjà oublié. Là, au cœur de la Chine, qui se souviendrait de lui quand il aurait disparu ? Qui se rappellerait qu'on le nommait le Mandarin blanc ? Il se demanda s'il existait, quelque part dans l'univers, un lieu où s'accomplissaient les promesses d'immortalité échangées avec les êtres qui avaient croisé sa route. Mais si le néant l'attendait, si le monde n'était qu'un théâtre d'ombres, ses fautes comme ses vertus n'avaient plus aucun sens.

Sa vie lumineuse n'avait-elle été qu'un immense détour pour en arriver là, au point de départ : un jour qui se lève ? À moins que, comme Tchouang Tseu rêvant qu'il était un papillon, il n'ait seulement rêvé qu'il était Pedrini.

De lui, il resterait toutefois la musique, sa compagne la plus fidèle qui l'avait consolé de tout et à qui il avait tout donné. Elle seule lui survivrait. Un gong résonna dans le lointain. Il savait maintenant que l'ordre du monde était dans ce qui ne se voyait pas. Il ne faisait qu'un avec lui comme il ne faisait qu'un avec ses souvenirs. Il serait à tout jamais cet enfant qui espérait toucher le ciel en jouant sur le clavier d'un orgue.

LIVRE PREMIER

LA LIBERTÉ ET LA GRÂCE

1

— Non, je ne prends plus d'élève ! répéta Caproli.

— *Maestro*, écoutez-moi au moins, insista Teodorico. Vous verrez...

— Pas question. N'insiste plus, mon garçon, et sors de chez moi !

Pedrini joua son va-tout. Il s'élança jusqu'au clavecin situé à l'autre bout de la pièce et, avant même que Carlo Caproli ait pu réagir, attaqua une des plus célèbres *canzoni* de Frescobaldi sur un rythme endiablé. La difficulté de cette pièce était proverbiale. Le *tempo* de l'*allegro* en était si rapide que l'on comptait sur les doigts de la main les musiciens capables de la jouer sans trébucher, en cette année 1686, à Rome. Pedrini ne fit pas une faute.

— Où as-tu appris à jouer ainsi ? demanda le vieux maître, avec brusquerie.

— À Fermo, ma ville natale, avec l'abbé Columba.

— Soit c'est un génie méconnu, soit tu es très doué.

— Ce fut un maître très sévère.

Caproli examina plus attentivement le jeune homme qui venait de lui imposer son talent avec tant d'insolence. Il devait avoir une quinzaine d'années, mais avait déjà la taille d'un homme. Un visage racé, un regard effronté, noir comme l'orage, d'épais cheveux bruns qui lui donnaient l'allure d'un *condottiere*, habillé à la diable d'une tunique et d'une culotte de drap, les souliers crottés. Encore un provincial qui venait tenter sa chance. Mais celui-là n'était pas comme les autres.

— Qu'attends-tu de moi ?

— Tout. Comment devenir le meilleur claveciniste de la ville, comment composer, comment inventer. Comment me faire connaître !

— Tu veux devenir musicien ? Mon pauvre garçon ! Fais-toi plutôt soldat ou prêtre, tu mangeras plus souvent !

— Ni l'un ni l'autre. Je serai musicien ou rien.

« Au moins, il sait ce qu'il veut », pensa Caproli.

— As-tu de l'argent pour me payer ?

— Le comte Spinucci acceptera de régler mes leçons. Il finance déjà mes études au Collège Pianum.

— Chez les jésuites ? Ils ne te laisseront jamais sortir !

— J'en fais mon affaire.

— Tu es bien présomptueux.

— Croyez-vous que je leur aie demandé l'autorisation de sortir pour venir jusqu'ici ?

Caproli éclata de rire. Ce garçon lui plaisait.

— C'est d'accord, dit-il. Tous les deux jours, à midi, ici. Nous commençons demain.

— Alors ? interrogea Gian Battista.

— Il accepte !

— Bravo.

— Es-tu sûr que ton père pourra payer ?

— Il me l'a promis.

Gian Battista et Teodorico étaient comme deux frères. Le premier, fils aîné du comte Spinucci, veillait sur le second, de deux ans son cadet, comme sur la prunelle de ses yeux. Leur amitié ne devait rien au hasard. Ils l'avaient héritée de leurs pères respectifs qui en avaient noué le premier fil lors de la révolte de Fermo, petite bourgade des Marches d'Ancône, quarante ans plus tôt. Peuple et noblesse mêlés s'étaient rebellés contre le vice-gouverneur, Monseigneur Visconti, qui les accablait d'impôts et de mépris. Le comte, presque un enfant encore, avait reçu une balle en pleine poitrine et n'avait dû la vie sauve qu'à l'intervention du père de Teodorico, à peine plus âgé que lui. Plus tard, ils avaient transmis à leurs fils cette alliance née des combats de rue et, quand le comte avait décidé d'envoyer Gian Battista à Rome continuer ses études, personne n'avait envisagé que Teodorico ne le suive point.

Pour les deux garçons, habitués aux seules leçons de l'abbé Columba, la vie au collège apparut bien austère. Rythmée autrefois par les jeux, les chevauchées à travers la campagne et les courses après les filles, leur existence le fut désormais par les offices religieux et les études. Latin, grec, rhétorique, théologie, mathématiques, on ne leur épargna rien. Malgré la discipline imposée par les jésuites, ils furent assez ingénieux pour se ménager un peu de liberté. Les pères n'en étaient pas dupes mais l'argent du comte Spinucci les inclinait à fermer les yeux. Il savait bien, lui, que Teodorico et Gian Battista devaient apprendre dans la rue tout ce que leurs maîtres ne leur enseignaient pas, c'est-à-dire l'essentiel, la compagnie des femmes.

Carlo Caproli était un des membres les plus prestigieux de la Congregazione di Santa Cecilia, la plus célèbre académie musicale de Rome. Il habitait le premier étage d'une vénérable demeure qui s'ouvrait sur le Campo dei Fiori. Dès ses premières leçons, Teodorico comprit que celles de l'abbé Columba n'avaient été que l'avant-goût d'un univers infini dont Caproli avait toutes les clefs. Traquant sans pitié fausses notes, erreurs d'harmonie, de tempo ou de solfège, il apprit à son élève les secrets du contrepoint, de la basse chiffrée, acheva de faire de lui un virtuose du clavecin et, lorsque Tedoroco lui fit entendre ses premières *aria*, ne regretta pas de l'avoir pris pour disciple.

— Si tu veux être un musicien complet, tu dois aussi connaître l'orgue, affirma-t-il.

— J'ai joué celui de l'église de Fermo, répondit Teodorico. Mais il était très petit.

— Viens avec moi.

Teodorico suivit le maestro dans l'église San Andrea della Valle, et, montant à la tribune, il découvrit l'instrument, derrière le buffet. Deux claviers de trois octaves chacun, des tirasses en bois pour actionner les registres, des tuyaux impressionnants qui s'élançaient par vagues vers les voûtes, une machine formidable qui se mit à souffler comme un dragon. Teodorico fut ébloui.

— J'ai écrit quelques *toccata*, dit Caproli en lui mettant une partition sous le nez. Voyons si celle-ci t'inspire.

Il s'installa, choisit ses jeux, montre, bourdon, flûte et cromorne, puis se mit à jouer. La musique envahit l'espace, vibrante, majestueuse. Conquis par la beauté des timbres, Pedrini permuta les registres, enclencha un cornet, rajouta une flûte de 4', fit sonner la trompette, puis le grand orgue. Toute la puissance de l'instrument éclata, triomphante, dans l'église. Pendant que ses doigts couraient d'un clavier à l'autre, il se sentit le maître de cette masse sonore qui emportait tout. Quand il s'arrêta, ses mains tremblaient encore d'avoir provoqué tout ce déchaînement. Caproli, lui, comprit que ce Pedrini le dépasserait bientôt.

Teodorico flânait dans la via dei Cappellari lorsqu'il entendit des hurlements en provenance du campo dei Fiori. Il s'y précipita. Tout le peuple de Rome semblait s'être donné rendez-vous là. Sur une estrade dressée au centre de la place, un bourreau frappait quelqu'un que la foule lui dissimulait. À chaque coup, le condamné poussait un cri de douleur épouvantable. Il se fraya un chemin jusqu'aux premiers rangs et découvrit un malheureux à moitié nu, ligoté à plat ventre sur un banc de bois. Debout près de lui, l'exécuteur abattait en cadence un nerf de bœuf sur son dos.

— Qu'a-t-il fait ? demanda Teodorico à son voisin, un marchand de beignets qui profitait de l'événement pour écouler sa marchandise.

— C'est *un ladrone*, un voleur. Il a pris la bourse d'un cardinal, paraît-il. Ça ne pardonne pas. Un conseil, *cavaliere*, ne t'en prends jamais à un cardinal ! Celui-là peut s'estimer heureux qu'on ne lui coupe pas la main comme on le faisait de mon temps.

Il frissonna et voulut rebrousser chemin quand l'autre le retint par le bras.

— Reste donc, imbécile, tu n'as encore rien vu ! On va avoir droit à une exécution, fit-il. À ne pas manquer car on n'en reverra pas de sitôt. Depuis qu'Innocent XI est pape, les condamnés à mort se font rares.

Teodorico resta, partagé entre la curiosité et l'appréhension. On amena un homme sur l'estrade. Il ne tenait plus sur ses jambes. Ses pieds avaient été écrasés, ses bras étaient désarticulés, il était à moitié nu et des traces de sang maculaient sa poitrine. Sur son visage dévoré par la peur, Teodorico lut la pire des détresses. Gémissant de douleur, l'homme dut s'agenouiller. Un étrange silence tomba sur le campo dei Fiori. Le barigel, le chef de la police, apparut et annonça que le criminel, préalablement soumis à la question, avait avoué le meurtre de sa fille et avait été condamné au supplice du *martello*. Le voisin de Teodorico se mit brusquement à hurler « À mort ! » en dressant le poing. Toute la foule l'imita tandis qu'un prêtre posait un crucifix d'argent sur les lèvres gonflées du condamné et le bénissait. Fasciné, Teodorico regarda le bourreau s'emparer d'une énorme masse de bois. Le malheureux hurla de terreur comme s'il comprenait seulement ce qui l'attendait. L'autre empoigna son arme des deux mains et l'abattit sur la tempe du condamné qui s'effondra sans une plainte. Le bourreau le retourna et d'un coup de couteau lui ouvrit le ventre. Les entrailles s'échappèrent comme des serpents grouillants et une odeur pestilentielle parvint jusqu'aux narines de Pedrini. Au même instant, le supplicié rouvrit des yeux écarquillés. Il voyait la mort en face. Le bourreau l'empoigna par les cheveux, lui renversa la tête en arrière et lui trancha la gorge d'un geste vif.

Teodorico s'enfuit aussi vite qu'il le put. Au coin de la maison de Caproli, il s'arrêta pour vomir son horreur et sa révolte. Comment les hommes pouvaient-ils être aussi cruels, prendre plaisir à un spectacle aussi ignoble ? Cette justice ne pouvait pas être celle de Dieu. Pour être aussi barbare, elle était celle des hommes. Et un prêtre s'en était fait le complice ? Révolté, il se demanda de quelle hypocrisie le monde était constitué. Les jésuites du collège leur répétaient que Dieu était miséricordieux et que les hommes devaient suivre l'exemple du Christ. L'exécution qu'il venait de voir démontrait tout le contraire. Quels qu'aient été ses crimes, aucun homme ne méritait une telle cruauté. Il entra chez Caproli plein de dégoût. La musique lui paraissait soudainement futile et sans objet.

— Détrompe-toi, mon enfant, dit le *maestro*. La musique guérit de tout, même de la mort. Ou de l'ennui. Ce qui revient à peu près au même. Et elle nous met tous sur le même pied : que nous soyons rois ou mendiants, simples d'esprit ou philosophes, nous pleurons quand elle est belle, nous dansons quand elle est gaie.

— Même les rois ? s'étonna Teodorico.

— Surtout les rois ! Personne ne s'ennuie plus qu'eux sur cette terre.

— Comment pouvez-vous en être si sûr ?

L'œil de Caproli s'alluma. Il passa une main dans ses longs cheveux blancs et alla s'asseoir dans son fauteuil.

— J'en ai connu un, autrefois. À Paris, où le cardinal Mazarini m'avait invité à venir composer des opéras pour la Cour. C'était il y a longtemps, en 1655. Mazarini dirigeait le royaume de France, lui, un Italien des Abbruzzes ! Louis XIV était alors un tout jeune roi.

— Et il s'ennuyait ?

— Pas encore, mais il réclamait sans cesse de nouveaux divertissements. À cette époque, je composais des cantates très en vogue à Rome. Je n'avais jamais écrit d'opéras mais, pour le modeste musicien que j'étais, l'invitation du cardinal était une occasion inespérée de se faire remarquer par la cour de France. Et, qui sait ? de faire fortune. C'est que la concurrence était rude, ici, avec Savioni, Masini et Farina ! J'ai nourri, à cette époque, de grandes espérances. Mazarin, comme il se faisait appeler à Paris, soutenait beaucoup ses compatriotes : il me logea magnifiquement, me fit donner tout ce dont j'avais besoin et me mit au travail. Ce temps était heureux, la mode était aux Italiens. Mais pas seulement en musique, ajouta Caproli d'un air songeur.

Son regard se troubla un instant au souvenir d'une bonne fortune qu'une dame de la Cour, aussi piquante que volage, lui avait accordée jadis. Teodorico n'osa interrompre ce rêve surgi du passé.

— Le cardinal était généreux mais exigeant, reprit le maître. Tous les jours, j'avais ordre de lui apporter ce que j'avais composé. Comme si, au milieu des affaires du royaume, rien n'était plus important pour lui. Je finis par comprendre que c'était un peu vrai.

— De quelle manière ? questionna Pedrini, de plus en plus curieux.

— Le roi Louis était en âge de se marier, mais s'y refusait sous la contrainte de la nécessité politique. Ce que les Français appellent la *raison d'État.* Mazarin imagina donc une manœuvre pour le convaincre que l'Infante d'Espagne était une épouse digne de lui. L'opéra que j'écrivais devait jouer un certain rôle dans ces combinaisons. Il mettait en scène les amours légendaires de Pélée et de Thétis et s'intitulait *Le Nozze di Peleo e di Teti.* On ne pouvait être plus clair. Il rencontra un succès tel qu'on le donna neuf fois au théâtre du Petit Bourbon. La mode exigeait alors que l'opéra comportât de nombreux ballets. On aimait danser à la cour de France plus que partout ailleurs. Comme je ne m'entendais guère à les composer, ce fut un autre Italien, Lulli, qui s'en chargea. Il était le musicien le plus apprécié de la Cour bien que je n'aie jamais très bien compris ce que les Français lui trouvaient. Le jeune roi monta lui-même sur scène pour danser menuets et sarabandes, et fut si content de moi qu'il me nomma Maître de Musique.

— Que faites-vous donc à Rome aujourd'hui, *maestro* ? Pourquoi n'êtes-vous pas resté en France à satisfaire le roi ?

— Les puissants sont versatiles, *figlio mio.* Ils se lassent vite et leur reconnaissance varie avec le temps. Les cours, celle de Rome comme celle de France, sont des lieux d'intrigues, de chausse-trappes, de rancunes et de vengances. Toute élévation fait de l'ombre à un rival. Le roi distingue-t-il un courtisan ? Ses concurrents n'y voient pas la récompense de son mérite mais l'aboutissement du calcul ou le fruit d'un complot. Derrière les compliments qui saluent ses succès, il n'y a que haine et jalousie. Le courtisan est un nouvel Icare : plus il s'élève près de l'astre et plus sa chute est proche. Si, d'aventure, tu sers un jour un roi, veille à ne pas l'approcher de trop près : plus haut tu parviendras, plus grande sera ta disgrâce.

— L'avez-vous connue, la disgrâce, *maestro* ?

— Il ne pouvait y avoir deux musiciens italiens à la Cour. L'un de nous était de trop. Ce fut moi. Lulli avait pour lui sa meilleure connaissance de la Cour et un rare talent pour monter des cabales. Ah, les cabales ! Certains sont de véritables artistes dans ce domaine. Apprends aussi à t'en méfier : le monde n'est pas toujours celui qu'on s'efforce de te représenter et derrière les aimables sourires se cachent souvent les pires venins. Louis épousa Marie-Thérèse, j'avais rempli mon rôle. J'ai pris congé du roi. Mazarin n'a pas cherché à me retenir.

2

Installés à l'ombre, au pied du Capitole, sur l'ancien forum, ils sirotaient du vin frais en dégustant des tranches de melon.

— Es-tu certain qu'ils vont venir ? demanda Teodorico.

— Certain. Tous les dimanches, c'est la même chose, répondit Gian Battista.

— De quoi s'agit-il exactement ?

— Tu le verras bientôt.

Habitué aux mystères qu'il faisait à propos de tout et de rien, Teodorico prit son mal en patience. Il laissa son regard se perdre jusqu'au Colosseo qui dressait au loin sa masse formidable. Des vaches et des chèvres broutaient une herbe rare au milieu des ruines et il avait peine à croire qu'autrefois César, Auguste, Sénèque avaient marché ici. L'arc à demi enfoui de Septime Sévère servait aujourd'hui d'échoppe à un barbier. Ils venaient de s'y faire raser. Soudain, il y eut des cris du côté de l'église Santa Maria Nova et, de chaque côté du *campo*, des gamins en haillons surgirent des fourrés pour se lancer des injures. Comme les guerriers du passé, ils se défiaient en poussant des cris censés effrayer l'adversaire. Des pierres commencèrent à voler, les cris redoublèrent de vigueur. En quelques instants, le forum devint un champ de bataille. Les promeneurs s'enfuirent à toutes jambes, les marchands ambulants décampèrent et une procession de jeunes prêtres tout de noir vêtus prit la fuite comme une volée de corbeaux surpris par un coup d'arquebuse. Les bouviers rassemblèrent leurs vaches à la hâte et les chèvres détalèrent. Une pierre tomba sur la tête d'un porc qui fouillait placidement le sol. Il poussa un grognement de douleur et détala sous les rires.

— Ceux-là, dit Gian Battista en désignant la vingtaine de garçons qui se protégeaient derrière la colonnade de l'Aemilia, ce sont les Monticiani. Ils vivent au Capitole et au Palatin, dans des masures.

— Les autres ?

— Les Transteverini, qui habitent de l'autre côté du Tibre. L'éternel combat de ceux d'en haut contre ceux d'en bas. Ils se vouent une haine implacable, probablement depuis l'empire, et s'affrontent presque toutes les semaines au milieu du forum.

Retranché derrière les ruines du temple de César, de la Curie ou de la Basilique de Maxence, chaque camp fit pleuvoir sur l'autre une avalanche de pierres et de briques. Puis, dans une grande clameur, ils se ruèrent à l'assaut l'un contre l'autre, dans un corps à corps furieux. Déjà, les premiers blessés gisaient par terre. Seul au milieu de cette bataille, assis sur un petit tabouret de bois, un homme restait apparemment indifférent aux combats qui se déroulaient à quelques pas. Il peignait une toile posée devant lui, sa palette à la main, un pinceau dans l'autre. Inquiet de la tournure que prenaient les événements, Teodorico courut vers lui.

— *Signore*, dit-il, vous ne devez pas rester ici. Cela peut devenir dangereux.

La toile représentait une vue du Campo Vaccino tel qu'il se présentait, quelques minutes plus tôt, avec ses groupes de promeneurs bavardant à l'ombre des colonnes. Le peintre apposa une petite touche de rouge sur un personnage avant de se tourner vers lui avec un sourire aimable.

— Je ne risque rien, mon ami, répondit-il avec un accent étranger. Personne ne me veut aucun mal.

— Vous êtes français ?

— J'ai cet honneur, monsieur. Je m'appelle Antoine Rivalz et je viens de Montpellier, fit-il en tendant la main.

Il n'eut pas le loisir d'en dire davantage. Les combats prenaient un tour plus sérieux, le sang coulait et Gian Battista appela Teodorico en lui faisant signe de revenir. Au même instant, il entendit au loin des galops. Des cavaliers venaient d'envahir le *campo* et chargeaient sabre au clair.

— Venez, il ne faut pas rester ici ! ordonna-t-il.

Les dragons frappaient à coups de plat de sabre tous ceux qui ne s'étaient pas enfuis à temps et il valait mieux ne pas tomber entre leurs mains. Les prisons du pape avaient trop mauvaise réputation. Teodorico aida le Français à plier son attirail et ils empruntèrent aussi vite qu'ils le purent le petit chemin montant au Capitole où Gian Battista les attendait. Quelques minutes plus tard, ils s'asseyaient sains et saufs dans une taverne de la place de Venise, le souffle court.

— Vous courez vite pour un artiste ! s'exclama Gian Battista.

Antoine Rivalz dédaigna de répondre et préféra avaler une gorgée de Frascatti. Teodorico l'observa en silence. Il devait avoir vingt ans et son visage était presque glabre. Ses grands yeux bleus, à la fois bienveillants et scrutateurs, avaient un étrange pouvoir de séduction.

— Que faites-vous à Rome ? lui demanda-t-il en mettant à profit les quelques mots de français appris de Caproli.

— Je viens d'arriver à l'Académie de France, au palais Salviati.

— Il y a une Académie de France ici ? s'étonna Gian Battista. Et qu'y fait-on ?

— Les pensionnaires viennent étudier la peinture des maîtres italiens. Ils ont beaucoup à nous apprendre. Et vous ?

— Nous devrions être au Collège, mais le spectacle du Forum nous a paru plus divertissant. Pour le reste, nous saurons vous montrer que les grands peintres italiens ne sont pas les seuls à pouvoir vous apprendre quelque chose.

Quelques cruches de vin plus tard, ils étaient amis. Pour dissemblables qu'ils fussent physiquement — l'Italien était aussi grand et brun que le Français était petit et pâle —, Teodorico et Antoine Rivalz se découvrirent un même goût pour l'Antiquité, l'Histoire et le vaste monde. Gian Battista en profita pour les abandonner et rejoindre une jeune effrontée qui lui lançait des œillades au fond de la salle.

— Croyez-moi, vous ne le regretterez pas, mon fils. Le service de Dieu est le plus beau qui soit pour un garçon comme vous.

Le supérieur des jésuites du Collège tentait depuis une heure de convaincre Pedrini d'entrer dans la Compagnie de Jésus. Aussi talentueux qu'un comédien, il alternait les flatteries, les menaces à peine voilées, la colère. Pedrini l'écoutait patiemment, assis sur un mauvais tabouret.

— Vous êtes un de nos élèves les plus prometteurs, renchérit le préfet des études, le *padre* Viviani. Pendant trois ans, nous vous avons enseigné tout ce qu'un jeune homme comme vous doit savoir pour acquérir la place qu'il mérite dans le monde. Tout vous dispose à entrer dans les ordres, toutes vos études vous destinent à devenir l'un des nôtres. Le noviciat ne sera qu'une formalité et, quand vous serez un peu dégrossi, les bureaux de la Chancellerie pontificale s'empresseront de vous accueillir. Croyez-moi, les plus hautes fonctions vous attendent dans l'Église.

Les jésuites jouissaient d'une influence considérable au Vatican et détenaient un grand pouvoir. Pourtant, Teodorico n'arrivait pas à les croire. Les honneurs qu'ils lui faisaient miroiter, à supposer qu'ils se vérifient plus tard, n'étaient pas ceux dont il rêvait. Il voulait la considération et la richesse, certes, mais il voulait aussi la liberté. Et surtout ne pas ressembler à ces hommes en noir et à petit collet qui pullulaient en ville, vaquant sans but ni ministère précis, oisifs et bavards comme des pies. Leurs arguments le laissèrent froid.

— J'aime trop la musique pour la sacrifier aux intérêts de la religion, finit-il par dire.

— Loin de la sacrifier, vous la glorifierez, au contraire, répliqua le supérieur. Vous avez tous les dons pour devenir le musicien attitré de notre Compagnie et, qui sait ? de l'Église. Pour le reste, Dieu est patient, il se dévoile parfois lentement à ceux qu'il choisit. Nous ne l'ignorons pas, c'est pourquoi nous savons faire preuve de la plus grande tolérance à cet égard.

Teodorico s'étonna d'une telle indulgence. Il se demanda jusqu'où ils étaient capables d'aller pour le convaincre.

— Et si je vous disais que je ne suis pas sûr de croire à la nature divine du Christ ? interrogea-t-il.

Viviani réprima un haut-le-cœur. Il échangea un regard avec le Supérieur et répondit :

— Je vous rétorquerai que vous n'êtes peut-être pas le seul et que ces considérations n'ont jamais rien empêché.

Leur cynisme ne connaissait pas de bornes : ils étaient vraiment prêts à tout pour le garder. La comédie avait assez duré.

— C'est non, fit Pedrini d'une voix assurée.

Le visage du Supérieur pâlit d'un coup.

— Dieu ne vous le pardonnera jamais. Vous le regretterez, Pedrini !

Teodorico n'avait plus qu'à partir. Il avait dix-huit ans et était aussi libre que le vent.

— J'ai eu bien peur que tu ne cèdes à leurs manigances, fit Spinucci en le serrant dans ses bras. Grâce à Dieu, tu ne les as pas écoutés. La vie est à toi !

Gian Battista, qui avait quitté le Collège un an plus tôt, s'empressa d'accueillir Teodorico dans l'appartement qu'il louait, au dernier étage d'un vieux palais de la via del Tritone, à une jolie marquise. Carlo Caproli approuva, lui aussi, sa décision bien que les occasions de faire fortune grâce à la musique fussent beaucoup plus rares qu'au sein de l'Église.

— Tu es devenu un musicien accompli, ajouta-t-il. Tu joues aussi bien du clavecin que de l'orgue, tu commences à composer. Je n'ai plus rien à t'apprendre et tu dois, maintenant, songer à t'engager au service d'une grande famille.

— Je n'en connais aucune, répondit Teodorico.

— Je pense avoir une idée, dit Caproli avec un sourire mystérieux. Rejoins-moi donc, demain, à six heures du soir, au palazzo Riario, via della Lungara, sur l'autre rive du Tibre. Et enfile donc ton meilleur habit.

3

Des marchands, installés à l'entrée du palais, proposaient poissons frits, gâteaux, fruits frais. Dans la cour intérieure, peuplée de bustes sévères, des laquais affairés vaquaient en tous sens. Les inévitables mendiants, se fiant à sa belle apparence, tendirent leurs mains vers Teodorico en réclamant quelques pièces. Il cherchait à qui s'adresser quand un domestique en livrée jaune s'approcha, lui demanda s'il était bien Pedrini et le pria de le suivre. Ils gravirent un large escalier de marbre, traversèrent une immense pièce, vide de tout mobilier mais aux murs recouverts de tableaux innombrables. Jamais, il n'en avait vu autant : portraits, paysages, natures mortes, scènes religieuses ou légendaires. Ils étaient accrochés les uns à côté des autres sans logique apparente. La pièce suivante, tout aussi dépourvue de meubles, à l'exception d'un gros fauteuil de velours rouge et d'un petit secrétaire, abritait des statues antiques éclatantes de blancheur. Dans la troisième, une éminence pérorait au milieu d'un groupe de jeunes femmes. Il crut bon de saluer ce cardinal d'un signe de tête et l'envia fugitivement : à en juger par les beautés qui se pressaient autour de lui, la pourpre ne charmait pas que les hommes ambitieux. Il entendit un concert de violons et de clavecin et entra dans une salle plus réduite que les autres. Quatre musiciens y jouaient devant un parterre d'auditeurs. Il reconnut Caproli au violon et lui fit signe discrètement.

— Ah, le voici ! s'écria le *maestro* en lui demandant de s'approcher.

Il le prit par le bras et l'amena devant une dame assez âgée, toute vêtue de noir, qui l'examina des pieds à la tête avec un sourire amusé.

— Majesté, j'ai l'honneur de vous présenter mon meilleur élève, Teodorico Pedrini, fit Caproli en s'inclinant, son violon à la main.

Majesté ? Teodorico crut avoit mal entendu. Il s'inclina à son tour devant cette femme replète dont les yeux bleus le scrutaient avec aménité.

— Voici donc le jeune prodige, dit-elle avec un fort accent, en lui offrant sa main.

Teodorico se rappela à temps qu'il devait s'agenouiller et saisir cette main potelée pour l'effleurer de ses lèvres. La douceur de sa peau parfumée le troubla.

— Vous n'êtes guère bavard, mon garçon. Relevez-vous. Il paraît que vous avez du talent. Voyons cela.

Était-ce la reine Christine de Suède dont toute la ville parlait ? Et il allait jouer pour elle ? Il regretta soudain de ne pas croire davantage en la Providence. C'était le moment ou jamais de montrer ce qu'il savait faire et l'aide du ciel n'aurait pas été de trop. L'homme qui tenait le clavecin lui céda sa place et il s'assit devant le clavier, mains moites et jambes tremblantes. Les autres musiciens l'encouragèrent du regard. Par quel miracle parvint-il à se ressaisir ? Il ne le sut jamais. Après une profonde inspiration et, dans un silence subit, il se mit à jouer un de ses airs préférés, la *Ricercare* en do mineur de Girolamo Frescobaldi. Derrière lui, la reine faisait ses commentaires à voix haute. Il s'efforça de ne pas écouter ce qu'elle disait. À peine la dernière note jouée, il enchaîna sur un air de Bernardo Pasquani d'une redoutable complexité technique. Lorsqu'il égrena le dernier arpège, il y eut un silence durant lequel même la reine Christine n'osa pas faire le moindre mouvement. Puis il entendit qu'elle disait :

— C'est bien, mon ami.

Alors seulement, l'on se mit à applaudir. Il se leva pour saluer et Caproli vint lui donner une tape amicale sur l'épaule.

— Bravo, mon garçon. Je suis fier de toi.

— *Dignus est !* ajouta un homme au large sourire qui tenait, lui aussi, un violon à la main.

Il le reconnut : c'était Arcangelo Corelli, le plus fameux musicien de Rome. Teodorico, tout en se demandant de quoi il était digne, but d'un trait le verre d'eau qu'un serviteur lui tendit.

Le petit orchestre dans lequel Pedrini venait d'être admis avait été constitué par Corelli pour la reine Christine et donnait toutes les semaines des concerts devant la meilleure société romaine. Pour éviter tout impair, Caproli jugea bon de l'instruire sur la vie de celle qui prétendait avec humour qu'elle était l'un des plus vieux monuments de Rome.

— C'est un personnage extravagant mais qui a le meilleur goût du monde. À peine montée sur le trône, elle a refusé toute idée de mariage et s'est convertie au catholicisme. Dans un royaume dominé par les luthériens, tu imagines le scandale. On l'accusa de trahison et les bien-pensants Suédois l'ont obligée à abdiquer en faveur de son cousin Charles-Gustave. Pis, ils l'ont condamnée à l'exil. Christine a bon goût, je te le l'ai dit : elle s'installa à Rome, puis nous quitta pour Fontainebleau où le roi de France l'a accueillie. C'est là que je l'ai connue. Elle était prodigieusement intéressante mais ses caprices finirent par agacer ce bon Louis. Quand elle fit assassiner son amant, le marquis Giovanni de Monaldeschi, sous le prétexte futile qu'il l'avait trompée, la coupe fut pleine. Elle dut déguerpir. Elle est alors revenue vivre à Rome. On lui a prêté le cardinal Azzolino pour cavalier. C'est faire trop d'honneur aux éminences. En vérité, elle n'aime que les femmes.

La reine Christine s'intéressait aussi à l'astronomie, à l'histoire antique, à l'alchimie et la réputation de son académie dépassait largement les frontières de l'Italie. Pedrini aima d'emblée cette femme libre qui se moquait des convenances et n'avait pas hésité à sacrifier son trône pour suivre sa nature. Quand il la voyait, avec son double menton et ses cheveux courts, vêtue comme un homme d'un justaucorps de satin noir boutonné jusqu'au genou et d'une jupe tout aussi stricte, un gros ruban de soie noué en cravate autour du cou, il se demandait avec curiosité quel plaisir une femme pouvait éprouver à étreindre ce corps. Sa « compagne de lit », comme la reine la nommait, était une gracieuse vicomtesse prénommée Rebecca. Pedrini lui aurait volontiers montré les mérites de l'amour véritable quand il se rendait au palais Riario, deux fois par semaine, pour de petits concerts au terme desquels la reine les retenait tous à souper. Il se retrouva, un soir, assis à table à son côté. Après quelques hésitations, il colla sa jambe contre la sienne. Elle ne la retira pas. Plus tard, elle lui fit compliment de l'*aria* qu'il avait jouée et lui demanda, innocemment, de la rejouer, mais pour elle seule, cette fois. En même temps, il sentit une main remonter le long de sa cuisse et s'arrêter là où la curiosité n'avait plus rien de musical. Dès la fin du souper, il la suivit discrètement dans un dédale qui menait à un petit cabinet. Elle referma la porte avec une vivacité qui trahissait l'expérience. Le temps qu'il remarque qu'il n'y avait pas le moindre clavecin dans la pièce, elle était sur lui et s'emparait de sa bouche avec impatience. Sans lâcher ses lèvres, Teodorico souleva sa jupe de taffetas bleu, s'énerva contre un jupon, trouva des lacets, des bas et put enfin caresser la peau nue de son ventre. Il l'appuya contre le mur et là, dans la pénombre, sans un mot, étouffant ses gémissements sous ses baisers, il posséda une femme pour la première fois.

Le prénom de Corelli, Arcangelo, était trompeur. Le musicien n'avait rien d'un ange. Derrière le masque engageant d'un homme au sommet de sa gloire, on percevait une dureté qui traduisait la volonté de rester le meilleur musicien de son temps : tout était bon pour interdire à ses jeunes confrères de lui faire trop de concurrence. Il fit exception pour Pedrini. Membre, comme Caproli, de la Congregazione Santa Cecilia, il n'était pas au service exclusif de la reine Christine et donnait beaucoup de son talent au jeune cardinal Pietro Ottoboni. Curateur de la Santa Cecilia, celui-ci l'avait adopté pour mieux se l'attacher — certains prétendaient que c'était son amant —, et le logeait fastueusement au Palazzo della Cancelleria. Tous les lundis, l'Academia Poetico-Musicali que le cardinal avait fondée se réunissait dans ce palais. Corelli y invita Teodorico pour jouer les *concerti grossi* qu'il composait en l'honneur de son bienfaiteur. En bon Vénitien, le cardinal professait un goût immodéré pour la musique, mais ne pouvait concevoir qu'un autre prince de l'Église pût avoir Corelli à son service. S'il acceptait que son protégé continue de diriger l'orchestre de la reine Christine — après tout, elle s'était convertie —, il n'eut de cesse de l'arracher au cardinal Benedetto Pamphili, son rival déclaré à qui Corelli avait dédié de magnifiques sonates *de camera*. En voyant quelles faveurs certaines éminences accordaient aux musiciens, Pedrini s'impatienta : quand donc viendrait son tour ?

— On m'applaudit, certes, mais le vrai succès, quand arrivera-t-il ? demanda-t-il, un jour, à Corelli.

— Pour attirer l'attention, expliqua Arcangelo, il ne suffit pas de jouer merveilleusement du clavecin ni de séduire de jeunes délurées. Il faut surtout composer.

Teodorico se consacra sérieusement au travail. Il commença par mettre en musique les quelques essais qu'il avait jetés sur le papier. Le résultat fut désastreux. Il recommença. Tout entier absorbé par sa tâche, il ne dormit plus, mangea quand il put, moins pour économiser les subsides envoyés par son père que pour ne pas s'interrompre. La musique était un art exigeant. Utiliser les règles que Caproli lui avait apprises pour composer était insuffisant, il le comprit rapidement. L'art de l'orchestration et des timbres, celui des nuances et des *tempi* étaient tout aussi nécessaires. Mais c'était l'inspiration qui changeait tout. Dieu qu'elle était capricieuse ! Il ne suffisait pas qu'une mélodie fût correctement écrite et harmonisée pour charmer un auditoire. Il lui fallait du souffle et de l'âme. Teodorico en fit la cruelle expérience. Dix fois, il désespéra. Dix fois, il réécrit la sonate pour violon et basse continue qu'il voulait à tout prix faire jouer à l'Académie des lundis.

— Je n'y arriverai jamais, se lamenta-t-il.

Il était venu retrouver Antoine Rivalz sur les pentes du Pincio en compagnie de Gian Battista qui avait trouvé ce prétexte pour échapper à sa marquise devenue trop envahissante. Le Français avait renoncé aux ruines pour se dévouer à la Rome de son temps et peindre ses églises, ses jardins et ses villas entre ombre et lumière.

— Depuis quand a-t-on vu un garçon de dix-huit ans vouloir s'imposer au monde sans prendre le temps de s'en faire accepter ? répondit Antoine. Travaille, travaille encore sans jamais te lasser et tu pourras prétendre au succès. L'heure n'est pas encore venue pour toi d'être l'égal de Corelli ou de ce bon Caproli. Tu as la fougue, Teodorico. Il te manque la grâce.

— Comment vient-elle ?

— Elle ne vient pas toute seule, comme par enchantement. Il faut l'amadouer, l'apprivoiser, comme une femme libre et lointaine.

— Celle que je connais fait ce qu'elle veut, rétorqua Pedrini.

— La grâce est volage. À toi d'apprendre l'art et la manière de la retenir.

— Je ne sais pas si j'en ai envie.

Antoine Rivalz achevait une vue de la Trinita dei Monti dont les deux clochers se teintaient, au loin, des couleurs du crépuscule. À droite, la coupole de San Pietro brillait de tous ses ors.

— Cette toile est la plus belle que tu aies peinte, fit Teodorico, admiratif.

— Peut-être, mais elle n'atteindra jamais la perfection de celle du Lorrain, mon maître, qui a peint cette église d'ici même, il y a des années.

Teodorico eut une subite inspiration.

— Pourquoi n'irais-tu pas la présenter à la reine Christine ? proposa-t-il. Elle la jugera sans aucun doute à son goût et t'en commandera d'autres. Ta fortune sera faite !

— C'est trop tôt. Pour le moment, je me contente de parfaire mon art, de *trouver ma manière,* comme nous disons en France. Voilà bien ce que tu devrais faire au lieu de t'impatienter. En attendant, ce tableau n'est pas pour la reine. Il est pour toi.

4

Au centre de la Piazza del Popolo, l'obélisque de granit pointait, comme un doigt de pierre, le ciel blanc saturé de soleil. Pedrini marchait sans but précis, désœuvré. L'académie du cardinal Ottoboni avait pris ses quartiers d'été, il peinait à finir sa sonate et la mort de la reine Christine lui avait enlevé Rebecca qui avait disparu de Rome du jour au lendemain. Sans doute, était-elle partie à la recherche d'un prince ou d'une princesse à séduire. La chaleur, insupportable, transformait la ville en fournaise. Assoiffé, il prit le Corso qui s'ouvrait entre les deux églises jumelles et marcha jusqu'au *Cafe Nuovo* qui occupait le rez-de-chaussée du palais Ruspoli. Peut-être Antoine Rivalz s'y trouvait-il et lui offrirait-il une de ces tasses du café qui avait fait de cet établissement l'un des endroits les plus courus de la ville ? Ce ne fut pas le peintre français qu'il rejoignit, mais Giuseppe Feltrinelli, un castrat à la mode qui venait parfois chanter dans le théâtre privé des Ottoboni et fréquentait les académies du lundi du jeune prélat.

— Teodorico ! s'exclama le chanteur. Serais-tu condamné, comme moi, à rester à Rome pour le bon plaisir de quelques cardinaux ? Tu as l'air assoiffé. Reviens-tu de l'enfer ? As-tu oublié qu'il est ici, sous les caves du Vatican ?

Feltrinelli était entouré d'une troupe de fidèles dont certains portaient quelque intérêt au jeune musicien. Ils se mirent à rire.

— Où le diable pourrait-il loger ailleurs que sous la maison de saint Pierre ? poursuivit Feltrinelli. Quel serait le mérite du pape s'il ne devait pas lutter pour disputer sa place au Prince des ténèbres ?

Feltrinelli était coutumier de ce genre de blasphèmes. De sa voix indéfinissable, il mettait un point d'honneur à émettre des propos sacrilèges comme d'autres des prières. Son visage de Madone et la protection du nouveau pape, Alexandre VIII, oncle du jeune Ottoboni, lui valaient une certaine indulgence. Quant aux éminences qui entouraient le Saint Père et qui auraient pu s'émouvoir, elles étaient trop occupées à manœuvrer dans les coulisses, en prévision du prochain conclave, pour s'indigner des propos d'un castrat. Elles savaient bien que le vieil Ottoboni avait été élu pour une période de transition que son grand âge ne permettrait pas de repousser au-delà du raisonnable.

— Détrompe-toi, Giuseppe, répondit Teodorico. L'enfer n'est pas ici. Il est dans la platitude, la médiocrité des destins, les tavernes tristes où, sans toi, l'on s'ennuierait plus encore.

— Tu mériterais d'être un homme de cour pour savoir si bien complimenter tes semblables.

— Qui te dit que je n'y aspire pas ? rétorqua Pedrini en prenant place à la table où s'alignaient déjà quelques cruchons vides. Quel autre moyen un homme comme moi a-t-il de s'élever aujourd'hui dans des États où le pouvoir et la fortune sont entre les mains de quelques familles et de l'Église ?

— Aucun, je le concède, hormis certains talents qui se payent cher. Pour quelles raisons imagines-tu que mon géniteur, que le diable l'emporte, m'a fait amputer de ce que j'avais de plus précieux ? Pour assurer sa fortune et, accessoirement, la mienne. Remercie le Ciel d'avoir mieux su te servir de tes doigts que de ta voix. Tu ne sais pas à quoi tu as échappé...

Teodorico n'avait jamais imaginé qu'il eût pu connaître le même sort que Giuseppe. Rétrospectivement, il éprouva une bouffée de reconnaissance pour son père.

— Mes doigts ne me servent pourtant qu'à jouer les œuvres des autres, dit-il. Ce n'est pas le meilleur moyen de se faire connaître.

— Ah, le voilà qui rêve d'être le nouveau Corelli ! D'être

riche et célèbre comme lui ! Si tel est le cas, Teodorico, trouve-toi un jeune cardinal, écris un opéra et fais-toi adopter. Ton avenir sera assuré.

— Mais pas sa descendance ! s'esclaffa quelqu'un.

On gloussa ici et là. Le visage de Teodorico s'assombrit.

— Je n'ai ni goût pour les opéras ni talent pour en écrire. Et ce ne sont pas ces cardinaux trop poudrés qui réussiront à me les donner.

— Il y a d'autres moyens de réussir, dit Feltrinelli. As-tu entendu parler des Braschi ? Non. Leur mésaventure pourrait bien faire tes affaires. Leur fille aînée devait, le mois prochain, se marier à un marquis milanais dont la fortune n'avait d'égale que la concupiscence. Il rêvait depuis longtemps de posséder cette jeune fille. Ses parents étaient prêts, naturellement, à la céder en échange d'une fortune propre à redorer un blason terni par les vicissitudes financières. Tout se présentait comme chacun l'espérait. On passa devant le notaire, la jeune fille fut tirée du couvent où on lui avait appris tout ce qu'elle devait savoir pour rendre heureux un bon chrétien. Mais toutes ces grandes espérances furent cruellement ruinées. On prétend que c'est en prévision d'une nuit de noces qu'il espérait mémorable, à tout le moins pour lui, que le marquis voulut prendre un peu d'entraînement entre les bras d'une courtisane connue pour ses talents. Il s'y appliqua avec tant d'enthousiasme qu'il trépassa en plein exercice. La consternation fut aussi générale que soudaine : chez la courtisane qui fut soupçonnée d'avoir usé de maléfice pour s'emparer des écus du marquis et chez les Braschi qui voyaient échapper une fortune qu'ils croyaient déjà entre leurs mains. Seule, la donzelle se trouva bien heureuse de cette extase fatale : sa virginité restait intacte et elle avait gagné sa liberté.

— Où veux-tu en venir ? s'impatienta Teodorico.

— À ceci, mon ami. Apparemment dotée d'un tempérament capricieux, cette jeune personne refuse obstinément de retourner au couvent. Elle est à Rome et a décidé de n'en plus bouger. Son père a fini par céder, estimant sans doute que le meilleur moyen de trouver un nouveau mari à cette peste était de la faire paraître dans le monde. C'est là que tu interviens.

Teodorico se redressa sur sa mauvaise chaise.

— Explique-toi, dit-il, intrigué.

— Pour appâter le chaland, la demoiselle doit se présenter sous son meilleur jour. Chez les jeunes filles, cela signifie rougir au bon moment en baissant les yeux, réciter des poésies imbéciles, chanter des mélodies insipides, voire, pour les plus douées, toucher le clavecin. Les Braschi cherchent donc un jeune *maestro* pour donner des leçons de musique à leur fille. Tu feras parfaitement l'affaire. Demain, je cours leur annoncer que tu es le successeur de Corelli et qu'ils ne peuvent se passer de toi s'ils veulent marier leur fille !

— Comme tu y vas ! Ils me trouveront trop jeune et sans expérience. Ils ne voudront jamais de moi.

— Je ferai de toi un portrait si flatteur qu'ils ne sauront comment te remercier d'accepter une tâche si ingrate. Ensuite, à toi de jouer. Les Braschi ont de l'influence à Rome et, si tu sais manœuvrer, ils seront bien capables de t'offrir rapidement un poste de maître de chapelle.

L'idée d'enseigner la musique à une fille de son âge troubla infiniment Teodorico mais les perspectives qu'évoquait Feltrinelli firent taire ses scrupules. Après tout, pourquoi pas : s'il voulait vivre de son art, comme ses illustres maîtres, il fallait en passer par là. Il faillit oublier l'essentiel.

— Et cette fille, comment est-elle ? demanda-t-il.

— Particulièrement laide, m'a-t-on dit.

On le fit attendre. Il en avait l'habitude. C'était celle des princes. Les Braschi ne dérogeaient pas à la règle. Il attendit, assis sur un vieux fauteuil très inconfortable. Cela n'augurait rien de bon pour ses gages. Si la fille était vraiment trop vilaine, Pedrini déclinerait la proposition. Il préférait avoir faim que de passer des heures devant un laideron. Le palais des Braschi ressemblait à beaucoup d'autres : il était froid et aux trois quarts vide. Il n'y avait aucun meuble dans les salles à hauts plafonds qu'il venait de traverser. Les quelques tableaux accrochés aux murs accentuaient encore cette impression d'austérité et d'indigence. Auraient-ils de quoi lui payer ses gages, au moins ? se demanda-t-il. Un saint Jérôme méditant sur un crâne côtoyait un saint Sébastien percé de flèches, plus loin une Assomption de la Vierge faisait face à la Crucifixion du Christ. C'était sinistre. Dans la pièce où il patientait, le décor était plus gai. Des scènes mythologiques répondaient à des paysages bucoliques.

Teodorico s'abîmait depuis une heure dans cette contemplation quand un domestique vint le chercher. Il lui fit traverser d'autres couloirs, d'autres salles, monter un escalier à vis et pénétrer dans un petit salon meublé d'une table et de quelques chaises alignées contre les murs. Un seul et grand tableau était accroché au mur. Il représentait des Romains s'apprêtant à décapiter une jeune femme en extase que les anges attendaient dans une nuée tourbillonnante et pleine de lumière.

— Le martyre de sainte Gabriella vous inspire-t-il ? demanda ironiquement une voix féminine derrière lui.

Il se retourna d'un coup, comme s'il était pris en faute. Une jeune fille se tenait dans l'embrasure de la porte.

— Mon père m'impose la présence de ce tableau depuis l'enfance, dit-elle. Je ne sais si c'est pour ne pas oublier les souffrances endurées par ma sainte patronne ou m'encourager à ne pas l'imiter ! Êtes-vous le musicien recommandé par Feltrinelli ? s'enquit-elle sans autre forme de procès.

Pedrini s'inclina pour masquer son trouble. Feltrinelli s'était moqué de lui. Gabriella Braschi était d'une grande beauté.

— Je suis votre serviteur, mademoiselle, finit-il par dire. Et je m'efforcerai dans la mesure de mon talent de vous instruire, comme votre père me l'a demandé, des secrets de l'art musical.

— Eh bien ! commençons sans attendre et voyons ce que vous valez, coupa-t-elle d'un ton autoritaire qui contrastait avec son apparence délicate et sa blondeur éthérée.

Il s'assit devant un clavecin de belle facture qui se révéla totalement désaccordé. Les premiers arpèges qu'il déroula avec emphase étaient si discordants que Gabriella Braschi poussa des cris d'horreur. Il avoua qu'il ne pouvait rien faire sans que l'instrument sonnât juste.

— Qu'attendez-vous ? Accordez-le ! ordonna-t-elle. J'attendrai.

— C'est que... cela va prendre du temps.

— Je regarderai.

L'air décidé de la jeune fille dissuada Teodorico de protester. Il sortit sa clé et se mit au travail. Trois tours d'horloge plus tard, elle savait tout de lui, lui rien d'elle et le clavecin sonnait juste. C'était un miracle. Les questions indiscrètes de Gabriella Braschi, sa ronde permanente autour de lui, le froissement de sa robe de faille rose, son parfum d'iris l'avaient tellement horripilé qu'il avait mis deux fois plus de temps qu'à l'ordinaire. Et quand, pour juger du résultat, il commença une *canzona* de Pasquini, elle s'échappa en disant :

— Je suis trop fatiguée. Nous verrons cela demain.

Teodorico hésita à retourner au palais des Braschi. Cette fille avait tout d'une peste. Et s'il voulait la fortune, les honneurs et les amours, il n'était pas prêt pour autant à sacrifier sa liberté aux caprices d'une donzelle. Pour finir, il fit taire son amour-propre et se retrouva devant le même tableau que la veille, tournant comme un fauve pendant une heure en attendant qu'elle daigne faire son apparition.

— Par quoi commençons-nous, monsieur le musicien ? demanda-t-elle d'une voix enjouée, sans même le saluer.

— Par quelques exercices de clavier, mademoiselle. Ils assoupliront vos doigts.

À dessein, il choisit les mouvements les plus difficiles, ceux qui mettaient les articulations à la torture et exigeaient une concentration totale. Gabriella prit place devant le clavecin et, avec une docilité surprenante, répéta tous les exercices qu'il lui imposa. Il attendait des soupirs et des supplications. Il en fut pour ses frais. Son délicieux sourire ne quitta pas ses lèvres et elle n'émit pas la moindre protestation quand il lui demanda de recommencer. La facilité avec laquelle elle reprenait les mouvements les plus compliqués acheva de le déconcerter. Elle était tout et son contraire, songea-t-il en la regardant de plus près. Visage et blondeur angéliques, mais regard espiègle, robe apparemment sage mais dont le haut de dentelle dévoilait une gorge faussement innocente. Bref, sous une soumission de façade, un feu prêt à jaillir.

— Qu'avez-vous besoin d'un maître de musique, vous savez parfaitement vos gammes ! finit-il par s'écrier, excédé.

Elle se redressa et le fixa de ses étincelants yeux bleus.

— Je ne vous ai pas attendu pour savoir jouer de cet instrument, rétorqua-t-elle. Vous êtes trop présomptueux.

— Et vous, trop insolente !

— J'en ai le droit. Mon père vous paye.

Teodorico se retint de la gifler.

— Il n'aura pas à le faire, dit-il furieux. Je lui fais cadeau de ces deux leçons. Il n'y en aura pas d'autres !

Il la planta là et partit en claquant la porte.

Au bout de quelques jours de mauvaise humeur, Gian Battista sut le convaincre de retourner au palais.

— Tu ne vas tout de même pas renoncer devant le premier obstacle ! dit-il. Gabriella fait ses griffes sur toi, voilà tout. Tu n'as qu'à agir de même.

Elle n'eut pas un mot de reproche quand il la rejoignit dans le petit salon de musique. Au contraire, elle lui tendit sa main avec un ravissant sourire auquel il ne résista pas plus de quelques secondes. Ils éclatèrent de rire avant même de s'être adressé la parole. Docile et gaie, elle accepta d'apprendre la *canzona* qu'il avait choisie pour elle. Le lendemain, tranchante comme le rasoir, elle refusa sèchement d'apprendre un *rondo* parce qu'il ne lui plaisait pas. Le jour d'après, elle prit sans un mot la partition que Teodorico avait passé la nuit à copier et la déchiffra avec une assurance qui le laissa pantois. Ces facilités déconcertantes, ces brusques engouements, ces caprices imprévisibles mirent Pedrini à la torture. Il ne savait jamais sous quel jour elle se présenterait ni quelle serait son humeur. Lui obéirait-elle ? Le congédierait-elle sous les prétextes les plus futiles ? Il l'ignorait jusqu'au moment de la retrouver. Il savait seulement qu'il ne concevait plus une journée sans la voir. Lorsque Spinucci le vit passer des heures à composer dans la fièvre gavottes et *ricercari*, il comprit que son ami était tombé amoureux.

5

Gabriella fut parfaite. Elle joua avec une grâce et une aisance qui bouleversa Pedrini. Pour vérifier ses progrès, son père lui avait demandé d'interpréter un *capriccio* de Frescobaldi devant toute la famille réunie, les domestiques et les quelques pauvres qui avaient leurs habitudes dans la maison. Le comte Braschi applaudit sa fille à tout rompre et, pour la première fois, Teodorico la vit rougir. Tandis qu'on apportait les rafraîchissement — fruits glacés dans des bassines de cuivre et d'argent, eau fraîche teintée d'orgeat dans des carafes de Venise, sorbets dans leur timbale d'argent —, il voulut aller la complimenter mais le comte le prit par l'épaule et l'entraîna à l'écart.

— J'augmente tes gages, *piccolo maestro*, pour avoir fait de ma fille une si bonne musicienne, dit-il. Je compte sur toi pour qu'elle se distingue lors du concert que je vais organiser aux fêtes de Saint-Pierre.

Flatté qu'un homme important soit si bien disposé à son égard, Teodorico se prit à espérer un destin conforme à ses rêves : il se vit maître de chapelle, musicien attitré de la famille, compositeur reconnnu et amant de Gabriella.

— Pourriez-vous interpréter cette *aria*, *signorina* ? proposa-t-il à la jeune fille en posant une partition sur le pupitre du clavecin.

La jeune fille se pencha sur les notes élégamment calligraphiées et commença à jouer. La mélodie était belle et tendre. Charmée, elle se mit à sourire et, parvenue à la coda, reprit depuis le début avec un plaisir évident. Troublé par ce cou gracieux, cette nuque studieuse, Teodorico ne l'écoutait plus. Il ne pensait qu'à poser ses lèvres sur cette peau fragile.

— De qui est cette petite merveille ? demanda-t-elle. Frescobaldi ou Scarlatti ?

— Ni l'un ni l'autre, *signorina*. Elle est de moi.

— De toi ! Tu ne m'as jamais dit que tu composais.

— Je ne vous raconte pas tout.

— Et pour qui l'as-tu écrite ? Une jeune fille ?

— Je ne vous le dirai pas.

— Cachottier ! Ce n'est guère aimable pour moi, protesta-t-elle avec une moue boudeuse.

— Vous ne l'avez pas toujours été.

Elle se figea et il crut un moment qu'elle allait le gifler. Dieu qu'elle était belle ! Il eut envie d'étreindre cette taille trop fine, de la prendre, là, dans l'instant, de faire craquer ce masque lisse. Allait-elle deviner qu'elle était l'inspiratrice de ce petit *capriccio* qui lui était venu d'un coup, une nuit d'insomnie ? Son regard était si intense qu'elle comprit et se mit à rougir.

— Non, Teodorico, murmura-t-elle.

Il se pencha sur elle, saisit son visage à deux mains et l'embrassa avec fougue. Dans ses yeux écarquillés, il découvrit une lueur qu'il ne lui connaissait pas et la sentit fléchir. Gabriella commençait à lui rendre son baiser quand elle se ressaisit.

— Tu es fou ! s'écria-t-elle en le repoussant brusquement.

Les joues en feu, elle s'échappa quand il voulut s'avancer vers elle.

— Tu ne comprends donc pas ? cria-t-il en jetant la partition par terre.

Elle se pencha pour la ramasser. Sur la première page, elle put lire : *Teodorico Pedrini, Capriccio, dédié à la comtesse Gabriella Braschi*. Quand elle se releva, il avait disparu.

— Dis oui, évidemment, conseilla Gian Battista. Elle n'attend que cela.

— Les femmes sont ainsi faites, ajouta Antoine. Elles vous repoussent et, le jour d'après, vous rappellent. Vas-y. Ne sois pas si fier. Tu meurs d'envie d'être son cavalier pour te pavaner avec elle !

— D'accord, j'accepte puisque vous le dites. Mais c'est la dernière fois que je me soumets à ses caprices.

Pour se réconcilier avec son maître de musique, Gabriella n'avait trouvé qu'une solution : en faire son sigisbée. Toutes les Romaines en avaient un. Il servait à les distraire et à les servir à la place d'un époux souvent trop occupé à ses propres affaires. Le comte Braschi avait eu beau protester qu'elle était trop jeune pour imiter ses aînées, il avait fini par céder, incapable de rien refuser à sa fille depuis la mort de sa mère.

Le soir même, Teodorico se retrouva près d'elle, dans sa calèche, roulant lentement sur le Corso. Les femmes de la noblesse, les princes de l'Église et les musiciens à la mode aimaient y parader dans leurs plus beaux carrosses. D'une voiture à l'autre, tout ce monde se saluait, se donnait rendez-vous à grands cris ou se conviait à souper. La rue était si encombrée qu'ils avancèrent bientôt au pas. Un cardinal, escorté par ses domestiques en livrée, était descendu de son carrosse pour saluer un de ses confrères, dans le même équipage. Leur bavardage interminable bloqua toute la largeur du Corso. Pedrini s'impatienta. Il fut bien le seul. Personne ne songeait à protester. Les cardinaux étaient les maîtres de Rome, ils avaient tous les droits et, après tout, qui était pressé, à cette heure ?

— Calme-toi, mon ami, gronda Gabriella en posant légèrement la main sur son bras. Nous n'allons nulle part, tu le sais bien. Nous ne sommes là que pour nous montrer. Refrène donc cette fougue, ou alors je comprendrai que tu t'ennuies en ma compagnie.

Ces paroles, cette main sur son bras eurent le don de l'apaiser. Pedrini devait, en réalité, sa nervosité à l'irrésistible désir d'étreindre la jeune fille. Ils finirent par repartir et allèrent jusqu'aux colonnes du Bernin, au Vatican. Il profita de la nuit qui tombait pour l'embrasser soudainement. Elle se raidit, tenta de le repousser, puis se laissa aller à son baiser passionné.

— Je t'aime, Gabriella, dit-il d'une voix sourde. Dès demain, je vais demander ta main à ton père.

Elle éclata de rire.

— Mon père ? Comme tu y vas ! Tu pourrais commencer par me demander mon avis ? Qui te dit que je t'aime, moi ?

Teodorico n'avait même pas envisagé cette hypothèse.

— Sois à moi ! insista-t-il en se rapprochant d'elle.

— Lâche-moi !

Il n'en fit rien et baisa à nouveau sa bouche. Ses mains, sous le mantelet de taffetas, caressèrent sa poitrine qui se soulevait sous la robe de soie crissante. Gabriella s'abandonna peu à peu. Il se fit plus insistant. On approchait du palais. Alertée, elle le repoussa, le souffle court. Il s'effondra sur la banquette de velours bleu nuit en étouffant un cri de rage.

— Je l'enlèverai ! s'écria-t-il en reposant son gobelet de vin.

— Pure folie, dit Antoine. Où iras-tu ? Comment feras-tu pour donner à Gabriella les moyens de tenir son rang ? Je n'imagine pas cette délicieuse enfant vivre dans une masure.

— Nous irons à Venise, à Parme, à Milan. Nous serons libres, nous donnerons des concerts.

— Personne n'y viendra. Vous serez des proscrits.

— Et, tôt ou tard, le comte retrouvera sa fille, ajouta Spinucci. Ce n'est plus d'un clavecin dont tu auras besoin, mais d'une épée pour défendre ta peau.

— La France...

— Avec quel laissez-passer ? Quel argent ?

— Si encore tu avais un nom ! Mais Pedrini, qui connaît ? Personne. Tu n'as fait jouer aucune de tes œuvres.

— Je ne suis rien, c'est cela ? fit Teodorico, rageur. Et vous prétendez être mes amis ? Puisque c'est ainsi, j'irai au bout du monde, sur les terres d'Amérique ou chez l'empereur des Tartares qui saura bien, lui, me trouver du mérite ! Et Gabriella sera ma femme, que vous le vouliez ou non.

— Tête de mule, dit Gian Battista. Si tu l'enlèves, son père ne vous laissera pas en paix. Il finira par vous remettre la main dessus avant même que vous ayez quitté les États du Pape. Tu n'as aucun moyen, il a tous les pouvoirs. Comment lui échapper ? C'est la mort que tu veux pour toi, et le couvent pour Gabriella ? Il te tuera pour avoir pris l'honneur de sa fille et, pour la punir, il l'enverra finir ses jours dans le plus obscur couvent des Pouilles. Crois-moi, Teodorico, renonce.

Le jeune homme s'affala sur la table de bois graisseuse du cabaret de la Piazza Navona.

— Je n'ai plus qu'à mourir, dit-il, désespéré.

Ce fut Carlo Caproli qui mourut, quelques jours plus tard, au début de l'automne 1695. Teodorico, pour la première fois de sa vie, éprouva du chagrin. Il n'imaginait pas vivre sans la présence rassurante de celui qui lui avait transmis tout son savoir, et regretta amèrement de n'avoir pas pris le temps de composer une pièce en son honneur. Il avait trop délaissé dernièrement son vieux maître et cette négligence ressemblait à de l'ingratitude. Le lendemain de sa mort, il courut chez les Braschi. Quand Gabriella le vit, debout, dans le cabinet de musique, le visage défait, les yeux rougis par les larmes, elle lui ouvrit instinctivement les bras. Il s'y précipita. D'une voix grave, il lui raconta tout, sa peine et ses regrets. La main de la jeune fille se fit caressante sur ses longs cheveux noirs et il laissa aller sa tête contre son épaule nue.

Il sanglota sur la mort de Caproli, sur lui-même, sur son amour impossible pour cette fille qui le serrait contre elle. Bouleversée, Gabriella sentit confusément qu'elle avait part à ce désespoir. La décision s'imposa à elle sans qu'elle songe un instant à la repousser. Elle écarta les bras qui enserraient sa taille, posa un baiser sur le front moite de Teodorico et, sans un mot, alla fermer le verrou de la porte. Il la suivit du regard et comprit. Le regard bleu de Gabriella était grave et espiègle. Il la prit dans ses bras et la coucha sur le tapis de Perse qui recouvrait le sol de marbre. Ils s'embrassèrent avec passion et se cherchèrent avec hâte, découvrant sous le froissement des étoffes des reliefs et des douceurs qu'ils ne soupçonnaient pas. La révélation du corps de Gabriella et de ses beautés secrètes excita son désir. Subjuguée, elle se laissa emporter par ce déchaînement mais, dans un dernier sursaut, voulut se reprendre. Il était sur sa bouche, ses seins, son ventre. Ils luttèrent quelques instants en silence, puis elle ne résista plus et se laissa enfin posséder. Leur étreinte ne dura que quelques minutes qui leur parurent une éternité. Pendant longtemps, ils ne purent parler, essoufflés dans les bras l'un de l'autre, stupéfaits de la violence du plaisir qu'ils venaient de se donner.

Le lendemain, le comte Braschi informa sa fille que, lassé de la voir repousser les avances des meilleures familles romaines, il avait décidé de la marier à l'aîné des fils Caetani, le duc de Sermoneta.

6

Pedrini gémit quelques jours, adressa de terribles imprécations au ciel, supplia les puissances infernales de foudroyer Caetani, mais rien n'y fit : le mariage eut lieu dans les plus grands fastes. Les festivités se prolongèrent pendant plusieurs jours et permirent à toute une population de s'empiffrer aux frais du duc puis de revendre les restes. Après un mouvement de révolte, Gabriella avait cédé à son père : la quarantaine solide, un visage d'empereur romain, Pietro Caetani dominait tout son monde d'une bonne tête avec une prestance et une noblesse irrésistibles. Il aimait les fêtes, le théâtre, la musique et se montrait éperdument amoureux de sa jeune femme L'instant de folie qu'elle avait eu avec Pedrini lui laissait le souvenir brûlant d'une étreinte furieuse dont elle avait pu dissimuler les conséquences, au cours de sa nuit de noces, en usant d'un subterfuge fourni par sa nourrice contre cinq écus d'or.

Teodorico lui avait arraché la promesse de la revoir et, fidèle à son tempérament aventureux, elle n'avait pas dit non. Tandis qu'il rongeait son frein, dévoré de jalousie, il apprit qu'Arcangelo Corelli allait donner un concert au palais Caetani. Il se précipita à la Cancelleria.

— Arcangelo, en souvenir de notre amitié, engage-moi dans cet orchestre, implora-t-il.

Corelli, encore vêtu de sa chemise de nuit, eut un sourire malicieux.

— As-tu l'intention d'offrir tes services au duc ? lui

demanda-t-il. À moins que ce ne soit à sa jeune épouse avec laquelle on te voyait si souvent, naguère ?

— Ni l'un ni l'autre. Ou peut-être les deux, je ne sais plus. Je veux seulement la revoir, lui parler, jouer pour elle. Tu peux comprendre cela, n'est-ce pas ?

— Tu l'aimes encore ?

— Plus que jamais.

— C'est sans espoir.

— Je le sais.

Corelli se mit à marcher de long en large dans l'antichambre. Il aimait la rigueur et la sobriété du jeu de Pedrini. Elles conviendraient parfaitement aux nouveaux *concerti* qu'il avait l'intention de donner ce jour-là. Avec un claveciniste tel que lui, le succès était assuré.

— D'accord, tu tiendras la partition de clavecin. Mais promets-moi de ne pas faire de scandale !

Pedrini se tenait debout à côté de son instrument, entouré par Corelli et ses violonistes, quand Gabriella entra au bras de son mari dans le salon de musique. Avec sa robe de velours grenat qui descendait en corolle jusqu'au sol, ses trois rangs de perles sur sa gorge, ses irréels cheveux blonds coiffés en un savant chignon, elle était éblouissante. Toute l'aristocratie romaine était là. Elle eut un mouvement de surprise en le reconnaissant. Il chercha son regard, elle ne le lui accorda point. De dépit, il voulut s'asseoir avant même que le duc ait pris sa place. Corelli le foudroya des yeux et donna le *la*. Les violons s'accordèrent puis, d'un signe de la tête, Corelli attaqua le premier *concerto*. Sa vivacité, son rythme étaient étourdissants et Pedrini, entraîné par cette musique jaillissante, livra le meilleur de lui-même. De temps en temps, il tentait d'attirer le regard de Gabriella, mais elle conservait les yeux obstinément tournés ailleurs, à mi-chemin entre la rêverie et la colère.

Quand les applaudissements cessèrent enfin, il voulut lui parler seul à seule, mais elle ne lâcha pas le bras du duc venu complimenter les musiciens. Corelli lui présenta Pedrini et une lueur amusée apparut dans son regard.

— N'êtes-vous pas l'ancien maître de musique de mon épouse ? demanda Caetani.

— Je le suis, Votre Seigneurie, répondit Teodorico en s'inclinant. J'espère qu'elle n'en garde pas un trop mauvais souvenir.

Les yeux bleus de Gabriella jetèrent des éclairs.

— Au contraire, si j'en juge par le plaisir qu'elle éprouve à jouer ce que vous lui avez appris. Peut-être conviendrait-il, d'ailleurs, que vous lui prodiguiez encore quelques leçons.

— Je n'en ai nul besoin, protesta la jeune femme. M. Pedrini m'a enseigné tout ce qu'il savait et je ne voudrais pas lui faire perdre son temps. Il a sans doute mieux à faire dorénavant. La ville ne manque pas de demoiselles qui seraient heureuses de connaître les secrets de son doigté.

Le duc et Corelli éclatèrent de rire mais Pedrini devint pâle comme la mort. Muet de rage, il tira sa révérence et tourna les talons.

Toute la ville pavoisait. Pendant huit jours, Rome allait se livrer aux dieux et aux démons du Carnaval. Ce serait le règne éphémère des masques, des déguisements extravagants, des divertissements et des licences de toute nature. Comme tous les ans, onze jours avant le Mercredi des Cendres, la cloche du Capitole sonna l'ouverture des réjouissances. Après avoir reçu des mains du rabbin le tribut annuel de trois cents écus, le Sénateur quitta son palais du Capitole. Vêtu d'une robe de drap tissée de fils d'or et d'un manteau d'un jaune éclatant, coiffé d'un élégant tricorne, il avança d'un pas solennel entre une double rangée de gardes, les *capotori*, arquebuse sur l'épaule, puis monta dans un carrosse entièrement doré. Les Conservateurs le suivirent, chacun dans le sien. Le long cortège se rendit sur le Corso pour aller à la rencontre du Gouverneur, le plus haut dignitaire laïque de la ville, et du neveu du cardinal, le cardinal *padrone*, chargé de l'administration de la cité auprès du secrétaire d'État. De chaque côté de la rue, une rangée de hallebardiers casqués, en costume noir et violet, donnait une touche martiale à tout ce déploiement qui ouvrait officiellement les festivités.

Toute la ville s'était déguisée, à l'exception notable des moines et des nonnes, et l'on commença à jeter farine et dragées à pleines poignées. Comme par défi, Pedrini s'était travesti en marquise au physique avantageux. Une perruque, de la poudre et des pendants d'oreille le rendaient méconnaissable. Gian Battista et Antoine, eux, s'étaient déguisés en *Quacqueri*, bouffons habillés et perruqués à la française. L'essentiel des réjouissances se déroulait sur la via del Corso et les rues adjacentes, entre la piazza del Popolo et la piazza di Venezia. Ils croisèrent des géants montés sur leurs échasses, des pirates, des Turcs, des Perses. Les balcons, toutes les fenêtres, des palais comme des plus misérables masures qui bordaient le Corso, étaient décorés de tapis, de guirlandes de fleurs et de feuillages.

Les chars commencèrent à défiler, tous somptueusement décorés. Les uns portaient des Jupiter tonnant, d'impressionnantes Junon, des Diane courtement vêtues, des Mars, glaive en main et casque brillant sur le crâne. Sur d'autres, des orchestres faisaient danser empereurs romains, centurions et nymphes. Comme la plupart des grandes familles romaines, les Caetani avaient le leur. Teodorico guetta son apparition, posté à l'angle de la via del Tritone, dans l'espoir d'apercevoir Gabriella.

— À quoi cela te servira-t-il ? demanda Spinucci qui jugeait cette attente ridicule. Tu veux l'enlever en plein carnaval ?

Pedrini préféra ne pas répondre. Le char venait d'apparaître au milieu du défilé, bateau majestueux tiré par quatre chevaux empanachés recouverts d'une couverture brodée aux armes des Caetani. Des applaudissements et des acclamations saluèrent son passage. Debout à l'avant, Gabriella était enveloppée d'une robe de mousseline blanche brodée d'or, jeune déesse éblouissante, souriant à la foule et jetant des brassées de dragées à ses admirateurs ravis. Sa beauté bouleversa une fois de plus Teodorico et il comprit qu'il ne cesserait jamais de l'aimer. Il cria son nom, mais elle ne l'entendit pas et passa sans le voir. Caetani, aisément reconnaissable sous son déguisement de Neptune, s'amusait à lancer des poignées de confetti multicolores. Teodorico ne parvenait pas à envier le duc. Chacun était à sa place : l'un en pleine lumière, l'autre avec le peuple. Il ne se résigna pas pour autant.

Désespérément, il la chercha, soir après soir, dans la foule anonyme. Il était certain de pouvoir la reconnaître et, pour la retrouver, marchait jusqu'à ce que Gian Battista et Antoine, épuisés, crient grâce. Il entrait dans des cours obscures, errait sans se lasser au hasard des ruelles envahies de personnages grotesques, espérait son passage devant une estrade où une petite troupe de comédiens se moquait des puissants. L'avant-dernier soir, découragé, il déambulait seul à la lueur vacillante de son *moccolo* quand quelqu'un le souffla en lui donnant un coup sur la tête, comme le voulait la tradition.

— *Sia ammazzato chi non regge il moccolo* [1] ! entendit-il dans l'obscurité.

C'était elle. Il se retourna d'un coup et reconnut, malgré son masque, ses cheveux blonds rassemblés sous son tricorne à la française, son corps mince pris dans un justaucorps de gentilhomme en velours brodé.

— Belle dame, fit-elle moqueuse, sans lui laisser le temps de réagir, que faites-vous à cette heure de la nuit, sans lumière ni protecteur ? Souffrez donc que je vous tienne compagnie.

Amusée de le voir si lourdaud dans son costume de marquise, Gabriella prit son bras d'autorité et l'entraîna vers la piazza del Popolo. Les passants riaient en voyant cette marquise trop grande, à la poitrine trop généreuse, accrochée au bras de ce chevalier trop svelte pour être vrai. On leur jetait des serpentins, des poignées de farine qui tombaient en nuage et les faisaient éternuer. De sa poche, Gabriella tira des dragées et des bonbons qu'elle donna aux enfants accrochés à ses basques. La foule était serrée mais l'on savait s'éviter avec grâce. Lorsque, par maladresse, l'on se heurtait, c'étaient des excuses sans fin et des protestations de politesse que Polichinelles ou *Quacqueri* venaient interrompre en gesticulant.

— Pourquoi m'as-tu si longtemps abandonné ? demanda-t-il.

---

1. Que celui qui ne porte pas de chandelle soit assommé !

— Viens, murmura-t-elle pour seule réponse.

Elle l'entraîna brusquement dans une ruelle qui descendait vers la Ripetta, le port situé dans l'anse du Tibre. Dans la pénombre, il distingua la masse formidable du Castello San' Angelo, surmonté par son ange de marbre. Il entendit des rires et des chants et, tout près, le clapotis des vagues contre la coque des grosses barques ancrées à couple sur les rives du fleuve. Ici et là, dans la nuit, des chandelles semblaient avancer toutes seules, comme des feux follets égarés. Dans ce quartier de mariniers, de charbonniers et de marchands de vin, les odeurs étaient puissantes. Gabriella frissonna. Ils trouvèrent refuge dans une cabane isolée, proche des berges.

— Réchauffe-moi, exigea-t-elle.

Il la prit dans ses bras et la couvrit de baisers. Ils étaient tremblants de froid dans l'humidité qui montait du fleuve. La clandestinité décuplait leur plaisir. Haletants dans l'obscurité, craignant à tout instant d'être surpris, assoiffés l'un de l'autre, se mordant, se caressant avec avidité, corps et bouches mêlés, ils allèrent à l'unisson au bout de leur passion dans un spasme qui les laissa dévastés. Teodorico reprenait à peine ses esprits que Gabriella s'écartait déjà de lui.

— Attends, ne pars pas !

Il aurait voulu la retenir, lui arracher des serments, mais elle s'échappa et disparut dans la nuit avant qu'il pût la rattraper.

La dernière course de chevaux qui clôturait le carnaval se prépara dans la fièvre. Le temps du Carême allait commencer et, avec lui, celui d'une piété austère. Les plus beaux *barberi* avaient été réservés pour cette ultime course où les nobles se défiaient, tous les ans, par pur-sang interposés, selon un même rite immuable. Chaque écurie amena son cheval, recouvert d'un caparaçon de toile blanche, au pied de l'obélisque de la piazza del Popolo. Pendant ce temps, les Conservateurs de la ville s'installèrent dans les loges ornées de draperies et de fleurs qui leur étaient réservées. Guidés par leur palefrenier, les chevaux frémissants prirent alors la direction de la piazza di Venezia, à l'autre bout du Corso, où d'autres loges abritaient le Sénateur et le Gouverneur de Rome, à côté du palais de Venise. La foule, qui se pressait de part et d'autre du parcours, applaudit, siffla ou conspua les bêtes selon les couleurs que chacun défendait. Les partisans de la famille Rezzonico apostrophaient ceux des Carandini ; les clients des Chigi se moquaient du champion des Mancini, un alezan d'une rare finesse. Ici et là, on en venait parfois aux mains et des rixes éclataient que les hallebardiers réprimaient avec vigueur.

Encore chaviré par son aventure de la veille, Teodorico observa chaque cheval. Il poussa des cris frénétiques quand le *barbero* des Caetani, magnifique pur-sang à la robe luisante, passa devant lui. Il avait cherché Gabriella avant le début de la course, mais avait échoué à la trouver. Elle était sans doute avec le duc, sur la place de Venise, ou, qui sait ? dissimulée quelque part dans la foule, en train de l'observer pour mieux le surprendre. Installé au premier rang, piazza Colonna, avec Antoine et Gian Battista, il attendit, plein d'espoir.

Une fois sur la piazza di Venezia, les chevaux furent solennellement présentés aux autorités de la ville, puis abondamment nourris d'avoine. Le *palio*, la bannière de brocart d'or, flottait déjà sur sa hampe. Leur ration terminée, les coursiers reprirent le chemin de la piazza del Popolo, toujours précédés de leur palefrenier et escortés par des nuées d'enfants turbulents venus de tous les quartiers. Là, on les parqua dans un enclos pour leur ôter leur caparaçon, et leur passer autour de l'encolure des sangles de cuir équipées de molettes d'éperon et de châtaignes de métal. En brinquebalant sur leur échine, elles servaient à les exciter pendant la course. Énervés par les cris de la foule, certains ruaient déjà ou cherchaient à sauter par-dessus les barrières. Il était temps de donner le départ. Les spectateurs s'impatientaient. Une escouade de dragons parcourut le Corso au triple galop pour aller informer le Sénateur et le Gouverneur que la course pouvait commencer. La tension était de plus en plus forte et l'on n'entendit plus que des hennissements furieux.

Au signal du départ, les barrières s'ouvrirent et les chevaux emballés se ruèrent droit devant eux, accompagnés par une immense clameur. Harcelés par les piquants qui leur labouraient le cuir, ils partirent au triple galop, yeux exorbités et naseaux frémissants, encouragés par les hurlements de la foule serrée contre les murs. Chacun pouvait sentir l'antique terre de Rome trembler au passage de cette cavalcade infernale. Teodorico la regarda venir vers lui, le cœur battant. Les cris étaient de plus en plus nourris et perçants. Il ne put distinguer quel cheval était en tête. Comme des bêtes d'apocalypse, ils galopaient, serrrés les uns contre les autres sur toute la largeur du Corso, enragés par les éperons fous qui déchiraient leurs flancs.

La course approcha des deux tiers. Loin derrière, les spectateurs s'étaient mis à courir pour rejoindre la piazza di Venezia et assister à l'arrivée. Quand les chevaux déboulèrent devant Teodorico, en le frôlant dans un bruit de tonnerre, il respira leur souffle fauve, sentit leur puissance jusque dans ses os. Il tordait le cou pour suivre la course quand soudain, au milieu des clameurs, il entendit des cris d'horreur. Une centaine de pas plus loin, une forme humaine venait de tomber dans les jambes des pur-sang. Comme un pantin désarticulé, le corps tressauta sous leurs sabots. Apparemment, un jeune imprudent qui, dans la bousculade, avait été happé par la course folle. Comme tout le monde, Teodorico se précipita. Un cercle s'était formé autour de la victime et il joua vigoureusement des coudes pour se pencher sur le corps immobile et disloqué qui gisait dans une mare rouge. Ses membres fracturés faisaient des angles affreux, des os sortaient de ses vêtements de soie déchiquetés et sa tête n'était plus qu'une plaie horrible sous le masque déchiré. Quelqu'un le lui retira. Tout le sang de Teodorico se figea d'un coup. Ce visage martyrisé, ces yeux incrédules sur la mort qui venait si tôt de la chasser du monde étaient ceux de Gabriella. Il ne s'entendit pas hurler. Quelque chose se brisa dans son cœur et un silence semblable à celui d'une éternité glacée se referma sur lui.

7

La mort n'était pas la délivrance que proclamaient les prêtres. De quel mal, de quelle turpitude aurait-elle libéré les humains ? De la vie, de l'amour, du plaisir ? Seuls ceux qui n'y avaient pas goûté pouvaient prétendre que le paradis n'était pas sur cette terre, mais dans cet ailleurs qu'ils appelaient le Ciel. La mort n'était point le salut, mais l'enfer de l'absence et du silence. Dieu était-il aussi cruel que les hommes ? Eux infligeaient des supplices affreux comme celui auquel il avait assisté sur le campo dei Fiori. Mais, lui, comment pouvait-il prétendre à la miséricorde et, dans le même temps, causer tant de douleur ? Pedrini rejetait avec effroi l'idée absurde d'un Créateur qui tuerait ses créatures. Privé, d'un coup, de la lumière de celle qu'il aimait, il s'enfonça dans une obscurité aqueuse dont Gian Battista ne parvint pas à le tirer. Son grand corps resta inerte, comme asphyxié de l'intérieur. Les larmes qu'il avait versées pendant toute une nuit l'avaient vidé de toute substance et il ne fit rien pour lutter contre cette torpeur désespérée qui l'entraînait vers le vide. Il souhaita mourir lui aussi, afin de rejoindre Gabriella. Du fond de son inconscience, il l'entendit l'appeler et désespéra de ne pouvoir la ramener du néant.

Pendant trois jours, il cria son nom et insulta Dieu avec une rage impuissante, furieux de se trouver encore vivant quand il émergea du sommeil. Antoine Rivalz et Gian Battista firent ce qu'ils purent pour le ramener à la réalité. Le froid s'était abattu sur Rome et ils disposèrent des *scaldini* emplis de braises autour de son lit. La faible chaleur qu'ils maintinrent dans la pièce n'empêcha pas Teodorico de grelotter. Un médecin vint pratiquer une copieuse saignée au bras et lui faire boire un remède à base de vin et de mandragore. Rien n'y fit.

La mort brutale de la jeune duchesse di Sermoneta avait plongé Rome dans la stupeur et l'inquiétude. Les plus superstitieux voyaient dans sa disparition tragique un mauvais présage pour l'année 1697 qui venait de s'ouvrir. En s'achevant sur une mort si injuste et si cruelle, le Carnaval apparut rétrospectivement, même aux yeux des moins dévots, d'une impiété telle que Dieu avait voulu frapper les esprits par un exemple. Le temps du Carême fut baigné d'une ferveur particulière et, dans les églises, on cessa pendant quelques jours de se promener et de parler des affaires terrestres, comme on le faisait d'ordinaire, pour se consacrer entièrement à la prière et aux offices religieux. Les funérailles de Gabriella bouleversèrent toute la ville. Le cardinal représentant le Souverain Pontife apporta la bénédiction papale et le Gouverneur y assista, suivi par toute la noblesse romaine. Chacun voulut soutenir le duc, accablé de douleur, qui ne se pardonnait pas d'avoir laissé sa trop jeune épouse sans protection. Le silence qui accompagna le noir cortège défilant dans les rues de Rome fut si impressionnant qu'on eut peine à croire que les mêmes spectateurs, quelques jours plus tôt, se livraient aux plus frivoles excentricités.

Gian Battista ne sut jamais comment Teodorico sortit de l'inconscience. Il discutait, dans la pièce voisine, avec Corelli venu aux nouvelles quand il l'entendit appeler. Ils se précipitèrent et découvrirent Teodorico assis sur son lit, le visage mangé par une barbe de cinq jours, les cheveux en bataille, apparemment surpris de se trouver dans cette position.

— J'ai soif comme jamais, dit-il d'une voix rauque.

— Grâce à Dieu, tu es ressuscité ! s'écria Spinucci.

— Je ne suis pas certain que Dieu y soit pour grand-chose...

— Ce n'est pas le moment de blasphémer ! fit Corelli.

— Je blasphème si je veux. Dieu m'a tout pris. Je ne Lui dois plus rien.

Il voulut se lever mais y renonça. La tête lui tournait trop.

— Reste tranquille pour une fois, ordonna Gian Battista.

— Je ne pourrai plus jamais être en paix ! Tout est de ma faute. Si je n'avais pas cherché à revoir Gabriella, elle serait encore en vie.

— Parce que tu crois que c'est de l'avoir aimée en secret qui a provoqué sa mort ? demanda Corelli. N'en crois rien. Si Dieu devait châtier tous ceux qui se trouvent dans la même situation, Rome ne serait plus peuplée que de prêtres et de nonnes. Et encore !

— Elle est morte parce qu'on l'a bousculée. Tu n'y es pour rien, ajouta Gian Battista.

L'image du corps ensanglanté de Gabriella s'imprima d'un coup dans les yeux de Teodorico et il poussa un gémissement avant de retomber sur l'oreiller. Spinucci s'en voulut d'avoir ravivé un aussi horrible souvenir et veilla Teodorico jusqu'à ce qu'il s'endorme à nouveau.

— Une fois remis, je crois qu'il devrait voir un de mes amis, proposa Corelli quand ils sortirent de la chambre. Il ne faut pas le laisser se révolter contre lui-même et s'accuser d'une faute qu'il n'a pas commise. À maudire Dieu ou le sort, son talent de musicien va se tarir et sa vie sera gâchée. Il a mieux à faire.

— Tu penses à qui ?

— À un homme de son âge, Domenico Riviera. Il saura trouver les mots pour l'apaiser et le tirer de ce cauchemar.

— Ne faudrait-il pas plutôt une femme ? demanda Spinucci. Ce sont les meilleures consolatrices et j'en connais quelques-unes qui ne demanderaient qu'à le ramener à la vie.

— Non, c'est trop tôt. Il a besoin d'autre chose. Riviera est un esprit d'une grande élévation, une grande âme. Il n'est pas pour rien le neveu du cardinal Albani dont on dit déjà qu'il sera le prochain pape. De plus, c'est un excellent prêtre.

Le soleil d'hiver se couchait et la coupole de Saint-Pierre se teintait d'or et de rose. Le regard perdu dans le ciel encore clair, Teodorico écoutait l'abbé Riviera lui parler depuis une heure, dans son cabinet du palazzo Albani.

— Dieu ne punit pas, affirma le jeune prêtre. Il ne fait que montrer la voie.

— La mort n'est pas une voie, riposta Teodorico.

— S'il a plu au Seigneur de rappeler à Lui l'âme de Gabriella, cela ne te regarde pas. Dieu a Ses raisons que notre raison ne peut connaître. Que sommes-nous, misérables poussières, pour vouloir comprendre ce qui nous dépasse et nous transcende ? N'as-tu pas lu le livre de Job ? Et qui te dit que la mort n'est pas une voie ? Que sais-tu de la mort ?

Teodorico ne répondit pas tout de suite. Il était ébranlé.

— De la mort, je connais l'essentiel, finit-il par dire. L'aveuglement avec lequel Dieu en frappe les hommes, le sentiment qu'elle arrache le cœur et l'âme de ceux qui ont le malheur de rester vivants. Cette impression de n'être plus rien, voilà ce que j'en sais. Pour le reste, la mort c'est le néant, ce que toi tu appelles le paradis.

— Peut-être Dieu a-t-Il pris Gabriella pour préserver votre amour ? Peut-être le jugeait-Il trop clandestin pour continuer, trop pur pour le confier aux hommes ?

Teodorico regarda Riviera, étonné. Il venait de trouver les mots justes.

— Quant à toi, poursuivit le prêtre implacablement, c'est un signe que Dieu t'a envoyé. Par le malheur qui t'a frappé, Il t'a fait prendre conscience de la détresse de tes semblables. Et, par la souffrance qu'Il te fait endurer, Il t'indique le chemin pour les en délivrer. Celui de la foi et de la rédemption. Tous ces talents dont Dieu t'a comblé, tu ne peux refuser de les utiliser *ad majorem Dei gloriam*. Il te réclame, voilà le message que la mort de Gabriella te délivre.

Teodorico resta longtemps silencieux. Il dévisagea l'abbé Riviera, scruta son regard pour voir quel piège il lui tendait et n'en vit point. Au contraire, il y lut un encouragement, une bienveillance qui lui rappela celle que le père Columba lui manifestait, autrefois, quand il était enfant. Il réfléchit aussi posément qu'il le put.

— Ma foi en Dieu confine à l'indifférence, dit-il.

— Il s'en contentera.

— Rome ne m'intéresse plus.

— Rome t'enverra là où elle a besoin de toi. Il ne manque pas de congrégations œuvrant, dans les terres lointaines, à propager la foi chrétienne.

— Je ne suis ni missionnaire ni même prêtre !

— Tu le deviendras.

— Et si je n'en ai pas le désir ?

— Tu vivras dans le souvenir et la misère, tu regretteras d'être resté sourd à l'appel de Dieu quand il le fallait et tu mourras sans espoir de salut. En revanche, insista Domenico Riviera, si tu y réponds aujourd'hui, tu te rendras utile à tes frères humains, à l'Église, à notre Saint Père le pape et ton chagrin, comme tes remords, s'évanouiront.

— La musique ?

— Elle est moins faite pour le divertissement de l'homme que pour exalter Dieu. Mais personne ne t'empêchera de composer pour l'un et l'autre. Un don comme le tien ne doit pas rester stérile.

Riviera sentit que Pedrini fléchissait. Il chercha un ultime argument qui pourrait le décider.

— Si tu nous rejoins, ta place au sein de l'Église sera assurée, Teodorico. Les Albani, ma famille, auront bientôt, peut-être, un des leurs à la tête de la chrétienté. Ce jour-là, nos amis, nos fidèles, ceux qui nous auront suivis n'auront pas à le regretter. Ils auront toute notre confiance pour remplir les missions que les intérêts de la Religion nous imposeront.

Les deux hommes s'observèrent sans dire un mot. Ils avaient sensiblement le même âge. Aucun des deux ne cilla. Riviera utilisait les mêmes arguments que les jésuites, quelques années plus tôt. Mais il n'y avait aucune duplicité dans son regard, seulement la conscience aiguë du terrible combat que livrait contre lui-même le désespéré qui lui faisait face.

À vingt-sept ans, le 24 février 1698, Teodorico Pedrini franchit les hautes portes du Séminaire interne de la Congrégation de la Mission. Il avait pris sa décision durant ce face-àface muet. Riviera lui avait plu et ses paroles étaient celles que, confusément, il attendait. Six mois s'étaient écoulés depuis la mort de Gabriella. Après avoir tant pleuré sur sa disparition et son propre sort, que lui restait-il ? La musique ? Il n'avait pas encore le talent de Corelli, de Scarlatti ou de Pasquani. Rentrer à Fermo et finir ses jours aux côtés d'une épouse sans grâce qui ne le consolerait jamais de la perte de Gabriella ? Plutôt mourir. Tenter sa chance à Venise, à Naples, à Paris ou à Madrid ? Sans aucun soutien, comment se faire connaître, comment manger ? L'Église, elle, apportait tout. La dignité en plus. C'était comme si, finalement, le destin qu'il avait refusé et qu'avaient autrefois deviné les jésuites, le rattrapait.

Il partagea son dernier souper de laïque avec Gian Battista et Antoine Rivalz, dans le cabaret de la piazza di Venezia où ils avaient leurs habitudes. Ni l'un ni l'autre n'avait protesté quand il leur avait appris sa décision. Ils avaient même paru soulagés. Les trois hommes firent un festin de brochet au safran, de pâtés de viande à la coriandre et aux raisins de Corinthe, burent d'excellents vins de Toscane. Puis Spinucci voulut les entraîner chez des courtisanes qui avaient ses faveurs. Prenant le risque de le regretter plus tard, Teodorico refusa de se soustraire à la chasteté qu'il s'était imposée par respect pour la mémoire de Gabriella et rentra avec Antoine.

— Es-tu vraiment certain d'avoir choisi la bonne voie, Teodorico ? demanda le Français.

— Certain. À part vous deux et ma famille, rien ne m'attache plus à ce monde. Autant me rendre utile et servir une Église qui me veut du bien.

Ils se séparèrent, comme d'habitude à mi-chemin du Corso, mais Antoine Rivalz dut, peu après, rentrer précipitamment en France sans avoir la possibilité de lui dire adieu.

Pendant trois ans, soutenu par Domenico Riviera qui se révéla un ami aussi fidèle que Spinucci ou Rivalz, Teodorico apprit la théologie — le droit canon, la philosophie scolastique, les Saintes Écritures et l'histoire ecclésiastique. Ces études, dont la plupart se faisaient en latin, le passionnèrent plus qu'il ne l'avait imaginé. Il y trouva des réponses à ses interrogations sur la nature humaine et celle d'un Dieu contre lequel il conservait une sourde révolte. Il se plongea dans les livres, les dogmes et soutint des disputes acharnées sur la nature, la liberté et la grâce avec ses condisciples et ses maîtres.

Délivré des soucis matériels, il put se consacrer aussi à la musique comme l'avait promis Riviera : il composa quelques messes, des motets et des cantates en grand nombre, entre les quatre murs du séminaire ou, au milieu des troupeaux de chèvres dans les ruines du Campo Vaccino. Certaines semblèrent d'une sensualité inhabituelle pour des offices religieux. Le Supérieur ne pouvait imaginer que c'était moins des versets bibliques qu'un corps inoubliable qui les avait, parfois, inspirées ; d'autres, au contraire, exprimaient une telle douleur qu'on ne pouvait les écouter sans avoir la gorge nouée. Et quand ce même Supérieur venait en complimenter Pedrini, il feignait de ne pas remarquer ses yeux rougis par les larmes. Seul, Riviera connaissait la véritable inspiratrice de ces *De Profundis* pathétiques et superbes. La plupart de ses condisciples savaient que Teodorico était venu au noviciat moins par vocation que par désespoir après la mort d'une femme passionnément aimée dont nul ne connaissait le nom. Sa nature tour à tour méditative et pleine de fougue, le mystère qui entourait sa décision firent de lui un exemple au sein du séminaire.

Le 25 février 1701, trois ans, jour pour jour après son entrée au noviciat, Teodorico Pedrini, revêtu d'une chasuble de drap grossier, s'allongea, les bras en croix, sur le sol glacé de l'église de la Congrégation pour recevoir l'ordination sacerdotale. Il vécut ce moment avec une ferveur intense, emporté par le sentiment puissant qu'il se donnait au Christ pour Le servir jusqu'à la mort. Désormais, il serait un intermédiaire entre Lui et les hommes, pour soulager les malheurs et donner, à son tour, la lumière qu'il recevait aujourd'hui. Brusquement, l'image souriante et lumineuse de Gabriella s'imposa dans son esprit et un flot d'amour le submergea.

8

— Les choses n'ont que trop duré, Très Saint Père. L'Église ne peut plus tolérer de tels manquements à ses dogmes les plus sacrés !

Le cardinal Lumbroso exprimait tout haut ce que les autres cardinaux du Conseil secret réuni par Clément XI pensaient tout bas. Dans leur soutane rouge, ils dessinaient une corolle écarlate autour du pape, tout de blanc vêtu, assis dans un fauteuil trop grand pour lui. Giovanni Albani, qui avait pris le nom de Clément XI lorsqu'il avait été élu sur le trône de saint Pierre, le 29 novembre 1700, avait toujours déploré sa petite taille. Il la compensait par un tempérament inflexible. Il avait décidé de mettre un terme aux libertés prises par les jésuites de Pékin avec les rites catholiques. Installés en Chine depuis plus d'un siècle à la suite de Matteo Ricci, les hommes de la Compagnie de Jésus et leurs fidèles avaient adopté quelques pratiques religieuses locales : comme les Chinois eux-mêmes, ils rendaient un culte aux ancêtres et honoraient Kung Fu Tse, connu en Europe sous le nom de Confucius. Pour leur défense, les jésuites plaidaient qu'ils devaient se plier à ces coutumes indigènes s'ils voulaient défendre leur position et les intérêts de la Religion. Elles n'avaient d'ailleurs rien de sacré et appartenaient, assuraient-ils, au domaine profane.

Particulièrement en honneur à la cour de Pékin depuis qu'Adam Schall et Ferdinand Verbiest avaient corrigé les erreurs du calendrier chinois, les jésuites avaient gagné la confiance de l'empereur Kangxi, qui régnait sur la Chine depuis 1662. Les missionnaires dominicains et franciscains leur reprochaient d'être devenus trop chinois et demandaient au pape de condamner leurs pratiques. Clément XI savait pertinemment que la jalousie dictait l'essentiel de cette démarche. S'il devait la suivre, ce serait avec la plus grande mesure. Se montrer trop rigoureux envers les jésuites risquait de ruiner leur position auprès de l'empereur et, du même coup, tous les espoirs d'évangélisation de la Chine ; à l'inverse, les laisser exercer leur sacerdoce comme ils l'entendaient présentait le danger de mécontenter les ordres concurrents et de provoquer un nouveau schisme.

— Monseigneur Charles Maigrot, le vicaire apostolique de Fo-Kien, est formel, renchérit le cardinal Lombardi. Innocent XII, votre prédécesseur, l'avait chargé d'examiner les rites pratiqués par les jésuites de Chine. Contrairement à ce que les jésuites prétendent, ils n'ont rien de profane mais sont, au contraire, une forme majeure de la religion chinoise, parfaitement incompatible avec la foi chrétienne. Il les a condamnés dès 1693. Les jésuites, en persistant à nier leur caractère religieux, voudraient vous retirer tout motif de les condamner. Nous frôlons l'hérésie, Très Saint Père ! Vous devez leur ordonner de se plier aux volontés de l'Église.

Le pape se redressa avec lenteur sur son fauteuil de velours pourpre. Son regard sévère se porta sur le visage réprobateur de Lombardi qui ne cilla point. Il s'accorda quelques instants, raide et dubitatif, sans prononcer un mot. Personne autour de lui n'osa interrompre sa réflexion. Finalement, il toussota légèrement et prit la parole d'une voix douce.

— Je comprends votre courroux, mon très cher frère. Il semble, en effet, que nos jésuites de Chine aient pris quelque liberté avec la doctrine de la Sainte Église apostolique et romaine. On ne saurait toutefois les juger avec trop de hâte, encore moins les condamner, sans avoir vérifié sur place le bien-fondé de leurs arguments et tenté de leur faire entendre raison. Ils m'assurent, en effet, que, loin d'adopter les pratiques hérétiques des barbares, ils n'en font usage que pour mieux s'attirer leurs grâces et celles de l'empereur, et se trouver, de la sorte, en meilleure position pour répandre la Bonne Parole. Vous reconnaîtrez que, de ce point de vue, ils ont connu un certain succès dans leur tâche missionnaire. Grâce à eux, des milliers de païens se sont convertis à la foi en Jésus-Christ et plus de cent églises ont été édifiées sur cette terre infidèle. C'est un magnifique résultat dont l'Église ne peut que se féliciter.

— Est-ce une raison pour qu'elle tolère des pratiques contraires à sa doctrine ? insista le cardinal Lumbroso. Elles confinent au paganisme le plus superstitieux. Trop éloignés de Rome, jouant leur propre jeu sans se préoccuper des intérêts réels de l'Église, les jésuites ont perdu la raison. Il est temps de les ramener dans le droit chemin.

La question des rites chinois, comme celle des rites malabars pratiqués dans les Indes orientales, finirait par empoisonner le Vatican si rien n'était fait. Clément XI percevait que ces antagonismes mettaient en péril l'autorité de la papauté. Derrière la controverse, il y avait, en fait, la puissance des jésuites, leur orgueilleuse indépendance sous le masque d'une soumission apparemment sans faille.

— Nous devons être également conscients que votre prestige auprès du souverain chinois est battu en brèche par des puissances qui ne nous sont pas nécessairement favorables, poursuivit le cardinal Lombardi après s'être levé pour donner plus de poids à sa péroraison.

Fin négociateur, théologien redouté, il connaissait l'affaire sur le bout des doigts.

— Les jésuites portugais, qui œuvrent d'abord pour le bien du roi du Portugal et se sont signalés par leur mauvaise grâce à vous obéir, sont désormais supplantés par les Français. Louis XIV, quand il a financé le voyage de six de ses jésuites, savait ce qu'il faisait : il les envoyait développer tout à la fois l'influence et le commerce de la France. Ils ont été suivis, dix ans plus tard, par des hommes de grande valeur, Parennin et Premare, pour ne citer qu'eux, qui ont réussi à s'imposer auprès de l'empereur. Grâce à eux, Louis XIV a pu se poser comme le seul souverain européen digne de Kangxi. N'oublions pas que les jésuites français sont entrés à Pékin avec le titre de « Mathématiciens du roi de France » ! Vous conviendrez, Très Saint Père, qu'ils ne pouvaient bafouer davantage le siège de Pierre !

— D'où leur vient cette faveur ? interrogea Clément XI.

— Ils prétendent avoir guéri Kangxi d'une fièvre dont ses médecins ne parvenaient pas à le soulager, répondit Lumbroso.

— Ce serait d'ailleurs la raison pour laquelle, en témoignage de reconnaissance, l'empereur leur aurait permis de construire une nouvelle église à Pékin, ajouta Lombardi.

— Résultat dont nous ne pouvons que nous féliciter, commenta le pape avec une certaine ironie.

Église dans l'Église, les jésuites s'étaient taillé un empire sur les âmes par leur position auprès des puissants. L'évocation du roi de France venait de rappeler à chacun des cardinaux présents la sourde lutte qui l'avait opposé à la papauté, quelque vingt ans plus tôt. Tout à ses rêves de grandeur, Louis avait alors exigé de nommer lui-même les évêques, de soumettre le clergé à son autorité et d'en percevoir les revenus. Depuis, le Grand Roi avait manifesté de meilleurs sentiments à l'égard du souverain pontife et recherchait son soutien dans la guerre qui s'annonçait avec les Anglais et les Hollandais. Mieux valait, cependant, continuer de se méfier des sursauts toujours imprévisibles d'un gallicanisme capricieux.

— Nous allons dépêcher une mission à Pékin, annonça Clément XI, pour commander aux jésuites de revenir à des pratiques plus conformes à la Sainte Foi. Notre légat aura également la charge de faire savoir à Kangxi que c'est à Nous que les jésuites doivent d'abord obéissance.

Au printemps 1702, Charles-Thomas Maillard de Tournon, jeune et fougueux membre de la *Propaganda Fide*, fut choisi par Clément XI pour être envoyé aux Indes puis en Chine. L'Institut de la Propagande de la Foi, une congrégation rattachée au Vatican, avait été créée, un siècle plus tôt, pour envoyer des missionnaires en terres infidèles. À peine âgé de trente-quatre ans, Tournon avait été recommandé au souverain pontife pour son ardeur à défendre la papauté et les intérêts de l'Église. Deux mois plus tard, il fut fait patriarche d'Antioche et légat *a latere* du pape, envoyé extraordinaire disposant des pleins pouvoirs. Entre-temps, il avait été décidé que des missionnaires l'accompagneraient pour étoffer la légation et l'assister dans ses entretiens avec l'empereur de Chine. Une fois Tournon reparti pour l'Europe, ils demeureraient sur place afin de renforcer la présence chrétienne. Les membres de la Congrégation de la Mission, fondée par saint Vincent de Paul un demi-siècle plus tôt, semblaient les mieux préparés. Trois de ces lazaristes — on les nommait ainsi car leur maison mère était installée près l'église Saint-Lazare, à Paris — s'offrirent à partir. Peu avant que Clément XI ne les reçoive pour leur expliquer ce qu'il attendait d'eux, le cardinal Domenico Riviera lui demanda audience.

— Ne serait-il pas judicieux, Votre Sainteté, de choisir un missionnaire que nous pourrions placer auprès de l'empereur de Chine et qui accepterait de se mettre à son service ? Un homme dont les connaissances et les heureuses manières aideraient à gagner le cœur de ce monarque ? Un homme qui parviendrait ainsi à rééquilibrer en notre faveur l'influence des jésuites ?

— L'idée d'introduire un de nos fidèles dans l'entourage impérial est séduisante, dit Clément XI. Qui vois-tu donc, mon fils, d'assez remarquable pour prendre l'ascendant sur les jésuites en place depuis si longtemps ? Je suppose que, si cette brillante idée t'est venue, c'est que tu as déjà songé à quelqu'un.

— J'ai, en effet, un homme à vous proposer, mon oncle. Kangxi manifeste depuis longtemps un intérêt marqué pour les sciences occidentales. Les mathématiques, l'astronomie et la cartographie le passionnent. En réformant le calendrier chinois et en calculant les éclipses, les jésuites se sont assuré une place prédominante à la Cour, au point d'occuper des responsabilités importantes au sein du Tribunal des mathématiques.

— De quoi s'agit-il ? s'enquit le pape, vivement intéressé.

— C'est le nom du secrétariat d'État chargé des affaires astronomiques au sein de l'administration impériale.

— L'astronomie est donc restée une affaire d'État en Chine, observa le pape, songeur. Comme ces gens sont sages...

Le cardinal Riviera se permit un petit sourire et poursuivit :

— Oui, Très Saint Père, et les jésuites ont la haute main sur lui. Il ne sera pas aisé, à ma connaissance, de trouver parmi les prêtres de la Congrégation un homme capable de rivaliser avec eux sur ce point. En revanche, il existe un art dans lequel ils possèdent moins de compétences mais que l'empereur affectionne particulièrement.

— Lequel ?

— La musique. Le père Tomas Pereira, un Portugais, occupe bien les fonctions de musicien de l'empereur, mais je sais qu'il ne s'entend guère à le divertir. Quant aux Français, ils n'y brillent pas vraiment.

— Tu es précieux, Domenico. Nous aurions donc dans nos rangs un homme qui pourrait dévoiler à l'empereur toutes les subtilités de notre musique ?

— Exactement. C'est un lazariste d'une grande habileté. Il est non seulement musicien, mais également facteur d'orgues et de clavecins. Il compose avec art et sensibilité des musiques religieuses et profanes dont j'ai pu, à plusieurs reprises, apprécier la beauté. Ajoutons qu'il joue admirablement de plusieurs instruments. Je crois sincèrement que, si vous le lui ordonnez, il sera notre plus fidèle soutien à Pékin. Je me porte garant, naturellement, de sa fidélité. Son âge le met à l'abri des foucades comme des renoncements et j'ai perçu qu'il ne demandait qu'à s'engager dans une voie missionnaire.

— Comment s'appelle cette perle rare ? demanda le pape.

— Teodorico Pedrini.

9

Pour la première fois, Teodorico pénétrait au cœur du Vatican, sanctuaire de la foi chrétienne et centre de la puissance spirituelle qui gouvernait le monde. Le palais de Jules II, de Grégoire XIII, de Sixte Quint était encore plus impressionnant qu'il ne l'imaginait. Un garde suisse le guida dans des galeries et des salons aux proportions majestueuses dont il découvrit, ébahi, la richesse. Dans un geste devenu familier, il releva le bas de sa soutane pour gravir le large escalier qui montait vers les étages supérieurs et s'amusa d'entendre ses pas résonner sur le dallage de marbre. Partout se croisaient des prêtres à l'air grave et des secrétaires affairés. Il s'arrêta un instant pour baiser l'anneau d'un cardinal qui lui tendit sa main avec onction quand il le croisa dans un couloir. Puis, toujours précédé de son garde, il empruta une longue galerie voûtée aux murs recouverts de fresques et de cartes immenses pour pénétrer enfin dans un cabinet richement décoré où Domenico Riviera était en train d'écrire, assis à une table de travail. Le neveu du pape se leva aussitôt et le serra chaleureusement dans ses bras.

— Assieds-toi, je t'en prie, cher Teodorico, dit-il en désignant un fauteuil.

En regagnant son bureau, il prit le temps d'observer celui qu'il avait convoqué. Pedrini était bien l'homme qu'il leur fallait. Il avait une constitution robuste et sa haute taille, son expression intelligente et grave inspiraient respect et confiance. Ses yeux noirs ne se détournaient pas mais restaient fixés avec intérêt sur ses interlocuteurs. Et puis ces mains : on n'imaginait pas en les voyant si grandes qu'elles étaient capables de tant de délicatesse et de sensibilité une fois posées sur un clavier. C'était un atout supplémentaire en sa faveur. Les Chinois qui respectaient la force physique seraient, sans nul doute, séduits par ce bel homme aux manières si courtoises et à la barbe bien taillée selon l'usage de la Congrégation. Teodorico eut conscience d'être l'objet d'un examen attentif et se demanda quelle en était la raison. Patient, il attendit que Domenico Riviera se soit rassis pour parler.

— Que me vaut l'honneur d'être invité, si tôt, dans ces lieux, comment dire... resplendissants de tant de puissance ? demanda-t-il.

— L'Église a besoin de toi, Teodorico, répliqua son ami avec une solennité inusitée.

— Je suis à son service, tu le sais mieux que quiconque.

— La barbe que tu portes en est le témoignage. L'Église, disais-je, mais aussi notre Très Saint Père.

Teodorico fut intrigué. Qu'est-ce que le pape pouvait bien lui vouloir ? Connaissait-il même son existence ?

— Tu as, évidemment, entendu parler de la Chine ? poursuivit Riviera, entrant à sa manière franche et directe dans le vif du sujet. La Congrégation y a, si je ne m'abuse, envoyé deux des siens, voici quelques années.

— Messieurs Appiani et Müllener, précisa Teodorico. Leur dernière lettre date de mai 1701, il y a près de deux ans. Ils nous écrivaient qu'ils étaient installés dans la province du Si-Tchouan et que leur travail d'évangélisation était des plus difficiles.

— Eh bien, c'est dans ce vaste empire que le pape, mon oncle, a besoin de toi. Pour une mission de la plus haute importance.

— Il me demande de partir, moi aussi, répandre la Bonne Parole ?

— Il s'agit moins de cela que d'un travail d'ordre, disons, diplomatique et confidentiel, expliqua Riviera. Si tu l'acceptes, ce n'est pas dans une province reculée que tu iras, mais à Pékin même.

Teodorico ne put cacher sa surprise. Il se leva et fit quelques pas vers les hautes fenêtres. En contrebas, dans les jardins, des statues immaculées semblaient commercer en silence aux détours des allées de cyprès et de buis taillés.

— Pékin, dis-tu ? Et pour y faire quoi ? questionna-t-il.

— Le Saint Père souhaite t'en entretenir lui-même.

L'annonce de cette audience imprévue eut sur Teodorico un effet inattendu : il se mit à rire de bon cœur.

— Qu'y a-t-il de drôle à cela ? demanda le cardinal, étonné.

— Je ris de moi-même et de la Divine Providence. Lorsque j'étais laïque, je ne rêvais que têtes couronnées et honneurs princiers. Je ne pensais qu'à les approcher pour gagner leur faveurs et faire mon chemin dans le monde. Je l'ai compris depuis, cette ambition flattait surtout ma vanité. Mais à présent que j'ai renoncé à toute prétention de cette nature, me voici appelé à me prosterner devant le plus élevé de tous, le pape lui-même. Le sort est facétieux, ne trouves-tu pas ?

— Si j'en crois ce qui t'attend, tu n'as pas fini de rire, commenta Riviera, amusé.

Cette fois, ils n'eurent pas à franchir d'interminables corridors ni des salles immenses : le bureau du cardinal était presque voisin des appartements de son oncle. Ils y furent introduits par un jeune prêtre au masque impénétrable qui dévisagea Teodorico sans aménité. Clément XI était en train de lire une épaisse liasse de feuilles recouvertes d'une fine écriture. Il leva les yeux et retira les besicles qu'il avait sur le nez.

— Très Saint Père, fit le cardinal avec une profonde génuflexion, voici l'homme dont j'ai vous ai exposé les mérites, Teodorico Pedrini.

Teodorico s'avança vers le chef de l'Église catholique et mit un genou en terre pour baiser l'anneau de saint Pierre.

— Très Saint Père, je suis votre humble serviteur, dit-il d'une voix légèrement étranglée.

— Relève-toi, mon fils, et prends place en face de moi que je puisse te voir.

Les yeux du pape étaient incroyablement vifs et pénétrants. Teodorico se sentit examiné, jugé, pesé en un clin d'œil.

— Voici donc le fameux Pedrini qui, à l'exemple de saint Augustin, a abandonné la vie profane et ses plaisirs pour se mettre au service de l'Église, dit Clément XI. Le cardinal Riviera m'a dit que tu étais, également, un musicien remarquable. Je le crois si volontiers que j'ai songé à te confier, mon fils, la mission dont je vais te parler maintenant.

Pendant de longues minutes, le pape expliqua minutieusement à Pedrini l'importance dogmatique et diplomatique de la légation de Monseigneur de Tournon à Pékin. L'Église devait trouver une solution équilibrée aux difficultés suscitées par les jésuites de Chine.

— En te proposant de te joindre à cette légation, poursuivit le pape, nous souhaitons également être agréable à l'empereur. Il se pique de musique, semble-t-il, et possède de nombreux clavicordes et autres épinettes. Mais il n'a personne pour les jouer. Ton art l'incitera à te réserver bon accueil et tu contribueras donc, à ta façon, au succès de la mission du légat. Mais tu devras aussi examiner discrètement, pour mon usage exclusif, le comportement des jésuites et me faire savoir directement en quoi il peut être blâmable. Mon neveu t'expliquera tout à l'heure quels moyens utiliser pour me faire parvenir tes rapports sans que personne le sache. Ta position auprès de l'empereur sera le plus précieux soutien de l'Église dans sa conquête des âmes chinoises.

— Cela signifierait-il qu'après le départ de Monseigneur de Tournon je devrai me mettre au service de l'empereur ? questionna Teodorico.

— Exactement, répondit Clément XI. Tu demeureras en Chine, aussi longtemps que tes forces le permettront. Le sens ultime de ta mission le réclame. Je vais maintenant te le dévoiler. Il s'agit d'un secret que seul Riviera, toi et moi partagerons, un diamant pur que tu devras, à tout prix, garder pour toi seul. Voilà : la Chine s'ouvre à nous, mon fils, grâce aux missions, au commerce et aux techniques. Plusieurs dizaines de millions d'âmes y vivent dans l'ignorance de la foi en notre Seigneur Jésus-Christ, éloignées de la vraie religion et soumises aux superstitions les plus primitives. Parvenir à les convertir exigerait d'innombrables missionnaires. Nous ne les possédons pas. C'est donc à la tête que nous devons faire porter secrètement nos efforts. Les jésuites ont échoué, jusqu'à ce jour, à convertir l'empereur de Chine. Tu dois y parvenir. Tel est l'objet le plus délicat et le plus secret de ta mission. Il est aussi le plus ardu. Grâce à ta musique, tu devras supplanter les jésuites dans le cœur de Kangxi, bien qu'ils aient le monopole de son affection. Tu devras ensuite le guider et l'initier à nos saints mystères afin de l'amener aux fonts baptismaux. Si tu réussis, ce sera une immense victoire pour l'Église et l'assurance que l'évangélisation des Chinois ne sera plus un rêve.

— Ne jamais revoir ni ma patrie ni les miens représente un renoncement considérable, Très Saint Père, objecta Teodorico stupéfié par l'ampleur de la mission et du sacrifice qu'exigeait de lui le pape.

— Tu dois y consentir pour l'amour de Dieu, mon fils. Je te demande de rester auprès de Kangxi jusqu'à son dernier souffle et de t'assurer, si tu réussis à le convertir, que son successeur se fera chrétien, lui aussi. Plus tard, d'autres prêtres de la Congrégation viendront te rejoindre pour te seconder. Voilà ce à quoi je te destine. Imaginais-tu un sort plus enviable quand tu as demandé à entrer dans les ordres ? Non, n'est-ce pas ? Je t'en investis solennellement car je sais que toi seul en es digne.

Teodorico s'inclina, abasourdi. Le pape mettait sa confiance en lui. Ses paroles bienveillantes l'enchaînaient plus profondément que tous les vœux qu'il avait prononcés jusqu'alors.

— J'accepte très humblement, Votre Sainteté, finit-il par murmurer.

— Je t'en félicite, Pedrini. Dieu veillera sur toi et je prierai tous les jours pour que tu réussisses. Tu ne répondras que de moi pour l'aspect le plus secret de ta mission. Pour le reste, il te faudra correspondre régulièrement avec tes supérieurs et leur manifester la plus grande obéissance. Cela nécessite quelques précautions dont le cardinal, mon neveu, t'entretiendra. Va, mon fils, et que Notre Seigneur te donne force et courage dans l'accomplissement de ta tâche.

— Avant de partir, Très Saint Père, je sollicite votre bénédiction, dit Teodorico en s'agenouillant.

Clément XI se leva et traça le signe de la croix au-dessus du crâne de celui qu'il envoyait vers l'inconnu.

— *In nomine Patris et Filii et Spiritus Sancti.*

Les paroles résonnèrent curieusement aux oreilles de Teodorico. Ce fut seulement à cet instant qu'il prit pleinement la mesure du voyage inouï qu'il allait entreprendre et de l'immensité de la tâche qui l'attendait.

— Tu n'ignores pas que tout se sait, tout se devine ici, à Rome, prévint Riviera. Pour éviter les indiscrétions, tu ne partiras pas directement avec la légation de Monseigneur de Tournon. Tu iras d'abord à Paris pour égarer les soupçons, mais aussi te présenter à la maison mère de ta Congrégation et saluer le Supérieur, ce qui est bien naturel. Un autre lazariste t'accompagnera pour te soulager des tâches les plus rébarbatives. Vous prendrez ensuite le bateau à Saint-Malo afin de retrouver le légat. Lui-même, de son côté, passera par l'Espagne, accompagné des six missionnaires de la *Propaganda Fide* et de sa suite, et sera entre-temps parvenu aux Canaries où vous le rejoindrez. Là-bas, vous embarquerez sur une frégate armée par le roi de France qui vous emmènera à Goa et Pondichéry, aux Indes, puis à Canton.

— Pourquoi voyager sur un vaisseau français ? s'étonna Teodorico.

— Parce que Louis XIV cherche notre soutien dans son combat contre les Anglais et que nous avons pu négocier votre passage dans les meilleures conditions. J'ajoute que les vaisseaux de ligne français sont les seuls à pouvoir tenir tête aux navires britanniques.

— Quand dois-je partir ? demanda Teodorico.

— Dès que possible. La guerre qui oppose le roi de France, allié à Philippe V d'Espagne, son petit-fils, à l'Angleterre liguée aux Provinces-Unies se déroule aussi sur les mers. La mort de Guillaume III d'Orange, l'an dernier, a mis un temps d'arrêt au conflit. Mais la trêve est fragile. Elle sera de courte durée. Les Français ont jusqu'à présent connu quelques succès : ils ont repoussé les troupes autrichiennes du prince Eugène hors du Milanais et Villars a marché victorieusement en Bavière, le long du Danube, jusqu'à Hochstaedt. L'on parle à présent d'un débarquement de troupes anglaises commandées par le duc de Malborough. Nous avons appris aussi que des escadres anglo-bataves croisent sur la route des Indes, au large de l'Afrique et dans l'océan Indien et qu'elles n'hésitent pas à attaquer les navires de France. Il faudra toute l'habileté des marins du Roi-Soleil pour les éviter ou les tenir à distance si les combats s'engagent.

Teodorico erra longtemps dans les rues de Rome. Il avait voulu être seul, refusant le carrosse que Riviera avait mis à sa disposition. Le froid l'engourdissait. Était-ce le vent ou l'anxiété qui le faisait frissonner ? Sa mission avait quelque chose de définitif qui sonnait comme un exil. Il souhaita sentir l'odeur de cette ville pour la graver à jamais dans sa mémoire. Reverrait-il un jour ces ruines majestueuses qu'il aimait tant, ces palais pleins de noblesse, ces jardins dont les parfums, l'été, l'étourdissaient ? Entendrait-il à nouveau les cris d'enfants dans les rues du Trastevere, cette langue chantante, ces musiques, ces cloches qui ponctuaient la vie, à chaque heure du jour et de la nuit ? Le soir tombait. Revenu sur l'immense place Saint-Pierre, il s'arrêta, indifférent aux carrioles et aux carrosses qui le frôlaient, pour contempler une dernière fois la monumentale basilique. On commençait, ici et là, à allumer les flambeaux. Sur la colonnade du Bernin, les statues qui se découpaient sur le ciel sombre dessinaient une couronne fantasmagorique autour de l'obélisque de Caligula qui se dressait au centre de la place. Au loin, la masse de Saint-Pierre se faisait plus sombre. C'était pour elle et pour ce qu'elle représentait qu'il allait tout quitter, pays, famille, amis. Il ne le regrettait pas : il avait tant à faire, tant à conquérir, tant à connaître. Quelle ironie décidément : lui qui avait voulu se faire un nom parmi les compositeurs serait bientôt le musicien de l'empereur de Chine si tout se déroulait comme l'espérait Clément XI ! Il avait fallu la disparition tragique de Gabriella et le renoncement qui l'avait suivie pour qu'il obtienne ce qu'il désirait. « Le prix est-il toujours si élevé ? » se demanda-t-il.

— La Chine, Pékin, ces barbares ? Mon pauvre Teodorico, que vas-tu faire là-bas ? s'écria Gian Battista tandis qu'ils marchaient du pas lent de ceux qui veulent reculer le moment de se quitter

Ils s'étaient retrouvés sur la via del Corso pour une ultime promenade. Le jeune comte partageait son temps entre Rome et Ancône où il devait épouser une de ses lointaines cousines.

— Nous reviendras-tu au moins ? J'aurais aimé que tu célèbres mon mariage...

— Je serai rentré que tu ne seras toujours pas décidé ! répondit Teodorico en riant.

— Ne te moque pas de moi. Toi, tu as résolu la question une fois pour toutes et de la manière la plus radicale. Mais moi, j'hésite encore. Je ne puis me résoudre à renoncer aussi facilement à la vie romaine et aux femmes qui la rendent si plaisante. Malgré ta soutane, tu peux comprendre cela, non ?

Gian Battista réfléchit un instant, puis ajouta :

— C'est curieux, n'est-ce pas ? fit-il.

— Qu'est-ce qui est curieux ?

— C'est moi qui rêvais d'aventure et c'est toi qui pars au bout du monde. Je crois bien que Dieu aime nous tromper sur ses intentions. Il commence par nous proposer un destin puis nous en impose un autre. À l'un, Il fait croire qu'il va explorer le monde mais, finalement, lui trouve des attaches telles qu'il n'a plus la force de partir. À l'autre, qui ne pense que notes de musique et honneurs faciles, Il fait soudain pousser des ailes. L'on ne choisit rien, vraiment.

— Tu as choisi les femmes, toi. C'est une autre forme de voyage.

— Je ne le regrette pas. Elles m'ont permis de comprendre que je n'étais pas fait pour courir la planète comme je le croyais.

Parvenus à l'endroit où Gabriella était tombée sous les sabots des chevaux, Teodorico se signa furtivement en baissant la tête.

— Tu l'aimes toujours, n'est-ce pas ? murmura Gian Battista.

Il préféra ne pas répondre. Leurs chemins se séparaient là. Ils s'étreignirent avec force et parvinrent difficilement à se détacher l'un de l'autre. Ils n'avaient pas vraiment besoin de parler pour savoir qu'ils éprouvaient le même horrible déchirement et, de toute façon, il était trop tard pour exprimer toutes les choses qu'ils auraient voulu se dire. Avant de le quitter, Teodorico voulut bénir son ami d'enfance.

— Même si tu n'en veux pas, reçois ma bénédiction, Gian Battista. Sois heureux, trouve la paix et ne m'oublie pas.

Ils se séparèrent en sachant qu'ils ne se reverraient jamais. La nuit qui était tombée sur la ville les engloutit doucement.

Le 12 janvier 1702, Teodorico Pedrini prit la route de la France, en compagnie du lazariste que la Congrégation avait mis à son service. Un petit bonhomme bedonnant au visage rond et jovial qui s'appelait Biasi. Ses démonstrations de joie parurent un peu exagérées à Teodorico mais, après tout, on ne part pas tous les jours pour la Chine ! Il emportait de nombreux coffres contenant, outre ses vêtements courants et sacerdotaux, un autel de voyage, des rames de papier, ses encres et ses plumes, un grand nombre de livres parmi lesquels ses œuvres favorites de Sénèque, Tacite, Hérodote, saint Augustin et saint Thomas d'Aquin, ainsi que le tableau d'Antoine Rivalz représentant la Trinita dei Monti. Un autre chargement comprenait les instruments de musique pour l'empereur de Chine, une épinette, des violons, un théorbe. Lorsque la voiture lourdement chargée passa sous la porte del Popolo pour entrer sur la via Flaminia, Pedrini refusa de jeter un dernier regard sur la ville où il se souvenait déjà d'avoir été si heureux.

Livre deux

L'AUTRE MOITIÉ DE LA TERRE

1

Le *Royal Louis* dressait ses trois mâts dans le port de Livourne. Accueillis pour l'étape à l'évêché, Pedrini et Biasi apprirent que le navire français s'apprêtait à appareiller pour Toulon. En dépit des réticences de son compagnon, Teodorico estima que c'était un excellent moyen de s'amariner et fit demander au capitaine s'il les acceptait à son bord. Une chaloupe vint les chercher à quai. Plus ils s'approchaient du *Royal Louis*, plus ils étaient impressionnés par ses dimensions imposantes et la beauté de ses lignes. Quand ils posèrent le pied sur le pont, un homme vêtu d'une tunique bleue richement brodée et coiffé d'un chapeau à plumes à large bord, s'approcha d'eux pour les accueillir.

— Monsieur Pedrini, soyez le bienvenu à mon bord, dit-il. Je suis le comte Victor-Marie d'Estrées, amiral de la flotte française du Levant et maréchal de France. C'est un privilège de vous recevoir sur ce navire de Sa Majesté le roi de France.

Teodorico le remercia en le priant d'excuser son mauvais français.

— Préférez-vous que nous parlions latin ? proposa le comte.

Surpris, Teodorico s'empressa d'accepter et constata rapidement que les prêtres italiens n'étaient pas les seuls à pouvoir s'exprimer avec aisance dans la langue de Cicéron.

— Vos bagages personnels vous attendent dans votre cabine, reprit Estrées. Le reste de votre chargement est à l'abri dans les cales. Me ferez-vous l'honneur de partager mon souper ? En attendant, un de mes lieutenants va vous guider jusque dans vos appartements et se tiendra à votre disposition durant toute notre traversée. Si vous le souhaitez, il vous fera visiter le navire quand nous aurons appareillé, tout à l'heure. À vous revoir, monsieur.

Teodorico s'inclina. L'accueil de l'amiral confirmait la tradition d'hospitalité de la marine française. Le luxe du *Royal Louis* était saisissant. On lui avait dit que les Français mettaient un point d'honneur à traiter leurs hôtes avec beaucoup d'égards, mais il n'avait pas imaginé que ce fût à ce point. Un jeune homme se présenta à lui et le pria de le suivre vers la poupe du navire en lui demandant de prendre garde où il posait ses pieds. Le pont était encombré de cordages soigneusement enroulés, de canons de gros calibre attachés à leurs anneaux, de bacs à boulets. Des groupes de matelots brossaient les planches. Les officiers qui les surveillaient s'écartèrent respectueusement pour les laisser passer. Ils franchirent une porte, descendirent un escalier étroit, atteignirent le second pont, puis l'officier fit entrer Teodorico dans une cabine de bonnes dimensions où il retrouva ses deux coffres personnels. Un lit était fixé dans un coin et il craignit un moment qu'il ne fût trop petit pour lui. Une chaise et une table étroite où reposaient une cruche, un gobelet et un bassin de cuivre étaient les seuls meubles. L'air avait une odeur mêlée, faite de bois humide, de cire, de vinaigre et d'eau de mer qui lui donna un haut-le cœur. Il prit possession des lieux, puis décida de revenir à la surface pour respirer plus librement. Il entendit qu'on hurlait des ordres, des cavalcades résonnèrent au-dessus de sa tête, des coups de sifflet retentirent et il remonta sur le pont aussi vite qu'il le put.

Le *Royal Louis* appareillait. Tout l'équipage était aux manœuvres. Pour ce qu'il en comprit, elles étaient aussi complexes que nombreuses. Mettre un tel navire sous voiles n'était pas une mince affaire. Des matelots, montés dans les haubans, gagnaient la mâture. Fasciné par leur habileté à se hisser dans les cordages et à se tenir debout sur les vergues, Teodorico observa le spectacle avec avidité. Clignant les yeux, le visage levé vers le ciel nuageux, il regarda les gabiers larguer les voiles. Le vent s'y engouffra et elles se gonflèrent d'un coup en claquant. Au sommet du grand mât, la longue flamme de l'amiral flottait dans l'air comme un reptile indocile. Il sentit sous ses pieds que le navire se mettait à bouger, craquant de toutes parts, et entendit les hommes en poste au cabestan remonter les ancres. Les cordages, les poulies grinçaient. Il découvrit son lieutenant qui donnait des ordres sur la dunette arrière :

— À établir la voilure !

Émerveillé, Teodorico observait tout et tâchait de comprendre l'enchaînement des manœuvres. Il se demandait comment un si gros bâtiment pouvait avancer. Le navire vira et il savoura l'impression de puissance qui se dégageait de ce mouvement majestueux sur la mer. Une soudaine rafale de vent fouetta son visage. On était face au large. Le *Royal Louis* prit son cap et, toutes voiles dehors, fendit la mer sans efforts. Sur le pont, chacun continua de s'affairer. Il resta un long moment, accoudé au bastingage, humant à pleins poumons l'air du large, écoutant le vent faire chanter les voiles. Un enseigne vint l'arracher à ses rêveries et lui annonça que l'heure du souper approchait. Aimerait-il, en attendant, admirer ce qui faisait la fierté du navire ? Teodorico le suivit jusqu'à la poupe et découvrit une grande sculpture dorée représentant Thétis et Neptune surgissant d'un groupe de chevaux marins, entourés de sirènes et de tritons. Il avait peine à croire qu'une pièce aussi monumentale puisse avoir sa place sur un navire destiné avant tout à livrer bataille.

Les appartements de l'amiral suscitèrent chez lui le même étonnement. La table de Victor-Marie d'Estrées était d'un luxe inouï : couverts et gobelets d'argent, assiettes de vermeil, verres et carafes en cristal. Une nuée de serviteurs et de pages ne cessait d'apporter des plats de gibiers, de poissons, de volailles et de verser des vins exquis. Un petit orchestre de violons jouait de la musique française. Teodorico lui trouva un caractère trop solennel, à l'image de tout ce palais flottant. Il compta une douzaine de convives autour de la table, dont trois chevaliers espagnols, Biasi et un jésuite français, le père Méricourt.

— Le *Royal Louis* est le plus beau bâtiment de Sa Majesté, dit l'amiral avec une certaine suffisance. Peut-être également le plus grand. J'ai eu l'honneur d'y accueillir, il y a peu, un hôte illustre, Sa Majesté le roi d'Espagne Philippe V qui se rendait à Naples. J'espère qu'en ce qui vous concerne, il sera à votre convenance, messieurs.

Autour de la table, on sourit discrètement.

— Monsieur Pedrini, reprit Estrées, vous entreprenez donc un voyage en France ? Est-il indiscret de vous demander quel est le but de votre visite ?

— Nous nous rendons, M. Biasi et moi, dans la maison mère de notre Congrégation, répondit Teodorico en évitant le regard du jésuite qui s'était fait plus attentif.

— À Paris ?

— Exactement.

— Avez-vous d'autres projets ? interrogea le jésuite.

— Pourquoi cette question, mon cher frère ? s'étonna Teodorico.

— La Congrégation de la Mission s'est fixé pour tâche d'évangéliser les terres impies, n'est-ce pas ? La France n'en est pas une, que je sache.

— Pas encore ! s'exclama le comte.

À nouveau, l'on se mit à rire.

— Avez-vous l'intention de vous rendre plus tard dans quelque pays lointain ? s'enquit le jésuite.

— Nos supérieurs en décideront comme ils l'entendront et nous nous plierons, naturellement, à leur volonté.

— Votre Congrégation est de création récente, continua Méricourt. Je lui souhaite de rencontrer, dans ses entreprises apostoliques, le même succès que la Compagnie de Jésus à laquelle je me flatte d'appartenir.

— Le monde est grand et le Seigneur réclame de nombreux ouvriers pour proclamer sa Parole sur la surface de la terre, rétorqua Biasi.

— En Afrique ou en Chine, le travail ne manque pas pour des âmes bien trempées, mon frère, poursuivit le Français. Si les chefs de votre Congrégation vous ordonnent, un jour, de partir en ces contrées difficiles, retenez ce conseil : vous devez, avant toute chose, gagner la confiance des populations à qui vous voulez faire partager notre Foi. Croyez-en un homme qui a passé une bonne partie de son existence à convertir les tribus de Hurons, au Québec, et à chasser l'ours avec eux. Avant de songer à répandre la Parole divine, il faut protéger celui qui en est la source et le messager, c'est-à-dire le missionnaire. Et, par conséquent, le laisser adopter la langue et les coutumes locales. C'est la seule manière de se faire admettre par ceux que l'on veut évangéliser.

Les deux hommes ne se quittaient pas des yeux. Le jésuite avait l'air de penser sincèrement ce qu'il disait et son visage buriné par les hivers québécois montrait sans le dire qu'il partageait par avance ce qu'allait endurer Pedrini. Ses mots résonnèrent comme un avertissement aux oreilles de Teodorico qui se demanda si Méricourt n'avait pas eu vent de l'expédition de Tournon à Pékin. Mais c'était peu probable.

— Racontez-nous donc quelques-uns de vos exploits canadiens, demanda le comte d'Estrées. Ces Hurons, comment sont-ils ?

Pedrini n'écoutait plus. Son esprit vagabondait déjà sur les terres inconnues qui l'attendaient. Plus tard, dans la nuit, assis sur le gaillard d'avant, grisé par le vin, il rêva en admirant les étoiles. Là-haut, la constellation d'Orion, le chasseur mythique, compagnon d'Artémis, occupait tout un grand pan du ciel. Quels fauves allait-il chasser ? Les mêmes que lui ? Et s'ils n'étaient que des chimères ? Le navire avançait doucement, sans heurt, dans un froissement de soie mouillée. « Ce serait merveilleux d'aller ainsi jusqu'en Chine », songea-t-il.

2

— J'ai une mauvaise nouvelle, Teodorico, bredouilla Biasi d'une voix blanche.

Il venait d'entrer en coup de vent dans les appartements que le Supérieur de la Congrégation avait attribués à Pedrini dans la Maison des lazaristes.

Teodorico s'arrêta d'écrire et releva la tête pour regarder son compagnon de voyage. Il avait l'air bouleversé.

— Que t'arrive-t-il ?

— Je dois rentrer à Rome.

Le visage de Pedrini se figea.

— Qu'est-ce que c'est que cette histoire ? Tu n'y songes pas ! Nous partons pour Saint-Malo dans quelques semaines à peine !

— Le Nonce apostolique m'a fait parvenir un message du Préfet de la Propagande. Il réclame mon retour immédiat à Rome.

— C'est absurde ! s'écria-t-il, furieux. Que pourrait-il te vouloir ?

— Je n'en ai pas la moindre idée. Peut-être me confier de nouvelles instructions ? Le message précise que tu dois attendre mon retour à Paris.

— Comment la Propagande peut-elle me donner cet ordre alors qu'elle... ?

Teodorico s'interrompit net, de peur d'en dire trop. Biasi devait ignorer jusqu'au bout qu'ils allaient rejoindre Tournon aux Canaries. Soupçonneux, il se demanda si les jésuites n'avaient pas surpris le secret de son rendez-vous avec le légat et si le message n'était pas un faux destiné à retarder son départ.

— Es-tu certain que le message provient bien du Nonce ? demanda-t-il.

— Certain. Il m'a été remis par notre Supérieur général.

— Je n'arrive pas à y croire. Cela me paraît suspect. Reste, Dominique, je t'en conjure. N'obéis pas. Notre mission passe avant tout.

— Je regrette, Teodorico, je n'ai pas le choix ! On m'ordonne de rentrer, je rentre ! Je serai de retour dans un mois, tout au plus. Tu auras tout le loisir de découvrir Paris et je rentrerai à temps pour partir à Saint-Malo.

Pedrini finit par accepter, mais pour se le reprocher aussitôt. Après le départ de Biasi, il ne put tenir pour vrai, décidément, cet ordre qui tombait si bien pour le retarder. Depuis que le pape l'avait investi d'une mission secrète, il avait tendance à voir des complots partout. Le retour de Biasi à Rome lui apparut comme une manœuvre des jésuites. Pour sauvegarder leur position à Pékin, ils étaient bien capables de saboter l'ambassade de Tournon en l'empêchant, lui le musicien attendu par l'empereur, de le rejoindre à Santa Cruz de Tenerife comme prévu. Ou bien Biasi était reparti sur la foi d'un faux message, ou bien il était complice des jésuites. Tout était envisageable. Pedrini n'osa faire part de ses interrogations au Supérieur qui les avait accueillis avec tant de générosité. Il ne restait plus qu'à attendre.

La cohue était indescriptible. Parti depuis une heure du faubourg Saint-Denis où se trouvait la Maison de la Congrégation, Pedrini cherchait désespérément la rue Vieille-du-Temple. Antoine Rivalz lui avait dit qu'il habitait là, au bout du Marais du Temple, à côté de l'hôtel Amelot. Les rues étaient aussi étroites et sales qu'à Rome, mais les portails grands ouverts laissaient entrevoir des façades superbes de palais au fond de cours et de jardins. Cavaliers en tricorne, carrosses aux rideaux fermés y croisaient dans un mouvement incessant mauvaises carrioles, marchands ambulants, chaises à porteurs. Il devait veiller à tout, aux jets d'eau boueuse que les voitures projetaient sur ses chaussures, aux gamins efflanqués qui le harcelaient pour lui soutirer quelques pièces, aux légions de mendiants qui lui jetaient le mauvais œil parce qu'il ne s'apitoyait pas assez sur leur sort. Les Parisiens lui semblèrent bien brutaux comparés aux Romains qui se confondaient en excuses dès qu'ils heurtaient involontairement quelqu'un. Ici, rien de tel. On le bousculait sans pitié, les cochers l'apostrophaient quand il ne s'écartait pas assez vite, les colporteurs l'interpellaient avec rudesse. À croire que ni sa haute taille ni sa soutane n'inspiraient le respect.

Il trouva enfin où logeait Antoine. Le Français lui avait beaucoup manqué après son départ de Rome et les quelques lettres qu'ils avaient échangées n'avaient jamais remplacé les moments partagés autrefois. Sans nouvelles de lui depuis plus d'un an, Teodorico se demanda dans quelles dispositions d'esprit il allait retrouver son ami.

— M. Rivalz est-il chez lui ? demanda-t-il à un gros homme joufflu qui gardait la porte de l'immeuble.

— Le peintre ? Non, monsieur. Il n'habite plus là.

La déconvenue de Pedrini fut totale.

— Pouvez-vous me dire où je puis le trouver ?

— C'est que je l'ignore, monsieur l'abbé. Mais celle-là, elle doit bien le savoir, dit-il en désignant une jeune soubrette qui descendait l'escalier. Annette, tu peux dire à l'abbé où il est maintenant ton Antoine ?

La jeune fille esquissa une révérence.

— En Allemagne, répondit-elle en rougissant. Et j'en suis encore bien malheureuse.

— Mais depuis quand ?

— Depuis un an. Chez ce duc, Würtemberg, ou quelque chose comme ça, qui l'a engagé là-bas, dans son château. Vous pourriez prier pour qu'il me revienne ?

— Je le ferai, mademoiselle, soyez-en sûre, fit Pedrini. À moi aussi, il me manque.

Il ne s'attarda pas davantage. Sa déception était cruelle. Soudain, dans cette ville étrangère et froide, aux odeurs nauséabondes, il se sentit très seul. À quoi servait l'amitié si elle aggravait le sentiment de solitude au lieu de le soulager ? Pouvait-elle se contenter de s'exprimer par écrit et se nourrir indéfiniment de l'absence ? Pedrini se remit en marche avec tristesse. Jamais, il ne reverrait Antoine. Son séjour à Paris était la dernière occasion. Et à moins que le peintre ne le rejoigne en Chine...

Il descendit jusqu'à la Seine pour voir la cathédrale de Paris. Les beautés qu'on lui prêtait le consoleraient peut-être du sentiment d'abandon qu'il éprouvait. En passant sur le pont Notre-Dame, il admira les maisons, toutes semblables, construites dessus et s'attarda chez un libraire. Sur les étagères, il trouva par hasard un livre qu'il cherchait depuis longtemps, le *Traité de Musique théorique et pratique* d'Antoine Parran, un jésuite, dont Corelli lui avait dit, jadis, le plus grand bien. Il l'acheta comme on prend un viatique. L'architecture moyenâgeuse de la cathédrale le déconcerta. Dans la nef sombre où tout un peuple de fidèles et de miséreux se pressait, les colonnes de pierre semblaient jaillir vers le ciel. Les centaines de drapeaux et d'étendards accrochés sous les hautes voûtes gothiques témoignaient de la grandeur militaire de la France. Il s'approcha du chœur et s'agenouilla en silence. Autour de lui, on observa avec curiosité ce prêtre barbu abîmé dans sa prière.

Biasi ne rentrait pas. De plus en plus inquiet, Pedrini trompa son impatience en envoyant lettre après lettre à Gian Battista dont la bonne humeur lui manquait tellement, à Domenico Riviera à qui il fit part de ses soupçons. Il tint également les orgues de l'église et le bruit courut dans cette ville assoiffée de nouveautés que les lazaristes abritaient dans leurs rangs un maître italien digne de Clérambaud et de Couperin. Les offices qu'on y célébra furent bientôt les plus suivis de la capitale. Ce succès inattendu ne suffit pas à calmer les inquiétudes de Teodorico. Il n'y tint plus et décida de partir pour Saint-Malo. Tant pis pour Biasi. Le bateau sur lequel ils devaient embarquer ne les attendrait pas indéfiniment.

— Que diriez-vous si l'un de nos confrères, un laïque, proposait de vous accompagner ? lui demanda le Supérieur.

— Je lui en serai reconnaissant. Qui est cet aventurier ?

— Jean Callière. Vous ne perdrez pas au change. C'est un

homme précieux, médecin et chirurgien. Bref, quelqu'un qui sait soigner. Là où vous allez, il vous sera très utile. Il aura sans doute aussi l'occasion d'exercer son art pendant votre voyage. Callière a grande envie d'aller en Chine, curieux, m'a-t-il dit, de voir si les Chinois souffrent des mêmes maladies que nous et par quels remèdes ils les soignent. L'acceptez-vous ?

— Naturellement, s'empressa de répondre Pedrini. C'est le Seigneur qui l'envoie.

Il ne se sentait plus seul et la perspective de partir à deux lui sembla d'un coup bien plus réjouissante. Trois jours plus tard, ils partirent pour la Bretagne.

Le voyage fut interminable. Dans la campagne française encore figée par l'hiver, Pedrini eut l'impression qu'ils n'avançaient pas. Pourquoi diable fallait-il aller au bout du monde pour se rendre au bout du monde ? Saint-Malo était loin de tout. Il maudit la prudence du pape qui avait pris le risque de le séparer de la Légation pour mieux le protéger. Au risque de le perdre. À chaque étape, Teodorico sentait l'anxiété monter en lui. N'avait-il pas attendu trop longtemps le retour de Biasi ? S'il avait pu, il aurait ordonné de ne pas s'arrêter, de cravacher les chevaux pour forcer encore le train. Il aurait voulu voler, rattraper le temps perdu, courir à travers cette Bretagne qui semblait sans fin. Jean Callière tenta de le calmer.

— Il est inutile de se révolter contre le temps qui fuit, dit-il. Mieux vaut se soumettre aux volontés du Tout-Puissant : les choses n'arrivent que lorsqu'il le souhaite.

— C'est lui faire trop d'honneur ! répliqua Pedrini, maussade.

Callière feignit de ne pas s'étonner d'un propos aussi sacrilège.

— Crois-en mon expérience, insista-t-il. Celle d'un homme qui répare plus qu'il ne soigne, qui ampute des hommes plus qu'il ne les guérit et qui, finalement, passe son temps à tenter d'empêcher la mort de faire son œuvre. Tout en sachant qu'elle viendra toujours, au bout du compte.

Jean Callière était un petit bonhomme d'une quarantaine

d'années, au crâne dégarni et aux mains d'une particulière finesse. Ses yeux perçants mettaient parfois Teodorico mal à l'aise car il semblait lire en lui à livre ouvert, mais sa bonhomie et sa nature aimable surent forcer peu à peu sa sympahie.

— Tu es bien philosophe, fit Teodorico. D'où tiens-tu cette capacité de supporter sans broncher nos misères ?

— J'ai servi en qualité de chirurgien dans le régiment du comte de Clermont pendant la guerre contre la Ligue d'Augsbourg. J'ai vu toutes les horreurs que les hommes sont capables de s'infliger les uns aux autres sur les champs de bataille. La couleur des drapeaux, les emblèmes, la religion ne changent rien à la couleur du sang : elle est toujours la même, quel que soit le camp pour lequel on se bat. Et l'image d'un membre fracassé par un boulet, celle d'un jeune homme à la poitrine transpercée par une pique me révolteront toujours. Tous ces pauvres bougres agonisant dans des souffrances atroces m'ont donné un sentiment de l'inéluctable qui ne m'a plus quitté. Depuis, quoi qu'il arrive, je pense toujours que, si je suis encore vivant aujourd'hui, c'est parce que Dieu l'a voulu. Le reste n'a aucune importance.

La révélation de l'aspect le plus intime du caractère de Callière fit réfléchir Teodorico. Pendant que des hommes mouraient sur les champs de bataille d'Europe, lui, il vivait à Rome dans l'insouciance. Il se demanda qui, du hasard ou de Dieu, l'avait fait naître en Italie et non dans les Flandres où il serait sans doute mort aujourd'hui. Si c'était le hasard, sa vie n'avait aucune explication, pas plus que le monde, d'ailleurs, si ce n'est la poursuite aveugle d'une existence vouée au néant. Si c'était Dieu, avait-il un dessein ? Lui avait-il forgé une destinée depuis l'origine ? Et, dans ce cas, quelle liberté lui restait-il ?

— Pourquoi es-tu entré dans la Congrégation ? demanda Teodorico pour obtenir une réponse à ses propres interrogations.

— On me prêtait un certain talent pour rafistoler les jambes brisées, refermer les plaies ou prescrire des médications efficaces. Je me suis trouvé enrôlé dans la guerre sans l'avoir voulu. Le spectacle des hommes qui se battent est la pire des choses, quand on n'a pas, comme moi, l'âme d'un guerrier. Les voir mourir ou souffrir, ce qui est parfois pire, avoir faim, trembler de froid et de peur dans la glaise, se tirer dessus ou s'enfoncer un coutelas dans la gorge sans savoir, le plus souvent, pourquoi, m'est devenu insupportable. J'aime soigner, mais j'ai fini par comprendre qu'on ne peut rien contre la folie des hommes et les horreurs qu'ils s'infligent. Après avoir vu tout ce que j'ai vu, j'ai estimé qu'il était plus utile de mettre mon art au service de ceux dont le métier était de propager la lumière plutôt que la mort.

Cette réponse lui plut. Au fond, Callière était comme lui : il avait voulu changer de vie. Il avait voulu être un autre.

À peine eurent-ils franchi les remparts de Saint-Malo, que Teodorico se précipita au comptoir de la Compagnie des Indes orientales. Une terrible déception l'y attendait. Le vaisseau de la Compagnie, *La Favorite*, où il était prévu qu'ils embarquent, avait dû appareiller, cinq jours plus tôt, après les avoir attendus en vain. Une escadre anglaise avait été repérée au large et, pour l'éviter, le capitaine avait renoncé à attendre plus longtemps ses deux derniers passagers. Teodorico protesta, furieux, et exigea d'embarquer, le jour même, sur un autre bateau.

— C'est qu'il n'y en a pas, monsieur, lui répondit-on.

— Et quand part le prochain ?

— Dans un mois. Mais rien n'est sûr, avec cette nouvelle guerre.

Teodorico fut catastrophé. D'ici là, le légat aurait embarqué pour la Chine. Que faire ? Rentrer à Rome ? Certainement pas. Revenir à Paris en attendant de nouvelles instructions ? Il n'était pas dans sa nature de rebrousser chemin. Il ne restait qu'une solution que Calllière approuva aussitôt : prendre la route de la Chine par leurs propres moyens et tenter de rattraper le légat aux Indes ou, au pire, à Macao. Les deux lazaristes s'installèrent à l'évêché pour rédiger courriers et rapports circonstanciés. Callière informa le Supérieur général de la Congrégation, Teodorico le cardinal Riviera de leur situation et de la décision qu'ils avaient prise.

Ils partirent aussitôt à la recherche d'un navire qui appareillerait vers les Indes, mais les armateurs leur répondirent invariablement que la guerre rendait la navigation de plus en plus risquée : la route de l'Orient était devenue dangereuse et le commerce en était fortement perturbé. Les navires en partance se faisaient rares. Ils finirent par trouver une petite frégate d'une trentaine de canons qui partait pour Pondichéry. Mais quand Teodorico, plein d'espoir, se présenta au capitaine, celui-ci lui dit qu'il n'avait plus de place pour eux et encore moins pour leur imposant chargement. Il n'avait même plus de quoi caser un mousse. Teodorico eut beau le supplier, puis le menacer des foudres de l'enfer, lui offrir le double du prix habituel, le capitaine resta intraitable. Découragé, Pedrini ne sut plus quoi faire. La chaleur et l'inaction rendaient l'attente encore plus insupportable. Il arpenta Saint-Malo et se prit à aimer cette ville qui ne vivait que pour la mer. Les jours de tempête, il voyait bien qu'aucune vague ne pouvait abattre ces remparts de granit qui défiaient la puissance de l'océan. Les Malouins, eux-mêmes, possédaient une force minérale que rien ne semblait pouvoir entamer. Ils ne faisaient qu'un avec leur ville et leur mer, enfants formidables de l'éternel mariage de la terre et de l'océan. À les voir, si solides, si râblés, si taciturnes, il se sentit très loin de l'Italie, mais ne parvint pas à regretter de l'avoir quittée. Il eut hâte, au contraire, de partir sur cette mer qu'il contemplait sans se lasser, guettant les bateaux qui rentraient au port et priant pour le salut des marins. Il foulait les remparts à grandes enjambées quand Callière le rejoignit en courant.

— Un messager de Paris vient d'apporter cette lettre pour toi, dit-il, tout essoufflé, en lui tendant un pli cacheté.

Teodorico l'ouvrit avec impatience. C'était Biasi : « Pardon, mon très cher frère. Je confesse mon crime. Je sais que, là où tu es, tu me voues aux gémonies. Je le mérite. Mon retour à Rome n'était qu'un prétexte, je l'avoue, pour t'empêcher d'embarquer à temps dans un certain bateau. Je n'en sais pas plus, n'ayant été qu'un instrument entre les mains de ceux qui voulaient te retenir. Tu me comprends. Ils m'ont contraint à jouer cette comédie, prétendant que tu étais un malhonnête homme qu'il fallait à tout prix retenir en France. En échange, ils m'ont donné de quoi rembourser quelques dettes imprudemment contractées dans un cabaret. À peine rentré en Italie, le remords me taraude. J'ai compris que j'avais été le jouet d'une méchante intrigue. Pars vite s'il est encore temps. Ne m'attends plus ! Où que cette lettre te trouve, puisses-tu me pardonner et que Dieu te bénisse. »

Ce qu'il soupçonnait était donc vrai. Son instinct ne l'avait pas trompé. Rétrospectivement, il s'en voulut encore davantage et, de rage, faillit jeter la lettre. Mais il se ravisa, la plia soigneusement et la mit dans la poche de sa soutane. Qui sait ? Elle pourrait peut-être lui être utile un jour. Le soir même, on lui annonça la visite de M. Lambert, le représentant de la Compagnie des Indes orientales.

— Auriez-vous enfin de bonnes nouvelles ? lui demanda-t-il en le faisant entrer.

— Peut-être, répondit Lambert qui s'était pris d'affection pour ce diable d'Italien dont la soutane cachait un vrai tempérament d'aventurier. Je viens d'apprendre qu'un navire doit appareiller pour un voyage qui pourrait bien faire votre affaire, monsieur Pedrini.

Ce fut comme une brusque embellie après la tempête : le visage de Teodorico s'éclaira.

— Enfin ! Donnez-moi vite des détails.

Lambert, fier de lui, ménagea ses effets.

— L'accession de Philippe V, petit-fils de Louis XIV, au trône d'Espagne a ouvert de nouvelles voies à notre commerce, commença-t-il. Les possessions espagnoles d'Amérique ne nous sont plus interdites. Nous y avons liberté de négoce. En contrepartie, nos escadres assureront la protection des navires de commerce espagnols.

— J'en suis ravi pour les affaires commerciales de la France mais je ne vois pas en quoi cela peut résoudre la question de mon départ, coupa Teodorico avec impatience.

— J'y viens. Le roi a décidé d'expédier un navire de la Compagnie de la Mer du Sud, qui vient d'être créée, sur les côtes du Chili et du Pérou, puis de lui faire traverser le Pacifique jusqu'aux îles Philippines, possession espagnole située aux portes de la Chine. De Manille, il se rendra à Macao, puis aux Indes, en Abyssinie sur les côtes africaines, et rentrera en France par le cap de Bonne-Espérance. Une circumnavigation de plus d'un an qui doit apporter la démonstration que rien n'est interdit au commerce et aux navires français. Nous en escomptons de gros bénéfices. Vous pourriez être du voyage. Qu'en pensez-vous ?

— Vous êtes mon sauveur, monsieur Lambert ! Dieu soit loué ! Quand part-on ?

— Dans quelques semaines.

— Pouvez-vous me ménager dès que possible une entrevue avec l'armateur de ce vaisseau ? Il nous faut embarquer sans tarder. C'est notre dernière chance de ne pas finir nos jours ici.

— Je m'en suis déjà préoccupé, assura Lambert en riant de bon cœur. Le capitaine et l'armateur acceptent de vous prendre comme passagers, M. Callière .et vous-même. Je crois savoir qu'ils vous feront payer un prix très convenable, en dépit de l'importance de votre chargement, à la seule condition que vous acceptiez d'être l'aumônier du bord pendant toute l'expédition.

— Je leur dirai deux messes par jour pour ce prix-là ! Que Dieu vous bénisse, monsieur Lambert !

Quelques jours plus tard, tout était arrangé et Pedrini pouvait écrire à Riviera qu'il partait enfin. Il rejoindrait le légat directement en Chine. Après tout, il n'avait que huit mois de retard sur lui. Dans sa dernière missive, le cardinal lui avait précisé, en effet, que Tournon avait quitté les Canaries en avril sur une frégate française et lui avait donné toute latitude pour poursuivre son voyage comme il l'entendait.

3

— Reverrons-nous un jour la terre d'Europe ? s'interrogea tout haut Callière qui avait rejoint Pedrini sur la dunette arrière.

— Au fond, quelle importance ? répondit Teodorico avec un grand sourire. Nous allons vers l'inconnu et nous ignorons si nous l'atteindrons. Dans ces conditions, inutile de se poser la question.

Le 26 décembre 1703 à l'aube, après avoir célébré la messe de Noël avec une solennité teintée d'allégresse, ils étaient montés sur le pont du *Charles*, frégate de quarante canons de la Marine royale, affrétée pour l'occasion par la Compagnie de la Mer du Sud. Après avoir jeté un coup d'œil dans la modeste cabine qui lui était allouée, Pedrini remonta sur la dunette arrière et s'accouda à la balustrade, moins pour assister aux manœuvres d'appareillage que pour contempler une dernière fois les rivages du continent. Il faisait froid et une brise vigoureuse fouettait leur visage.

— Si je vous entends bien, messieurs, tout est entre mes mains ! s'écria le capitaine qui s'était approché des deux hommes. Après celles de Dieu, naturellement.

Louis du Sartais inspirait la confiance. Large d'épaules, bâti à chaux et à sable, la moustache pointue et l'œil bleu, il avait une voix de stentor. On le sentait habitué à se faire obéir sans discuter et il fallait bien un tempérament de cette trempe pour guider le *Charles* de l'autre côté du globe. Il compensait la rusticité de son physique par une rare élégance, tunique noire aux passements de fils d'or, chemise à jabot, bottes étincelantes et tricorne de feutre galonné d'argent. Une perruque bouclée cachait une calvitie dont il ne s'était jamais consolé.

— Combien de temps nous faudra-t-il pour atteindre le sud de l'Amérique, capitaine ? demanda Teodorico.

— Trois mois environ.

— Est-ce donc si éloigné ?

— Non seulement c'est très loin, mais ce sont les vents, les courants et les fantaisies de l'océan qui décident pour nous, monsieur Pedrini. Attendons d'avoir dépassé le cap Fréhel et attrapé les vents d'est qui nous tireront des dangers de la Manche — et des corsaires ennemis qui croisent au large de Guernesey. Nous irons alors dans ma cabine pour examiner les cartes à notre aise. Vous verrez par vous-mêmes la route que nous allons suivre.

Ils le laissèrent donner ses ordres. Quand les murailles de Saint-Malo ne furent plus qu'un trait sur l'horizon, Teodorico et Callière descendirent dans leurs cabines respectives afin de mieux prendre la mesure de l'habitacle réduit dans lequel ils allaient vivre si longtemps. Ce fut vite fait. Pedrini trouva la sienne moins finement décorée que celle qu'il avait occupée sur le *Royal Louis* mais, située à la poupe du navire, elle présentait l'avantage d'être moins sensible aux mouvements de la houle. Il s'y installa du mieux qu'il put, casant son coffre sous le lit-cercueil accroché au plafond. Une austérité toute monacale pour une cellule flottante qui l'emmènerait plus loin que la plus longue méditation. Un étroit placard lui permit de ranger son linge, quelques objets de première nécessité et ses livres préférés. Sur la cloison, il trouva un clou où accrocher le tableau d'Antoine qu'il contempla sans aucune mélancolie. La lumière du jour entrait abondamment par la fenêtre de la galerie. Curieusement, il se sentit à l'abri dans cet espace réduit qui sentait l'encaustique, le vinaigre et le soufre, signe rassurant qu'on y avait fait les fumigations d'usage afin d'en chasser tous les miasmes.

Quand il ressortit à l'air libre, le *Charles* voguait plein ouest, ses voiles gonflées par un vent régulier et généreux. Il entendit le meuglement d'une vache et crut à une hallucination.

Callière s'arrêta net, lui aussi. Ils étaient sur le pont et un jeune lieutenant commençait à leur expliquer comment on prenait la hauteur du soleil pour estimer la position du navire. Teodorico suivait tant bien que mal les explications de l'officier, mais son français ne lui permettait pas de tout comprendre. Le lieutenant de vaisseau Rolin ne put refréner un rire juvénile devant leur air stupéfait.

— Le capitaine ne vous a pas encore fait visiter le navire, je crois. C'est donc à moi que reviendra cet honneur, dit-il en les invitant à le suivre. Sachez, messieurs, qu'un bateau, même de taille moyenne comme le nôtre, est avant tout un garde-manger sur l'eau. Nous partons communément pour une durée d'un mois ou plus sans avoir souvent la possibilité de faire relâche dans un port ami. Il nous faut donc embarquer de quoi nourrir l'équipage pendant ce temps. L'eau est naturellement notre bien le plus précieux, mais aussi la viande que nous emportons vivante, si je puis dire, donc sur pied. Ce qui suppose aussi que nous emportions de quoi nourrir notre cheptel !

Les trois hommes se dirigèrent vers la proue, dégringolèrent une échelle et se retrouvèrent à l'intérieur du navire, sur le premier entrepont. Dans un enclos sommaire, quatre bœufs attachés ruminaient du foin. Une chaleur étouffante et humide s'abattit sur eux. Les remugles de fumier la rendaient insoutenable. Des hommes s'activaient dans cet univers confiné où la lumière du jour pénétrait faiblement par les sabords. Certains vérifiaient l'arrimage des gros canons de trente-deux livres sous la surveillance d'un officier, d'autres calfataient le plancher, d'autres encore le briquaient avec énergie. Un peu plus loin, dans des enclos plus réduits, des canards, des oies et des poules faisaient plus ou moins bon ménage.

— Nous en abritons également dans des cages installées dans les chaloupes. C'est le seul moyen d'avoir des œufs frais. La table du capitaine, vous le constaterez, ne manque pas d'un certain raffinement. Il met un point d'honneur à nourrir du mieux qu'il peut son équipage et ses hôtes. C'est la condition *sine qua non* d'une traversée sans histoires. Ce n'est pas une mince affaire d'alimenter, deux fois par jour, les cent quarante hommes de ce navire.

— Tous ces animaux n'y suffiront pas, s'inquiéta Callière.

Rolin éclata de rire.

— Rassurez-vous. Nous avons aussi de la viande salée, des légumes secs, des biscuits, du fromage. Il est probable, toutefois, que sur la fin nous serons un peu à court.

— Et où conservez-vous toutes ces denrées ?

— En cale, dans des tonneaux. Avec le vin et l'eau. Cela fait office de lest.

Les deux lazaristes furent fascinés par ce monde nouveau, entre ténèbres et lumières. L'air y était rare et puant, une moiteur permanente collait à la peau. Ils descendirent encore d'un étage. Ici également des canons, des parcs à boulets et des hommes qui s'activaient à les nettoyer. Là des marins qui recousaient des voiles. Certains, tout jeunes, apprenaient à faire des épissures aux cordages. D'autres, enfin, lavaient à grande eau.

Quatre jours plus tard, le *Charles* était aux quarante degrés de latitude nord quand un fort vent de nord-nord-est le poussa plein sud, toutes voiles dehors. La mer se fit grosse. Teodorico constata, ravi, qu'il n'en souffrait pas. Au contraire, il aimait sentir le navire avancer à pleine vitesse, écouter le vent siffler dans les haubans, les poulies grincer. Parfois, une houle plus forte faisait plonger l'étrave du *Charles* dans l'océan et des paquets de mer blanche jaillissaient avant de ruisseler sur le pont. Des dizaines de matelots s'affairaient à des manœuvres dont le sens lui échappa.

— À réduire la voilure ! hurla le second installé sur la dunette arrière.

L'ordre fut repris à gorge déployée par plusieurs voix successives. Des gabiers grimpèrent dans la mâture et Teodorico admira la façon dont chaque commandement était exécuté par cette mécanique humaine démultipliée à l'extrême.

Pedrini et Callière s'amarinèrent rapidement. La vie du bord comptait peu de temps morts. Dès l'aube, on s'activait à laver et à briquer les ponts. Puis une cloche invitait tout l'équipage à s'agenouiller en direction du gaillard d'avant où Teodorico disait les prières du jour, appelant la protection de Dieu sur le *Charles*. *Veni Creator*, litanies de la Vierge, *Domine* et *Gloria* : tout l'équipage reprenait ces prières avec une ferveur qui l'impressionnait. Était-ce parce qu'ils étaient seuls sur la mer, à la merci de la colère divine, que tous ces hommes paraissaient si profondément chrétiens, ou bien était-ce la fameuse gravité française qui se distinguait de la religiosité italienne, tout en façade ? Au coup de sifflet, ils se relevaient et criaient « Vive le roi ! » avant de regagner leur poste. Les repas, les manœuvres, tout se faisait dans un ordre impeccable et rares étaient les rixes, le plus souvent pour une ration trop faible ou un mouvement mal ajusté. Le soir, après que la voilure eut été réduite pour la nuit, on prononçait la dernière prière de la journée et les hommes qui n'étaient pas de quart allaient se coucher dans les entreponts. Teodorico passait la soirée à la table du capitaine et de ses officiers. Il aimait écouter Sartais et Callière échanger leurs souvenirs de campagnes contre les Anglo-Hollandais, l'un sur mer, l'autre sur les champs de bataille des Flandres et de l'Artois.

— J'ai été blessé à La Hougue, le 29 mai 1692, commença, un soir, le capitaine. Un combat terrible. Un contre deux. Quarante-quatre navires français contre quatre-vingt huit anglo-hollandais. Vous n'avez pas idée, monsieur Pedrini, de ce spectacle ni d'ailleurs de la trouille qui nouait nos tripes. Nous étions sortis de Brest, sous le commandement de Tourville, le meilleur chef de notre armée navale, à qui le roi Louis avait ordonné d'aller affronter l'ennemi après l'échec du retour de Jacques II sur le trône d'Angleterre. Nous les avons trouvés au large de La Hougue. Je servais comme lieutenant sur le *Soleil Royal*, le vaisseau amiral de Tourville qui avait pris position au centre de notre dispositif. Toute la journée, nous nous sommes battus comme des chiens pour essayer de couper en deux la ligne des bateaux adverses. Cela n'a pas marché. À la fin, les Anglais nous ont pris à partie avec une violence que je n'avais jamais vue. C'était effrayant. Ils avaient beaucoup plus de canons que nous — plus de huit mille, m'a-t-on dit plus tard — et tiraient à la coque de toute la puissance de leurs pièces de trente-six livres. Imaginez plus de cent trente vaisseaux de ligne en train de se bombarder jusqu'à la nuit ! Un carnage. Le vacarme de la canonnade, les manœuvres à exécuter malgré la fumée et le désordre grandissant, les blessés qui hurlent, ceux qu'on ampute d'un bras, d'une jambe, le sang partout sur les ponts, l'odeur omniprésente de la poudre et de la mort, l'eau qui s'infiltre par les sabords arrière : c'est à vous rendre fou. On manquait de couler à chaque mouvement de la houle. Les Anglais tiraient sans discontinuer, nous aussi, mais ils étaient plus puissants. À la fin de cette journée infernale, un gros éclat de bois m'a transpercé le bras et fracassé l'épaule. J'aurais dû être amputé mais le chirurgien était dégoûté d'avoir trop taillé dans la chair et les os. Il me soigna comme il put sans me couper le bras. C'est miracle si je m'en suis remis. Pendant ce temps, le combat continuait. Nous flanchions quand Coëtlogon est venu nous tirer d'affaire. Il était temps. Le plus incroyable est qu'aucun vaissseau n'ait été coulé ni chez nous, ni chez eux ! À croire qu'ils étaient insubmersibles. Démâtés, défoncés, troués parfois de part en part, nous nous sommes réfugiés sous Cherbourg et La Hougue, en très piteux état. Les Anglais ont eu beau jeu de venir nous achever là, sans risque pour eux, de la façon la plus déloyale qui soit. Quinze de nos navires ont été brûlés et définitivement perdus. Un vrai désastre.

Teodorico pensa à tous ces hommes morts pour qu'un pavillon l'emportât sur l'autre, pour qu'un roi pût proclamer qu'il en avait vaincu un autre. Il se demanda à quoi servait de mettre tant d'art et d'intelligence au service de ces navires prodigieux de beauté et de puissance si c'était pour les brûler et les envoyer par le fond avec leurs occupants.

— Pourquoi se faire la guerre sur des océans qui appartiennent à tout le monde ? interrogea-t-il.

— Parce que les mers n'appartiennent qu'à ceux qui savent les dominer, monsieur Pedrini. Mais surtout parce qu'elles relient des continents à d'autres continents. Cela porte un nom : le négoce. Quand vous faites la guerre sur mer, vous ne faites pas autre chose que de protéger votre commerce, de vous assurer d'une route et d'empêcher les autres d'en faire autant. La preuve ? Un an après notre défaite de La Hougue, qu'a fait Tourville ? Au lieu d'affronter à nouveau la flotte anglo-hollandaise avec ses soixante-quinze vaisseaux, il a attaqué un gigantesque convoi de quatre cents voiles, le fameux convoi de Smyrne, au large de Lagos, qui était pourtant protégé par une forte escadre anglaise. Tous ceux, dont moi, qui servaient sous ses ordres ont pris, ce jour-là, leur revanche : près de cent navires pris ou détruits. Pour les Anglais, un désastre pire que celui qu'ils nous avaient infligé. La guerre navale comme le combat terrestre, monsieur Pedrini, servent avant tout à s'emparer des richesses de l'ennemi du moment. Voilà le secret.

4

Bientôt, les vents changèrent et se firent plus doux, plus tièdes. La surface de l'océan apparut plus tranquille, lisse comme un miroir. Le *Charles*, pourtant, avançait toujours aussi vite.

— Ce sont les alizés, expliqua le lieutenant Rolin. Nous sommes venus les chercher à une trentaine de degrés de latitude nord. Ils nous permettront de descendre rapidement dans l'hémisphère Sud, vers l'île portugaise de Saint-Vincent où nous ferons relâche pour nous ravitailler en aliments frais, en bois et en eau.

En sortant sur le pont, au matin du 20 février, Teodorico perçut une atmosphère plus joyeuse que d'ordinaire. On les dévisagea, Callière et lui, d'un œil narquois. Même la trogne, parfois revêche, du capitaine du Sartais était illuminée d'un grand sourire. Pedrini avait eu chaud toute la nuit et n'avait pour ainsi dire pas fermé l'œil. Transpirant abondamment sous sa soutane noire, le cou serré dans son collet, il prononça la messe à l'avant du navire. La plupart des visages, habituellement graves et recueillis, étaient proches de l'hilarité. Loin de s'en offusquer, il était curieux de savoir ce qui provoquait tant de bonne humeur. Il n'eut pas à attendre trop longtemps. À peine son office achevé, trois matelots s'emparèrent de lui sans lui laisser le temps de se débattre. Callière subit le même sort.

Malgré leurs protestations, ils se retrouvèrent attachés par les poignets à des cordages tendus de la proue à la poupe du navire. Ils n'étaient pas les seuls. Un jeune enseigne ainsi qu'une dizaine de matelots étaient dans la même position. Teodorico s'apprêtait à donner de la voix quand, précédé d'une petite troupe déguisée de façon burlesque, un vieux marin, coiffé d'un bicorne empanaché et vêtu d'une sorte de tunique blanche, s'adressa à eux d'une voix solennelle en agitant un redoutable trident sous leur nez :

— Je suis le Seigneur de la Ligne ! Vous avez eu le courage de venir jusqu'à moi et de franchir la ligne équinoxiale qui partage le royaume de Neptune en deux parties égales. Je suis fier de vous, messieurs. Vous vous trouvez maintenant dans l'hémisphère Sud de cette planète sacrée et, à ce titre, dignes d'être baptisés Chevaliers de la Ligne.

La petite troupe se mit à danser en se moquant d'eux.

— Préparez-vous, messieurs, à recevoir la juste marque de votre nouvelle dignité. Matelots, à arroser les impétrants !

Avec de grands éclats de rire, on leur jeta des baquets d'eau de mer au visage. Ils furent trempés en un clin d'œil. Passé le premier moment de surprise, dégoulinants de la tête aux pieds, la barbe ruisselante, Teodorico et Callière se joignirent à la liesse générale. On les détacha pour les mener au pied du grand mât où ils durent, les uns après les autres, prêter serment et s'engager à baptiser, à leur tour, tous les néophytes du passage de la Ligne selon les lois de la mer et des marins. Une rasade de vin généreusement distribuée à tout l'équipage scella cet engagement solennel.

— Sauf votre respect, monsieur Pedrini, vous devriez changer de vêtement, suggéra Sartais. Avec cette chaleur, vous ne pourrez bientôt plus supporter votre soutane raidie de sel.

Des jours de calme plat suivirent la cérémonie. Le soleil brûlait le pont. Plus bas, on suffoquait. Même les nuits étaient étouffantes. Il n'y avait pas un souffle et le bateau se traîna sur une mer désespérément plate pendant une semaine. À peine la routine fut-elle rompue par des voiles qui apparurent à l'horizon, un matin. Teodorico crut un moment qu'il s'agissait d'Anglais ou de pirates et son cœur se mit à battre plus vite. Ce n'était qu'un convoi portugais qui remontait vers l'Afrique. À bord, la puanteur devint insoutenable, mélange de crasse humaine, de fumier et de mauvaise graisse provenant de la cambuse. Une humidité morbide stagnait dans les entreponts, là où les hommes passaient une bonne part de leur temps. Dans cette promiscuité nauséabonde, plusieurs d'entre eux tombèrent malades. Callière aida le médecin du bord du mieux qu'il put mais avoua à Teodorico qu'il se sentait bien démuni devant les fièvres et les flux de sang qui rongeaient les marins. Apparemment, c'était chose courante et inévitable sur un bateau, après des semaines et des semaines de mer. On les soigna tant bien que mal mais la qualité, de plus en plus mauvaise, de l'alimentation augmenta leur nombre : l'eau était devenue saumâtre, les fromages grouillaient de vers, les biscuits ne valaient guère mieux et la viande salée avait un goût infect.

Pedrini supporta plutôt bien ces embarras. Sa robuste constitution, le soin qu'il avait de sa personne, en dépit du rationnement de l'eau, lui évitèrent tout désagrément. La nourriture encore assez variée de la table du capitaine fut sans doute pour beaucoup dans sa relative bonne santé. Callière échappa, lui aussi, à la maladie et consacra une bonne partie de ses journées à en étudier les symptômes. Une nuit, le lieutenant de vaisseau Rolin initia Pedrini aux mystères du ciel austral qu'il découvrait pour la première fois. Seule la Voie Lactée lui était familière. Pour le reste, c'étaient des constellations inconnues et des milliers d'étoiles nouvelles qui brillaient d'un éclat extraordinaire. Au-dessus de sa tête, Canopus du Navire Argo et Achernar du Fleuve Eridan, plus loin à l'Ouest, Sirius du Grand Chien, splendidement lumineuse, merveille des merveilles des nuits australes. Rolin devint lyrique.

— Regardez le Fleuve Éridan, lui dit-il en suivant du doigt le tracé sinueux de la gigantesque constellation.

— Tout droit sorti des Abîmes..., murmura Pedrini.

— Comment cela ? Je croyais que c'était le nom que vos ancêtres latins donnaient au Pô, le roi des fleuves.

— *Inter odoratum lauri nemus, unde superne, Plurimus Eridani per silvam volvitur amnis*, déclama Pedrini, pensif. « À l'ombre d'un bois de lauriers odorants, où l'Éridan après sa chute commence à rouler ses eaux à travers la forêt », traduisit-il pour son jeune compagnon. C'est le séjour des guerriers qui ont versé leur sang pour la patrie, des prêtres dont la vie fut vertueuse, des poètes, des artistes et de tous ceux dont les bienfaits ont mérité que les hommes s'en souviennent. Dans sa descente aux Abîmes, l'Énée de Virgile les retrouve au bord de l'Éridan...

— Soit, dit Rolin, après un moment de silence. On a aussi donné son nom à cette rivière céleste. Que cachent toutes ces étoiles ? Quand nous voguons, la nuit, par temps clair, poussés par un vent léger, et que je lève la tête, j'ai parfois l'impression que c'est dans le ciel que nous flottons et non plus sur la mer. Comme si nous avancions au milieu des étoiles, en plein firmament, pour une destination inconnue. Dans ce ciel infini que transperce parfois un bouquet d'étoiles filantes, où allons-nous ? Vers quels autres mondes, quelles autres espèces ?

— Quelles autres espèces ? répéta Teodorico, interloqué. Que voulez-vous dire ?

L'officier se tourna vers lui et prit le temps d'allumer une fine pipe avant de répondre. Teodorico vit, dans l'obscurité, l'éclair de ses yeux vifs éclairés par le rougeoiement du briquet.

— Pouvez-vous concevoir, un seul instant, que l'humanité soit seule dans cette nuit ? demanda-t-il d'une voix grave.

— Les Saintes Écritures disent que Dieu a créé la terre et façonné l'homme à Son image, répondit Teodorico. Par conséquent, l'humanité est unique. Il n'y a point d'autre postulat.

— Ce n'est pas si certain, monsieur Pedrini. Les Saintes Écritures ne détiennent pas toute la vérité, je le crains.

— Il y a peu, on vous aurait brûlé pour moins que cela, mon ami.

— Sans doute. Mais réfléchissez à ceci : nulle part, dans les Écritures, il n'est dit que c'est la terre qui tourne autour du soleil et non l'inverse, comme on l'a cru de toute antiquité. Pourtant, c'est la vérité. Elle a été scientifiquement établie. Galilée a même été condamné pour ce qui apparaissait alors comme une hérésie. Pourquoi donc voudriez-vous que Dieu n'ait créé qu'une seule et unique humanité ? Qu'est-ce qui L'aurait empêché d'en créer d'autres, dans d'autres mondes, sous d'autres formes, avant la nôtre, ou après ?

Teodorico était ébranlé. Il ne sut quoi répondre.

— L'homme ne commet-il pas un péché d'orgueil incommensurable en estimant qu'il est la seule créature intelligente de Dieu ? poursuivit le jeune homme, implacable. Pis encore, quand il dénie au Tout-Puissant la faculté, voire le droit d'en fabriquer d'autres sans le lui dire ?

— Dieu ne nous dit pas tout, effectivement, murmura Teodorico.

— Dieu ne nous dit rien, monsieur Pedrini ! murmura Rolin. Je vous souhaite la bonne nuit.

Teodorico resta seul. Bercé par le balancement du navire, les yeux noyés dans cette nuit étoilée dont ce jeune homme lui avait révélé une trame des possibles, il se laissa emporter par des rêves informulés sur la pluralité des mondes. Lorsqu'il quitta enfin le pont pour aller se coucher, une question le hantait : où Dieu se cachait-Il dans cet infini champ d'étoiles ?

Des vents frais tirèrent bientôt le *Charles* du pot au noir dans lequel il se traînait et le poussèrent sud-sud-ouest vers les côtes du Brésil. Il fit bientôt relâche dans la petite île de Sainte-Catherine, au sud de Rio de Janeiro. Les Portugais, amadoués par deux barriques d'eau-de-vie, acceptèrent de vendre à Sartais vivres frais, eau en grande quantité, cochons, bœufs, volailles et blé. On pêcha abondamment et un matelot parvint même à attraper un poisson scie. Jean Callière nota dans ses tablettes que la plupart des marins se portaient mieux après quelques jours de ce régime de légumes et de fruits frais.

Le voyage reprit le long des côtes du Brésil. Plus le *Charles* descendait vers le sud, plus la brume se faisait plus épaisse, le matin. Parfois, elle ne se levait pas d'une bonne partie de la journée. On dépassa le cap Blanc. Teodorico vit pour la première fois des baleines et de curieux oiseaux blancs et noirs qui volaient par colonies entières dans le ciel nuageux. Ils suivirent le bateau durant tout un jour. Le froid se fit plus mordant quand ils longèrent les côtes de Patagonie. Les marins racontèrent à Teodorico que des Indiens cruels et cannibales vivaient dans ces contrées désolées et abandonnées de Dieu qui recelaient, disait-on, de fabuleuses richesses. Certains rêvaient à voix haute de trésors merveilleux qu'ils reviendraient chercher, un jour...

Le 30 mars, le *Charles* jeta l'ancre, par trente-six brasses d'eau, au cap Virgenes qui marque l'entrée du détroit de Magellan.

— C'est la partie la plus périlleuse de notre périple, messieurs, déclara le capitaine du Sartais aux officiers et aux passagers qu'il avait réunis dans sa cabine pour le souper. Le détroit est long d'une centaine de lieues et, ma foi, aucun de ceux qui l'ont emprunté n'en garde un bon souvenir. Les pièges et les dangers qu'il cache sont innombrables. Magellan a mis un mois pour débouquer dans le Pacifique. Nous en mettrons autant, selon toute vraisemblance,

Le lendemain, Teodorico prononça les prières matinales avec une particulière ferveur. Tout l'équipage assista à l'office. Le *Charles* entra bientôt dans un étroit chenal qui s'enfonçait dans les terres. Un vent glacé le parcourait en hurlant, gonflant une mer aux eaux sombres et écumantes. Lentement, ils progressèrent entre deux rives de montagnes recouvertes de neige. Sur le pont, les hommes s'affairaient dans un silence quasi religieux. Teodorico sentit la peur s'insinuer en lui, au cœur de cet entre-deux-mondes aux reliefs ténébreux.

— On se croirait dans l'Enfer de Dante, murmura Callière.

Aucune vie n'était visible dans ce canal glacé. Sous un ciel recouvert de nuages gris, les hommes du *Charles* et leur vaisseau étaient la seule forme d'existence. Teodorico imagina Magellan s'aventurant là, moins de deux siècles plus tôt, sans savoir ce qu'il allait trouver à l'autre bout, mais guidé par sa foi dans un passage qui le mènerait de l'autre côté du monde. Eux, sur le *Charles*, savaient tout du moins qu'il y avait une issue. Encore fallait-il y parvenir. Un vent glacial balayait le pont. Tous ceux qui n'avaient rien à faire à l'extérieur s'étaient réfugiés dans les entreponts. La mer devint de plus en plus grosse. La houle soulevait le navire, puis le plongeait dans l'écume. Bientôt, le chenal s'élargit et ils débouchèrent sur un immense lac bordé de falaises abruptes où les vents se firent si capricieux que le capitaine dut tirer des bords pour continuer d'avancer. Tous les soirs, le *Charles* jeta l'ancre dans l'anse la moins exposée que Sartais parvenait à trouver. Il était trop dangereux de se risquer de nuit dans le détroit. Les hommes du quart s'installaient tant bien que mal pour résister au froid et à l'engourdissement, vérifiant en permanence si les ancres étaient bien fixées. Le vent soufflait parfois si fort qu'il semblait près d'arracher le bateau à son abri.

Un matin, le ciel se teinta d'une noirceur inquiétante. Les nuages charriaient des grains qui fouettaient les hommes accrochés dans les vergues et les haubans. L'après-midi, la tempête tant redoutée se déchaîna. Il était trop tard pour retourner se mettre à l'abri dans l'anse où ils avaient passé la nuit. Un vent d'une violence inouïe les repoussa vers le nord. Les vagues enflèrent démesurément et firent des creux gigantesques dans lesquels le *Charles* se précipita en craquant de toute sa membrure. Sartais réduisit autant qu'il le put la voilure, et l'homme de barre tenta de maintenir le cap. En dépit de tous ses efforts et des cris du capitaine, le bateau fut rejeté irrésistiblement vers la terre. Ils ne pouvaient rien contre le courant violent qui les emportait comme un fétu de paille. Une fausse manœuvre, la tempête qui redoubla de violence, et le *Charles*, prenant une déferlante par le travers, se coucha immédiatement sur tribord. À bord, tout ce qui n'était pas solidement arrimé fut projeté en tout sens. Un matelot eut la jambe fracassée par une barrique installée sur le pont pour recueillir l'eau de pluie. On le conduisit tant bien que mal auprès de Callière qui se résolut à l'amputer après l'avoir fait attacher sur la table. Le navire embarquait des paquets d'eau et les hommes ruisselants se retenaient du mieux qu'ils pouvaient pour ne pas être emportés. Dans un grand craquement, une bourrasque arracha une vergue et la civadière claqua dans le vent comme un oiseau fou prisonnier des cordages et des manœuvres. Le *Charles* devint ingouvernable. Teodorico se maudit. Qu'était-il venu faire dans cet enfer liquide où rien ne semblait à la mesure de l'homme, encore moins en son pouvoir ? Que n'était-il resté dans sa douce Italie au lieu d'aller tenter les démons de la mer ? À la même heure, là-bas, le soleil luisait, le printemps éclatait et la vie n'était que plaisirs. Ici, c'était l'enfer, la nuit perpétuelle. Et tout cela pourquoi ? Pour combler sa vanité, pour aller en Chine, remplir une mission sacrée. La belle affaire ! Qu'en avait-il à faire de la Chine et de son empereur ? La plus grande gloire de Dieu valait-elle de perdre la vie dans des conditions si affreuses ? Il entendit un grand déchirement. C'était la brigantine, cette fois, qui cédait. Le *Charles* frôla dangereusement les rochers de la côte.

— Nous allons nous fracasser ! hurla le capitaine. C'est le moment ou jamais de voir si vos prières sont efficaces ! Moi, je me charge du bateau, vous de la tempête. À genoux, messieurs, priez et vite !

Pedrini et Callière s'agenouillèrent en se retenant pour ne pas tomber et se mirent à invoquer Dieu avec toute la ferveur dont ils étaient capables. La tempête redoubla de violence. Ils n'entendirent plus que craquements sinistres et cris désespérés.

— Que faites-vous, bon sang ? hurla la voix angoissée de Sartais. Dépêchez-vous, nous allons périr !

Teodorico sentit que le moment suprême arrivait. Il le refusa de toute son âme. Il ne devait pas mourir. Il avait tant de choses à faire, tant d'âmes à sauver. Sa vie n'avait plus d'importance, mais dans un dernier élan il pria la Sainte Vierge de leur laisser la vie sauve. Le temps sembla suspendu au-dessus du vide. Tout son souffle était tendu vers l'idée d'un salut que, seul, Dieu pouvait lui accorder. Le miracle advint. Il sentit que le bateau se redressait peu peu et s'éloignait enfin de la côte. Le vent cessa brusquement de souffler, comme un automate dont le ressort vient de se casser. Le ciel, lentement, se dégagea. Le phénomène était extraordinaire. Il laissa Callière bouche bée. Teodorico, lui, redressa sa grande carcasse et porta sur les choses un regard de vainqueur. La voix ironique de Sartais s'éleva dans cette accalmie proprement surnaturelle :

— Messieurs, dit-il, je ne doutais pas un instant de vos talents mais j'ignorais que vous étiez écoutés à ce point.

5

— Nous allons descendre plein Sud jusqu'au 55e parallèle, décida le capitaine du Sartais qui avait convoqué ses officiers dans ses appartements.

Devant lui, une carte d'origine hollandaise montrait la Terre de Feu et le fouillis d'îles, d'îlots et de récifs qui se dessinait sur sa partie occidentale. Du doigt, il indiqua la route qu'il voulait suivre. Les avaries du *Charles* — des voiles déchirées, une ancre et des câbles perdus — et un équipage épuisé qui avait cru voir sa dernière heure arriver rendaient impossible tout passage par le détroit de Magellan.

— Nous passerons ici, par le détroit de Le Maire, entre la Terre de Feu et l'Île des États. Un capitaine malouin qui l'a déjà pris m'a assuré qu'il était moins dangereux. Sans pour cela être de tout repos. Notre voyage en sera rallongé d'autant, mais je ne veux plus prendre de risques. Messieurs, vous avez dix heures pour réparer tout ce qui peut l'être. Après quoi, à la grâce de Dieu.

Au matin du troisième jour, le long des côtes tranquilles de cette terre du bout du monde, frissonnants sur le pont où soufflait un vent glacé, ils virent enfin les Trois Frères émerger des brumes. C'était le nom donné aux trois collines qui marquaient l'entrée du détroit. À peine le *Charles* eut-il doublé le cap Saint-Vincent qu'il fut emporté par une houle puissante. Chacun était à son poste, silencieux et tendu. Teodorico, emmitouflé dans une vareuse de laine, son chapeau enfoncé jusqu'aux oreilles, observait l'homme de barre en caressant nerveusement sa barbe. À côté de lui, Callière, frigorifié, claquait des dents et décida de se réfugier dans sa cabine. Ils longèrent des falaises escarpées aux reliefs aussi sinistres que redoutables. De violentes bourrasques de vent leur firent, à nouveau, craindre le pire. Un grain serré fouettait leur visage. Sartais mit à la cape sous la grand voile et tâcha de maintenir son cap. Le ciel devint sombre. Vent debout, le navire ne cessait de virer de bord pour progresser.

Teodorico se demandait s'ils n'allaient pas encore être entraînés contre la côte qu'il apercevait, menaçante, à un mille. Refusant d'obéir à Sartais qui lui ordonnait de rentrer dans sa cabine, il resta sur la dunette, en équilibre précaire sur ses jambes.

— Diable d'homme ! commenta le capitaine qui se tenait près de la barre. Accrochez-vous au moins avec ça.

Il lui jeta une drisse fixée à la rambarde dont Teodorico se ceintura. S'il perdait l'équilibre, il aurait une chance de ne pas tomber à la mer. Bientôt, il sentit son corps ruisselant de pluie s'adapter aux mouvements du navire : il ployait quand le *Charles* plongeait dans la mer, se relevait lorsqu'il se redressait. Comme s'il faisait corps avec lui. Au bout d'un moment, il n'éprouva plus aucune peur. La puissance de la mer ne l'effrayait plus. Il la subissait mais, dans un obscur recoin de lui-même, comprenait qu'il ne faisait qu'un avec elle. Il était le vaisseau, il était l'océan, le ciel et le vent. Rien ne pouvait lui arriver. La conscience aiguë qu'il n'était pas le spectateur de cette nature en action, mais un de ses acteurs s'imposa brusquement à lui. Il ne pouvait pas mourir. Sinon, tout devait mourir et disparaître. Or c'était impossible. Le monde, pour continuer d'exister, avait besoin de sa conscience. Une intense chaleur intérieure accompagna cette découverte. Il comprit qu'il était plongé dans l'essence primitive des choses, là où l'eau, l'air, la terre et la foudre formaient un tout. Étrangement, son âme était en paix comme elle ne l'avait jamais été. Il sut, en cet instant, ce qu'était l'*ataraxis* dont parlaient les stoïciens et en goûta l'insoupçonnable grandeur. Là, au beau milieu de l'océan déchaîné, il savoura une paix intérieure sans égale, le silence de l'esprit au milieu du fracas des orages.

Les vents passèrent au sud-sud-ouest. Sartais réduisit la voilure au maximum. Fouetté de trois-quart arrière, le *Charles* escaladait des montagnes liquides en craquant de partout. Parvenu au sommet, il restait suspendu, hésitait un moment, puis replongeait à toute vitesse. C'était vertigineux. À chaque mouvement, Teodorico avait l'impression qu'il pesait du plomb, celui d'après, qu'il allait vomir ses tripes. Au loin, les sommets enneigés de montagnes se découpaient sur le ciel nuageux comme des épées. Impossible de faire le point et de connaître la position du *Charles*. À l'estime, Sartais pensa qu'ils avaient doublé les îles Barnevelt. Emporté par l'océan, le *Charles* continua sa route pendant quatre jours et quatre nuits. Teodorico refusa de quitter le capitaine et ses hommes. En le voyant si tranquille, presque souriant, sa haute silhouette dressée sur la dunette, l'air d'un mage ou d'un sorcier dans sa grande soutane noire, les matelots les moins aguerris reprenaient courage.

Au matin du cinquième jour, il se fit un grand calme qui, par son caractère soudain, surprit tout le monde. Il leur fallut un certain temps avant de prendre conscience que le vaisseau filait doucement ses dix nœuds et qu'il n'était plus secoué dans tous les sens. Sartais put enfin faire le point et annoncer à tout l'équipage qu'ils avaient largement doublé le cap et se trouvaient enfin dans le Pacifique. Alors seulement, Pedrini rejoignit sa cabine. Il dormit douze heures d'affilée.

À son réveil, le *Charles* voguait cap au nord. De la proue à la poupe et dans les entreponts, tout l'équipage s'affairait à remettre le navire en état. Pendant des jours, ils cabotèrent entre des îles innombrables, empruntant quelquefois des chenaux si étroits que la côte semblait à portée de main. Parfois des phoques venaient sauter autour du bateau. La pluie tombait du matin au soir et pénétrait les hommes jusqu'aux os. Leur humeur fut de plus en plus maussade. Une première escale à Baldivia, à trente-neuf degrés de latitude australe, para au plus pressé : on put faire de l'eau et du bois, acheter des vivres et consolider les réparations hâtives faites pendant la remontée le long de la côte chilienne.

Le 13 mai 1704, plus de quatre mois après avoir quitté le continent européen, le *Charles* mouilla dans la baie de Concepcion. Il y demeura ancré le temps, pour l'équipage, de reprendre des forces, puis continua sa lente progression vers Lima. Le Chili, vu de la mer, semblait n'être qu'une immense montagne. Ils mirent deux mois à atteindre le tropique du Capricorne. Après une dernière escale à Pisco où ils vendirent une partie de la cargaison apportée de France, dentelles, tissus, draps, objets manufacturés, le *Charles* entra dans la rade de Callao, le port de Lima, en janvier 1705.

6

Lima s'étendait, paresseuse et blanche, hérissée de clochers, au creux d'un vaste cirque de montagnes. Au loin, se profilaient les hauts sommets de la Cordillère, à moitié masqués par les nuages. Une chaloupe amena Sartais, Pedrini et Callière au pied des murs fortifiés de Callao. Sur le quai, un carrosse tiré par deux chevaux bais les attendait au milieu des pélicans, curieux volatiles au long bec qu'ils voyaient pour la première fois. Après des mois de mer, les trois hommes appréciaient d'être invités à dîner par le vice-roi du Pérou. Privés de société depuis des semaines, vivant dans une promiscuité qui devenait, jour après jour, plus difficile à supporter, ils aspiraient aux plaisirs de la table comme à ceux de la conversation. À voir l'œil brillant du capitaine, Pedrini devina que Sartais en attendait d'autres, d'une nature non moins satisfaisante pour l'esprit comme pour le corps.

Le carrosse traversa la petite ville et franchit à bonne allure les deux lieues qui la séparaient de Lima. Le cocher ralentit pour passer la Porte Royale qui perçait les hauts remparts de briques crues. Les rues larges et tirées au cordeau se coupaient à angle droit. Teodorico y cherchait en vain la moindre fantaisie : elles traversaient la ville d'un bout à l'autre sans qu'une seule courbe en affectât le tracé rectiligne. Tout l'étonnait. Il avait l'impression de se trouver dans un monde vaguement familier mais qui ne ressemblait à rien de ce qu'il connaissait. Les calèches étaient nombreuses, souvent tirées par des mules.

Les carrosses, plus rares, brillaient d'or et d'argent. On les saluait courtoisement au passage et les femmes leur souriaient sous la mantille qui recouvrait leur visage. Des cortèges de mules chargées de ballots et de paniers avançaient sous la conduite d'esclaves indiens. Une odeur chaude faite de poussière, de lys, d'orangers et d'épices prit Teodorico à la gorge. Il reconnut certains parfums de Rome, avec des nuances plus exotiques qu'il ne sut définir. La plupart des maisons avaient belle apparence, avec leur portail de grosses pierres grises et leurs hauts murs peints à la chaux. Ils aperçurent quelques belles églises aux façades bleues et blanches, un couvent magnifique derrière des grilles de fer forgé et finirent par déboucher sur la Place royale. Le palais du vice-roi occupait toute la partie nord. À gauche, se dressaient la cathédrale et un bâtiment qui devait être l'évêché. En face, sous de belles arcades, des boutiques et des échoppes devant lesquelles on se pressait. Les lions de bronze d'une grande fontaine crachaient leur eau dans quatre bassins symétriques. Les promeneurs les regardèrent avec curiosité pénétrer dans la cour du palais.

Le vice-roi, Dom Melchior Portacazero Lope de la Vega, comte de Mendoza, était un personnage imposant mais particulièrement affable. Son étroit visage d'hidalgo, souligné par une fine moustache, se terminait par une petite barbe en pointe qui accentuait l'effet de ses joues creuses et de son regard noir comme la nuit. Ses cheveux drus et raides, couleur de jais, tombaient jusqu'aux épaules. Il ne parlait ni français ni italien mais son latin se révéla assez honnête pour soutenir la conversation. En l'honneur de visiteurs venus de si loin, il avait convié quelques-unes des familles les plus nobles de la ville. Certaines étaient issues des conquistadores qui s'étaient emparés du pays, cent soixante-dix ans plus tôt, sous la conduite de Pizzaro. Le marquis d'Ampuero était le plus illustre de tous. Ses traits noblement métissés rappelaient que son ancêtre avait épousé une princesse inca d'une grande beauté, peu après la conquête.

Était-ce l'effet d'une trop longue navigation ? Toutes les femmes leur parurent d'une beauté exquise. Sous une cape de taffetas noir orné de dentelles, elles portaient de longues jupes brodées de petites fleurs d'or et d'argent. Leurs épaules nues étaient drapées d'un grand châle sous lequel leur poitrine nue montrait bien plus que la pudeur ne l'autorisait sous d'autres latitudes. L'œil de Sartais s'alluma quand on le présenta à la marquise d'Ampuero dont l'opulente chevelure blonde était comme un soleil parmi tous ces cheveux noirs. Elle était surchargée de bijoux : pendants d'oreille de diamants, bracelets d'or, colliers de rubis, bagues à tous les doigts brillant de tous leurs feux. Les hommes n'étaient pas moins élégants dans leurs habits de soie à la française dont les coloris très vifs déroutèrent les trois Européens habitués à des teintes plus sobres. On prit place autour d'une grande table surchargée de plats, de vaisselles, d'aiguières d'or et d'argent.

— Même chez la reine Christine, murmura Teodorico, le luxe n'atteignait pas de tels sommets.

Des chandeliers étincelants illuminaient la pièce *a giorno*. Des domestiques noirs en livrée écarlate leur servirent un vin épais dans des gobelets de vermeil et le vice-roi leva le sien à la santé de ses hôtes illustres. Le service commença dans un brouhaha indescriptible. Les conversations fusaient de toutes parts et Pedrini ne parvenait pas à répondre aux multiples questions qu'on lui lançait de tous côtés dans un sabir qui mêlait à l'espagnol des bribes de latin, de français et d'italien. À un bout de la table, Louis du Sartais vantait les marchandises qu'il apportait d'Europe à une troublante beauté au sourire effronté. Plus loin, Callière, entouré de deux exquises jeunes filles tentait, mais en vain semblait-il, de leur expliquer que sa qualité lui imposait quelque réserve. Son costume, d'une austérité toute janséniste, n'avait pas l'air de les rebuter. Teodorico parvint enfin à converser avec le vice-roi qui ne comprenait pas pourquoi il se trouvait au Pérou alors qu'il se rendait en Chine.

— La divine Providence en a décidé ainsi, conclut-il après avoir raconté les contretemps dont il avait pâti. Peut-être pour me soumettre aux épreuves et mieux me préparer à remplir ma mission apostolique. Sans doute aussi pour me donner le privilège de connaître Lima et d'y rencontrer la plus éblouissante des compagnies, fit-il en s'inclinant aimablement vers sa voisine de droite.

La comtesse de Maldonado répondit à son compliment en

posant effrontément sa main sur la sienne. Il eut un mouvement de recul mais n'osa la retirer.

— Et quelle est la raison du voyage du légat du pape en Chine ? s'enquit-elle.

— Il lui faut s'assurer que les rites pratiqués là-bas par les jésuites sont conformes aux canons de l'Église. Ils semblent, en effet, trop inspirés par certaines coutumes chinoises, répondit Teodorico avec un sérieux qui devait, il l'espérait, la ramener à une plus grande réserve.

— Cela mérite-t-il un voyage si long et si dangereux ? s'étonna la comtesse. Le pape a-t-il jamais envoyé un légat ici, au Pérou, ou en Nouvelle-Espagne pour s'assurer que nous prions notre Seigneur comme il convient ? À quoi sert donc d'aller vérifier si ce qui se fait sous telle latitude est conforme à ce qui se pratique sous telle autre ? La foi en Jésus-Christ oblige-t-elle la rigoureuse uniformité de sa célébration ? Je ne le crois pas. Ce qui est bon ici ne l'est pas forcément là.

Les yeux de la comtesse avaient pris un éclat brillant et ses joues s'étaient teintées de rose. Il se mit à sourire pour cacher son étonnement.

— Une certaine unité est nécessaire, vous en conviendrez, dit-il. Faute de quoi, l'hérésie guette.

Autour de la table, l'on s'était tu pour écouter la comtesse Maldonado. Le vice-roi, lui-même, sembla tout ouïe.

— L'hérésie ? En quoi est-ce une hérésie d'adopter les pratiques des peuples que l'on a soumis quand elles sont bonnes et servent vos intérêts ? En rien, voyons ! Nous-mêmes, au Pérou, nous faisons bien comme nos Indiens quand il s'agit de prier la Vierge.

— Que faites-vous donc ? questionna Teodorico, curieux, en reposant ses couverts.

— Nos rosaires portent la *higa* indienne, une petite main porte-bonheur. Regardez celle que j'ai au cou, fit-elle en écartant son *gregorillo*.

Le pourpoint tissé d'or dévoila sa gorge nue jusqu'à la pointe des seins. Teodorico contempla en frissonnant ces rondeurs nacrées entre lesquelles reposait un rosaire de diamants terminé par une croix et une petite main de jais. Un troublant parfum ambré monta jusqu'à lui.

— Doutez-vous que je sois une bonne chrétienne parce que je porte cet objet ? interrogea-t-elle, une lueur malicieuse dans le regard.

Sa remarque fit naître quelques sourires autour de la table. Callière et Sartais observaient leur compagnon du coin de l'œil, amusés.

— Pas un instant, répliqua Teodorico. Qui s'en offusquerait puisque ce porte-bonheur vous aide à prier ? Je vois bien qu'il n'est pas destiné au simple ornement.

— Quel esprit, mon cher ! s'écria le vice-roi, charmé. Si vous continuez, je vous interdirai de repartir !

La comtesse de Maldonado lui adressa un sourire dont elle ne chercha pas à masquer la sensualité. Pedrini se demanda si l'amour n'était pas la grande affaire des habitants de cette ville, quelle que fût leur position : des deux prélats qui participaient au dîner, l'un ne cachait pas l'intérêt qu'il portait à sa voisine, l'autre l'intimité qui le liait à la sienne.

— J'en déduis que cette question des rites en cache une autre que nous connaissons bien dans cet hémisphère, reprit la comtesse.

— Et laquelle ? s'enquit Teodorico, intrigué.

— Celle de la puissance croissante des jésuites, répondit-elle avec une gravité soudaine.

Teodorico était estomaqué. La jeune femme n'avait pas seulement l'esprit délié et le goût du libertinage, elle faisait preuve d'une sagacité peu commune.

— Expliquez-vous, madame, dit-il.

— À Lima, la Compagnie de Jésus possède cinq couvents, continua Isabel de Maldonado. Soit un de plus que les dominicains, les augustins ou les cordeliers. Elle se livre au commerce. Au Chili, les jésuites ont des mines d'où l'on extrait l'or. À La Paz, de l'autre côté de la Cordillère, chez les Mojos, ils ont établi, comme au Paraguay, des colonies qui n'obéissent qu'à eux. Même les Espagnols y sont interdits !

— En ce qui concerne la Chine, j'ignore encore ce qu'il en est, dit prudemment Teodorico.

— Mais vous le devinez : les jésuites y ont la première place et ne reconnaissent d'autre loi que la leur. Le pape doit logiquement chercher à les condamner pour les soumettre à son autorité. Votre question des rites n'est qu'un prétexte.

À la fin du souper, quand il fut question de loger Pedrini et Callière, Sartais reprit la route du port : malgré son désir de découvrir toutes les merveilles de la ville, il n'était pas question pour lui de quitter son bord et la précieuse cargaison qu'il abritait. En revanche, Teodorico accepta avec reconnaissance de prendre ses quartiers dans le petit palais des Maldonado comme le lui proposa le comte lui-même, sous le regard intéressé de son épouse. La perspective de vivre quelque temps dans une maison hospitalière ne se refusait pas après des mois passés dans une cabine humide au milieu d'un peuple d'hommes aussi puants qu'incultes. Quant à Jean Callière, à voir le large sourire qui illuminait son visage, il n'était pas malheureux de suivre le marquis et la marquise d'Ampuero, et leurs deux filles.

7

Le plaisir de dormir dans des draps frais au creux d'un vrai lit était un plaisir au moins aussi grand que de goûter des saveurs inconnues à la table d'Isabel de Maldonado. La chambre de Pedrini donnait sur un patio empli de plantes grasses et de verdure qu'égayait le ruissellement d'une fontaine. Quatre petites rigoles en diagonales arrosaient les parterres de fleurs. Le palais ne comportait qu'un étage unique qui abritait des salons donnant sur des balcons clos par des persiennes, une bibliothèque, un cabinet de travail et la petite chapelle où il disait sa messe quotidienne. Il s'étonna de cette disposition inhabituelle.

— Les tremblements de terre, mon ami, expliqua la comtesse avec un geste fataliste. Nous en avons régulièrement. C'est pourquoi nos maisons ne comportent qu'un seul étage. Le dernier date de 1682. J'étais encore enfant et je me souviens de la terreur que j'ai ressentie ce jour-là. Ce sont des choses qui ne s'oublient pas. Elle est restée gravée dans mon corps plus que dans ma mémoire. Cette sensation, au creux du ventre, que le monde est en train de s'ouvrir sous vos pieds, est la plus affreuse que l'on puisse éprouver, croyez-moi. Je ne vous la souhaite pour rien au monde.

Pedrini se souvenait vaguement du récit que son père lui avait fait d'un tremblement de terre qui avait ébranlé Fermo, bien longtemps avant sa naissance. Il comprenait ce qu'avait subi Isabel de Maldonado.

— La ville a été presque entièrement détruite, poursuivit-elle. En fait, il est rare qu'une secousse ne vienne pas, tous les mois ou presque, faire trembler nos maisons.

Le palais des Maldonado était situé au nord de la ville, près du fleuve. Certains soirs, après l'avoir laissé se promener tout son saoul avec Callière ou rejoindre Sartais qui finissait d'écouler ses marchandises sur le quai de Callao, la comtesse enlevait Teodorico dans sa calèche la plus somptueuse et l'emmenait sur l'autre rive. Au pas sonore des mules, ils traversaient le pont à cinq arches bâti, presque un siècle auparavant, par le vice-roi Montesclaros, gravissaient la rue qui menait au faubourg de Malamboà, passaient devant l'église Saint-Lazare — Pedrini y voyait le signe qu'il était sur la bonne voie — puis débouchaient sur l'Alameda, magnifique promenade bordée d'orangers, longue de deux cents toises environ. Toutes les calèches de Lima s'y donnaient rendez-vous à l'heure du *paseo*. La beauté des arbres, le parfum des fleurs, l'eau des fontaines qui jaillissait au milieu de l'allée principale en faisaient un aimable paradis que les habitants de la ville, riches ou pauvres, Espagnols ou esclaves, métis ou indiens, venaient goûter tous les soirs. Au loin, le Pacifique scintillait dans le soleil couchant. La comtesse de Maldonado vêtue de son plus beau *chupon* et d'une mante de taffetas noir s'enorgueillissait d'avoir à son côté l'homme dont on parlait le plus en ville. Elle en était parfois si fière qu'elle en oubliait sa main couverte de bagues sur le bras de Pedrini.

Les premières huttes apparurent au détour du virage. Les mules qui tiraient la calèche peinaient depuis plus d'une heure dans le chemin tracé à flanc de montagne. L'air était sec et doux. Pedrini avait souhaité visiter un village indien. Après s'être étonnée d'une curiosité dont elle ne percevait pas l'intérêt, Isabel de Maldonado avait accepté de l'accompagner. Il voulait vérifier si les indigènes, chez eux, étaient aussi résignés et soumis que ceux qu'il avait croisés à Lima. Était-ce dans leur nature d'être si accablés ou bien leurs maîtres étaient-ils responsables de ces regards vides, de ces échines courbées ? Callière lui avait expliqué que des dizaines de milliers d'entre eux étaient morts, autrefois, de faim, de mauvais traitements ou d'épuisement. Beaucoup n'avaient trouvé que le suicide pour échapper à leur misère. Il avait fallu que le roi d'Espagne lui-même interdise d'en faire des esclaves pour que l'hécatombe cesse. On avait alors fait venir des esclaves noirs pour travailler dans les mines, dans les champs et fournir la domesticité. Les Indiens restaient cependant corvéables à merci et les *corregidores*, les gouverneurs, ne s'en privaient pas.

Les huttes étaient faites d'un mur circulaire de briques crues surmonté d'un toit conique en paille. Une petite porte basse au niveau du sol était la seule ouverture. Ils descendirent de la calèche à l'entrée du village. On ne voyait âme qui vive. Quelques lamas broutaient placidement dans un petit enclos. Teodorico s'approcha pour observer de plus près ces animaux nouveaux pour lui. Ils ressemblaient à des moutons hauts sur pattes et avaient un air paisible auquel Isabel de Maldonado lui conseilla de ne pas se fier. Ils firent quelques pas et finirent par découvrir les Indiens rassemblés sur la place du village. Les hommes étaient vêtus d'une épaisse pièce d'étoffe de couleurs vives et bigarrées. Les femmes la portaient enroulée autour du corps, attachée à l'épaule. Teodorico entendit des cris. Un moine était en train de battre comme plâtre un Indien recroquevillé par terre. Personne ne réagissait. Les Indiens, y compris les enfants, regardaient ce spectacle comme s'il était naturel. Révolté, Teodorico les écarta et arracha le bâton des mains du religieux.

— Arrête, espèce de brute ! s'écria-t-il en italien.

L'autre resta interdit, sans comprendre.

— De quoi te mêles-tu, toi ? demanda-t-il d'une voix éraillée.

Teodorico se tourna vers la comtesse pour qu'elle traduise. Elle s'exécuta en faisant la grimace.

— Dites-lui qu'il devrait avoir honte de frapper un être humain, lui, un homme de Dieu.

— Je suis le maître ici, éructa l'Espagnol. Ma façon d'éduquer cette engeance ne regarde que moi !

— Souhaites-tu que j'explique à l'évêque la façon dont

tu traites tes ouailles ? Maintenant, disparais, fit Teodorico en brandissant le bâton.

Le moine tourna les talons et monta sur une mule surchargée de ballots et de paniers qui ploya sous son poids. Les Indiens avaient observé cet échange sans dire un mot ni manifester la moindre lueur d'intérêt. Teodorico se pencha sur l'homme. Il gémissait et tremblait de tous ses membres.

— Qu'a-t-il fait pour mériter cette bastonnade ? demanda-t-il.

— Il aura probablement refusé de donner à ce moine ce qu'il réclamait, répondit-elle.

— Vous voulez dire que les moines ne payent pas aux Indiens ce qu'ils leur prennent ?

— Je veux dire qu'ils se comportent comme des maîtres face à leurs esclaves, voilà tout.

— Et cela ne vous révolte pas ? C'est un religieux ! J'en ai vu un hier, dans la cathédrale, interrompre la messe pour donner sa manche à baiser aux fidèles et leur demander de l'argent. C'était un chanoine. Il avait une suite d'esclaves noirs et portait un poignard à manche d'ivoire au côté, pouvez-vous vous figurer cela ?

— Ce sont choses courantes, ici. N'est-ce pas ainsi à Rome ? Ne vous offusquez pas pour si peu.

— Je m'en offusque, au contraire. Toutes ces pratiques sont intolérables.

— Seriez-vous venu nous réformer, monsieur Pedrini ? fit-elle d'une voix dure.

L'Indien avait été emporté par les siens, sans un regard pour ce prêtre étranger qui avait pris sa défense.

— Quelques feuilles de coca, des emplâtres dont ils ont le secret et il sera remis, fit la comtesse, laconique. Leurs remèdes guérissent de tout.

Teodorico en avait assez vu. La bestialité de l'un et l'indifférence des autres le révoltaient. En redescendant vers Lima, il garda obstinément le silence.

Au lendemain de cette expédition, Isabel de Maldonado l'invita à la rejoindre dans son salon. Il la trouva installée sur une petite estrade couverte de tapis et de coussins, qui occupait la moitié de la pièce. Elle était d'une beauté troublante dans sa *faldellin* dont tout le bas, des genoux jusqu'aux pieds, n'était que dentelles transparentes. Il voulut s'asseoir en bas de l'estrade, dans un fauteuil recouvert de cuir estampé, mais elle lui proposa de venir près d'elle pour goûter le *maté* qu'elle avait fait venir du Paraguay. Elle déposa quelques pincées d'herbes séchées et du sucre dans un grand pot d'argent, puis versa de l'eau chaude. Teodorico la regardait faire en se demandant quel goût pouvait avoir ce breuvage que tout le monde consommait en abondance à Lima. Au bout de quelques instants, elle plongea un chalumeau en argent dans le *maté* et aspira.

— À vous, dit-elle en lui tendant cet instrument bizarre qui se terminait par une petite ampoule de verre percée de trous.

Teodorico l'imita. L'herbe du Paraguay avait un goût assez fort, mais très agréable qui ne ressemblait à rien de connu.

Elle le regarda et il surprit une supplication muette dans ses yeux brillants. Il soutint ce regard qui l'enveloppait comme un animal voluptueux et comprit, soudain, pourquoi les habitants de Lima accordaient tant d'importance à l'amour et à la galanterie : ils vivaient dans un monde provisoire. L'incertitude du lendemain les encourageait à oublier leur anxiété dans l'étreinte. Ils savaient que, quelque part sous leurs pieds, gisait un monstre capable de tout détruire. Demain, cette nuit même, ils pouvaient mourir, ensevelis dans les entrailles de la terre ou écrasés par un mur qui s'effondrait. Les yeux de la comtesse exprimaient ce désarroi, cette sourde inquiétude. Pedrini leur résista difficilement. Cette fois, lorsqu'elle posa sa main sur la sienne, il n'eut aucune envie de la retirer. Elle se rapprocha doucement de lui et la proximité de son corps fit monter en lui un désir depuis longtemps oublié. Il la laissa poser sa joue contre la sienne, presser son visage entre ses mains, baiser sa bouche de ses lèvres trop roses. Il respira plus vite et, après une ultime hésitation, la prit dans ses bras. Le plaisir lui était interdit, mais refuserait-il d'étreindre un être dont il sentait confusément la terrible solitude ? Elle prit sa main et la guida sous son *gregorillo*. Le contact de son sein nu dont la pointe durcissait sous sa paume l'enflamma. Il l'embrassa avec une violence qui la fit chavirer. Un dernier éclair de conscience le traversa :

— Le comte ?

— Il est avec sa maîtresse, répondit-elle dans un souffle.

Sa jupe s'était entrouverte et, sous les dentelles d'or et d'argent, dans la pénombre du soir, il eut la vision bouleversante de ses cuisses et d'une toison légère. Il y posa ses doigts en tremblant, pendant que la comtesse cherchait délicatement l'objet de son plaisir. Des pas se firent entendre. En un sursaut, il fut debout.

— Qu'avez-vous donc ? interrogea-elle, surprise.

— Mais madame..., l'on vient.

— Et alors ? Devons-nous pour autant interrompre nos caresses ? Ce n'est qu'une esclave. Reprenez-vous.

— Comtesse, je ne puis.

Une jeune Noire était entrée porteuse d'un pot fumant d'eau chaude et ressortait en gratifiant Teodorico d'un sourire complice.

— Vous voyez bien. Revenez mon ami, insista Isabel.

— Non, madame. J'allais succomber à vos charmes, je le reconnais, mais je n'en avais pas le droit. Dieu a envoyé cette servante à temps pour me rappeler à mes devoirs.

— Nos prêtres n'ont ni vos pudeurs ni vos scrupules, fit-elle d'une voix irritée.

— Je ne suis que de passage, madame. L'inclination que j'ai pour vous n'aurait jamais dû me porter à vous la manifester avec cette ardeur. Et si je m'y suis laissé entraîner, c'est...

— Comme vous êtes ! interrompit-elle boudeuse. On croirait un de ces Français raisonneurs ! Vous me désiriez bel et bien, ne le niez point. J'en ai eu, furtivement, la preuve vivante sous mes doigts. Et si vous ne me voulez plus, c'est pour ne pas offenser Dieu. Après tout, c'est votre droit. Sachez pourtant, monsieur, qu'il n'est pas très chrétien de laisser ainsi une femme après lui avoir fait entrevoir que le ciel existait.

— Je ne m'occupe point de ce ciel-là.

— C'est bien votre erreur. Sachez qu'ici l'on connaît mieux qu'ailleurs la nature humaine et que, si nos prêtres ont souvent femme à demeure, c'est bien pour se garder des excès, trop dangereux, d'une abstinence injustifiable sous ces climats.

— L'âme ne peut trouver son compte dans un tel commerce.

— Qu'en savez-vous ? L'âme est-elle si différente du corps ? Les inclinations, comme vous dites, qu'elle ressent ne sont-elles pas de même nature que les désirs qui bouleversent nos corps ? Ou alors tentez-vous de me faire croire que votre âme, dans sa grande pureté, n'éprouvait pour la mienne, un instant plus tôt, aucun sentiment ?

Teodorico baissa la tête. Que pouvait-il répondre ? Que ce déchaînement des sens l'avait pris par surprise et qu'il le regrettait déjà ?

— J'ai trop de respect pour votre personne, madame, pour vous faire l'injure de me justifier. Au sentiment de tendre affection que j'éprouve pour vous, il suffit la manière dont nous avons usé jusqu'à présent : la parole, le regard, le silence.

— Je ne saurais m'en satisfaire plus longtemps, dit la comtesse d'une voix tranchante.

— Dans ce cas, il m'est impossible d'abuser plus longtemps de votre hospitalité.

— Que le diable vous emporte, Pedrini !

Deux heures plus tard, Teodorico trouvait asile chez les Pères de Saint-Philippe de Néri, ordre réputé pour son austérité exemplaire.

8

— Alors, l'abbé, déjà lassé des Espagnols ? lui lança un vieux marin qui enroulait des cordages.

Pedrini lui fit un clin d'œil. Impatient de quitter ce climat émollient propice à tous les errements, il était descendu à Callao avec Callière pour demander à Louis du Sartais quand il comptait appareiller. Ils n'avaient pas croisé le capitaine du *Charles* depuis une dizaine de jours. Aux dernières nouvelles, il avait enfin trouvé des acheteurs pour les dernières porcelaines qui lui restaient à vendre. Ils étaient montés à bord de la frégate amarrée dans le port. Elle portait encore les stigmates des tempêtes qu'elle avait affrontées. Des matelots s'affairaient sur le pont briqué à neuf. D'autres, en équilibre dans les haubans, vérifiaient les voiles. On entendait des coups de marteau, le bruit des scies, des ordres lancés dans les entreponts et jusque dans les cales. Ils trouvèrent le capitaine dans sa cabine, en train de tracer des routes sur une carte.

— Ah ! Monsieur Pedrini, monsieur Callière, quel plaisir de vous revoir, dit Sartais en relevant la tête. Prenez un siège, je vous en prie. Quel bon vent vous amène ?

— Celui du départ, capitaine. Quand allons-nous reprendre la mer ? demanda Teodorico, à sa manière directe.

Louis du Sartais passa avec rudesse la main dans ses cheveux. Il fronça les sourcils et dévisagea les deux hommes, visiblement gêné.

— Bientôt, mon ami, bientôt.

— Oui, mais quand, précisément ?

— Nous appareillons la semaine prochaine. Mais, autant vous le dire dès maintenant, nous avons un ennui.

— Lequel ? questionna Teodorico, brusquement inquiet.

— Nous devons rentrer en France, monsieur Pedrini. Le *Charles* a trop souffert des tempêtes, il n'est plus assez solide pour traverser le Pacifique. Par ailleurs, nous avons vendu toute notre cargaison et j'ai trouvé, ici, suffisamment de marchandises pour escompter un bénéfice.

— Et nous ?

— Comprenez-moi, je dois d'abord penser à la Compagnie qui a affrété cette frégate.

— Je n'ose croire que vous ayez décidé de ne plus vous rendre en Chine sans même nous consulter, fit Pedrini d'une voix sèche. Il me semblait pourtant que le roi, lui-même, avait ordonné cette navigation.

— Elle se révèle, malheureusement, impossible, croyez-moi. Mon devoir m'impose la prudence. Il est préférable de rentrer.

— Et vous êtes prêt à nous abandonner en cours de route, en terre étrangère, Callière et moi, sans vous préoccuper de notre sort ? J'attendais autre chose de vous, capitaine.

Sartais eut un geste apaisant.

— J'y ai pensé, bien entendu, monsieur Pedrini. Si vous reconsidérez, vous aussi, votre mission et décidez de rentrer en France, je serai honoré de vous reprendre à mon bord pour le retour, à titre gracieux, bien sûr. Si, en revanche, vous souhaitez poursuivre votre voyage jusqu'en Chine, je vous rembourserai la somme que vous m'avez payée pour ce passage-là.

— Capitaine, je ne suis pas comme vous, je ne renonce pas si facilement, s'écria Pedrini, indigné. Le pape m'a confié une mission. Je la remplirai, que vous le vouliez ou non. Retournez donc en France, je saurai bien me passer de vos services.

Piqué au vif, Sartais s'emporta, lui aussi :

— Je suis seul juge de ce que je dois faire, monsieur Pedrini ! La sécurité de mon bateau et de mes hommes passe avant toute autre considération. Ce n'est pas de gaîté de cœur que j'ai pris la décision de rentrer, croyez-le. Je suis sûr que vous trouverez à vous embarquer sans difficulté sur un vaisseau espagnol. Voilà longtemps qu'ils savent traverser le Pacifique pour rallier leur colonie des Philippines. Une fois à Manille, vous ne serez plus très éloigné de la Chine.

Teodorico se calma.

— Dans ce cas, rendez-nous un service que vous nous devez bien, capitaine. Soyez notre intermédiaire pour négocier un prix acceptable auprès du capitaine espagnol auquel vous pensez.

— Je n'en connais pas.

— Mais vous venez de me dire vous-même...

— Je n'en connais pas ici, à Lima, coupa Sartais d'une voix lasse. Pour la bonne raison que les seuls bateaux qui font cette liaison partent d'Acapulco.

Teodorico resta sans voix devant ce nouveau coup du sort.

— Acapulco ? Où est-ce donc ? interrogea Callière, accablé, lui aussi.

— En Nouvelle-Espagne. À sept ou huit cents lieues d'ici, à l'ouest de Mexico.

— Seigneur ! Cela n'en finira donc jamais ! Nous serons morts avant d'y arriver !

Ce fut le vice-roi du Pérou qui trouva la solution. En désespoir de cause, Pedrini s'était adressé à lui. Le comte de la Mendoza le reçut de bonne grâce.

— Je vous déconseille fortement de gagner la Nouvelle-Espagne par les voies terrestres, lui dit-il. Trop long et trop dangereux. Les Indiens vous attaqueraient et vous y laisseriez la vie. Il est préférable que vous vous y rendiez par mer.

— Vos bateaux vont à Acapulco ? Nous sommes sauvés ! s'exclama Pedrini un peu trop vite.

— Ce n'est pas si simple. Le commerce entre la Nouvelle-Espagne et le Pérou est limité et nos navires s'arrêtent à mi-chemin, au Guatemala. Mais de là, vous pourrez facilement vous rendre à Mexico par la route.

— Vos bateaux ne peuvent-ils vraiment pas nous débarquer à Acapulco ?

— L'administration dont dépend le *galeon* de Manille, le bateau qui se rend aux Philippines, est sise à Mexico. C'est auprès d'elle que vous devrez enregistrer et payer votre passage. Je vais vous organiser cela. Un navire du Chili doit faire escale ici, dans quelques semaines, avant de continuer sa route jusqu'au Guatemala. Je ferai en sorte que son capitaine vous accueille à bord et vous mène à bon port. Pour la suite de votre voyage, je vous ferai établir des passeports qui vous faciliteront, je l'espère, la tâche auprès du vice-roi de Nouvelle-Espagne.

— Je vous en remercie du fond du cœur, Excellence, dit Teodorico d'une voix lasse. Sans vous, je ne sais pas ce que nous serions devenus.

— Croyez bien que je vous verrai quitter notre ville avec regret, répondit le comte de la Mendoza. Je crois savoir, d'ailleurs, que je ne serai pas seul dans ce cas. L'on soupire après vous, messieurs. C'est en tout cas ce que l'on m'a laissé entendre.

Pedrini jeta un coup d'œil à Callière qui arborait un léger sourire.

— D'autres, qui vous ont entendu jouer de l'orgue à l'église San Sebastian, vantent un talent de musicien qu'inexplicablement vous nous avez caché, monsieur Pedrini, poursuivit le vice-roi. Cest dommage, nous apprécions beaucoup la musique. J'aurais tant souhaité que vous vous plaisiez assez ici pour changer le cours de votre vie et vous installer au Pérou. Un homme tel que vous nous aurait été d'un grand secours et je pense que, de notre côté, nous aurions pu répondre à toutes vos aspirations.

— Je n'en doute pas, monsieur le Comte. Mais il me faut obéir au pape avant de penser à moi.

— C'est bien ce que j'ai cru comprendre, cher Teodorico. Sa Sainteté a, semble-t-il, des arguments contre lesquels même les plus zélés de nos sujets ne peuvent lutter.

Ils quittèrent le vice-roi rassurés sur leur sort. Pedrini sentit, alors, à quel point Callière avait changé. Il avait retrouvé la joie de vivre perdue, autrefois, sur les champs de bataille. Son visage était bruni par le soleil et son œil pétillait de malice.

— Je me trompe ou tu n'aurais pas été fâché de rester un peu plus longtemps à Lima ? lui demanda-t-il pour le taquiner.

— Tu te trompes. Certains plaisirs n'ont qu'un temps. Ils s'épuisent plus vite qu'on ne le croit. Et je suis trop curieux des mystères de la Chine pour m'arrêter là, répondit-il. Même si j'ai trouvé ici des remèdes que je ne connaissais pas.

— Ou que tu avais oubliés ! rétorqua Teodorico en éclatant de rire.

Pedrini mit à profit la semaine qui précédait le départ du *Charles* pour rédiger des lettres qu'il voulait confier à Sartais. Il écrivit à Gian Battista Spinucci et au cardinal Riviera. « Tu avais raison, *carissimo amico* : le monde n'est qu'un grand village, lui confia-t-il. Mais combien de détours Dieu nous impose-t-il pour le parcourir ! On recherche, en vain, les raisons des périples qu'il nous fait accomplir. Veut-il éprouver notre foi ? Veut-il, au contraire, nous faire entrevoir l'immensité de sa création et des splendeurs qu'elle abrite afin de donner des motifs sans cesse renouvelés à notre émerveillement ? Ou bien ne veut-il rien du tout ? Je ne saurais dire. Depuis mon départ de Rome, la diversité des lieux et des hommes, l'inattendu des situations, les tempêtes de natures diverses que j'ai affrontées, la mort que j'ai dû regarder en face n'ont cessé d'alerter ma conscience sur la place que j'occupe dans ce monde et le dessein que nourrit Dieu à mon égard. Péché d'orgueil, diras-tu, qui consiste à s'accorder à soi-même une importance démesurée. Tu aurais tort de me croire encore capable d'un tel ridicule : comment pourrais-je ignorer que je suis une poussière destinée à disparaître sans laisser de trace ? Il n'en demeure pas moins que cette poussière agit, qu'elle a un nom, qu'elle décide, choisit, poursuit un but. Pourquoi ? Pour servir le plan du Tout-Puissant ou, au contraire, satisfaire au sien propre ? Et s'il n'y avait pas de réponse ? En d'autres termes, s'il n'existait aucune raison, ni divine ni humaine, aux actes de l'homme et qu'ils soient le seul fruit du hasard ? Voilà bien la plus redoutable des interrogations. Je ne te cache pas qu'elle nourrit en moi des doutes inquiétants sur les motifs de mon périple et, pis encore, sur ceux de ma foi. Je te conjure de garder secrets ces aveux tant ils pourraient me nuire s'ils venaient à être connus. Je sais que je peux faire toute confiance à celui qui m'a appris à ne jamais fuir les questions soulevées dans mon âme par le spectacle de l'existence. Ton fidèle serviteur, Teodorico Pedrini. »

Au matin du 12 juin 1705, le *Galicia* appareilla de Callao en direction du Guatemala. Quelques semaines plus tôt, le *Charles* avait fait de même, vers l'Europe. À présent, Teodorico et Jean Callière n'avaient plus le choix : quelles que fussent les difficultés à venir, ils ne pouvaient qu'aller de l'avant. La traversée jusqu'aux 15° de latitude nord se déroula sans encombre. Le *Galicia* était un magnifique vaisseau tout en acajou, beaucoup plus confortable que le *Charles*. Un mois et demi plus tard, les deux lazaristes et leur imposant chargement débarquèrent à San José, sur les côtes du Guatemala. Ils s'installèrent à Santiago de Los Caballeros, une petite ville qui leur parut particulièrement obscure comparée à Lima, et se mirent en quête d'un moyen de se rendre à Mexico. Il n'y avait pas de malle-poste et ils se voyaient déjà faire le voyage à pied quand un négociant leur proposa de leur louer des mules pour se joindre à la grande caravane qu'il conduisait vers la capitale de la Nouvelle-Espagne.

Les averses se succédaient, quasiment sans discontinuer. Ils étaient trempés jusqu'aux os. Le manteau de laine grossière qu'ils avaient enfilé sur leurs vêtements ne les protégeait plus de la pluie. Elle se mettait à tomber sans prévenir, déversant des trombes d'eau sur les hommes et les bêtes, puis cessait aussi vite qu'elle était survenue. Depuis qu'ils étaient partis d'Escuintla, ils longeaient les hautes montagnes bordant la Boca Costa. Très loin à l'ouest, quand le ciel était pur de nuages, ils pouvaient apercevoir les reflets du Pacifique. L'air était humide et chaud, et ils devaient attendre le soir pour faire sécher leurs vêtements. Ils passaient généralement la nuit dans des baraques en bois au toit de chaume où les Indiens leur préparaient un souper frugal d'ignames cuites à même le feu, de papayes cueillies dans la journée. À peine avaient-ils prononcé la prière du soir qu'ils s'endormaient, épuisés, au coin du feu, emmitouflés dans des couvertures rugueuses à l'odeur de viande boucanée. Dès l'aube, ils repartaient pour une nouvelle journée de marche, au rythme lent des mules. La caravane comptait une trentaine de bêtes, conduites par des Mayas taciturnes qui marchaient apparemment sans effort et parlaient un langage incompréhensible. Teodorico et Callière avançaient, silencieux, attentifs seulement à leurs montures et à leur précieux chargement. Seules les étapes du midi et du soir étaient l'occasion d'échanger quelques paroles avec le chef de la caravane et le négociant.

Après des jours et des jours de marche monotone, ils s'engagèrent dans la Sierra Madre de Oaxaca. D'un pas prudent, les mules gravirent le sentier qui serpentait à travers un pays montagneux, si aride qu'il semblait abandonné de Dieu. Seuls, de grands cactus en forme de candélabres dressaient leurs branches sur ces terres déshéritées et rarement habitées. Les quelques villages qu'ils traversèrent étaient plus misérables les uns que les autres. Au hasard d'un col, ils découvrirent des paysages brûlés de soleil, d'une beauté sauvage, dont l'homme avait toujours été absent. Les nuits furent de plus en plus froides et les deux Européens bénirent les Indiens de leur avoir vendu des *rebozos*, ces châles de laine dans lesquels ils pouvaient s'emmitoufler avant de s'endormir sur les couvertures posées à même le sol pierreux. Un matin, ils atteignirent le sommet d'une haute colline pierreuse plantée d'arbustes rabougris et découvrirent d'étranges ruines. Une vaste plaine piquée de champs et de bois se déroulait en contrebas. Au loin, l'horizon était barré par une chaîne de montagnes dont les contreforts de rocaille et de terre jaune étaient plissés comme la peau d'un dragon. Un Indien plus bavard que les autres leur expliqua qu'ils se trouvaient dans les temples des anciens dieux, le Monte Alban.

Intrigués, ils s'immobilisèrent sur cette immense esplanade qui devait bien mesurer neuf cents pieds de long sur six cents de large. L'endroit possédait une surprenante beauté minérale. À droite, s'alignaient des pyramides à étages. Deux autres leur faisaient face. Au centre, se dressaient les restes d'un temple. Teodorico se dirigea vers l'une des pyramides. Il examina des inscriptions aux formes géométriques auxquelles il ne comprit rien, gravit une volée de marches et atteignit le sommet. Le paysage était d'une beauté saisissante. Il avait l'impression d'être suspendu entre ciel et terre, au cœur de ces montagnes impressionnantes qui lui donnaient soudain la mesure de l'éternité. Callière le rejoignit. En le découvrant debout face au ciel, hiératique dans sa soutane noire, il n'osa troubler sa méditation. Dans ce lieu hanté par le vent et les ruines d'un passé visiblement grandiose mais dont il ignorait tout, Pedrini semblait désarçonné. Il finit par rompre le silence.

— C'est comme si Dieu était là, tout près, murmura-t-il. Je ressens Sa présence aussi clairement que dans nos basiliques. Et je ne comprends pas pourquoi.

— Il n'y a rien à comprendre, mon ami. Dieu est partout, répondit Callière.

Le Français formulait exactement ce qu'il éprouvait sans parvenir à le dire. Oui, Dieu était partout, dans cet air vif qu'il respirait, ces pierres anciennes et mystérieuses, ce paysage grandiose.

— Ceux qui ont construit ces temples ne Le connaissaient pas pourtant, poursuivit Teodorico.

— Ils Lui donnaient simplement un autre nom.

Pedrini se tourna vers son compagnon, le regarda dans les yeux sans rien dire. Sa réflexion lui imposait des questions qu'il jugea plus sage de taire.

Le soir même, ils entraient dans la petite ville d'Oaxaca. À peine arrivé, Pedrini se précipita dans l'église de Santo Domingo. Là, devant les ors rutilants du retable, sous la coupole vertigineuse décorée de statues de saints et d'anges, il s'abîma dans une prière dont seule la nuit le tira.

La caravane progressait sur des sentiers escarpés à flanc de montagne, dans des plaines d'altitude à la végétation rare. Les hommes et les bêtes marchaient dans un silence que rompait parfois le chant lointain d'une flûte indienne. Ils étaient tous épuisés et, dans les visages ravinés par le vent, la pluie et le soleil violent des hauts plateaux, les yeux étaient creusés, les lèvres asséchées, la peau tendue. Ce fut sur un petit autel, improvisé sur des pierres plates, que Teodorico célébra la messe de Noël, secondé par Jean Callière. Jamais, il ne s'était trouvé dans un tel dénuement et il pensa que, finalement, aucune chasuble d'or, aucun ciboire en vermeil, aucun des fastes romains ou hispaniques n'étaient nécessaires pour fêter la nativité du Christ. La rusticité des accessoires, le visage indifférent des Indiens eurent paradoxalement pour effet de renforcer sa ferveur et de faire taire, momentanément, les interrogations qui s'étaient levées en lui depuis quelques semaines. Dans cet espace désolé où les chandelles menaçaient de s'éteindre au moindre coup de vent, ses paroles prenaient un sens insoupçonné. C'était le troisième Noël qu'il passait loin de sa famille et de sa patrie. Et il se sentit brusquement infiniment petit, éloigné de tout, totalement entre les mains de Dieu.

Quelques jours plus tard, ils atteignirent enfin la vallée de l'Anahuac, entre les montagnes du Popocatepetl et de l'Iztaccihuatl. Dans le lointain, Mexico resplendissait sous le soleil d'hiver. Ils avaient mis six mois pour l'atteindre.

9

Le *Mercurio Volante*, journal que Carlos de Sigüenza y Gongora, cosmographe royal des Chartes d'Espagne, avait fondé en 1693, consacra un long article à l'événement. Le souper auquel le duc d'Albuquerque, vice-roi de Nouvelle-Espagne, avait convié les illustres Teodorico Pedrini et Jean Callière, arrivés dans la capitale au milieu du mois de janvier 1706, n'était en effet pas passé inaperçu. La gazette expliqua quelle forte impression l'envoyé du pape avait faite sur les invités et dressa de lui un portrait des plus flatteurs. Le récit de ses aventures depuis son départ de Rome avait, disait-on, tenu en haleine son auditoire. Il l'avait charmé davantage encore, si c'était possible, en dévoilant d'inattendus talents de musicien sur le clavecin du vice-roi auquel, en le découvrant, il n'avait su résister.

En quelques jours, Teodorico devint le héros de la ville. On se l'arracha pour des soupers fastueux dont il était l'attraction. L'archevêque de Mexico voulut l'avoir à sa table tout comme les descendants des plus prestigieux conquistadores, les Sandoval et autres Villamayor. Il fut convié à séjourner dans les maisons de campagne des plus grandes familles, avec leurs jardins aux fontaines bruissantes, leurs champs d'oliviers et leurs vergers verdoyants. On le pria de venir jouer de l'orgue ou du clavecin dans des palais sertis d'ors et peuplés de statues, dans des couvents dont la magnificence répondait à l'idée que l'on se faisait, ici, de la toute-puissance divine. On l'emmena admirer ce qui subsistait de la gigantesque cité de Teotihuacan et on le laissa méditer de longues minutes devant la Pyramide du Soleil qu'il voulut à tout prix gravir. Après les six mois qu'il venait de vivre, Teodorico se laissa aller à ces plaisirs si généreusement prodigués et bouda si peu sa célébrité soudaine qu'il céda à ses hôtes : il demeurerait à Mexico jusqu'au printemps. Décision d'autant plus facile à prendre qu'elle ne changeait rien à ses projets, le galion pour Manille n'appareillant pas avant.

Soucieux de ne pas renouveler l'erreur commise à Lima, il avait refusé l'hospitalité des palais et pris ses quartiers dans le somptueux couvent des Dominicains, place Santo Domingo, où un vaste appartement décoré de tableaux et tendu d'une pourpre toute cardinalice fut mis à sa disposition. Envoyé du pape, il était traité comme tel. Trois domestiques indiens étaient à son service et un carrosse tiré par deux alezans, aussi doré que la châsse d'un saint napolitain, attendait son bon vouloir pour l'emmener où il voudrait. Accompagné par Callière, Pedrini parcourut la ville. Les rues étaient si larges que trois voitures pouvaient y rouler de front. Comme Venise, elle avait été gagnée sur les eaux d'une lagune. Comme Venise, elle en concevait quelque orgueil et servait à ses habitants de scène permanente où parader librement. L'étendue, la richesse de la capitale de la Nouvelle-Espagne, la beauté de ses palais classaient Mexico parmi les plus séduisantes cités du monde chrétien. Enjoués, fiers, pleins d'esprit, les hôtes de Pedrini manifestaient à son égard une curiosité exigeante. Ils le pressaient de questions sur Rome et le pape. Les femmes ne se lassèrent pas de l'interroger sur les modes romaines. D'autres lui demandèrent son avis sur tout et lui racontèrent, en retour, l'histoire de cette ville qui s'appelait autrefois Tenochtitlán et qui se trouvait alors au milieu d'un lac. Il entendit pour la première fois les noms de divinités redoutables, Quetzalcóatl, le Serpent à Plumes, ou Huecmac ; du dernier souverain aztèque, Monctézuma, de Hernán Cortés, le conquistador. Le vice-roi prit un évident plaisir à lui raconter l'épopée à peine croyable de cette poignée d'hommes qui s'étaient rendus maîtres d'un des plus riches royaumes existant sur cette terre. Il était fier de cette histoire, de ces dieux, de cette conquête qui avait rapproché deux mondes. Pourtant, comme Madrid et le roi d'Espagne paraissaient loin !

Avec ces Mexicains exubérants, Pedrini retrouva un peu de l'atmosphère de Rome, cette *allegria* latine, cette insouciance du lendemain, ce simple plaisir d'exister qui se traduisait par l'élégance raffinée des vêtements, le charme des femmes, la superbe des cavaliers aux éperons d'argent et aux selles cloutées d'or. À la demande du vice-roi, il composa pour l'orchestre qu'il avait formé, attendit avec une patience que Callière ne lui connaissait pas une réponse au rapport qu'il avait adressé au pape et refusa de partir pour Acapulco avant de l'avoir reçue.

Il se reposait d'une longue promenade à l'Alameda en lisant le *Teatro Mexicano* du père Agustin de Vetancourt quand on vint lui annoncer qu'une dame demandait à le voir. Il la fit entrer dans son salon et se leva pour aller à sa rencontre. Maria del Carmen de Madariaga s'agenouilla devant lui pour baiser la manche de sa soutane.

— Je vous en prie, fit-il, gêné.

Elle se redressa et il vit qu'elle était *mestiza*, métisse. Il la fit asseoir, lui proposa un rafraîchissement et s'enquit de l'objet de sa visite.

— Je viens à vous dans la plus grande confusion, *padre* Pedrini, dit-elle d'une voix douce et mal assurée. J'ose le faire car l'on dit tant de bien de vous à Mexico que j'ai pensé que vous seul pouviez m'aider.

— Ce sera avec plaisir, madame, si vous me dites en quoi je puis vous être utile.

— J'ai perdu mon mari, voici maintenant trois ans. C'était un noble qui avait subi l'ostracisme de sa famille pour avoir osé épouser une *mestiza* comme moi. Dans la chapelle de notre *hacienda*, il avait fait installer un orgue dont il aimait jouer le dimanche pour la messe. Depuis sa mort, plus personne ne l'a touché et il s'est abîmé. Votre réputation vous précède. On dit que vous êtes musicien et homme de cœur. Aussi, quand j'ai appris que vous restiez quelque temps dans notre capitale, ai-je pensé que vous accepteriez peut-être de redonner vie à cet instrument.

— Ce que vous me demandez là, madame, me paraît bien

étrange. Il ne doit pas manquer à Mexico de facteurs capables de réparer l'orgue de votre mari.

— Inutile de faire appel à eux. Je ne veux pas les obliger à me faire l'insulte d'un refus. Jamais ils n'accepteront de travailler pour une sang-mêlé comme moi.

— Est-il possible de vous rejeter à ce point, madame, quand un homme de bien vous a donné son nom ? Je n'ose le croire.

— Il en va pourtant ainsi dans notre société, monsieur. J'ai été méprisée, ignorée, moquée. On m'accuse toujours d'avoir volé feu mon époux à sa famille qui a tout fait, depuis, pour me soustraire les quelques biens qu'il m'a légués. À présent que vous connaissez ma triste situation, *padre* Pedrini, vous comprenez pourquoi vous êtes mon unique recours.

Touché par ce discours, Teodorico accepta. Les quelques jours nécessaires pour remettre cet orgue en état le distrairaient agréablement des exigences de sa notoriété mexicaine qui, après six mois de fréquentations assidues, commençait à le fatiguer. Quant à Callière, il ne lui en voudrait pas de lui fausser quelque temps compagnie.

L'*hacienda* se trouvait à deux lieues de Mexico, sur la route de Cuernavaca. Située au pied d'une colline, elle était entourée de vergers qu'un réseau d'étroits canaux irriguait. La maison principale s'élevait au bout d'une allée plantée de palmiers. Sa façade peinte en jaune, ses élégantes corniches blanches, sa noble porte de bois à double battant, lui conféraient un charme aristocratique et tranquille. Maria del Carmen de Madariaga, pleine de gratitude, l'attendait sous la véranda.

— Avez-vous fait bonne route, *padre* ? demanda-t-elle déjà prête à s'agenouiller devant lui.

Il la retint et répondit par l'affirmative avant de la suivre dans un grand vestibule où des rafraîchissements étaient servis. Un domestique prit le sac de toile qui était son seul bagage. Elle lui proposa d'aller se reposer dans la chambre qu'elle lui avait réservée, mais il refusa :

— Ce ne sont pas deux misérables lieues sur une route

mexicaine qui m'ont fatigué, s'exclama-t-il. Montrez-moi plutôt l'instrument dont vous m'avez parlé.

Elle le précéda dans le large corridor aux murs nus qui menait à la chapelle, située sur le flanc gauche de la maison. Entièrement peinte à la chaux, tout en longueur, elle dégageait une impression de sérénité avec son petit autel doré au-dessus duquel brûlait une lampe à huile rouge. Quelques tableaux suspendus aux murs représentaient des scènes bibliques dans des paysages mexicains. Pedrini eut une pensée pour Antoine Rivalz qui aurait eu là matière à discuter pendant des heures sur la faculté des peuples à s'approprier le sacré par le truchement de l'art. Une douce lumière entrait par un *oculus* qui trouait le mur du fond. Une enivrante odeur de tubéreuse enveloppa Teodorico quand il suivit son hôtesse dans l'étroit escalier qui menait à la petite galerie supérieure.

— Le voilà, dit-elle en retirant la grande toile blanche qui recouvrait un positif et sa boîte à vent.

Une petite forêt de tuyaux métalliques apparut. L'orgue était joliment ouvragé et disposait de quatre registres aux boutons d'argent et d'ivoire.

— Il est magnifique, fit Teodorico en passant la main sur les touches de chêne et d'acajou. Me permettez-vous ?

Elle ordonna au domestique qui les avait suivis d'actionner les soufflets et il s'installa devant l'instrument. Les premières notes retentirent sous la voûte. Elles n'étaient pas très justes, d'autres ne répondaient pas ou tenaient mal le son.

— Je ne pense pas avoir de difficultés à le remettre en état, dit Teodorico. Quelques jours tout au plus.

Ce fut le soir qu'il remarqua combien Maria del Carmen était belle. Ils soupaient dans l'intimité d'une petite salle où une vieille femme au masque figé d'Indienne veillait au ballet des serviteurs. Animée, fière d'avoir obtenu si brillante compagnie, la jeune femme parlait. Soudain, Teodorico cessa d'entendre ce qu'elle lui disait, captivé par la mobilité du visage mat, le dessin des lèvres sensuelles, l'éclat irrésistible des yeux bleus de la belle métisse à la lueur des chandelles. Elle portait une robe de taffetas noir qui laissait ses épaules découvertes et mettait en valeur son cou délicat qui semblait fléchir sous le poids de sa chevelure noire retenue en un lourd chignon. Un collier d'émeraudes et des dormeuses scintillant à ses oreilles rappelaient qu'elle était la reine de ce minuscule royaume. Mais elle devait le reconquérir chaque jour. À la différence des autres femmes qui l'avaient reçu à leur table, Maria del Carmen connaissait le prix de la richesse. Elle avait payé sa splendeur présente d'un lourd écot de larmes et de souffrances.

Il l'écouta raconter comment son bonheur avait été brutalement interrompu par la mort de son époux qui n'avait pas eu le temps de lui donner les enfants qu'elle désirait tant. Plus il l'écoutait, plus Teodorico se sentait attiré par cette femme d'une grâce sobre et retenue qui vivait dans le souvenir de son amour perdu et semblait ne plus rien attendre de la vie. Quand elle évoqua l'absence d'enfants, quelque chose se noua dans sa gorge. Lui non plus n'en aurait jamais et soudain, ce soir, face à cette femme en deuil, il trouva que cette stérilité forcée était injuste. La question de savoir si le sacerdoce méritait un tel sacrifice le traversa de façon fulgurante. Une complicité soudaine avec cette quasi-inconnue l'incita à lui confier, à son tour, que la mort de celle qu'il aimait avait, autrefois, changé son destin et qu'il souffrait, lui aussi, de n'avoir aucun espoir de descendance. Jamais, il n'avait fait un tel aveu. Ils se dévisagèrent silencieusement pendant quelques minutes, à ce point éperdus de se comprendre si bien l'un l'autre qu'ils n'osèrent plus ouvrir la bouche.

— Depuis la mort de Gabriella, j'ai parfois le sentiment d'errer à la surface de ce monde sans savoir où il va m'emmener, finit-il par dire. La Providence ne sait sans doute toujours pas quoi faire de moi : je devrais être en Chine à l'heure qu'il est et me voici en Nouvelle-Espagne, conversant avec vous. À croire qu'elle hésite à fixer mon sort.

— Pourquoi s'en étonner ? interrogea-t-elle avec chaleur. Il y a toujours une raison aux choses mais nous n'avons pas à la connaître. Ce qui doit arriver arrive toujours. Les Espagnols croient que nous sommes fatalistes, nous autres Indiens, mais ce n'est pas de la résignation, c'est de la sagesse. Tant de choses nous dépassent.

— Vous estimez qu'il faut se soumettre plutôt que lutter ? demanda-t-il à mi-voix.

— Je pense qu'il faut prendre ce que la main de Dieu vous offre quand Il l'ouvre pour vous. Sans se poser de question. Car après, il est trop tard. On ne peut jamais plus revenir en arrière.

Elle avait baissé les yeux et sa voix tremblait légèrement en prononçant ccs parolcs. Il la contempla, fasciné, et comprit au même instant qu'il était tombé amoureux de Maria del Carmen de Madariaga.

Il s'enferma dès l'aube dans la chapelle pour travailler sur l'orgue et éviter la tentation de la voir trop tôt. Rien n'y fit. Il eut beau se concentrer sur sa tâche et s'efforcer de prier, l'image de son hôtesse s'imposait à lui. Les doutes qui s'étaient confusément fait jour en lui au cours de son périple se formulèrent beaucoup plus clairement. Comme si cette femme altière qui ne demandait qu'à revivre, cette demeure aussi belle que celle dont il rêvait jadis, cette atmosphère de félicité simple et tranquille qui émanait des lieux, ce pays même, qui ressemblait au paradis sur terre, leur donnaient des motifs de se concrétiser enfin. Les raisons de son voyage se firent plus floues, plus incertaines. Qu'allait-il faire, grands dieux, chez l'empereur de Chine ? Remplir la mission que lui avait confiée le pape ? Sans doute, mais ne fallait-il pas voir dans les contretemps successifs dont il avait été victime le désaveu du Tout-Puissant ? Rester fidèle à son engagement ? Finalement, ne l'avait-il pas pris un peu trop à la légère ? Sans doute la mort de Gabriella avait-elle éveillé sa foi, mais ne fallait-il pas la mettre sur le compte du désespoir et, plus encore, sur la capacité de persuasion de Domenico Riviera ? Ici, le bonheur était possible auprès d'une femme qui alliait beauté, douceur, bonté, qui n'attendait que lui. Ici, loin de l'Europe, sa destinée pourrait prendre un tour nouveau. Redevenir un homme, comme Callière, sans rien renier de ses convictions : il était tenté.

La jeune femme comprit trop bien pourquoi elle devait respecter la solitude de Teodorico Pedrini. Elle ne fit rien qui pût l'encourager à déclarer des sentiments qu'elle devinait, trop effrayée par les conséquences d'un tel geste et pour lui, et pour elle. Le soir, il consentait à faire quelques pas en sa compagnie dans le jardin. Après le souper, ils s'entretenaient tous les deux de mille sujets en se gardant bien d'aborder celui qui ne cessait de les hanter. Dix jours après son arrivée, Pedrini avait pratiquement achevé la remise en état de l'orgue.

— Je partirai demain, *señora*, si vous le permettez. Mon travail est terminé. L'orgue fonctionne comme s'il était neuf et il est accordé.

— Accepterez-vous de le jouer avant votre départ ? demanda-t-elle d'une voix que l'émotion fit trembler.

Les notes d'un *Capriccio* de Trabacci, venues comme par miracle sous ses doigts, réveillèrent les échos de leur passion muette. Tout ce que Pedrini n'avait pas le droit de lui dire, il l'exprima dans une déferlante de musique qui baigna de larmes les joues de la jeune femme. À peine toucha-t-elle au dîner. Elle se retira de bonne heure, le laissant en tête à tête avec un flacon de vin. Le contact léger de leurs mains au moment où elle lui fit sa révérence manqua les perdre. D'un geste vif, impatient, elle se détourna après avoir marqué un temps imperceptible. Une invite si ténue, mais si puissante qu'il en fut bouleversé et demeura planté là, à la regarder s'éloigner dans un bouillonnement de taffetas. Incapable de rester en place, il sortit marcher sous les étoiles. Le grand déploiement des constellations auquel il s'adressa muettement ne lui fut d'aucun secours : plus l'heure avançait, plus la perspective de la quitter devenait insoutenable. Au milieu de la nuit, il affronta sa conscience, demanda à Dieu de lui pardonner et pénétra sans bruit dans la chambre de la jeune femme. Maria del Carmen ne dormait pas. L'avait-elle attendu ainsi, nuit après nuit ? Ses cheveux épars sur les oreillers, ses yeux bleus grands ouverts dans la pénombre, il la devina tremblante du désir qu'il avait éveillé en elle. Un crucifix d'argent dominait son lit. Elle perçut le regard qu'il levait vers lui.

— Dieu ne peut en vouloir à ceux qui s'aiment, dit-elle simplement.

— M'aimez-vous ?

— Depuis la première fois que je vous ai croisé dans les rues de Mexico. Je vous ai dévisagé, vous m'avez regardée sans me voir, passant comme un songe lointain dans votre carrosse. J'ai su alors que vous étiez là pour moi et j'ai trouvé la force de venir vous voir.

Ainsi les femmes décidaient-elles de votre destin, même s'il leur échappait des mains au moment où elles pensaient enfin l'avoir saisi. L'instant premier, la décision leur appartenaient. Ensuite seulement, Dieu et les hommes s'en mêlaient.

Il s'approcha de sa couche avec une lenteur qui était la dernière invite à repousser l'inéluctable, l'interdit, comme s'il attendait de lire dans ses yeux le refus de ce qu'il avait déjà accepté, une dénégation devant laquelle il se serait incliné. Au contraire, tout en elle l'appelait. D'un geste fervent, il toucha l'épaule ronde qui sortait de sa chemise de coton blanc. Il voulut la voir tout entière pour se convaincre qu'il ne rêvait pas et qu'il se damnait pour la seule femme au monde qui le valait. L'instant d'après, sa bouche et ses mains parcoururent son corps fin en tremblant. Il retrouva, bouleversé, toute cette géographie féminine qu'il avait presque oubliée. La douceur de sa peau brune et parfumée l'enivra. Bientôt, il fut nu à son tour, une joie sauvage s'empara de lui et il la posséda avec toute une puissance amoureuse trop longtemps retenue. La sensation qui l'envahit fut à la fois délicieuse et terrifiante. Le sentiment qu'il fusionnait avec Maria del Carmen, celui de ne plus faire qu'un avec elle, d'être une étoile parmi les étoiles l'emportèrent dans un monde sans pesanteur. Ils crièrent leur bonheur en même temps.

Qu'aurait pu l'enfer contre eux, s'il existait ?

10

Pedrini s'attendait à être foudroyé à chaque instant. Il aimait et ce fut en toute conscience qu'il s'écarta du chemin qu'il s'était tracé depuis bientôt huit ans. Dieu, pourtant, sembla décidé à l'épargner. Rendu à lui-même, il retrouva avec un plaisir inattendu la libre disposition de son existence et s'étonna de formuler des projets d'avenir. Il paraissait avoir tout oublié de son ancienne vie et passa des heures, torse nu, à moissonner, dans les champs avec les paysans ou à chasser dans les montagnes avec un vieil Indien. Il composa des petites pièces pour orgue qui firent le bonheur de Maria del Carmen. Délivré d'une abstinence qui s'accordait si peu à son tempérament, il saisit toutes les occasions pour l'aimer, au cours de leurs promenades dans les champs, durant les heures où le soleil les obligeait à se réfugier dans la fraîcheur de la chambre, comme au cœur de la nuit. Lorsqu'elle s'étonna d'une telle ardeur, il avoua en riant qu'il rattrapait le temps perdu. En chevauchant à son côté sur la plaine inondée de soleil, il retrouva les sensations qu'il éprouvait, enfant, quand il galopait à bride abattue dans la campagne de Fermo avec Gian Battista Spinucci.

Loin de Mexico et de ses habitants, les deux amants se consacrèrent à leur bonheur avec un entrain qui sembla réjouir beaucoup les domestiques de Maria del Carmen. Apparemment, ils se moquaient éperdument de savoir que l'homme dans les bras duquel elle renouait avec l'amour fût prêtre. La chose, si elle restait discrète, n'était pas si rare. Sur leur insistance, Teodorico accepta d'ailleurs de célébrer la messe, le dimanche, alors que lui-même estimait n'en être plus digne. De la même façon, Carmen l'empêcha de raser sa barbe.

Après toutes ces années, il goûtait des délices qu'il pensait ne devoir jamais connaître et n'en éprouva plus, à la fin, aucun remords. Le paradis était là, aux côtés de cette femme aimante et douce dont il souhaitait sentir le regard sur lui jusqu'à la fin de ses jours. Tous les deux n'en finissaient pas de se découvrir. Il lui raconta les détours de sa vie, elle lui expliqua qu'elle descendait d'une noble famille aztèque dont la fille avait été enlevée, vingt ans après la conquête, par un Espagnol qui en était tombé amoureux fou. Elle lui révéla le nom des dieux de son peuple, les prophéties qui avaient annoncé l'arrivée des Blancs, les tragédies qui avaient ensanglanté la terre de ses ancêtres. Jour après jour, il s'éprit davantage de cette femme, de ce pays, de cet univers où il avait tout à découvrir.

Il lisait sous la véranda, face au jardin où les premiers jours de septembre faisaient éclore des fleurs éclatantes, quand il entendit le bruit d'une galopade sur le chemin qui menait à l'*hacienda*. C'était un cavalier qui venait de Mexico lui apporter une lettre de Jean Callière. Teodorico eut tout le temps de la déchiffrer pendant que le messager se désaltérait. Le Français s'étonnait de sa longue absence et, privé de nouvelles, s'inquiétait de lui. Avant que le messager prenne le chemin du retour, Teodorico lui confia un pli où il avait écrit ces seuls mots : « Viens, je t'attends. » Puis il alla rejoindre Maria del Carmen qui était partie jusqu'à la rivière en compagnie de ses lavandières.

Callière ne tarda pas. Dès le lendemain, il était là. En découvrant le charme virgilien des lieux, il comprit ce qui se passait dans le cœur de Pedrini. À le voir se comporter en propriétaire pendant la visite de la maison et des terres avoisinantes, couver des yeux la belle *mestiza* en se retenant à chaque instant de ne pas la prendre dans ses bras, il devina que Pedrini n'était plus le même. Physiquement, il était plus vigoureux que jamais et sa peau hâlée trahissait une vie de plein air très éloignée du sacerdoce. Moralement, il avait changé du tout au tout. Et s'il portait toujours sa soutane, Callière sentit que quelque chose en lui la refusait.

— Parle-moi franchement, Teodorico, dit-il d'une voix tendue. Tu comptes rester ici encore longtemps ?

Pedrini mit quelque temps à répondre.

— Oui. Peut-être même jusqu'à la fin de mes jours. Je m'arrête là, Jean. La Chine est trop loin et le bonheur tout près. Je ne veux pas le laisser passer une seconde fois.

— Es-tu en train de me dire que tu renonces à ta mission ?

— Exactement ! répliqua Pedrini avec entrain. Je veux vivre avec cette femme. Elle m'offre tout ce que j'espérais sans me l'avouer.

— Mais tu es prêtre !

— J'y renonce également. L'Église m'a beaucoup donné, mais pas l'essentiel. Je ne suis pas fait pour elle, ni elle pour moi. La vie profane me convient décidément mieux.

Callière vit bien qu'il s'agissait d'une foucade provoquée par la lassitude. Il devait tout faire pour rouvrir les yeux de Pedrini. Jusque-là, il avait suivi comme son ombre le compagnon si attachant que le destin lui avait donné. Sur ses pas, il avait lui-même renoué avec les promesses de la vie dont, il y a peu, il n'attendait plus rien. C'était à son tour, aujourd'hui, de le précéder dans la portion de chemin trop ardue pour lui. Après avoir tant fait pour arriver jusqu'ici, il était inconcevable de laisser Pedrini se perdre en cours de route.

— As-tu réfléchi aux conséquences de tes actes, Teodorico ? demanda-t-il gravement.

— Tu n'imagines tout de même pas que j'ai agi sur un coup de tête ? Je sais ce que je fais et j'en ai parfaitement mesuré toutes les conséquences. J'ai pris ma décision au cours d'un moment très étrange. Tout à coup, les choses sont devenues claires pour moi. J'ai senti que j'étais arrivé, que ma vie devait se poursuivre là et pas ailleurs, et que cette femme m'était destinée. J'ai su que je n'avais aucun droit de refuser l'incroyable bénédiction que Dieu nous avait réservée. Tout, ici, m'était incroyablement familier. Comme si j'avais vécu autrefois dans ce pays. J'ai éprouvé à ce moment-là la même sensation qu'à Monte Alban, tu te rappelles, sur cette pyramide. Une sorte d'appel, la certitude d'être dans le vrai, le juste. D'être dans cette harmonie universelle qui n'a pas de nom et que je trouve parfois dans la prière. Ce fut un moment très impressionnant. Comment aurais-je pu lutter ?

— En te souvenant de la promesse que tu as faite au Saint Père et, par lui, à l'Église ! Tu n'as tout simplement pas le droit d'abandonner la charge qu'il t'a confiée ! Ou alors, c'est que je me suis totalement trompé sur ton compte, s'emporta Callière.

— Ma mission a-t-elle autant d'importance ? Après tout, que les jésuites de Chine pratiquent des rites influencés par la société où ils exercent leur sacerdoce, quoi de plus normal ? Quant au reste...

Il s'interrompit, s'interdisant d'en dire trop.

— Quant au reste ? insista Callière.

Teodorico hésita un instant. Après tout, cela n'avait plus beaucoup d'importance, maintenant.

— Je crois qu'il vaut mieux laisser les Chinois à leur religion plutôt que de vouloir leur imposer la nôtre comme on me l'a demandé, dit-il d'une voix grave. Il suffit de voir quels excès ce prosélytisme a provoqués ici pour comprendre que ce n'est pas souhaitable.

— Tu es devenu fou, Pedrini ! Oublies-tu que tu as le devoir de guider vers le Christ tous ceux qui ne le connaissent pas ? Si tu renonces, tu seras parjure à ton serment.

— J'y renonce et je ne crois pas être parjure.

— Renies-tu définitivement l'Église et tout ce qu'elle t'a donné ?

— Elle m'a donné de la consolation quand j'en avais besoin. C'est du passé. À présent, je dois revivre.

Leurs voix résonnaient si fort sous les voûtes du grand salon aux murs décorés d'*azuléjos* jaunes que Maria del Carmen, qui observait la scène depuis la porte, n'osa approcher davantage.

— Es-tu donc prêt à désobéir à Dieu, Teodorico ?

— Je ne fais, au contraire, que lui obéir et accomplir ses desseins.

— Tu le trahis pour une femme !

— Non, je le sers à travers une femme. Bien mieux que tu ne l'imagines, Jean.

— Tu seras damné pour ce que tu fais et tu la condamnes, elle aussi.

— Quitte cette maison immédiatement ! hurla Teodorico que cette menace mit en fureur. Tu n'es plus mon ami ! Je ne veux plus jamais te revoir !

Et il laissa Callière, seul et désemparé. Malheureux plus que révolté, le Français reprit la route de Mexico, le cœur lourd en se demandant ce qu'il allait devenir, lui, si Teodorico persistait.

Les jours suivants, Pedrini nota un imperceptible changement dans le comportement de Maria del Carmen. Elle sembla inexplicablement distante et répondit avec moins de passion à son ardeur. Ses yeux se voilaient, parfois, de mélancolie, mais quand il lui en demanda la cause, elle lui répondit en riant de ne pas s'inquiéter.

11

Un soir de novembre, un luxueux carrosse s'arrêta devant la maison. Le prêtre qui en descendit demanda aussitôt à parler à Pedrini.

— Je suis le père Ignacio de Terranegra, mon très cher frère, se présenta-t-il quand il furent assis dans le salon aux *azulejos*. L'archevêque de Mexico m'envoie auprès de vous pour les raisons que vous imaginez.

— Je n'imagine rien, répondit sèchement Teodorico. Que me veut Son Excellence ?

— Vous voir revenir au plus vite à Mexico, afin de reprendre le voyage pour lequel vous avez été mandaté par notre Très Saint Père.

— Il n'en est pas question. J'ai décidé de refaire ma vie ici, en Nouvelle-Espagne, et de retourner à l'état profane. Ma décision est irrévocable.

Ignacio de Terranegra prit tout son temps avant de continuer.

— Je crains malheureusement que vous n'ayez à la reconsidérer, fit-il d'une voix faussement navrée.

— Pour quelles raisons ?

— Autant l'indulgence de Son Excellence vous est tout acquise pour ce qui concerne votre... concubinage avec la *señora* de Madariaga, autant elle ne peut accepter de vous voir renoncer aussi légèrement à vos vœux et désobéir ainsi gravement à Sa Sainteté.

— Je m'en expliquerai s'il le faut devant un tribunal ecclésiastique et les représentants du souverain pontife, mais je ne changerai pas d'avis. Ma vie est ici, désormais, et, tout en jurant de lui rester fidèle, je rends à l'Église ce qu'elle m'a confié. J'ai compris que je n'en étais pas digne.

— Ce n'est pas à vous d'en juger, mon frère. Parlons clairement. Vous devez vous douter qu'un certain usage de la force ne nous est pas interdit et que le Saint-Office, l'Inquisition si vous préférez, ne plaisante jamais avec certaines choses.

— Lesquelles ? demanda Teodorico, pris d'une vague inquiétude.

— Disons, certaines pratiques magiques. Les femmes sont nombreuses ici à en user et nous nous en accommodons à peu près. En revanche, l'Inquisition est intraitable avec les sorcières qui tentent de perpétuer par leurs maléfices la religion des temps anciens. Ce sont souvent des métisses d'Indiens. Le vice-roi et l'archevêque les combattent avec un zèle particulier, tant leur influence sur les âmes faibles est nocive. Vous admettrez qu'il nous serait très difficile de ne pas nous pencher sur le cas d'une femme soupçonnée de tels maléfices et qui aurait, par ses sortilèges, persuadé un malheureux prêtre italien de se lier à elle. Je suis convaincu que les chrétiens seraient nombreux à réclamer le bûcher pour la punir.

— Vous êtes ignoble ! s'écria Teodorico. Je ne vous laisserai pas commettre ce crime. J'irai, s'il le faut, jusqu'à Rome pour le prévenir !

— Qui vous croira ? Entre la parole des ministres du Saint-Office et la vôtre, laquelle pensez-vous que Sa Sainteté écoutera ?

— Il me connaît, il me croira.

— Même quand vous lui expliquerez que vous avez pris quelques libertés avec les devoirs de votre charge ? Je doute qu'il accepte de vous recevoir quand il connaîtra votre trahison. Cette hypothèse est, de toute manière, hors de propos dans la mesure où vous seriez mort avant même de monter sur le bateau.

— Vous osez me menacer ?

— Nous sommes entre nous, mon cher, autant parler

franc : il est d'excellents poisons dans ce pays. Et certaines personnes sont particulièrement habiles à les utiliser. Nous pouvons vous atteindre à toute heure du jour ou de la nuit, en les dissimulant dans votre nourriture, votre eau, votre vin. Vos vêtements, pourquoi pas ? Vous ne saurez jamais quand vous serez frappé. Ce soir, demain, dans deux semaines, qui sait ? Croyez-moi, sous une telle menace, on cesse de vivre avant même d'avoir été touché. Ce qui vaut toujours mieux que de mourir dans les atroces souffrances produites par ces venins créés par Dieu pour punir ceux qui le trahissent ! conclut le prêtre en élevant soudain la voix.

— Vous êtes un monstre, Terranegra ! Partez immédiatement ou je vous tue ! s'écria Pedrini en levant la main pour l'assommer.

— À quoi cela vous servirait-il ? répondit l'Espagnol sans perdre son sang-froid. Un autre viendrait demain. Avec des gardes, cette fois. Et vous n'auriez plus aucune chance. Profitez donc de celle que je vous offre. C'est la seule. Ne songez pas non plus à vous échapper, vous n'iriez pas loin. Soyez dans dix jours à Mexico, au couvent des oratoriens. Personne ne vous fera le moindre reproche et vous pourrez partir pour Acapulco quelques jours après comme si rien ne s'était passé. Après, il sera trop tard.

Il disparut aussi vite qu'il était arrivé, comme un mauvais rêve ou un oiseau de malheur s'évanouissant dans les ténèbres. Dans le vestibule, Teodorico distingua une forme contre le mur.

— C'est toi ? demanda-t-il. Depuis quand es-tu là ?

— Depuis le début, répondit Maria del Carmen d'une voix faible. J'ai tout entendu. Il n'y a rien à faire. Je les connais. Ils sont capables de tout.

— Moi aussi, je suis capable de tout ! Je ne les laisserai pas te toucher ni m'interdire de vivre comme je l'entends ! Et s'il le faut, nous partirons. Le monde entier est prêt à nous accueillir : la Californie, les Indes occidentales, la Floride, le Pérou, la Louisiane. Même l'Europe. Nous n'avons que l'embarras du choix. Rien n'est plus facile.

— Rien n'est plus difficile, au contraire, soupira-t-elle. Nous n'avons ni argent ni soutien, nous serons pourchassés par les hommes du vice-roi. Nous ne pourrons nous arrêter à aucun relais, monter sur aucun bateau, du nord au sud et de l'est à l'ouest. Ils finiront par nous rattraper et nous pourrirons dans des prisons infâmes. Je ne veux pas de cette fin pour toi.

— Il ne s'agit pas de moi, mais de nous, Carmen !

Un lourd silence s'abattit entre eux comme un mur invisible. Teodorico comprit tout d'un coup.

— Tu ne veux pas partir, c'est cela ? murmura-t-il.

Elle le regarda avec tout l'amour dont elle était capable.

— Je ne peux pas abandonner mon pays, finit-elle par dire en se tordant les mains. J'aurais l'impression de trahir ceux qui ont ma confiance.

— Cela signifie que tu me chasses, tu en as conscience ?

Elle ne répondit pas. Lui faire croire qu'elle renonçait à lui était le seul moyen qu'elle avait trouvé pour le forcer à partir. Car il fallait qu'il parte, elle le savait depuis la visite de Callière. Leur situation était sans issue. Il la prit dans ses bras, mais elle était comme un bloc de pierre, sans un frémissement, et elle gardait les yeux obstinément baissés.

— Non, je ne partirai pas, dit-il.

— Si. Il le faut. Nous ne pouvons pas continuer comme ça. Tu dois rejoindre ceux qui t'attendent, de l'autre côté du monde.

— Personne ne m'attend.

— Si, Teodorico. Un empereur.

— Et tous nos projets ?

— Nous avons rêvé, mon amour.

Il la serra plus fort encore. Elle fut gagnée par un tremblement qui venait du fond d'elle-même et, cette fois, se laissa aller contre lui en pleurant.

Ce furent leurs dernières nuits. Les plus ardentes, les plus tendres et les plus désespérées. La résolution de Maria del Carmen ne faiblit pourtant pas. Teodorico admit qu'il ne parviendrait jamais à la faire changer d'avis. Au bout du dixième jour, vaincu, il se résigna à la quitter. Le cœur en révolte, il prépara les quelques bagages qu'il avait emportés, sans comprendre pourquoi elle ne voulait ni lutter ni fuir. Elle lui donna un petit médaillon renfermant un portrait que son époux, naguère, avait fait d'elle et Teodorico déposa dans ses mains le chapelet de nacre que sa mère lui avait confié quand il avait quitté Fermo encore enfant. Au moment de se séparer, Maria del Carmen et Teodorico s'étreignirent avec une rage désespérée. Ils étaient trop fiers, l'un comme l'autre, pour laisser paraître la moindre larme. Ils savaient pourtant qu'ils ne se reverraient pas, deviendraient peu à peu des étrangers l'un pour l'autre et que le souvenir de leur amour s'effacerait inexorablement de leur mémoire. Leurs adieux furent brusques comme le geste rageur qui déchire une étoffe et Teodorico partit sans un mot dans la même calèche qui était venue le chercher, quelques mois auparavant. Avant de passer la grille, il se retourna et la vit pour la dernière fois, à la fenêtre de sa chambre, agitant doucement la main.

Elle pleura tout le jour. L'enfant qu'elle portait, et pour lequel elle avait voulu rester et vivre, ne connaîtrait jamais son père.

12

Jusqu'à Acapulco, Pedrini ne desserra pas les dents. Le regard obstinément fixé ailleurs, sa douleur avait fait place à une indifférence résignée. Callière n'essaya même pas d'engager le dialogue et passa ses journées à lire, bien que le silence qui régnait dans le carrosse fût le plus lourd qu'il ait jamais eu à supporter. Alerter l'archevêque n'avait pas été un geste très glorieux, mais c'était le seul moyen qu'il avait trouvé pour sauver Teodorico de lui-même.

Après une dernière journée écrasante de chaleur, ils parvinrent au bord du plateau qui surplombait à pic la baie d'Acapulco. L'extraordinaire beauté du lieu ne suffit pas à consoler Pedrini de ses vicissitudes ni d'avoir cédé à Maria del Carmen. Leur voiture descendit lentement jusqu'au niveau de la mer par une route sinueuse qui traversait une forêt tropicale. L'air était si moite que leurs vêtements s'imprégnèrent d'humidité et qu'ils ressentirent d'un coup les fatigues du voyage. Une pluie lourde se mit à tomber quand ils s'arrêtèrent devant le petit couvent où ils devaient trouver asile.

Acapulco était le plus ensorcelant paysage qu'on puisse imaginer sur terre. Comme si Dieu s'était fait plaisir et avait voulu montrer aux hommes, en cet endroit précis, la magnificence de sa création. Au milieu d'une nature luxuriante peuplée d'oiseaux enchanteurs, bordée de plages qui s'étendaient à perte de vue, la petite ville possédait un charme paradisiaque. Elle ressemblait encore au village de pêcheurs qu'elle avait été naguère et seules quelques belles demeures témoignaient de sa richesse relative. Celle-ci provenait pour l'essentiel du *Galeon de Manila*, le convoi de navires, qui, deux fois par an, faisait la liaison entre la Nouvelle-Espagne et les Philippines, de l'autre côté de l'océan Pacifique. Le *Galeon*, qui avait le monopole de ce commerce, en partait les cales pleines de produits de toutes sortes venus de Nouvelle-Espagne ou d'Europe et en rapportait des cargaisons de soie, de porcelaines et de jades, mais aussi de tabac, d'épices et de riz qui se vendaient à prix d'or à Mexico ou prenaient la route de la métropole.

La beauté des lieux, la douce indolence du port, la vie rangée imposée par la fraternité de moines qui les avaient accueillis eurent le don d'apaiser Pedrini. Il songea bien plusieurs fois à planter là Callière pour rejoindre Maria del Carmen mais, finalement, y renonça. Moins en raison des soldats que l'archevêque de Mexico avait attachés à ses pas que de ses propres doutes sur le succès d'une telle entreprise. Seul, dans un pays quasiment inconnu, des sbires à ses trousses, l'échec était assuré. Mais, surtout, il comprenait mieux la nature de ses sentiments pour la métisse. C'étaient ses propres contradictions, autant que l'amour, qui l'avaient conduit à vouloir tout quitter pour elle : tiraillé entre ses devoirs de prêtre et ses exigences d'homme, tantôt mystique, tantôt philosophe assoiffé de liberté, il croyait sans y croire et n'était dupe ni des apparences de la religion ni de ses contraintes. La beauté de Maria del Carmen avait été un révélateur. Il les avait brusquement rejetées. La vie qu'il avait voulu s'offrir n'était pourtant qu'un mirage, un vertige d'illusions auquel il aurait, tôt ou tard, regretté de s'être abandonné. Callière, lui, n'en avait jamais douté. Ce que Pedrini avait pris pour de l'amour n'était, en réalité, qu'une révolte passagère du corps. Il n'était pas fait pour l'habit profane ni pour s'enterrer dans un coin perdu. Encore moins pour fonder une famille. Il valait mieux que cette vie bucolique mais obscure.

La proximité d'un nouveau départ pour un voyage au long cours fit renaître chez Pedrini l'excitation déjà éprouvée lorsqu'il avait embarqué sur le *Charles*. La curiosité qu'il avait, à nouveau, de la Chine effaça ses derniers remords. Un petit miracle acheva de lui rendre toute l'énergie dont il avait besoin pour affronter l'immensité du Pacifique. Quelques jours avant leur départ, il reçut une lettre du cardinal Riviera. Son ami lui apprenait que Monseigneur de Tournon était en Chine depuis septembre 1705 et qu'il avait été reçu en audience par l'empereur, le 31 décembre. Les égards que Kangxi lui avait manifestés auguraient bien du succès de sa mission et, il l'espérait, du règlement de la question des rites avec les jésuites de Pékin. Monseigneur de Tournon se plaignait amèrement de l'absence de Pedrini et la regrettait d'autant plus que l'empereur avait exprimé son impatience de recevoir un nouveau musicien à sa cour. Dominique Riviera terminait en s'étonnant de voir Teodorico si loin encore de son but et lui recommandait de ne plus tarder.

Le *Santa Maria de la Guadalupa* appareilla pour Manille le 8 mars 1707 au matin. Pedrini et Callière avaient négocié au mieux leur passage et ils foulèrent avec un plaisir évident son pont d'acajou impeccablement briqué. Ils étaient les seuls passagers du bord et, grâce à la recommandation de l'archevêque de Mexico, bénéficièrent des meilleures cabines. Quatre autres vaisseaux formaient avec eux un convoi majestueux qui déploya bientôt toutes ses voiles pour prendre le vent. Teodorico eut un pincement de cœur en regardant la baie d'Acapulco disparaître à l'horizon. Callière avait choisi de le laisser seul pour ce nouveau départ dont il sentait bien, pour l'éprouver lui-même, qu'il était à la fois un déchirement et une délivrance. Finalement, ce fut Teodorico qui le rejoignit, à la proue du navire, pour contempler l'immensité qui s'ouvrait devant eux.

— Il n'y a rien à ajouter, n'est-ce pas ? dit-il d'une voix grave.

— Parce qu'il n'y a rien à comprendre, répondit Callière, que toutes ces péripéties avaient rendu plus que jamais philosophe.

D'un ample geste du bras, il montra l'océan sans fin.

— Ce qui nous attend méritait tous les sacrifices, poursuivit-il. Ta vie, comme la mienne, ne t'appartient plus. Ce que nous avons accepté de faire nous dépasse largement, toi et moi. C'est un voyage sans retour que nous avons entrepris. Je le sais depuis que nous sommes partis de Saint-Malo.

— Dire que cela fait quatre ans déjà ! soupira Teodorico.

— Ma compagnie te les fait-elle paraître si longs ? demanda le Français, feignant d'être vexé.

Ils éclatèrent de rire et Teodorico passa fraternellement son bras sur les épaules de son compagnon.

— Tu as dû croire que j'était devenu fou, dit-il.

— Nul n'est à l'abri de ce genre de folie. Mais je t'en aurais vraiment voulu si tu y avais définitivement succombé.

Les matelots qui observaient la scène s'étonnèrent de voir leurs deux passagers si heureux d'être en mer. Ceux qui avaient déjà effectué la traversée savaient qu'elle n'avait rien de réjouissant. Ce soir-là, le capitaine Cristobal Irizuna les convia à partager son souper.

— J'espère que vous ferez longtemps honneur à ma table, dit-il, même si, au fil des jours, l'ordinaire vous paraît de plus en plus routinier. Mon cuisinier fait des prouesses mais, comme vous le constaterez vous-même, la variété ne sera plus qu'une illusion après nos premières semaines de mer.

— Combien de temps mettrons-nous pour gagner Manille ? demanda Pedrini.

— Trois mois, au moins, pour atteindre les *Islas de los Ladrones*, l'Archipel des Voleurs. À son époque, Magellan mit cent jours et, comme les alizés soufflent toujours à la même vitesse, il y a peu de raisons pour que nous allions plus vite.

À l'aide d'une carte, il leur expliqua qu'il lui suffisait quasiment de maintenir le cap plein ouest en restant sur la ligne des quinze degrés de latitude pour arriver directement à Guam puis à Manille.

— Si aucun typhon ne vient contrarier notre route, naturellement, ajouta-t-il.

L'horizon resta désespérément vide sous un ciel outrageusement blanchi par le soleil. Les journées s'écoulèrent dans une torpeur animale que rien ne vint distraire. La chaleur était si suffocante à l'intérieur du navire que les hommes venaient rechercher un peu d'air sur le pont. Un capharnaüm digne de l'arche de Noé régnait à bord. Poules et chèvres circulaient librement. Les bœufs embarqués à Acapulco, condamnés à rester sur l'entrepont, meuglaient toute la journée. Les hommes qui n'étaient ni de quart ni de corvée se retrouvaient sous de grands tauds de toile tendus en travers du pont pour se mettre à l'ombre et tromper leur ennui en jouant aux cartes ou aux dés. La nuit, ils sortaient des guitares. Des chants tristes qui parlaient de belles attendant leur retour ou du village d'Andalousie qu'ils avaient quitté autrefois s'élevaient alors vers la nuit étoilée.

Pedrini les rejoignit après avoir soupé chez le capitaine. Il but avec eux un gobelet de mauvais vin et joignit sa voix à la leur. Les matelots apprécièrent ce prêtre peu bavard qui, tous les jours, appelait sur eux la bénédiction du Christ et de la Vierge. Un jeune marin lui tendit son pauvre violon. Il y manquait une corde, le vernis qui le recouvrait jadis n'était plus qu'un souvenir et l'archet ne valait guère mieux, mais Teodorico le fit sonner, comme jamais sans doute, on ne l'avait fait. Des arias de Corelli lui revinrent en mémoire et, pendant une heure, dans cette immensité où nuit et océan se mêlaient, un peu d'Italie chanta sur le *Santa Maria del la Guadalupa.*

Le lendemain, Pedrini s'installa de bonne heure sur le gaillard d'avant, crayon et papier en main, et se mit à composer. Le soir même, il réunit guitaristes, chanteurs et violoniste, et leur apprit les chansons qu'il venait d'écrire pour cet orchestre improvisé. La première, empreinte de nostalgie, contait l'histoire d'un homme qui avait dû fuir sur les océans celle qu'il aimait et qui, au soir de sa vie, évoquait encore son visage d'indienne aux yeux de braise. Ils en firent aubade au capitaine. Une autre, à la mode espagnole, célébrait les splendeurs de Mexico et la beauté de ses femmes. Les marins rêvèrent un moment qu'ils n'étaient pas abandonnés sur un océan sans rivage comme ils finissaient par le croire, mais qu'ils reverraient leur terre bien-aimée où des femmes les attendaient.

Au bout de deux mois, la viande fraîche commença à manquer et l'on servit du bœuf salé à la table du capitaine. Les légumes secs devinrent immangeables, même après une interminable cuisson. Les œufs se firent rares, les galettes de maïs constituèrent bientôt l'ordinaire. Cristobal Irizuna dut se résoudre à rationner les vivres. D'après ses calculs, ils avançaient trop lentement et il craignait de ne plus avoir de quoi nourrir ses hommes jusqu'à l'Archipel des Voleurs. L'eau prit une vilaine couleur rousse et pua si fort que plus personne ne voulut la boire. Au bout de dix jours, comme par enchantement, elle redevint claire mais avec un goût fade que le vin du Chili tiré des dernières barriques ne réussit pas à masquer. Un vieux marin qui n'en était pas à sa première traversée expliqua à Pedrini que ce phénomène était normal, après soixante jours de mer sous cette latitude. Les premiers cas de scorbut se déclarèrent au même moment. Les hommes prirent un teint vitreux, leurs yeux s'enfoncèrent dans leur orbites et leurs dents commencèrent à se déchausser les unes après les autres.

Un matin, Jean Callière n'apparut pas à la table du capitaine. Depuis plusieurs jours, Pedrini avait remarqué qu'il s'affaiblissait, que ses joues se creusaient. Le Français ne se plaignait pas, commentant avec humour son manque d'entrain, mais Teodorico voyait bien qu'il souffrait de courbatures inexpliquées qui rendaient sa marche de plus en plus pénible. Soudain inquiet, il descendit le voir dans sa cabine. Des hommes étaient en train d'asperger l'entrepont avec du vinaigre pour le nettoyer et en chasser les odeurs. Il trouva Callière couché sur son lit, le visage creux, les yeux rouges. Du sang maculait les draps.

— Qu'est-ce qui t'arrive ? demanda-t-il en connaissant d'avance la réponse.

— Tu le sais aussi bien que moi.

— Es-tu sûr que c'est le scorbut ?

— Si ce n'est pas cela, ce n'est pas mieux.

— D'où vient ce sang ?

— De mon nez, de mes oreilles...

— Il doit bien y avoir un remède, dit Teodorico. Je ne vais

pas te laisser comme ça. Fais un effort, aide-moi à trouver ce dont tu as besoin.

— Je sais parfaitement ce qu'il me faut, comme tous ces pauvres bougres qui sont dans le même état que moi. Des vivres frais, des légumes, des fruits. Cela seul peut nous guérir.

— Nous allons bientôt toucher terre. Tu dois tenir bon jusque-là, Jean.

— Je serai mort avant, mon ami. Il nous reste encore un mois avant d'arriver dans ces îles dont a parlé le capitaine.

Teodorico prit les mains de Callière dans les siennes. Elles étaient brûlantes et sèches.

— Tu ne peux pas me faire ça, Jean ! protesta-t-il avec une colère feinte. Lutte ! Reste avec moi.

— Je crois que je ne verrai jamais la Chine, Teodorico, murmura Callière. Je vais mourir.

Le Français, qui avait repoussé la mort sur tant de champs de bataille, était vaincu, à des milles et des milles de sa patrie. Il ferma les yeux et parla d'une voix qui venait de très loin :

— Je te confie mes médicaments. Dans le coffre, tu trouveras un carnet où j'ai indiqué ce qu'ils soignent et les doses correspondantes. Cela peut t'être utile, un jour. Quant au reste de mon bagage, fais-en ce que tu voudras.

Teodorico veilla Callière toute la nuit, puis le jour suivant. Il ne pouvait pas croire que cet homme fidèle et généreux, qu'il avait failli perdre dix fois dans les tempêtes de l'Atlantique, les précipices de la Cordillère ou ses propres égarements, allait le laisser finir la route seul. De toute son âme, il pria Dieu pour qu'il épargne Jean. Rien n'y fit. Callière, crachant son sang de plus belle, sombrait dans l'inconscience pour des périodes de plus en plus longues. Son agonie dura trois jours. La dernière nuit, Pedrini ne le quitta pas un instant et lui parla jusqu'à l'épuisement pour l'aider à passer de l'autre côté. Il savait que ses paroles rassuraient Callière à travers les brumes de son inconscience, lui qui avait vu si souvent la mort emporter sous ses yeux ceux qu'il tentait de lui arracher. À l'aube, il se résolut à lui donner les derniers sacrements. Il le bénit et prononça la formule rituelle :

— *Ne reminiscaris, Domine, delicta famuli tui, neque vin-*

dictam sumas de peccatis eius... Dieu de miséricorde, regarde avec bonté ton serviteur Jean qui se recommande à Toi par la vraie foi et l'espérance chrétienne. Viens le visiter pour le sauver et, par la passion et la mort de ton Fils Unique, accorde-lui avec bonté remise et pardon pour tous ses péchés.

Callière rendit l'âme à l'aube du 10 juin 1707, étouffé par un dernier flux de sang. Il était le neuvième mort à bord du *Santa Maria.* Lorsque son cadavre, ficelé dans un linceul, plongea dans les profondeurs, Teodorico comprit qu'il était seul. Pas un instant, il ne douta qu'il pouvait, à son tour, être victime de la terrible maladie qui affectait, peu ou prou, tous les hommes du bord. Sa constitution robuste lui permit de tenir plus facilement que la plupart d'entre eux. L'eau se fit de plus en plus rare et chacun n'eut plus droit qu'à un gobelet par jour. Dans les deux dernières barriques, des minuscules vers blancs apparurent mais ni le vinaigre ni la poudre de canon ne parvinrent à les en purifier. Sous cette chaleur accablante, la soif était une telle torture que les hommes s'en contentèrent. Comme les autres, Teodorico avait les entrailles en feu. Des diarrhées que rien ne pouvait stopper le laissèrent si épuisé qu'il se demanda si son tour n'était pas venu de rejoindre le Ciel. Avoir fait tout ce chemin pour en arriver là, se dit-il. Comment Dieu pouvait-il les abandonner, lui et ses compagnons de misère, sur cette mer sans fin, prisonnier de ce soleil implacable ? Pourquoi ne l'avait-il pas laissé en paix auprès de Maria del Carmen ? Au moins, il aurait eu le temps de donner un peu de bonheur autour de lui. Au lieu de quoi, il allait mourir pour rien et au milieu de nulle part. Pedrini clama sa colère avec tant de virulence que le capitaine Irizuna dut le ramener à plus de retenue.

— Si vous continuez sur ce ton, *padre*, le Tout-Puissant ne fera rien pour nous sortir de là ! Faites-moi confiance, nous allons bientôt arriver. Priez donc, au lieu d'accuser le ciel.

Un matin, des cris réveillèrent tous ceux qui venaient, une fois de plus, de passer une mauvaise nuit sur le pont. Des nuages étaient apparus à l'horizon et Teodorico mêla ses hurlements à ceux de ses compagnons d'infortune. Cristobal Irizuma se précipita aussitôt vers lui et l'attrapa par le collet.

— *Padre !* lui ordonna-t-il. Vous allez immédiatement

dire une messe pour que ces ruées crèvent au-dessus de nos têtes. C'est un ordre. Et tâchez d'y mettre encore plus d'inspiration que dans vos chansons !

Quelques minutes plus tard, Teodorico fut de retour, revêtu de ses vêtements sacerdotaux, pour célébrer une messe d'action de grâces. Autour de lui, tout l'équipage se rassembla. Même les plus mal en point avaient tenu à se traîner sur le pont pour prier avec les autres. Teodorico fit durer la cérémonie aussi longtemps qu'il le put, mais rien n'y fit : les nuages étaient toujours aussi loin, indifférents à leurs prières. L'attente fut interminable mais la pluie ne vint pas. Pedrini se demanda si Dieu l'écoutait toujours et en douta. Peut-être n'était-il plus digne de lui adresser la moindre prière. Le soir, lorsque le second fit distribuer les maigres rations et que, tous, à genoux, supplièrent encore le ciel, la vigie lança un cri : « Terre ! » Teodorico courut rejoindre le capitaine. Il lui tendit sa lunette. Une île apparaissait droit devant.

— Je ne rêve pas, *signore* Irizuna ?

— Non, *padre*. C'est l'île de Guam.

Une immense clameur retentit sur le pont. Ils étaient sauvés mais autrement qu'attendu, comme si Dieu, en dispensant sa miséricorde, se réservait le choix des signes. Une heure plus tard, le *Santa Maria de la Guadalupa* entra dans une baie bordée de cocotiers et s'ancra à quelques encablures d'un rivage idyllique. De longues barques à balancier où des indigènes à moitié nus pagayaient en chantant approchèrent du vaisseau.

— Prenez garde, *padre*. Ils sont gentils mais une fois à bord, ils essaient de chaparder tout ce qu'ils trouvent. Vous comprendrez vite pourquoi on a appelé ces îles l'Archipel des Voleurs.

Dès qu'ils furent sur le pont, les Indiens s'égaillèrent effectivement dans tous les sens. Ceux qui approchèrent de Pedrini, loin d'essayer pourtant de lui dérober quoi que ce soit, s'agenouillèrent devant lui en voyant la croix d'argent qu'il portait sur la poitrine. Ils baisèrent dévotement ses mains. L'île était un vrai paradis. Un gouverneur, une garnison et quelques missionnaires y maintenaient l'ordre et le pavillon espagnols. Hommes et femmes vivaient à moitié nus et leur peau était plus sombre que celle des Indiens d'Amérique. Ils vivaient à l'état sauvage comme l'homme originel lorsque le Créateur l'avait tiré de la glaise. À cette seule différence qu'ils parlaient un peu l'espagnol. Pedrini s'étonna, une fois de plus, de la puissance d'une nation qui avait exporté sa langue, son architecture et ses mœurs aussi loin sur la surface du globe, de l'Afrique à l'Amérique, de ces îles du Pacifique jusqu'aux Philippines. Les Espagnols étaient chez eux sur la moitié de la terre.

Ils s'attardèrent trois semaines dans cet Éden, où des forêts de cocotiers bruissaient au vent du soir, où les grandes maisons communes montées sur pilotis les accueillaient, à la nuit, pour des repas de fruits et de poissons cuits dans de grandes feuilles. Teodorico retrouva le plaisir enfantin de manger avec ses doigts. Les indigènes riaient de le voir faire. Jamais, il n'avait vu des êtres aussi doux ni aussi heureux. Comme Callière les aurait aimés ! L'homme était-il naturellement bon ? se demanda-t-il en les observant. La réponse était oui quand on le voyait ainsi, à l'état de nature : l'hostilité leur était inconnue, ils étaient hospitaliers et gais, s'amusaient de tout comme des enfants et l'amour était, pour eux, la chose la plus naturelle du monde. Nulle trace, chez ces Indiens-là, de mal ou de péché d'origine. À les voir, on pouvait se demander s'ils n'avaient pas échappé à la condamnation divine. À moins que celle-ci ne soit une invention de l'homme, comme le mal et la souffrance, se dit Pedrini. Qu'est-ce qui avait perverti chez les hommes civilisés l'heureux caractère originel qu'il observait chez ces sauvages ? s'interrogea-t-il. Qu'est-ce qui avait apporté la convoitise, la guerre, la mort ? En marchant pieds nus sur la plage pour aller dormir dans la chambre que le *corregidor* avait mise à sa disposition, Teodorico se demanda si ce n'était pas la civilisation, c'est-à-dire la religion. Il regretta de n'avoir plus Callière à ses côtés pour en débattre jusqu'au matin.

Cette réflexion en entraîna une autre. Toute la nuit, il se demanda pourquoi Dieu l'avait épargné, lui qui avait trahi ses vœux, douté de tout jusqu'au nom du Christ et failli abandonner sa mission, tandis qu'il avait condamné cet homme juste et bon qu'était Jean. Était-il donc si important qu'il arrivât en Chine ? Il finit par s'endormir sur cette question à laquelle, alors qu'il approchait du but de son voyage, il pouvait de moins en moins échapper.

Les navires avaient été briqués de fond en comble. Des fumigations de soufre avaient débarrassé cales et entreponts des miasmes de l'infernale traversée. On descendit des barriques d'eau fraîche et de viandes salées dans les cales et, par un matin ensoleillé de juillet 1707, le *Santa Maria de la Guadalupa* appareilla pour mettre cap à l'ouest, suivi par les navires du convoi de Manille.

Trois semaines plus tard, le 9 août, après avoir louvoyé dans un dédale d'îles montagneuses, de baies splendides et de mers intérieures, le *Galeon de Manilla* entra dans l'immense baie de Manille, capitale de Luçon, la plus grande des îles Philippines. Il remonta lentement l'estuaire du Pasig, le petit fleuve au bord duquel la ville s'était construite depuis sa fondation, un siècle et demi plus tôt. À midi, Pedrini posa le pied sur les quais. Derrière les remparts massifs, les rues se coupaient à angle droit, comme à Lima. La ville présentait le même caractère espagnol qui l'avait charmé en Amérique : l'architecture, la forme des carrosses, les vêtements que portaient les Européens, l'odeur de l'air qu'il respirait, tout lui rappelait Mexico ou Lima. Il se mit à rire tout seul en se disant qu'il n'avait parcouru toute cette distance que pour se rendre d'une terre espagnole à une autre. « Mais où donc est la Chine ? » se demanda-t-il, mi-figue, mi-raisin. Dans la calèche découverte qui le mena à l'archevêché, il sentit s'abattre sur lui une chaleur lourde et humide qu'avait masquée l'air du large jusqu'à ce qu'il débarque.

L'archevêque, Santiago de Poblete, l'accueillit en héros. Il l'attendait depuis trois ans, très exactement depuis que Monseigneur de Tournon s'était arrêté à Manille avant de partir pour Pékin. Des courriers venus de Rome au gré des missions envoyées en Chine l'avaient informé que Teodorico Pedrini avait entrepris le voyage par l'ouest et arriverait plus tard. Les mois, les années avaient passé et l'archevêque avait fini par croire que ce Pedrini était une invention ou bien qu'il était perdu, corps et biens, quelque part au fond des océans.

— Quelles sont les nouvelles de Pékin ? questionna Pedrini sans attendre davantage.

L'archevêque de Manille soupira et s'épongea le front avec un fin mouchoir brodé à ses armes.

— Elles ne sont pas très bonnes. Selon toute vraisemblance, l'ambassade de Monseigneur de Tournon est un parfait échec.

13

— Je crains que les jésuites n'aient profité de leur influence pour discréditer la mission du légat, expliqua l'archevêque. La maladie qui le ronge depuis son séjour aux Indes n'a rien arrangé. Tout semblait pourtant bien se présenter. Dès qu'il est arrivé à Pékin, l'empereur l'a reçu en le dispensant même des prosternations protocolaires. Un honneur considérable et totalement inusité qui témoignait des meilleures dispositions impériales. Il le fit même asseoir au pied de son trône, m'a-t-on rapporté. Après les compliments d'usage, le légat exposa les motifs de son ambassade et informa l'empereur que le pape avait l'intention de nommer un Supérieur pour tous les missionnaires, quels qu'ils soient, en poste en Chine. Comment le père Gerbillon, un jésuite français, a-t-il traduit les propos du légat ? Nul ne le sait puisque le seul membre de la légation qui aurait pu le faire, Appiani, prêtre de la Congrégation comme vous, avait été refusé par les jésuites et n'assistait pas à l'audience. Toujours est-il que Kangxi se montra très mécontent des prétentions du pape. Lors de la seconde audience, les jésuites ont exigé de Tournon qu'il discute officiellement des rites chinois avec les mandarins du Tribunal des Rites...

— Un Tribunal ? s'inquiéta Pedrini.

— C'est ainsi qu'on nomme, en Chine, nos Secrétariats d'État. Le Tribunal des Rites, le *Li Bu*, est seul juge de ce qui peut ou non se pratiquer en matière religieuse dans le pays. Comme Monseigneur de Tournon refusait de se laisser entraîner sur ce terrain, ils ont voulu le forcer, en l'injuriant, à accepter le débat. Mais il a tenu bon, malgré sa faiblesse. La suite n'a pas traîné. Convoqué pour une troisième audience, Tournon s'est entendu dire par l'empereur lui-même qu'il ne souhaitait plus le voir et qu'il devait repartir au plus tôt pour l'Europe.

— Sans autre explication ?

— Je n'en ai pas le détail. Je sais seulement que le légat a quitté Pékin à la fin du mois d'août 1706 et qu'il est au plus mal. Les Chinois lui ont fait subir les pires vexations sur le chemin du retour. Il a été retenu à Nankin sous des prétextes humiliants et n'est arrivé à Canton que neuf mois après ! Trop tard pour embarquer à bord du bateau qui repartait pour l'Europe.

— Et à présent, où se trouve-t-il ? demanda Pedrini.

— À Macao.

— En sécurité, donc.

— Détrompez-vous ! s'exclama l'archevêque. Trop heureux de donner des gages de soumission à l'empereur pour sauvegarder leurs intérêts, les Portugais se sont empressés de l'enfermer dans une maison gardée jour et nuit par des soldats. Autant dire en prison. Kangxi n'avait rien exigé de tel.

— Le Saint Père ne peut-il pas réclamer sa libération ? demanda Pedrini, choqué.

— Auprès de qui ?

— De l'empereur.

— Kangxi n'écoute que les jésuites. De plus, Rome est loin. Son pouvoir ici est nul. Les seuls qui pourraient avoir quelque influence sont le roi de France ou celui du Portugal. Mais, jamais ils ne sacrifieront leurs jésuites à Monseigneur de Tournon. En réalité, Pedrini, vous êtes son seul espoir. Au nom du Christ, partez dès que possible !

Pour atteindre la Chine, il ne fallait guère plus de quinze jours quand les vents étaient favorables, d'avril à octobre. Ensuite, ils changeaient de direction et soufflaient du nord-est, poussant devant eux des nuages chargés de pluie qui masquaient le ciel jusqu'au printemps. Malgré le mauvais temps, Pedrini tenta la traversée sur le *Principe de Asturias*, un gros navire de commerce qui semblait assez solide pour affronter toutes les tempêtes. Sans succès. Le capitaine, repoussé par les vents contraires, dut renoncer et rentrer à Manille au grand désespoir de son passager.

Même aux prises avec ses pires doutes, quand il avait dû quitter Maria del Carmen ou lorsqu'il avait cru, dans le Pacifique, que la mort allait l'emporter, jamais Pedrini ne connut un tel désarroi. Ce n'était pas simplement les vents qui lui étaient contraires, c'était Dieu lui-même. Tout l'inconnu de la raison divine se dressait devant lui. Arrêté au bord des mers du bout du monde, dans une ville qui lui était étrangère, il ne comprit plus rien à ce ciel devenu brusquement indéchiffrable. Pourquoi, alors qu'il n'était qu'à trois cents lieues de son but, Dieu lui interdisait-il de l'atteindre ? L'enfer qu'il avait traversé au milieu du Pacifique n'avait-il donc pas été une pénitence suffisante ? Devait-il encore souffrir pour avoir le droit d'avancer ?

Par une frégate française qui revenait de Macao et se rendait à Timor, Monseigneur de Tournon réussit à faire passer clandestinement un message à Pedrini. Il le lut avec fièvre. Le légat confirmait qu'il était bel et bien prisonnier, très malade, et que toute sa mission était un désastre. « Je vous en donnerai de vive voix les raisons si Dieu me prête vie assez longtemps pour connaître la joie de vous rencontrer enfin. Avant de partir, je vous demande d'attendre cinq missionnaires envoyés par la Propagande de la Foi qui doivent arriver à Manille d'ici peu. Enfin, je vous recommande la plus extrême prudence lorsque vous accosterez à Macao. Les espions des jésuites guettent votre arrivée pour vous empêcher de débarquer. Que Dieu vous bénisse. »

Les cinq hommes annoncés par Monseigneur de Tournon n'arrivèrent qu'au printemps 1709. Pedrini les accueillit avec la ferveur d'un naufragé qui voit venir à lui des sauveteurs qu'il n'espère plus. Hormis un Français nommé Guillaume Fabre-Bonjour, augustin à Toulouse, tous les autres étaient italiens : Joseph Cerù, clerc mineur venait de Lucca ; Dominique Perroni, membre de la Congrégation de la Mère de Dieu, de Naples ; Janvier Amodei, prêtre de Calabre ; et Matteo Ripa, de Naples lui aussi. Était-ce sa petite taille, son visage rond et jovial ou son sourire légèrement ironique ? Teodorico éprouva immédiatement de la sympathie pour ce jeune prêtre dont la soutane dissimulait mal un embonpoint précoce.

— Voici donc le musicien que notre Saint Père destine à l'empereur de Chine ! s'exclama Ripa en serrant la main de Pedrini. On ne parle que de vous à Rome. Certains se demandent si vous existez réellement tant vos aventures sont devenues légendaires.

— Je vous les raconterai, un jour, si cela vous intéresse, répondit Pedrini. Vous constaterez qu'elles n'ont été souvent que trop réelles ! Que venez-vous faire en Chine ? Quelle est votre mission ?

— Remettre la barrette à Monseigneur de Tournon que le pape a élevé à la dignité de cardinal.

— Et ensuite ?

— Me mettre au service de Kangxi, comme vous, répondit Ripa.

— Vous êtes musicien, vous aussi ? s'étonna Teodorico.

— Non. Seulement peintre et graveur. L'empereur en réclamait un et le pape a eu l'indulgence de penser que je pourrais lui donner satisfaction. J'ai obéi mais j'espère sincèrement qu'il se trompe.

— Pourquoi ? N'êtes-vous pas curieux de découvrir les mystères de la Chine ?

— Si j'en juge par les confidences que m'a faites notre frère Christophe Fiori, la vie des missionnaires à la Cour est tout sauf une sinécure. Fiori y vivait en qualité de peintre depuis 1694 et était fort apprécié de Kangxi, mais les exigences de l'empereur et l'étiquette de la Cour ont fini par peser trop lourd. Il est rentré de Pékin il y a deux ans.

— Pourquoi avez-vous accepté ? demanda Pedrini qui trouvait Ripa de plus en plus sympathique.

— Comment refuser une offre qui ressemblait à un ordre ? Et puis, autant l'avouer, ma curiosité était piquée. On parlait de paysages somptueux, de palais dignes des *Mille et Une Nuits*. De quoi exciter l'imagination d'un peintre.

En observant ce Matteo Ripa plein d'entrain et de fougue, Teodorico songea qu'il pourrait sans doute combler le vide causé par la disparition de Jean Callière. Le jeune Italien avait un visage joufflu encombré d'un gros nez et de deux yeux légèrement proéminents. Un début de calvitie, assez rare chez un aussi jeune homme — il n'avait que vingt-sept ans —, démentait ces traits encore juvéniles et donnait du sérieux à son front bombé. Il respirait la franchise, le dévouement, la hardiesse et Teodorico pensa que ce n'étaient pas des qualités négligeables pour affronter les jésuites.

— Béni soit le ciel de t'avoir fait parvenir sain et sauf jusqu'ici, mon très cher frère, dit-il avec chaleur.

Ripa s'étonna d'une si rapide démonstration d'amitié, mais l'accepta avec un sourire. Il devina de mystérieuses blessures chez Pedrini et n'osa imaginer quelle terrible solitude avait été la sienne pour les attendre pendant des mois, à Manille.

Matteo Ripa et ses compagnons montèrent à bord du *Santiago de Compostella*, frégate de cinq cents tonneaux qui devait les conduire à Macao. Ils avaient attendu Pedrini toute la matinée mais celui-ci, vraisemblablement retenu par une dernière visite au vice-roi, tardait à arriver. Sans perdre plus de temps, ils s'installèrent du mieux qu'ils purent dans le carré qui leur avait été réservé. Une barque accosta. C'était le capitaine du *Santiago* qui embarquait à son tour. Sans même ôter son chapeau à large bord, il salua rapidement ses passagers d'un bref signe de la main avant d'aller s'enfermer dans sa cabine. Matteo Ripa pensa que c'était un rustre et se remit à guetter l'arrivée de Pedrini. Il était de plus en plus inquiet quand un matelot lui demanda de le suivre. Peu après, il pénétrait dans les quartiers du capitaine et le découvrit penché sur une carte de la mer de Chine méridionale. Il toussota. L'autre releva la tête.

— Toi ? s'exclama-t-il.

Pedrini poussa un grand éclat de rire.

— Tu ne m'avais pas reconnu, n'est-ce pas ? questionna-t-il, ravi.

— Que fais-tu dans cet accoutrement ? Où est le vrai capitaine ?

— C'est moi, Matteo. Je n'ai trouvé que ce moyen pour débarquer à Macao sans être inquiété. Les Portugais attendent un prêtre, pas un capitaine de vaisseau. Pour rejoindre le légat, rien de tel que ce costume pour en imposer aux gardes et les forcer à me laisser entrer dans sa prison.

— De là à savoir diriger ce navire, il y a un monde ! s'écria Ripa, subitement inquiet.

— Écoute-moi, Matteo. J'ai sillonné l'Atlantique et le Pacifique, affronté le détroit de Magellan, traversé plus de tempêtes que tu n'en verras probablement jamais : crois-moi, j'ai fini par apprendre comment on dirige un bateau, même par gros temps. De plus, le vice-roi m'a assuré que cet équipage était le meilleur de toute la mer de Chine. Ils n'ont quasiment besoin de personne pour savoir ce qu'ils ont à faire. Je n'aurai que quelques ordres à donner.

— Et ta barbe ?

— Elle repoussera. Ce n'est pas un sacrilège de la couper de temps à autre. Va informer nos amis de ma condition laïque provisoire. Qu'ils ne s'en étonnent pas quand ils me croiseront et qu'ils gardent le secret jusqu'à ce que nous soyons en sécurité.

Pedrini était, en réalité, beaucoup moins assuré qu'il voulait le paraître. Sa précédente tentative pour traverser la mer de Chine lui avait donné la mesure des risques qu'il prenait aujourd'hui. À Dieu vat ! Il donna l'ordre de larguer les amarres.

Une semaine après, le *Santiago de Compostella* doublait le cap Boïador qui marquait la pointe septentrionale de Luçon. L'équipage ne l'avait jamais atteint aussi rapidement en pareille saison. Cet exploit valut à Pedrini des vivats. Mais, dès qu'ils s'engagèrent en mer de Chine, des vents contraires les firent reculer. Toute la journée, le navire fut le jouet des vents et alla ainsi d'avant en arrière, sans parvenir à forcer le passage. À bord, Ripa et ses compagnons priaient Dieu de mettre un terme à leur calvaire. Seul Pedrini restait confiant. Au coucher du soleil, la mer était si houleuse qu'il ordonna au pilote de retourner vers le cap Boïador dans l'espoir d'y trouver des eaux plus calmes et suffisamment de fond pour jeter l'ancre et passer la nuit. Le pilote refusa.

— Impossible, capitaine, il y a des écueils partout, dit-il.

— Nous les éviterons ! Obéissez ! ordonna Pedrini d'une voix si terrible que le pilote s'exécuta en marmonnant une prière.

La nuit tomba. Emporté par une vague géante, le *Santiago de Compostella* fut précipité vers la côte. Il se retrouva si près des rochers que chacun put voir, malgré l'obscurité, les vagues qui s'y brisaient dans des gerbes d'écume et un fracas de fin du monde. Les missionnaires se mirent à hurler de terreur. Les matelots restèrent muets mais comprirent bien, eux aussi, que leur dernière heure était arrivée. Pedrini, lui, resta impassible, comme si, prêt à disparaître, il voulait voir la mort en face. Il fit amener les voiles. En vain. Le *Santiago* fonçait vers la côte. Ils allaient se fracasser sur les rochers quand il empoigna la barre pour virer de bord. Le *Santiago* présenta son flanc à la houle, chacun sentit qu'il était perdu et confia son âme à Dieu. Le miracle se produisit. D'un seul coup, une vague contraire redressa le navire et le mit face à la haute mer. Le talent de l'homme de barre fit le reste : ils regagnèrent le large, tremblants et trempés, n'osant croire encore qu'ils avaient échappé à la mort.

— Je n'ai jamais eu aussi peur de ma vie ! s'écria Ripa, furibond. Tu as failli nous tuer, Teodorico ! Je te l'avais dit, on ne s'improvise pas capitaine par la grâce du Saint-Esprit.

— Pour nous emmener à Macao, je suis prêt à forcer le destin une deuxième fois, s'il le faut ! répondit Pedrini d'une voix tranchante.

— Je préférerai y arriver vivant, murmura le peintre.

La suite de la traversée fut étonnamment calme. Le 31 décembre, la terre de Chine apparut à l'horizon. Teodorico poussa un énorme cri de joie. C'était celui de la délivrance. Il se mit à danser la gigue sur le pont comme un enfant, puis donna l'ordre de tirer sept coups de canon, au milieu des applaudissements de l'équipage et des missionnaires. Les actions de grâces pouvaient attendre. Juché sur la dunette, il regarda avidement cette terre qu'il avait mis sept ans, presque jour pour jour, à atteindre. Il avait plus de trente-huit ans et il ne restait plus grand-chose de l'homme qui avait quitté Rome, autrefois. Il pensa à tous ceux qui lui avaient permis de parvenir ici, sain et sauf, les morts comme Jean Callière et les vivants comme Maria del Carmen dont l'image lui arracha un pincement de cœur.

Il arrivait en Chine, enfin, et tout restait à faire.

Livre trois

LE TRÔNE DU DRAGON

1

Quand il mit pied sur le quai, l'odeur de Macao saisit Pedrini à la gorge. C'était un curieux mélange de poissons, de goudron, d'eau croupie, d'huile de friture et de saumure qui imprégnait toute la ville. Sa première impression de la Chine fut ce parfum si puissant qu'il en était presque palpable. Il le marqua à jamais. Des Portugais l'attendaient. Apparemment, ils ne se doutaient pas que, derrière ce capitaine de vaisseau à grand chapeau, se dissimulait le lazariste qu'ils devaient empêcher de débarquer. Ils le menèrent au fort qui défendait la ville pour remplir les formalités d'usage, puis il se fit conduire au couvent des augustins comme le lui avait recommandé le vice-roi de Manille. Quand il apprit l'arrivée de Teodorico dans ses murs, le Prieur courut à sa rencontre.

— Est-ce vous, Pedrini ? demanda-t-il, incrédule, en dévisageant le grand escogriffe de capitaine qui faisait les cent pas dans le cloître.

— En chair et en os, mon cher frère ! s'exclama Teodorico en le saluant d'un grand coup de chapeau, un sourire de vainqueur aux lèvres.

— Dieu soit loué ! Vous voilà enfin ! Nous vous avons attendu si longtemps. Mais que faites-vous dans cet habit ? questionna le Prieur en l'observant des pieds à la tête.

— Je n'ai trouvé que ce moyen pour débarquer sans me faire remarquer. Il paraît que je ne suis pas le bienvenu, ici ! Et on laissera plus facilement entrer un capitaine qu'un prêtre dans la maison du légat, vous ne croyez pas ?

— Je l'espère. Monseigneur de Tournon est bien gardé. Les Chinois surveillent sa maison et ferment les portes dès le soir. Pendant la journée, personne n'a le droit de sortir, ni le légat ni ceux de sa suite et il faut avoir un laissez-passer ou un ordre écrit du représentant de l'empereur pour entrer. Théoriquement.

— Que voulez-vous dire ?

— Comme souvent en Chine, il y a une certaine différence entre ce qui est prescrit et la réalité, vous le constaterez vous-même. En l'occurrence, la vénalité du chef des gardes me permet d'introduire de temps en temps un de nos frères auprès du légat. Une petite somme d'argent supplémentaire lui fera fermer l'œil un peu plus lourdement.

La maison dans laquelle Monseigneur de Tournon était prisonnier se situait au pied du monumental escalier qui menait à la cathédrale Saint-Paul. Pedrini s'y fit conduire en calèche, en empruntant les rues étroites de cette cité entre deux mondes, l'européen et l'asiatique. Il jeta un bref coup d'œil sur la cathédrale dont la façade à double rangée de pilastres lui rappela certaines églises de Rome, puis frappa discrètement à la porte. Le Prieur des augustins avait bien fait les choses : personne ne gardait l'entrée. On lui ouvrit précipitamment et, quelques minutes plus tard, il fut introduit dans les appartements de Charles de Tournon.

Jamais deux hommes qui ne se connaissaient pas l'instant précédent ne manifestèrent avec autant d'émotion le bonheur de se rencontrer. Ils se jetèrent dans les bras l'un de l'autre

— Vous étiez si près et pourtant si loin, dit le légat d'une voix faible. Je suis prisonnier ici depuis août 1707...

— Au moment où je suis arrivé moi-même à Manille, répondit Teodorico avec un geste d'impuissance. Ma hâte de vous rejoindre était d'autant plus grande.

Âgé seulement de quarante et un ans, Charles Maillard de Tournon ressemblait déjà à un vieil homme. Son regard fiévreux, sa peau blême trahissaient l'emprise de la maladie. Il perçut le regard plein de pitié de Pedrini.

— Personne ne réussit à me guérir, avoua-t-il d'une voix caverneuse. Je souffre en permanence et ne suis plus en état de voyager. Il n'en est d'ailleurs pas question puisqu'on me retient ici contre mon gré.

— Je saurai bien vous sortir de là, Monseigneur, dit Teodorico. Et convaincre un capitaine de vous prendre à son bord pour vous ramener en Italie.

— Je n'en doute pas, mon fils. Mais, vous le constatez vous-même, je n'ai aucune illusion à me faire sur ma fin prochaine. La maladie me ronge sans espoir de rémission. Tous les remèdes de mon pharmacien, le bon Dominique Marchini, sont restés sans effet. La lenteur de mon retour de Pékin n'a rien arrangé. Je suspecte les jésuites d'avoir tout fait pour m'empêcher de rentrer en Europe. Tous les prétextes ont été bons pour nous retarder. Un jour, il fallait réparer nos barques alors qu'elles étaient en parfait état. Un autre, je ne sais quel ordre qu'il fallait attendre. Chaque fois, nous devions nous arrêter une semaine. Il y a eu pis encore. Nous arrivions à Nankin quand les sbires d'un mandarin local sont venus enlever ce malheureux Appiani sous mes yeux et l'ont emporté devant moi, enchaîné comme un criminel. J'en ai eu le cœur brisé mais que pouvais-je faire ?

— Qu'est-il devenu ? questionna Teodorico qui avait déjà tant entendu parler du frère Appiani.

Il éprouvait, sans le connaître, une sympathie instinctive pour cet homme qui avait tout sacrifié, y compris sa liberté, à sa foi.

— Il est entre les mains des jésuites, à Pékin. Dieu seul sait si nous le reverrons vivant. Je n'ai mis que plus de hâte à publier, au nom du pape, un décret condamnant les rites chinois.

— Quelle a été la réaction des jésuites ?

— Une plus grande fureur à mon égard, si c'est possible. Arrivé à Canton, j'ai bénéficié d'une liberté totale. C'était la preuve que l'empereur ne me voulait aucun mal et s'était contenté de m'éloigner de Pékin. Peu après, l'ordre est venu de me reléguer à Macao, sous la surveillance des Portugais. À peine avais-je mis le pied dans cette maudite ville qu'ils se sont emparés de moi avec une brutalité qui a choqué même mon escorte chinoise.

— Les Portugais en avaient-ils le droit ?

— Pas du tout ! Ils n'y étaient pas davantage obligés. Mais ils sont prêts à tout pour complaire aux Chinois et obéir à leurs compatriotes qui sont à la cour. Pour eux, le légat du pape ne vaut pas grand-chose. Leur capitaine général voulait même me jeter dans une cellule et j'ai dû le menacer des foudres de l'enfer pour qu'il y renonce. J'ai réussi à louer cette maison en guise de prison. Elle me coûte trois cents piastres par an et je n'ai même pas le droit d'en sortir !

Le légat n'avait plus la force de parler. La fièvre collait à son front moite ses beaux cheveux bouclés, et ses grands yeux cernés de noir se fermaient doucement. Matteo Ripa et les autres missionnaires firent, alors, leur entrée. Par chance, ils n'avaient pas eu à ruser pour rejoindre Pedrini. Il était temps de remettre la barrette cardinalice à Monseigneur de Tournon. Matteo Ripa lut de sa belle voix chantante le Bref du pape qui le faisait cardinal. Le prisonnier prêta son serment et Fabre-Bonjour posa la barrette pourpre sur sa tête. Il fit venir Pedrini auprès de lui. Il était exsangue.

— La fin est proche, mon fils, dit-il d'une voix douloureuse. Mais avant que Dieu me rappelle à lui, je dois t'instruire plus précisément de ce qui s'est passé à Pékin et des précautions que tu devras prendre. L'échec de ma légation est imputable, en grande partie, aux jésuites portugais. Pas seulement pour les raisons que tu connais. Pour une autre, plus grave encore. Jusqu'à mon arrivée à Pékin, l'empereur ignorait qu'il y eût un pape auquel les chrétiens, quels qu'ils fussent et où qu'ils fussent, devaient obéissance. Jamais les jésuites ne l'avaient informé de son existence, par crainte sans doute de perdre une partie de leur prestige. Kangxi fut très fâché d'apprendre que les chrétiens de Chine, y compris les jésuites qui travaillaient pour lui à la Cour, devaient se soumettre à un autre souverain que lui. Il reporta sa fureur contre moi. Je suis convaincu que, si les jésuites l'avaient préparé à cette vérité, les choses se seraient beaucoup mieux déroulées et que nous aurions pu nous mettre d'accord.

Une douleur lui tira un gémissement affreux. Pedrini souffrait pour cet homme dont il se sentait étonnamment proche et qui allait mourir, loin de chez lui, pour avoir rempli son devoir.

— Méfie-toi de tout et de tous, Pedrini, poursuivit le légat d'une voix qui n'était plus qu'un murmure. L'empereur a sans doute appris ta présence ici et celle des autres missionnaires. Il va vous faire appeler à Pékin. Tu ne le regretteras pas. La Chine est belle et fascinante. Mais, je t'en conjure, sois vigilant.

— De qui dois-je me méfier ?

— Du père Morao, un jésuite portugais. À travers les mandarins, il a une grande influence sur Kangxi. Tchao Tchang est le plus redoutable de tous. Il a partie liée avec Morao pour des motifs que j'ignore. Sois également attentif à Parennin, le Français. Il semble neutre, mais je le soupçonne de faire accomplir par d'autres ce qu'il ne souhaite pas faire lui-même. Promets-moi maintenant de tout entreprendre pour réussir ce que le pape t'a demandé : il n'a plus que toi et Matteo Ripa pour renouer des liens avec Kangxi et réussir à imposer les décisions de l'Église aux jésuites.

— Je vous le promets, Monseigneur, répondit Teodorico.

Charles Maillard de Tournon devait expirer peu après. Par un curieux signe qui frappa beaucoup Teodorico, il rendit son dernier souffle à l'heure exacte où l'Église célèbre la descente du Saint-Esprit sur les apôtres.

2

Coïncidence ou habileté du Prince ? Un ordre impérial leur parvint peu après. L'empereur Kangxi ordonnait à Pedrini et à ses compagnons de se rendre à Canton pour s'y préparer à être introduits à la cour. En attendant, Matteo Ripa devait expédier quelques-unes de ses œuvres à Pékin afin que l'empereur, très impatient de juger de l'habileté de son nouveau peintre, puisse les examiner avant son arrivée.

— Pourquoi n'allons-nous pas directement à Pékin? demanda Teodorico au Supérieur des augustins qui lui avait transmis l'ordre.

— Parce que vous appartenez désormais au service de l'empereur et que vous devez donc devenir chinois. Il serait inconcevable que vous vous présentiez comme des Européens devant lui. À Canton, vous vous habillerez à la chinoise, vous raserez vos cheveux, vous apprendrez à parler chinois et recevrez vos nouveaux noms.

— Quels nouveaux noms ? Je n'ai pas l'intention d'en changer !

— Il le faudra bien pourtant. On ne vous appellera plus autrement. Vous êtes en Chine ? Donc vous êtes chinois : cela peut paraître absurde, mais tel est l'ordre de ce pays. Vous le verrez, ils ont un souci permanent du protocole et s'obligent à respecter une étiquette qui rendrait fou le plus servile des courtisans français !

Avec son château arrière surélevé, la jonque du *tagin*, aimable mandarin envoyé par l'empereur pour les conduire à Canton, offrait une plate-forme spacieuse où Teodorico s'installa en compagnie de Ripa. Au sommet du mât, deux pavillons, l'un vert émeraude et l'autre jaune, flottaient au vent. Tout le bateau était finement sculpté et peint de couleurs vives. Le *tagin* les accueillit avec un sourire affable et se courba en deux pour les saluer. C'était un petit bonhomme rond et sans cesse en mouvement. Une fine moustache soulignait sa bouche épaisse et ses yeux bridés ne laissaient voir que ses prunelles noires. Il portait une sorte de long surplis de soie bleue, fermé au col par un petit bouton de nacre, qui descendait jusqu'à mi-mollet. Dessous, une robe brodée noire lui tombait jusqu'aux pieds. Il était chaussé de bottes dont l'épaisse semelle était relevée sur le devant. Teodorico admira le faisan aux ailes déployées brodé sur sa poitrine et le long collier de grosses perles qu'il portait autour du cou.

— Ce motif n'a rien de décoratif, expliqua Fabre-Bonjour qui les avait rejoints. Les animaux qui figurent sur les vestes des mandarins, civils et militaires, sont les symboles de leur rang. Leur grade, si vous préférez. Ainsi, ce faisan doré indique que notre mandarin est un fonctionnaire civil de deuxième rang. De même, le collier de boules, le *sou tchou*, qu'il porte autour du cou et la boule de corail plantée au sommet de son chapeau rond sont-ils réservés à ce degré. L'empereur a, sans doute, voulu nous témoigner une grande considération en nous envoyant un personnage d'un rang aussi élevé.

— Comment se fait-il que ces subtilités n'aient aucun secret pour vous ? s'étonna Teodorico. D'où tirez-vous cette science ?

— Depuis un siècle, un grand nombre de missionnaires ont rapporté dans leurs livres les usages de ce pays. Notre bibliothèque, à Toulouse, contient plusieurs volumes de correspondances et de récits en tout genre consacrés aux mille aspects de la vie chinoise. J'ai lu plusieurs d'entre eux avant de partir.

Sur la terre ferme, à perte de vue, des rizières s'étendaient, sillonnées par des canaux. Pedrini distingua au loin des silhouettes de paysans peinant derrière leurs bœufs ou poussant des deux bras sur une longue rame, juchés à l'arrière d'une barque. Sur les coteaux ensoleillés, on devinait des villages aux maisons tassées les unes sur les autres. Poussée par le vent venu du large, la jonque progressait rapidement, en roulant mollement sous l'effet des vagues. Le soir, ils dépassèrent la Bouche du Tigre, un ensemble d'îles fortifiées qui défendaient l'accès à Canton. L'immense estuaire du Bei Jiang au fond duquel la ville s'étendait était encombré d'une myriade d'îlots autour desquels les eaux du fleuve et de la mer se mêlaient en trois barres successives. Teodorico et ses compagnons admirèrent la dextérité avec laquelle les Chinois les franchirent. Dans la nuit, ils dépassèrent l'île de Huangpu et, au matin, accostèrent à Canton. Sur les quais, des palanquins dorés attendaient les six Européens pour les conduire, escortés par une petite troupe précédée de porteurs de bannières, à Siao-Nan-Men, la maison des Missionnaires de la Propagande.

Il ne s'appelait plus Pedrini mais Te Li-Ko. En endossant la robe, puis la veste de soie bleue aux larges manches où était brodé un faisan d'argent, emblème des fonctionnaires du cinquième rang, Teodorico eut la troublante sensation de devenir quelqu'un d'autre. Quand il s'était déguisé en capitaine de vaisseau, il n'avait fait que jouer un rôle. À présent, il endossait une nouvelle peau. Enfiler ces habits orientaux, changer d'apparence, poser sur le sommet de son crâne ce petit chapeau conique orné d'un bouton de cristal acheva de substituer son être à un autre dont il ignorait à peu près tout. C'était un homme neuf qui entrait dans ce nouveau monde. Il se demanda si toutes les épreuves qu'il avait subies n'avaient pas eu pour objet, en réalité, de le préparer à naître à la Chine : après toutes ces années de luttes et d'errance, il n'était pas seulement parvenu à destination, il était également arrivé au bout de lui-même. La nouvelle vie qui commençait n'était plus seulement celle de Pedrini, né à Fermo, quarante ans plus tôt, mais celle de l'homme qui prenait corps sous le nom de Te Li-Ko.

Il comprit, en cet instant, qu'il n'avait pas seulement rendez-vous avec Kangxi et les jésuites, mais avec cet autre lui-même. Et qu'il était temps de devenir ce qu'il était vraiment.

Matteo Ripa, qui s'appelait à présent Ma Guoxian, fut le seul à refuser de passer la robe des fonctionnaires. Il lui préféra des habits de laine plus grossiers — par humilité, prétendit-il. Teodorico y vit plutôt la crainte instinctive de changer d'âme en modifiant d'apparence mais s'abstint de lui en faire la remarque. Il était bien trop occupé à apprendre le chinois. Il plongea dans cet univers incompréhensible dont il fallait déchiffrer le sens signe après signe, mot après mot, avec une sorte de volupté. L'apprentissage de cette nouvelle langue était, pourtant, d'une complexité redoutable. Les mots, la structure grammaticale et la prononciation ne ressemblaient à rien de connu et demandaient des efforts surhumains pour être assimilés.

— Les mots sont composés généralement d'une seule syllabe et restent invariables, leur expliqua le missionnaire chargé de leur apprendre à lire et à écrire. Leur fonction est déterminée par la place qu'ils occupent dans la phrase. *A priori*, ce système simplifie les choses. Vous constaterez qu'il le complique beaucoup. Le nombre de syllabes étant relativement limité, les Chinois utilisent une échelle de tons pour éviter toute homonymie ou ambiguïté. Chaque syllabe possède ainsi quatre hauteurs distinctes, selon la signification du mot qu'elle représente.

Grâce à son oreille musicale, Pedrini put rapidement saisir ces subtilités, mais les vraies difficultés commencèrent quand il apprit à tracer ses premiers caractères. Non seulement ils étaient d'une complexité croissante et n'avaient rien de commun, là non plus, avec aucun des principes de l'écriture européenne, mais encore la langue écrite ne correspondait pas toujours à la langue parlée. Et il existait plus de quarante mille caractères, au bas mot.

Les rues de Canton étaient un labyrinthe. Il loua une chaise à porteurs et parcourut ce dédale en respirant à pleins poumons un air chargé d'odeurs inconnues. La foule était innombrable. Des marchands ambulants, chargés de fardeaux, proposaient les choses les plus diverses : ustensiles étranges destinés à des usages dont il ne devinait rien, meubles de toute taille, canards vivants ou poissons brillants ficelés par grappes. D'autres vendaient des œufs, des fruits ou des légumes qu'il n'avait jamais vus. Il se demanda comment des hommes apparemment si fragiles pouvaient supporter une telle quantité de marchandises en équilibre sur leur dos. Sans doute un Chinois visitant Rome aurait-il été aussi étonné qu'il l'était au spectacle de la via del Babuino ou de la piazza di Venezia. Il s'arrêta devant des fourneaux de plein air où cuisaient des ragoûts, des petits pâtés, des soupes. Mis en appétit, il acheta un bol de nouilles, les trouva délicieuses, goûta des croissants frits farcis de viande, puis une portion de riz et de morceaux de canard savoureusement épicés. Autour de lui, les Chinois s'amusaient de le voir se débattre avec ses baguettes. L'extraordinaire diversité de leurs traits le fascina.

Il poursuivit sa promenade, à pied cette fois, en prenant le temps d'observer les petites maisons de bois qui bordaient les rues. Leur rez-de-chaussée était souvent occupé par une échoppe. Les Chinois s'écartaient devant lui, impressionnés par ce grand Occidental à longue barbe revêtu du costume des fonctionnaires impériaux. On trouvait de tout dans ces boutiques, meubles, porcelaines, vêtements, lanternes et mille objets dont certains, comme les pendules, venaient d'Europe. Attiré par le parfum étrange qui se dégageait de l'une d'elles, il entra. Dans des boîtes et des flacons posés sur des étagères, il découvrit une quantité invraisemblable de produits et de substances diverses dont rien ne laissait entrevoir la provenance ou la nature. À voir tant de potions, d'herbes, de poudres de toutes les couleurs, de bocaux remplis d'animaux inconnus flottant dans des liquides irisés, d'autres pleins d'hippocampes ou de scorpions séchés, il comprit qu'il se trouvait chez un apothicaire. Mais en voyant des tortues vivantes, des rats, des hiboux enfermés dans leurs cages, il préféra ressortir sans rien acheter. Assoiffé, il s'arrêta dans une taverne pour boire du thé.

— *Cha !* commanda-t-il.

Son accent fit sourire. On lui apporta une théière et un bol de céramique épaisse. Attablés devant leur gobelet, les clients dévisagaient cet étranger. L'un d'eux, moins intimidé, se mit à lui parler, déclenchant aussitôt une foule de questions. Pedrini n'y comprit pas grand-chose, mais réussit à dire la phrase qu'il avait mise au point pour ce genre de circonstances.

— Je suis un missionnaire chrétien du Grand Occident et je vais à la cour de l'empereur, à Pékin !

Un murmure respectueux accueillit ses paroles et il eut la surprise de voir tous les clients de l'auberge s'incliner devant lui. Gêné, il but son thé et sortit en bredouillant « *Xiexie*, merci ».

Au cours d'une nouvelle promenade avec Ripa qui s'enhardit à le suivre, il eut envie de voir de plus près le Temple des Six Banians, dont la haute pagode octogonale dominait la ville de ses étages blanc et ocre. Au pied de ce chef-d'œuvre, un temple était ouvert. Ils entrèrent avec prudence. Au fond d'une grande salle hypostyle, la colossale statue dorée d'un homme assis, jambes croisées, semblait les attendre. Il avait les yeux mi-clos et les mains jointes dans une posture qui évoquait la prière. Dissimulé derrière un pilier, Pedrini essaya de comprendre ce que signifiait l'extraordinaire sérénité émanant du visage lisse de cette idole. Il s'agissait sans doute de Fo, le Bouddha. Autour, d'autres statues moins imposantes dessinaient un chœur hiératique et muet. Sur un autel où étaient posées des offrandes, des chandelles et des bâtons d'encens brûlaient en dégageant une fumée âcre. Un prêtre vêtu d'une longue robe rouge psalmodiait des prières d'une voix nasillarde. D'autres, assis par terre de chaque côté, mains jointes, les répétaient d'une voix monocorde. Ils observèrent, intrigués, ces visages inexpressifs. Les litanies ressemblaient étrangement à celles qu'on pouvait entendre dans les monastères mais, ici, elles étaient ponctuées de coups de cymbales et de tambours. De grands caractères étaient peints sur de longues bandes de soie rouge accrochées aux colonnes de bois qui soutenaient le toit. Il ne réussit pas à les déchiffrer. Que signifiaient-ils ? Il n'en savait rien.

Était-ce donc cela qu'il devait combattre, cette idole, ces mots, ces prières, cette piété apparemment aussi puissante qu'en Europe ? Brusquement, Pedrini se demanda pourquoi. Il aurait voulu parler d'abord avec ces hommes, connaître leurs dieux et leurs croyances, leurs peurs, leurs certitudes. L'un des prêtres les remarqua alors, poussa un cri guttural et leur fit signe de déguerpir. Troublé, Teodorico s'éclipsa en entraînant Ripa.

Les jonques étaient amarrées au bord du Bei Jiang. Tout autour, s'étendait une incroyable ville flottante formée de milliers d'embarcations accrochées les unes aux autres. Sous un abri dc bois et de bambou où vivait toute une famille, des femmes préparaient le repas matinal, accroupies devant des foyers de fortune. Des fumées innombrables s'élevaient de cette ville amphibie. D'autres lavaient des linges sans couleur dans l'eau boueuse du fleuve et des enfants se pourchassaient de barque en barque avec une agilité surprenante. Pedrini, Ripa et Fabre-Bonjour avaient enfin reçu l'ordre de se rendre à Pékin. Deux jésuites mathématiciens qui, eux, attendaient à Canton depuis des mois, le père Tilis, de Bohême, et un Portugais appelé Cardoso, les accompagnaient. Sur l'embarcadère, une escouade de soldats coiffés d'un casque de cuir laqué de noir leur firent une haie d'honneur, impassibles dans leur armure matelassée jaune. Insigne privilège, Teodorico disposait d'une jonque pour lui et les présents destinés à l'empereur. Elle était richement décorée et son petit pavillon au toit de tuiles recourbées lui parut des plus accueillants. Il pourrait y dormir, écrire, manger en regardant le paysage. Cinq autres jonques suivaient, deux pour les missionnaires, une pour la cuisine, une pour les musiciens qui devaient jouer tout au long du voyage et une, enfin, pour les soldats. Les étendards et les oriflammes accrochés aux mâts claquaient au vent. Vers midi, obéissant aux ordres d'un *tagin* dont chaque geste était un cérémonial, des matelots agiles et silencieux affalèrent les voiles et le cortège s'ébranla lentement pour remonter le Bei Jiang vers Shaozhou.

3

Assis sur le pont, prenant des notes, rédigeant ses impressions, Pedrini contemplait le paysage de rizières qui s'étendait de chaque côté du fleuve. Cette fois, il n'avait à craindre ni tempête ni calme plat mortel, et pareille tranquillité valait bien de supporter une certaine monotonie. Des villes fortifiées ponctuaient ce décor sans surprise. Ils y firent halte parfois, pour la nuit, mais sans avoir le droit de descendre à terre. À vrai dire, ils n'en auraient eu nul besoin, hormis celui de se dégourdir les jambes, car les jonques offraient tout le confort et les commodités imaginables. Teodorico avait une petite armée de domestiques à son service. Sans qu'il ait à réclamer quoi que ce fût, les uns lui apportaient silencieusement des nourritures exquises — *dim sum* fourrés au crabe, à la viande ou à la fleur de lotus, porc grillé, potages odorants —, d'autres des rafraîchissements et d'autres encore du linge propre et des bassines d'eau chaude délicatement parfumée pour ses ablutions. Ils ne s'approchaient jamais de lui sans s'agenouiller et toucher le sol de leur front. Ces marques de servilité finirent par l'indisposer. Il demanda au *tagin* de les en dispenser. Mais celui-ci lui fit comprendre qu'il devait les accepter car le peuple manifestait ainsi son humilité devant ses maîtres. Hôte de l'empereur, il était devenu, qu'il l'ait voulu ou non, un puissant.

Au gré du vent, des bribes de musique ponctuée de coups de cymbales, de tambour et de gong, lui parvenaient aux oreilles. Elles provenaient de la jonque qui précédait la sienne où les musiciens avaient pris place. Le *tagin*, décidément irremplaçable, lui expliqua que la musique, en Chine, faisait partie intégrante de la vie et qu'on jouait des hymnes en chaque circonstance. Sur son ordre, les musiciens montèrent dans la jonque de Pedrini pour lui donner une aubade. Ils se prosternèrent devant lui, puis se mirent à jouer des airs si bizarres qu'il en grinça des dents. Sa cusiosité l'emporta et il s'efforça d'écouter avec attention cette musique étrange en tâchant d'en deviner les mystères. Les mélodies, jouées à l'unissson, étaient pauvres et répétitives, et il se demanda quelles règles harmoniques pouvaient provoquer ces dissonnances si dérangeantes pour son oreille. En réalité, les instruments ne semblaient pas correctement accordés les uns aux autres, mais il ne comprit pas pourquoi et demanda à les examiner.

L'un après l'autre, les musiciens lui présentèrent flûte, cithare, luth et vielle, tambours et orgue à bouche. Leurs formes étaient primitives comparées à celles de leurs homologues européens, hormis peut-être la vielle et un luth en forme de poire. Il essaya de monter une gamme d'*ut* majeur, découvrit qu'il y manquait un demi-ton, puis voulut tirer quelques notes de la flûte, déclenchant des rires amusés autour de lui. Mais quand il réussit à reproduire le début de la mélodie qu'ils venaient d'interpréter, les musiciens poussèrent des cris admiratifs.

Après Shaozhou, ils durent continuer par la route leur chemin vers Pékin. Installés dans de confortables litières portées par une dizaine d'hommes, Pedrini et ses compagnons progressaient de plusieurs lieues par jour, précédés par les soldats en armes, toutes bannières au vent. Ce moyen de transport se révéla vite moins plaisant que le précédent : le mol balancement de la marche incitait au sommeil et les cloisons ajourées qui tenaient lieu de fenêtres interdisaient de voir distinctement les paysages qu'ils traversaient. Le soir, ils faisaient halte dans les *cong-koen*, des auberges réservées aux hôtes de l'empereur. Arrivés sur le Yangzi, le fleuve Bleu, ils embarquèrent à nouveau sur des jonques. Le fleuve était sillonné par des milliers d'embarcations, barques de pêcheurs, chalands chargés de marchandises, somptueuses jonques de mandarins surchargées de dorures et de couleurs.

L'île de Zhenjiang surgit dans toute sa splendeur, à un détour du Yangzi. Dominée par une pagode aux toits de tuiles jaunes, la Colline d'Or abritait, noyés dans une végétation luxuriante, des temples, des palais, des tours aux toits de tuiles bleues. C'était la fin du jour. En se reflétant dans les eaux du fleuve, l'île prit les contours d'une cité mystérieuse qui se noyait lentement, dans la brume du soir, entre le ciel et l'eau. Tandis qu'ils la dépassaient lentement, une cloche solitaire résonna dans le silence du soir.

— Le Grand Canal Impérial relie le fleuve Bleu au fleuve Jaune, expliqua le *tagin*.

Les unes après les autres, les jonques franchissaient une impressionnante écluse et Teodorico observait avec intérêt leur passage.

— Il a été commencé il y a deux mille ans par le roi de Wu, poursuivit le mandarin avec fierté. Les empereurs Sui, puis les Yuan l'ont achevé. Il mesure trois mille cinq cents *li* !

Pedrini fit un rapide calcul. Cela représentait quatre cent cinquante lieues. L'ampleur de cette entreprise dépassait tout ce que les Romains avaient construit, se dit-il en songeant du même coup à l'immensité du pays où il allait vivre. Devant l'écluse, des bateaux de toute sorte, chargés d'animaux, de légumes ou de ce fumier humain dont l'odeur nauséabonde flottait dans l'air en permanence, attendaient leur tour. Sur les berges, un troupeau de cerfs apprivoisés paissaient tranquillement, gardés par un homme à cheval. Pedrini lui fit un signe amical de la main, mais l'autre se détourna.

— Comment convertir tout ce peuple ? confia-t-il à Ripa. Cela dépasse toutes nos capacités.

— Ne te décourage pas, répondit le peintre qui prenait quelques rapides croquis du canal. Ils sont si nombreux que des milliers de missionnaires n'y suffiraient pas. Mais nous avons le temps. Ceux que nous réussirons à convertir, à la Cour, seront nos meilleurs prosélytes. Ils communiqueront leur foi à ceux qui les entourent. Même s'il y faut un siècle, nous finirons par convaincre les Chinois de la sainteté de notre religion.

— Je ne parlais pas du nombre. Je pensais plutôt que, depuis plus de deux mille ans, ils ont bâti une civilisation aussi riche que la nôtre mais si différente d'elle qu'il me paraît difficile de les convertir au Christ. Il faudrait pour cela les convertir, également, à nos idées et à notre façon de vivre. Je m'attendais à voir des sauvages comme ces Indiens d'Amérique dont m'a parlé un jour un jésuite français ou ces Noirs d'Afrique, et je découvre des hommes, une industrie, une activité, un empire qui n'ont rien à envier aux nôtres.

Ripa posa sa plume et toussota.

— Cela nous interdit-il de leur apporter la lumière ? questionna-t-il.

— On voit bien qu'ils ont la leur et n'ont nul besoin de la nôtre.

— La fatigue du voyage, mon frère, te fait tenir des propos bien aventureux ! s'écria Ripa. Douterais-tu du bien-fondé de ta mission ?

— Naturellement non. Mais je me demande si elle est bien opportune. En observant combien cet univers est différent du nôtre par l'apparence, les mœurs, la langue, les règles, l'architecture et le nombre, je ne peux m'empêcher de penser que nous surestimons son besoin de notre religion. Et que, si ce besoin était réel, nos moyens seraient bien faibles pour le satisfaire. Il nous faudrait alors vivre comme le Christ au milieu d'eux, plutôt que de vouloir le leur imposer de l'extérieur.

Plus ils remontèrent vers le nord, plus il fit froid. Des frimas mordants les réveillèrent dès l'aube dans leurs lits humides. Le ciel devint uniformément gris et, après Tong-Tchang-Fou, les paysages de plus en plus monotones. D'immenses plaines s'étendaient jusqu'à l'horizon sans rien pour distraire le regard, sauf les hauts toits des pagodes, ici ou là. Ils restaient presque toute la journée calfeutrés à l'intérieur de leurs jonques, lisant ou écrivant, emmitouflés dans les manteaux doublés de fourrure achetés à des marchands le long du canal. Ils désespéraient d'arriver jamais à Pékin quand, le 5 février 1711 au matin, le *tagin* les informa qu'ils seraient dans la capitale vers midi. L'explosion de joie qui accueillit ses paroles le fit sourire. Décidément, ces Européens n'avaient aucune retenue.

4

Tout le corps de Teodorico se tendit vers cet événement qu'il attendait depuis si longtemps. Enfin, il allait voir, sentir, écouter cette ville mythique pour laquelle il avait traversé le monde, souffert mille morts, manqué périr dix fois, enduré la soif et la faim et provoqué la colère de Dieu. Mais à peine fut-il descendu à terre qu'on l'installa dans un palanquin en lui laissant à peine le temps de fouler le sol. Un ordre lancé d'une voix rauque et la petite troupe s'ébranla en direction du palais impérial.

D'épais rideaux masquaient les ouvertures. Il les repoussa avec impatience pour regarder dehors. Des Chinois par milliers s'inclinaient sur leur passage. Ils approchèrent des remparts. Ils étaient d'une hauteur formidable et aucune artillerie ne semblait capable d'en venir à bout. Le cortège entra dans la ville par une porte gigantesque qui était une forteresse à elle toute seule. Précédés par une troupe d'archers à cheval, ils débouchèrent sur une large avenue rectiligne encombrée par une masse de badauds, de portefaix ployant sur des chargements hétéroclites, de chaises à porteurs cherchant à se faufiler dans la cohue, de cavaliers venus des steppes, de caravanes de mulets ou de chameaux chargés de ballots. Des marchands appâtaient les clients, d'autres s'apostrophaient avec des cris gutturaux. Une odeur tenace de fumées de charbon, de graisse rance, d'excréments prit Teodorico à la gorge mais il la respira avec avidité, comme pour mieux s'en imprégner. Toute cette multitude s'écartait respectueusement devant eux. À gauche, Pedrini aperçut les toits aux angles recourbés d'un temple, à droite, des ruelles boueuses bordées de maisons de bois qui se perdaient dans des bosquets d'arbres. Là aussi, tout un peuple s'activait, pressé et laborieux. Partout, des banderoles de soie de toutes les couleurs flottaient au vent.

Ils firent halte devant un énorme mur de briques rouges. Au-dessus, un majestueux pavillon surmonté d'un double toit de tuiles jaunes s'élevait à une bonne centaine de pieds de hauteur. C'était l'entrée de *Zi Jin Cheng*, la Cité Pourpre Interdite. On les fit descendre. Un mandarin en robe bleue se précipita vers eux en s'inclinant plusieurs fois de suite et en prononçant des mots de bienvenue. Une troupe de fantassins remplaça les cavaliers qui leur avaient fait traverser la ville et ils se mirent en marche d'un pas rapide, précédés par des porte-étendards et des joueurs de flûtes, de carillons et de tambours. Pedrini se trouvait en tête du cortège, au côté du mandarin, suivi par Ripa, Fabre-Bonjour et les deux jésuites mathématiciens.

Sans le regarder, le mandarin dont la natte tressautait à chaque enjambée lui expliqua qu'ils traversaient Wu Men, la porte du Méridien. Ils entrèrent sur une place carrée, si grandiose que le regard ne pouvait pas l'embrasser dans son entier. Au fond, se dressait un imposant édifice. Pour l'atteindre, il fallait traverser un petit cours d'eau qui coulait entre deux murs de pierre blanche. Cinq ponts de marbre, bordés de balustrades sculptées de dragons, de nuages et de fleurs de lotus, l'enjambaient. Ils empruntèrent celui de gauche qui était réservé aux mandarins et officiers des troisième, deuxième et premier rangs, celui de droite l'étant aux fonctionnaires de rang inférieur, celui du milieu à l'empereur et les deux autres, aux princes.

— Est-ce le palais de l'empereur ? demanda Teodorico en désignant le bâtiment gardé par une haie de soldats bardés dans leurs uniformes blancs aux bordures bleues.

Le Chinois le regarda d'un air scandalisé.

— *Mei Zhi Shi !* Vous êtes un ignorant indigne de paraître devant *Wang Sui Ye*, Dix Mille Années de Vie, notre empereur ! éructa-t-il. Comment osez-vous comparer Tai He Men, la porte de l'Harmonie Suprême, avec le palais impérial ?

Pedrini fut surpris par la violence de cette réaction. Il n'imaginait pas que les Chinois puissent se montrer aussi grossiers devant un étranger qui ne connaissait encore rien de leur architecture. Il évita de répondre. Le bâtiment était construit sur une terrasse de marbre blanc. Deux escaliers bordant une rampe centrale sculptée de dragons permettaient d'y accéder. Au sommet, deux lions de bronze doré au faciès inquiétant semblaient en garder l'entrée. D'un pas toujours aussi rapide, ils le traversèrent en apercevant à peine les hautes colonnes peintes, décorées de motifs mystérieux, qui soutenaient une énorme charpente peinte. De l'autre côté, ils faillirent s'arrêter, éblouis : une seconde place plus vaste encore que la précédente, s'ouvrait devant eux. Des dizaines de milliers d'hommes auraient pu y tenir sans difficulté. Là aussi, l'immense quadrilatère était bordé de bâtiments reliés par des hauts murs au crépi rouge. Le mandarin se mit presque à courir. Redoutait-il de faire attendre l'empereur trop longtemps ? Ils longèrent une merveilleuse terrasse de marbre à trois niveaux sur laquelle s'élevait un bâtiment, plus imposant encore, si c'était possible, que les précédents. Des tortues à tête de dragon et des grues de bronze, hiératiques et muettes, le gardaient. À chaque coin du toit, une procession d'animaux fabuleux regardait les points cardinaux.

— C'est Tai He Dian, la Salle de l'Harmonie Suprême, précisa le mandarin sans leur laisser le temps de l'admirer davantage.

Fabre-Bonjour et Ripa étaient déjà essoufflés. Pedrini, lui, ne se fatiguait pas et se demandait quel pouvoir avait pu détenir, un jour, l'homme qui, dans le passé, avait fait édifier un tel ensemble. Ils dépassèrent un autre pavillon, moins massif que les autres, dont le toit reposait sur des colonnes laquées de rouge. Au sommet, une grosse boule d'or étincelait sous le soleil d'hiver. C'était la Salle de l'Harmonie Parfaite, leur dit le mandarin.

— Cela n'a donc pas de fin ? se lamenta Ripa qui n'en pouvait plus.

— Après l'Harmonie Suprême et l'Harmonie Parfaite, je ne vois pas quelle Harmonie pourrait mériter une nouvelle salle ! plaisanta Teodorico.

Il se trompait. Il y eut encore la Salle de l'Harmonie Préservée, derrière laquelle ils découvrirent une troisième cour, tout en longueur, cette fois, que fermait au nord un grand pavillon dans lequel ils finirent par entrer. Apparemment, il étaient arrivés.

— Dix Mille Années de Vie vous fait l'insigne honneur de vous recevoir ici, dans le Qian Qing Gong, le Palais de la Pureté Céleste, où il réside, dit le mandarin. Sachez vous montrer dignes de ce privilège.

On fit entrer les cinq Européens dans une salle où ils purent enfin s'asseoir sur des chaises garnies de coussins de soie. Une douce chaleur venue du sol par quelque conduit souterrain les réchauffa après cette longue marche effectuée dans le froid.

— Je n'ai jamais rien vu d'aussi démesuré, dit Pedrini en se frottant les mains. Comparé à tous ces palais, celui du Vatican paraît d'une modestie provinciale.

— Je te trouve bien sévère, dit Ripa. Rien de tout cela n'égale la basilique Saint-Pierre.

Un groupe de mandarins entra et ils échangèrent quelques courbettes sans prononcer un mot. Les nouveaux venus avaient les pommettes saillantes, des yeux très bridés et portaient de longues robes de soie. Sur leur veste était brodée une grue, symbole du premier degré. Ils avaient le crâne rasé et une longue natte pendait dans leur dos. « Tchao Tchang est-il là, sans que je le sache ? » se demanda Pedrini, intrigué. À quoi pouvait ressembler le mandarin dont Monseigneur de Tournon lui avait demandé de se méfier ? Ils s'observèrent mutuellement en silence jusqu'à ce que le Premier eunuque, Tchin Fou, les rejoignît. C'était un Chinois au visage affable qui, avec force sourires, leur fit signe de se rasseoir tandis qu'on apportait de grands bassins d'argent d'où montaient des fumets appétissants. L'un contenait des morceaux de porc *mu-shu*, l'autre du canard, un troisième une sorte de soupe de poissons épaisse. On leur distribua des bols de riz et des baguettes.

— Ces mets proviennent de la table de *Wan Sui Ye* lui-même. Prosternez-vous et restaurez-vous ! ordonna-t-il.

Comme l'exigeait l'étiquette, ils s'agenouillèrent en élevant leur bol au-dessus de leur tête, s'inclinèrent jusqu'au sol et se mirent à manger en silence. Dix minutes plus tard, un des mandarins leur fit signe de se relever et s'adressa à eux d'une voix saccadée.

— Vous allez être présentés à Dix Mille Années de Vie, Sa Majesté Kangxi. Quand vous apparaîtrez devant lui, vous ferez neuf fois de suite le *ko to* pour le saluer. Si vous devez vous adresser à lui, dites *Shang*, qui signifie Majesté. Auparavant, je dois vous poser une dernière question : êtes-vous prêts à servir Sa Majesté l'empereur jusqu'à votre mort ?

Un peu surpris, ils répondirent qu'ils n'avaient pas d'autre ambition en se présentant devant lui. Le mandarin parut satisfait. Il tourna les talons, sortit de la pièce et on leur fit signe de le suivre. Ils traversèrent un couloir, franchirent une double porte et pénétrèrent dans une grande salle où un chambellan annonça leur arrivée avec de curieuses inflexions de voix. Pedrini éprouvait un étrange mélange d'appréhension et de curiosité. Le cœur battant, il fut le premier à entrer dans la pièce. En face de lui, l'empereur était assis à la tartare sur une sorte de sofa très large posé au milieu d'une estrade qui occupait toute la longueur de la pièce. Devant lui, une petite table basse où étaient posés des livres, des pinceaux, une pierre à encre et le sceau impérial. Derrière, un grand panneau de bois sculpté. Kangxi avait un visage fin et émacié, mais visiblement marqué par la petite vérole. Ses yeux de Mandchou étaient plus fins que ceux des Chinois et brillaient d'intelligence. Un imperceptible sourire étira sa mince moustache dont les poils étaient aussi rares que ceux de sa petite barbiche. Hiératique dans une éclatante tunique de soie jaune brodée de dragons, l'empereur ne fit pas un geste. Un gros collier de boules blanches pendait sur sa poitrine et il portait un curieux chapeau rouge en forme de double cloche sur le sommet duquel luisait une énorme perle.

De chaque côté de l'estrade, des mandarins et des Européens vêtus à la chinoise se tenaient debout, pieds joints et bras le long du corps, en signe d'humilité. Leurs visages étaient impénétrables. Teodorico devina qu'il s'agissait des jésuites. Pour la première fois, il voyait ses adversaires et éprouva un petit frisson d'excitation. Quand ses compagnons furent entrés, ils se précipitèrent tous d'un seul mouvement aux pieds de l'empereur, comme on le leur avait appris, puis, sur un signe du chambellan, s'agenouillèrent et se prosternèrent trois fois de suite en touchant le sol avec le front. Sur un nouveau signe, ils se relevèrent, puis recommencèrent deux fois de suite cette humiliante génuflexion.

Kangxi, apparemment satisfait de la façon dont les Européens l'avaient salué, leur adressa aussitôt la parole :

— Quel est celui d'entre vous qui parle le mieux notre langue ? demanda-t-il d'une voix nettement plus agréable que celles qu'ils avaient entendues jusque-là.

— Le peintre Ma Guoaxian, Majesté, répondit un mandarin de haute taille.

Pedrini n'avait même pas eu le temps d'ouvrir la bouche pour dire que c'était lui et se demanda ce qui valait cet honneur à Ripa.

— De quels royaumes venez-vous ? demanda Kangxi.

— Le père Fabre-Bonjour vient du royaume de France, répondit Ripa. Pedrini de Rome et moi-même du royaume de Naples. Tilis de Bohême et Cardoso du Portugal.

— Avez-vous apporté des livres de mathématiques ?

— Le père Fabre-Bonjour s'est fait un devoir d'emporter les derniers ouvrages qui ont été imprimés en France avant notre départ.

— Êtes-vous tous jésuites, comme ceux-là ? interrogea l'empereur en désignant les Européens qui les observaient avec un regard dépourvu de toute aménité.

— Non, *Shang*. Nous sommes des prêtres de la Sacrée Congrégation.

— Quelle est cette institution ? Je ne la connais pas.

— Elle est placée sous l'autorité directe du pape, *Shang*.

— L'avez-vous vu avant de partir ?

— Nous avons eu cet honneur, Majesté.

— C'est donc le pape qui vous envoie ?

— Assurément, Majesté.

— Te Li-Ko également ? demanda Kangxi. À la Cour, certains prétendent que ni lui ni vous n'êtes envoyés par le pape.

— Ils se trompent ou ont été mal informés, *Shang*, répondit Pedrini en prenant Ripa de court. C'est bien lui qui nous a dépêchés auprès de Sa Majesté pour que nous nous mettions à son service. Nos lettres de patente le prouvent.

Il jeta un coup d'œil sur les jésuites, mais ils gardaient la tête baissée. Kangxi se tourna vers Teodorico avec un petit sourire.

— Êtes-vous vraiment musicien, Te Li-Ko ? On dit, ici, que vous n'y connaissez rien. De quel instrument jouez-vous ?

— Je joue du clavecin, de l'orgue et du violon, fit Teodorico en s'inclinant.

— Savez-vous chanter au moins ?

— Naturellement, Majesté.

— Dans ce cas, chantez donc la gamme des Européens.

Un peu surpris, Teodorico s'exécuta et, de sa plus belle voix de baryton, prit tout son temps pour moduler une gamme d'*ut* majeur dont il fit vibrer chaque note. Un grand sourire éclaira le visage de Kangxi qui le remercia d'un hochement de tête.

— Je vais à présent poser une dernière question à Ma Guoxian. Comment est mort le religieux qui m'avait été envoyé par votre maître l'année dernière et qui s'appelait Maillard de Tournon ?

Ripa ne comprit pas tout ce que Kangxi avait dit et l'empereur, voyant son embarras, répéta sa question, en prenant tout son temps pour que l'Italien saisisse correctement le sens de ses paroles. Ripa répondit que la mort du cardinal avait été causée par une maladie inconnue qui l'avait vidé de toute sa substance, mais qu'elle était, apparemment, naturelle.

— Je m'en réjouis, fit l'empereur. J'ai craint un moment qu'il n'ait été empoisonné par ses ennemis. Ils étaient très nombreux.

Teodorico réussit à dissimuler sa surprise, mais remarqua un léger mouvement parmi les jésuites. Il n'était donc pas le seul à avoir soupçonné une possible responsabilité de leur part dans la mort du légat. Il observa Kangxi à la dérobée bien qu'il fût formellement interdit de lever les yeux sur lui. L'empereur était beaucoup plus simple qu'il ne s'y attendait ou que l'apparat dont il était entouré le laissait supposer. À l'évidence, le Fils du Ciel ne souhaitait pas instaurer des rapports trop solennels avec les nouveaux venus. Il posa encore quelques questions à Ripa sur la peinture, d'autres à Fabre-Bonjour sur les mathématiques, puis les congédia d'un geste brusque.

Ils se retrouvèrent dans l'antichambre où le mandarin qui avait mis Ripa en avant les rejoignit. Il était presque aussi grand que Pedrini et son visage arrogant ne cachait pas le dégoût que les nouveaux Européens lui inspiraient.

— Mon nom est Tchao Tchang, dit-il d'une voix sonore. J'appartiens au Conseil de l'empereur et j'ai la charge de tous les Européens qui résident à la Cour. Vous devrez vous adresser à moi pour toutes vos requêtes et chaque fois que vous demanderez audience à Dix Mille Années de Vie. En attendant que vos résidences soient prêtes, vous demeurerez chez les jésuites français, au Pe-Tang. Allez !

Son regard méprisant croisa celui de Pedrini. En une seconde, le lazariste comprit qu'une lutte à mort venait de s'engager.

5

— Savez-vous, monsieur Pedrini, que cette maison est l'ancienne résidence d'un mandarin tombé en disgrâce ? dit le père Parennin qui accueillait les Italiens à sa table pour un souper de bienvenue. L'empereur, lui-même, nous l'a accordée en 1693. Mieux, il a lui-même ordonné les travaux destinés à la rendre conforme à nos usages et nous a donné le terrain voisin pour y construire notre église. C'est un monarque particulièrement magnanime.

Le jésuite parlait avec suffisance mais dans un latin parfait. Un peu plus âgé que Pedrini, son visage sévère, ses lèvres étonnamment minces et ses yeux presque gris contredisaient son apparente fragilité physique. Teodorico sentit qu'il était habité par une volonté de fer devant laquelle tout devait plier. Nullement impressionné, il choisit de lui répondre dans la même langue, bien que son français fût suffisant pour la conversation.

— Il existe toujours des raisons à la magnanimité des puissants, mon cher frère. Je ne doute pas que les siennes devaient être excellentes.

— Elles l'étaient, assurément. Disons qu'il a voulu, par ce geste, nous témoigner sa reconnaissance. Atteint d'une fièvre tierce qu'aucun de ses médecins personnels n'était capable de guérir, il fit appeler nos frères Gerbillon et Bouvet, en désespoir de cause. Ils lui donnèrent ces pâtes médicinales que nous avons coutume d'utiliser en France. Elles eurent sur lui l'effet recherché, la fièvre le quitta, mais revint par intermittence.

Kangxi réclama un remède qui le guérirait définitivement. Par chance, nos excellents frères Fontaney et Visdelou venaient d'arriver à la Cour avec un trésor qui allait nous valoir l'amitié de l'empereur.

— Vous m'intriguez, fit Teodorico.

— Connaissez-vous le quinquina ? Non ? Eh bien, sachez qu'il n'y a pas meilleure médecine contre les fièvres de toutes natures. Les Chinois ne le connaissaient pas non plus. Nos frères en donnèrent à Kangxi, en le mélangeant avec du vin. La nuit même, il était guéri.

— Après un tel succès, je comprends qu'il vous ait accordé tout ce que vous pouviez souhaiter, commenta Pedrini en saisissant pourquoi les Français étaient si bien en cour à Pékin.

— Nous ne demandons rien pour nous-mêmes, monsieur Pedrini, s'empressa de répondre Parennin avec une modestie feinte. Mais tout pour la religion. La considération que Kangxi porte à notre Compagnie n'est pas née par hasard, vous le savez certainement. Elle est la continuation de l'amitié qui liait son père, l'empereur Shunzhi, au père Adam Schall dont la science astronomique fit beaucoup pour le renom de notre société. N'oubliez pas que les premiers jésuites sont arrivés à Macao dès 1560 et que notre illustre frère Ricci est venu à la cour de Pékin en 1601.

— Nous savons tous que les progrès de la foi en Chine lui doivent beaucoup, dit Pedrini conciliant. Grâce à lui, de nombreux missionnaires ont pu venir prêcher la bonne parole. Même quand ils n'appartenaient pas à votre illustre Compagnie.

Parennin eut un petit sourire crispé. Après un silence, il reprit :

— Quelles que soient nos congrégations d'origine, monsieur Pedrini, ces progrès ne représenteraient pas grand-chose si nous, les jésuites, n'avions mérité la confiance de l'empereur. Elle repose sur des talents qui nous sont spécifiques et, sans elle, ni vous ni moi n'aurions la liberté de poursuivre notre travail évangélique à la Cour.

— La science n'a pas, seule, la faveur de l'empereur. Il apprécie également la musique, la peinture...

— Ce ne sont que divertissements et agréments de cour, coupa Parennin. Ils lui sont bien moins utiles que l'astronomie dont il a besoin pour régler la vie de l'empire. Vous le comprendrez mieux quand vous saurez que les persécutions dont nous avons été les victimes dans les années 1660 ont été fomentées par le mandarin qui présidait le Tribunal des mathématiques et voyait son pouvoir remis en cause par la science de notre frère Verbiest. Il a fallu que Kangxi atteigne sa majorité, se débarrasse des régents et assume lui-même le pouvoir pour que Verbiest revienne en grâce et corrige les graves erreurs du calendrier impérial. Ce sont des choses qui ne s'oublient pas.

— Le calendrier a-t-il donc une telle valeur, ici ? s'étonna Pedrini.

— Ce n'est pas à vous, prêtre de la Sainte Église apostolique et romaine, que je vais apprendre l'importance des calculs astronomiques nécessaires à la fixation de nos dates liturgiques. Si nous ne savions pas calculer avec précision la date de l'équinoxe de printemps et de la première pleine lune qui suit, nous serions incapables de savoir en quel dimanche fêter Pâques ! Eh bien, les Chinois ont les mêmes problèmes. C'est le Tribunal des mathématiques qui procède aux calculs pour établir le calendrier qui rythme toute la vie de l'empire. L'ordre d'ensemencer et celui de moissonner sont donnés, depuis les origines, par l'empereur lui-même, après que le président du Tribunal lui a confirmé que le moment favorable est arrivé. La moindre erreur de calcul peut avoir des conséquences catastrophiques : c'est toute une récolte qui risque d'être perdue. Avec la famine et les révoltes paysannes qui accompagnent ce genre de calamités. Les Mandchous redoutent cela plus que tout. L'exactitude du calendrier par rapport aux mouvements des astres et des étoiles est donc essentielle, non seulement à la prospérité de l'empire, mais aussi à sa survie. Kangxi n'ignore pas qu'il la doit à Verbiest et aux jésuites qui lui ont succédé après sa mort, en 1688. La paix dont les chrétiens jouissent dans l'empire, malgré l'opposition farouche des mandarins les plus influents, est la conséquence directe de cette reconnaissance.

Teodorico voulut ajouter qu'elle était due, également, à certains rites peu compatibles avec le dogme, mais il estima que ni le lieu ni le moment n'étaient choisis pour ouvrir une polémique avec son hôte. Le son grave d'une cloche et des battements de tambours le firent sursauter.

— Vous vous y habituerez, fit le père Parennin en riant. C'est la cloche de Pékin et ses vingt-quatre tambours. Elle sonne toutes les deux heures. Dans quelques jours, vous n'y ferez plus attention. Sauf si vous vous trouvez encore dehors à cette heure.

— Pourquoi ?

— C'est l'heure où l'on ferme les portes de la ville et de chaque quartier. Si vous vous faites surprendre, vous n'aurez aucune chance de dormir dans votre lit, cette nuit-là !

Pedrini et Ripa retournèrent, dès le lendemain, dans la Cité Interdite pour offrir à l'empereur les présents qu'ils avaient apportés d'Europe. Ils s'attendaient à être accueillis avec tous les égards mais ne furent reçus que par un mandarin ensommeillé de quatrième classe qui se contenta de noter le contenu de chaque caisse, coffre et ballot qu'ils lui présentèrent. La douzaine de livres de mathématiques, les gravures de Rome, les cartels en bronze doré, les deux lunettes astronomiques, la dizaine de plats d'orfèvrerie, les sphères terrestre et céleste, ainsi que le clavecin, les deux violons et le théorbe méritaient mieux qu'un simple récépissé.

— C'est une insulte ! s'emporta Teodorico. Qu'on appelle Tchao Tchang pour qu'il nous explique les raisons de ce mépris !

— Calme-toi, fit Ripa. Il n'y est peut-être pour rien.

— Je suis certain que c'est lui qui a donné cet ordre. Pour nous humilier !

On les renvoya sans leur donner d'explications. Le soir même, en signe de remerciements, Kangxi leur fit porter des morceaux de cerfs, de lièvres et de faisans qui provenaient de sa table. Ils n'y touchèrent pas, même quand l'eunuque qui était à leur service leur expliqua que manger la même nourriture que l'empereur était un honneur exceptionnel. Quelques jours plus tard, sans même leur laisser le temps de découvrir Pékin, Kangxi leur ordonna de le suivre au palais de Tong Kiou-Kiou, à Chang Chung Yuan, sa résidence de campagne, pour se mettre à son service. On leur rapporta, plus tard, que Tchao Tchang s'était opposé à leur arrivée, sous le prétexte qu'ils ne parlaient pas assez bien chinois. Mais l'empereur n'en avait pas tenu compte.

La perspective d'approcher l'empereur fit taire les ressentiments de Teodorico. Il quitta le Pé-Tang avec le sourire. Parennin, lui, ne dissimula pas son dépit de voir un lazariste faire si rapidement l'objet d'un tel honneur.

La résidence estivale de Chang Chung Yuan, à quelques lieues au nord-ouest de Pékin, était ce qui pouvait ressembler le plus à un paradis. Aussi étendu que Pékin, le domaine abritait plusieurs palais. Une succession de pavillons, de jardins, de cours intérieures reliés par des galeries de bois constituaient les résidences de l'empereur, de l'impératrice, des princes et des concubines. Dès qu'il était las du pesant protocole de la Cité Interdite, Kangxi se retirait ici avec la cour, eunuques, mandarins et officiers. Il fit attribuer à Pedrini et Ripa une agréable maison proche de son palais favori. Dès son arrivée, Teodorico se rendit dans les pavillons où les instruments de musique impériaux étaient entreposés. Il y en avait partout, épinettes, clavecins, violons, tous recouverts de poussière. Personne n'avait dû les jouer depuis des années. Qui aurait pu le faire, d'ailleurs, à part quelques eunuques comme on le lui avait laissé entendre ? Ni l'empereur ni les mandarins. Ni les jésuites non plus, apparemment.

— Sa Majesté vous confie la responsabilité de tous ces instruments, lui dit le mandarin qui l'accompagnait, et vous charge de les faire fonctionner à la perfection.

Il en avait pour des mois ! Certains clavecins, richement décorés, semblaient assez récents et ne réclamaient guère plus qu'un grand dépoussiérage et le changement de quelques cordes. Mais la plupart, plus anciens, devaient être complètement remis en état. Teodorico commença son travail avec le même entrain qu'il montrait, à Rome, quand Caproli lui enseignait les arcanes de la facture. En démontant le clavier du premier clavicorde pour en nettoyer les mécanismes, il retrouva des gestes familiers. La découverte de la signature du facteur italien qui, des années auparavant, l'avait fabriqué lui arracha un cri de joie. Les jeunes eunuques que Kangxi avait mis à sa disposition s'écartèrent, apeurés, mais lorsqu'il commença à accorder l'instrument, ils s'attroupèrent autour de lui pour le regarder faire. Chaque geste leur arrachait de tels cris d'admiration qu'il dut les faire taire pour continuer son travail. Ils obéirent sur-le-champ, stupéfaits d'entendre cette voix virile résonner dans des salles où ils avaient seulement le droit de chuchoter. Quand il eut achevé, Pedrini s'installa devant le clavicorde et joua le premier mouvement d'une sonate de Corelli. Ni ses mains ni sa mémoire n'avaient souffert d'une longue absence de pratique : après quelques hésitations initiales, ses doigts retrouvèrent positions et enchaînements, et coururent sur le clavier d'ébène et d'ivoire avec une virtuosité intacte. L'instrument possédait une sonorité étonnante après être resté silencieux pendant si longtemps.

Il aurait pu jouer, ainsi, pendant des heures sans se préoccuper du reste du monde. Un silence respectueux suivit l'accord final qu'il laissa résonner avec satisfaction. Quand il se leva, le cercle de mandarins et d'eunuques qui s'était formé autour de lui se recula. Ils l'observaient comme s'il était un thaumaturge dont il fallait craindre les colères. Il les regarda de toute sa hauteur, fier de lui, et ils s'écartèrent pour le laisser passer dans la salle voisine, où la petite foule bruissante de murmures le rejoignit.

— Te Li-Ko, dit l'empereur d'une voix sévère. Comment avez-vous pu jouer de cet instrument devant des eunuques stupides avant de le faire pour moi ?

Pedrini se redressa de toute sa taille.

— Que Votre Majesté me pardonne, répondit-il. Il ne s'agissait que d'un exercice pour vérifier la qualité de mon travail.

Un eunuque était venu le réveiller en pleine nuit pour le conduire, tremblant de froid, jusqu'à l'empereur. Assis sur une simple chaise de bois, Kangxi l'attendait dans une tunique bleue doublée de fourrure. Près de lui, Teodorico eut la surprise de voir le clavecin à double clavier qu'il avait accordé deux jours plus tôt. Il s'apprêtait à faire le *ko to*, mais l'empereur l'en dispensa d'un geste.

— L'on m'a dit que cet... exercice était merveilleux à entendre. Jouez-le pour moi, à présent, voulez-vous ?

Un peu décontenancé par une exigence formulée à une heure aussi incongrue, Pedrini s'inclina. Il se frotta les mains pour faire circuler le sang, fit craquer ses phalanges, parvint à calmer les battements de son cœur emballé à la pensée qu'il avait l'empereur de Chine pour seul auditoire, et attaqua le premier mouvement de la sonate de Corelli en *ut* mineur. Ses doigts déroulaient les notes et les arpèges, plaquaient les accords avec une fougue qui aurait réjoui le compositeur. Emporté par ces harmonies pleines de vivacité, il voulait offrir le meilleur de lui-même à l'empereur. Après le dernier accord, celui-ci laissa le silence revenir avant de parler.

— Je vous remercie, Te Li-Ko. Vous êtes réellement un excellent musicien, contrairement à ce que l'on m'avait dit. Je m'en réjouis car, avec vous, mes instruments sonneront juste et serviront enfin à d'autres choses qu'à reproduire stupidement un ou deux airs chinois. Je vous nomme officiellement musicien impérial. Vous n'obéirez désormais qu'à moi sans vous préoccuper de ce que pourront vous dire tel ou tel des mandarins. À présent, rentrez dormir.

Teodorico s'inclina aussi respectueusement qu'il le put et regagna sa maison, encore tout étonné. Pourrait-il un jour remercier Corelli de l'avoir si bien aidé à gagner la confiance du maître de la Chine ?

Quelques jours plus tard, Kangxi l'invita à assister aux feux d'artifice qu'il donnait pour le Nouvel An. Teodorico se retrouva sur le lac, à bord d'une barque dorée proche de celle de l'empereur, en compagnie de quelques dignitaires de la cour. Une faveur exceptionnelle à laquelle n'avaient eu droit jusqu'à présent que de rares jésuites. Dans la nuit, les explosions de lumières multicolores illuminèrent les palais, les parcs et les pagodes mystérieuses. Les pavillons du bord de l'eau surgissaient de l'ombre et prenaient des formes féeriques dont le reflet scintillait un instant dans le lac avant de disparaître dans la nuit. Teodorico admira avec un regard d'enfant ces fusées qui filaient dans le ciel en sifflant et éclataient dans une orgie crépitante de lumières. Il sentit sur lui le regard énigmatique de Parennin, assis dans une barque voisine, et se tourna vers lui pour lui adresser un salut de la tête qui se voulait aimable. Un autre jésuite qu'il ne connaissait pas l'observait dans l'ombre. L'humidité qui montait du lac le fit soudain frissonner.

6

— Ils vont me tuer ! se plaignit Ripa.

— Tu n'es pas encore assez gras, Matteo, répliqua Pedrini en riant.

Ripa reposa instantanément le petit gâteau aux grains de sésame qu'il s'apprêtait à avaler en rougissant comme une jeune fille. Ses journées étaient épuisantes, expliqua-t-il. Tous les jours, à l'aube, il rejoignait l'Académie de peinture, en réalité un simple pavillon où une dizaine de Chinois, autrefois disciples du frère Giovanni Gherardini que Ripa remplaçait, travaillaient en silence.

— Les mandarins me font peindre des paysages à la manière chinoise du matin au soir, expliqua-t-il. L'empereur ne veut pas voir autre chose.

— Et alors ?

— Pour quelqu'un qui n'a jamais exécuté que des portraits, rien n'est plus difficile ! Surtout sur des rouleaux de soie ! Et j'ai à peine fini qu'on les emporte chez Kangxi pour qu'il les examine et fasse ses commentaires.

— Et que dit-il ?

— Il n'est jamais content ! Il me demande de corriger ici, un détail qui ne lui plaît pas, là une perspective qui ne correspond pas aux canons chinois. C'est épuisant.

— Et le père Jartoux, ton interprète, tu le vois ?

— Non. Kangxi l'a expédié en Tartarie avec Fabre-Bonjour.

— Seigneur ! Que vont-ils faire si loin ?

— Dresser la carte du pays. Je ne suis pas fâché de ne plus l'avoir sur le dos. Ses remarques étaient parfois pires que celles de l'empereur. Et toi, depuis que tu es le musicien de l'empereur ?

— Je passe des heures sur des clavecins empoussiérés. Il faut tout refaire, remplacer les cordes, les sautereaux, réparer les tirasses, les genouillères. Mais tu sais que j'aime ça. La plupart d'entre eux ont été fabriqués par les plus grands maîtres, Cristofori, Ruckers ou Blanchet.

— Les jésuites sont furieux, dit-on, de ta nomination.

— Ils le sont encore plus lorsque Kangxi vient voir comment je travaille. Aujourd'hui, j'étais à quatre pattes quand il m'a surpris, les manches retroussées, en train de pester contre une tirasse qui refusait de marcher.

— Pas très commode pour faire le *ko to* d'usage !

— Il m'en a dispensé. Mais ensuite, il a fallu que je lui explique en détail le fonctionnement du clavecin, comment les notes sont produites. Il a voulu connaître le nom de chaque pièce et voir comment elles étaient mises en mouvement. La mécanique le passionne. Pour finir, il a essayé lui-même de jouer quelques notes et s'est mis à rire comme un enfant en s'écoutant.

— On dirait que tout cela augure assez bien de la suite, n'est-ce pas ? commenta Ripa.

Après avoir achevé le souper qu'on leur apportait des cuisines impériales dans des boîtes hermétiques, ils partirent faire quelques pas dans les jardins aux mille paysages de Chang Chung Yuan. Écouter le chant des oiseaux, le bruissement des feuilles agitées par le vent ou contempler le reflet de la lune dans les eaux du lac les reposait des fatigues de journées qui commençaient à l'aube et s'achevaient tard, le soir. La nuit était fraîche. Ils rentrèrent pour dire leurs vêpres par les petits chemins de mousse et de pierres plates qui serpentaient entre les étangs. Un eunuque les attendait, encore tout essoufflé : Kangxi réclamait Pedrini séance tenante.

— Il ne dort donc jamais ? s'exclama Ripa.

— Ni moi non plus ! répondit Teodorico en prenant le chemin du palais.

L'empereur était seul dans son cabinet de travail. La pièce, d'une simplicité spartiate, tranchait avec la splendeur de celles que Pedrini venait de traverser. Assis devant une petite table, Kangxi écrivait sur une feuille de papier blanc avec son pinceau trempé dans l'encre rouge. Il releva la tête lorsque Teodorico fit le *ko to*, mais ne prononça pas une parole et poursuivit son travail. Toujours agenouillé, l'Italien eut tout le loisir d'observer la précision avec laquelle il traçait les caractères. Il reposa précautionneusement son pinceau, puis appliqua son sceau d'un geste ferme et s'enquit de la santé de son visiteur.

— Un jésuite portugais nommé Thomas Pereira, poursuivit-il, avait entrepris, sur mon ordre, la rédaction d'un Traité sur la musique européenne. Il est mort plusieurs années avant votre arrivée, en 1708, en laissant son travail inachevé. Je l'aimais beaucoup car il était aussi habile que vous pour jouer du clavecin. Je souhaiterais que vous poursuiviez ce travail, Te Li-Ko.

— Sa Majesté me fait trop d'honneur en me confiant cette tâche, répondit Pedrini. Je doute d'en être digne.

— C'est à moi seul d'en juger. Ce texte doit prendre place dans un ensemble plus vaste, le *Lülü Zhengyi*, qui explique notre doctrine musicale, décrit les instruments chinois, la manière de les accorder et de trouver le *lü*, le ton juste pour chacun d'eux. J'avais décidé de compléter cet ouvrage par un volume consacré à la musique du Grand Occident et à la description de ses propres instruments mais personne, depuis la mort de Pereira, n'a pu se charger de ce travail. Je suis sûr que vous avez toutes les qualités pour le terminer. « La musique est la substance de l'Univers, la nature des êtres, a écrit Ruan Ji dans le *Yue Lun*. L'union avec cette substance, l'accord avec cette nature, voilà l'harmonie. » Je suis certain que vous comprendrez bientôt l'importance de cette phrase, si vous lisez le livre. Il me semble avoir perçu dans votre musique une petite trace d'harmonie céleste.

Pedrini se redressa sous le compliment.

— Je m'efforcerai de satisfaire Votre Majesté, dit-il.

— Continuez de jouer juste et vous y parviendrez sans difficulté, conclut Kangxi. Demain, on vous apportera les papiers de Pereira et vous devrez y travailler aussitôt. Maintenant, allez dormir !

Teodorico prit congé et se retrouva dehors. L'air était doux et parfumé. Il renvoya son porteur de lanterne et resta seul, assis dans l'herbe, contemplant cet univers étoilé dont Kangxi venait de prétendre que la musique était la substance. Une affirmation qui lui rappelait les vieilles théories pythagoriciennes de la musique des sphères dont Caproli, un soir, lui avait parlé sur un ton mystérieux en lui souhaitant d'en percer un jour le secret. Sans doute résidait-il dans la note harmonique universelle. Existait-elle ? Au fond de lui-même, il sentait que oui et se mit à rêver à un accord parfait avec l'Univers.

Début juin, une grande agitation s'empara de la Cour. Des centaines de chevaux, de mulets et de chameaux furent parqués à proximité de la résidence impériale, et Pedrini vit des armées de serviteurs s'affairer autour des pavillons de l'empereur, de l'impératrice et des concubines. Des cavaliers porteurs de messages franchissaient à toute heure du jour et de la nuit l'enceinte de Chang Chung Yuan et filaient à bride abattue vers des destinations mystérieuses, d'autres rentraient, couverts de poussière, surgissant de nulle part. Mandarins et eunuques étaient saisis d'une activité frénétique et couraient en tous sens. Intrigué, il allait s'informer des raisons d'une telle animation quand on lui demanda, ainsi qu'à Ripa, de préparer ses bagages : comme tous les ans, l'empereur partait pour Jehol passer les mois d'été sur ses terres ancestrales de Tartarie. Ils devaient l'accompagner. C'était un honneur insigne. Trois jésuites — les pères Tilis, de Rhodes et Parennin — devaient se joindre à eux.

— À peine sommes-nous arrivés qu'il nous faut déjà repartir ! grommela Ripa. Ces gens ne tiennent décidément pas en place.

— Que dirais-tu si tu avais voyagé pendant sept ans comme moi ! s'écria Teodorico. Du nerf !

— N'en as-tu pas assez, toi ? protesta le peintre. Assez de bouger pour un oui pour un non, de devoir courir à travers tous ces palais pour répondre au moindre caprice de l'empereur ? Je commençais à peine à me faire à ma situation ici qu'il me faut déjà la quitter. C'est à désespérer de faire du bon travail !

Il jeta un coup d'œil sur Pedrini et vit que ses récriminations ne l'intéressaient déjà plus. Les yeux dans le vague, son compagnon n'était plus là et rêvait déjà à de nouvelles découvertes. Cette faculté de s'échapper à tout moment et où qu'il soit était vraiment horripilante.

L'empereur, l'impératrice et les concubines partirent les premiers dans des palanquins fermés par de lourds rideaux de soie jaune, escortés par des lanciers au visage fermé sous leur casque. Un orchestre saluait chaque départ à grands coups de trompe, de gong et de tambour. Derrière, des centaines de cavaliers, nobles, mandarins et leurs suites suivaient en bon ordre, précédés par des archers porteurs de bannières, en tunique jaune à manches bleues, sur des petits chevaux pommelés. Pedrini et Ripa prirent place comme ils purent dans cet immense cortège. Teodorico savoura le plaisir de se retrouver sur une selle. Il n'en avait pas eu l'occasion depuis ses dernières chevauchées dans les environs de Manille. Ripa était nettement moins heureux et avait le plus grand mal à conserver son équilibre. Il n'était jamais monté à cheval et pestait contre sa monture qui ne lui obéissait pas.

Gardée par des sentinelles armées et éclairée *a giorno* par des lanternes fixées dans le sol, la route était réservée à l'usage exclusif de l'empereur et de sa cour. Elle se composait d'une voie centrale légèrement surélevée et large d'une dizaine de pieds. Seul Kangxi avait le droit d'y circuler. Constituée d'un mélange de sable et d'argile humidifiés, elle était damée en permanence par des cohortes d'esclaves qui aplanissaient le moindre relief pour lui donner la dureté de la pierre. Deux autres voies, de chaque côté, étaient empruntées par les membres de la Cour et les invités. Pour la nuit, ils firent halte dans une auberge destinée au repos de l'empereur et des mandarins, Ripa s'endormit d'une masse, en gémissant de douleur.

Le lendemain, ils quittèrent la plaine pour traverser les premiers contreforts. De vastes troupeaux de buffles paissaient au loin, de gros bourgs fortifiés apparaissaient de temps à autre au détour de la route. Ils s'enfoncèrent ensuite dans un paysage grandiose de collines et de montagnes, en longeant parfois des précipices impressionnants. Quand ils avaient faim ou soif, des esclaves, postés le long de la route, leur apportaient de quoi se nourrir ou se rafraîchir dans des boîtes closes qu'ils transportaient sur leur dos. Cette organisation, capable de satisfaire dans le moindre détail un nombre si important d'hommes, fit l'admiration de Pedrini. Ripa en usa sans vergogne pour se consoler de ses courbatures.

— Puis-je me joindre à vous ?

Pedrini reconnut la voix de Parennin et s'écarta pour laisser son cheval s'approcher du sien.

— Avec plaisir, répondit-il avec son sourire le plus aimable.

Quelles que fussent ses préventions à l'égard du jésuite, il n'était pas mécontent de bavarder avec lui. Sa conversation le changerait des gémissements du peintre.

Après quatre jours de marche, ils venaient d'entrer dans l'étroite vallée qui menait à Gubeikou. Au loin, Teodorico distingua une haute muraille crénelée qui fermait la vallée.

— Est-ce une forteresse ? questionna-t-il, étonné.

— C'est le *Wanli Changcheng* ! s'exclama Parennin. Le fameux Grand Mur de Dix Mille Li. L'ouvrage le plus colossal jamais construit par la main de l'homme. Venez avec moi, nous allons le voir de plus près.

Ils mirent pied à terre et grimpèrent par un escalier. Au sommet, Pedrini découvrit une immense route de pierre, si large que plusieurs hommes pouvaient y marcher de front. L'énorme muraille, ponctuée de gros bastions carrés, sinuait à travers les montagnes, épousant les lignes de crête comme un serpent pétrifié qui n'aurait pas de fin. C'était démesuré. Elle s'étirait à perte de vue sous un ciel uniformément bleu. Pedrini aperçut un faucon qui traçait des cercles dans le ciel, vers l'est. Le vent sifflait à ses oreilles. Dans ce silence limpide comme une eau que seuls le lointain hennissement d'un cheval ou le cri rauque d'un officier venaient briser, Teodorico prit brutalement conscience de la puissance d'un empire capable d'une telle prouesse.

— Jusqu'où va-t-il, ce mur ? demanda-t-il.

— Jusqu'à la mer, répliqua Parennin. De l'autre côté, là-bas, les tribus nomades ont, de tout temps, cherché à pénétrer dans l'empire. Siècle après siècle, les Chinois ont voulu les en empêcher en construisant ce mur. Sans réel succès. Les invasions ont été nombreuses. La dernière en date n'est autre que celle qui a permis aux Qing, des Mandchous, de s'emparer de l'empire et de monter sur le Trône du Dragon. C'était il y a presque soixante-dix ans. Ils ont démontré, à cette occasion, la parfaite inutilité du Grand Mur : il a suffi que Wu Sangui, le général qui commandait les défenses du nord, leur ouvre la porte pour que la dynastie des Ming achève de s'effondrer. Quand le cœur est pourri, n'est-ce pas ? rien ne peut plus le protéger. Voilà bien la preuve, en tout cas, que toutes les entreprises humaines, y compris les plus considérables, peuvent être contournées, conclut Dominique Parennin en laissant son regard errer sur ce paysage infini. Méditez cette leçon, Pedrini. Elle est celle de la Chine millénaire. Elle seule permet de comprendre ce pays qui reste un mystère déroutant pour ceux qui viennent de l'ouest et croient tout savoir.

Teodorico garda le silence quelques instants. Il préféra ne pas relever l'allusion : Parennin était trop sentencieux à son goût.

— Si ce Mur n'a servi à rien, pour finir, conclut-il, c'est qu'il n'est qu'une apparence. Comme tout l'empire, peut-être.

Le jésuite le regarda d'un drôle d'air, haussa les épaules et commença à redescendre sans un mot.

7

De l'autre côté de la Grande Muraille, commençait la Tartarie, la terre ancestrale des Qing. Le paysage se fit plus désertique, l'air plus frais, les montagnes plus élevées. Jehol s'étendait au cœur d'une grande plaine bordée de montagnes. Une fois arrivés, les Européens se répartirent entre deux maisons voisines, l'une pour Pedrini et Ripa, l'autre pour les jésuites. Presque semblables à celles qu'ils occupaient à Chang Chung Yuan, elles offraient le même confort rudimentaire. Ripa avait les reins brisés et tout son corps criait grâce après ces dix jours passés à cheval. Il se demandait comment il allait pouvoir tenir ses pinceaux. Pedrini, lui, vivifié par l'air pur, était impatient de commencer la rédaction du Traité de musique que lui avait confié l'empereur.

Dès qu'il apprit son arrivée, Kangxi fit appeler Pedrini au *Bishu Shan Zhuang*, le « Hameau de montagne pour fuir la chaleur » et le reçut dans un pavillon perché sur un promontoire escarpé qui portait le nom poétique de « Cabinet des Ravins innombrables et du Vent dans les pins ». Pedrini eut la surprise d'y découvrir le clavecin, cadeau du pape à Kangxi, qu'il avait apporté d'Italie. L'empereur avait l'air sombre. Sans même prendre de ses nouvelles, il lui ordonna de jouer séance tenante quelques airs pour lui. Teodorico s'exécuta de bonne grâce, mais à peine avait-il joué la dernière note que Kangxi le congédia comme un serviteur, sans un mot.

— S'il m'a fait venir ici uniquement pour me traiter

comme un valet, je ne reste pas un jour de plus ! s'écria-t-il, vexé par cet incompréhensible manque d'égards. Pour un tel exercice, il n'a nul besoin de moi, un automate fera parfaitement l'affaire.

Ripa, inquiet qu'on puisse l'entendre, essaya de temporiser.

— Calme-toi, dit-il. Tu te doutes bien que nous ne sommes pas là pour nous reposer.

— Je ne suis pas un esclave, je ne le serai jamais !

— Si tu continues sur ce ton, tu risques bien de le devenir !

La beauté des parcs, des étangs, de tous ces paysages lacustres aux douces collines harmonieusement dessinées ne réussit pas à l'apaiser. Mais quand il constata qu'il n'était plus convoqué chez l'empereur, sa colère fit place à de l'inquiétude. Avait-il commis un impair sans s'en rendre compte ? Avait-il déplu ? Quelqu'un avait-il surpris ses propos et les avait-il répétés à Kangxi ? Pour en avoir le cœur net, il invita Parennin à partager sa promenade vers un Pavillon de thé, caché dans une clairière de saules. Mieux informé des humeurs de Kangxi, le jésuite pourrait peut-être lui fournir une explication. Il attendit d'être installé devant une table et une théière fumante pour aborder la question.

— Les charmes de Jehol rendent-ils toujours l'empereur aussi lointain ? demanda-t-il.

— Il a autre chose à faire qu'à vous écouter jouer de la musique, répliqua le jésuite avec un certain mépris. Les affaires de l'empire n'attendent pas, même ici.

— Je n'en doute pas, rétorqua Teodorico sans cacher on irritation. De là à fuir tous les plaisirs ordinaires...

— Vous n'avez pas entendu parler du procès de Dai Mingshi qui doit s'ouvrir bientôt ? Décidément, vous restez un étranger.

Pedrini s'abstint de réagir. Il but une gorgée de thé brûlant.

— De quoi s'agit-il ? s'enquit-il.

— D'un procès, disons, politique. Je m'explique : les derniers Ming se sont réfugiés dans le sud et tentent de soulever le peuple contre l'empereur. Ils lèvent des troupes. Certains lettrés chinois qui refusent toujours de voir les Mandchous dominer l'empire les soutiennent. Kangxi ne peut évidemment pas tolérer qu'une partie de l'élite chinoise se dresse ainsi contre lui. Mais il ne peut pas, non plus, se la mettre totalement à dos, elle fait tourner l'énorme machine administrative de l'empire.

— Quel choix lui reste-t-il ?

— Celui de faire un exemple. Il se garde bien de frapper directement et veut donner un avertissement suffisamment clair pour que les Chinois comprennent. La victime toute désignée est un des plus fameux lettrés chinois, Dai Mingshi, qui a eu la mauvaise idée de faire paraître un livre intitulé *Nanshan Ji*, le Recueil de la Montagne du Sud.

— Quel mal y a-t-il à cela ?

— Son livre s'apparente fort à un libelle : Dai Mingshi a utilisé délibérément dans le texte des noms de règne des Ming. Ce qui est formellement interdit : citer les noms de l'ancienne dynastie revient à critiquer la nouvelle. Dai Mingshi est un lettré important. Il appartient au Hanlin Yuan, l'Académie fondée par les Tang au VIIe siècle, qui regroupe les lettrés, les devins et les médecins. Elle jouait un rôle politique éminent sous les Ming et fournissait les membres du Conseil Privé qui assistait l'empereur. Depuis l'arrivée des Mandchous, elle a perdu beaucoup de son influence mais reste un élément essentiel pour la stabilité de l'empire. L'imprudence de Dai Mingshi risque de lui coûter cher. Toute la Cour ne parle que de cela et l'empereur est tout entier absorbé par cette affaire.

Parennin prit son bol et but à son tour une gorgée de thé.

— Et comment avancent vos travaux ? demanda-t-il à brûle-pourpoint. L'on m'a dit que Kangxi vous avait confié le travail brutalement interrompu par le mort de notre regretté Pereira.

— Je fais de mon mieux pour donner satisfaction à l'empereur et faire honneur à notre communauté.

— Je n'emploierais pas ce mot...

— Communauté ? Et pourquoi donc ? questionna Pedrini, surpris.

— Si ce n'est une même foi dans le Christ, nous avons peu de chose en commun, vous et nous. Vous n'êtes venus en Chine que pour chercher à nous discréditer auprès de l'empereur et jeter le trouble à la Cour en invoquant cette stupide question des rites ! Vous ignorez tout de l'empire et vous croyez pouvoir juger de la validité de pratiques locales que le sens commun commande d'adopter sans barguigner. Pensez-vous que l'on parvienne à créer autant de chrétiens chinois sans prendre un peu de leurs coutumes ? L'Église a-t-elle d'ailleurs fait autrement, jadis, en christianisant d'antiques superstitions ? Qui était ce Monseigneur de Tournon pour les condamner sans même avoir cherché à les comprendre ? Depuis un siècle, nous rendons les plus grands services à la Religion ici, en Chine. Et vous voudriez nous réformer ?

— Qu'y a-t-il de chrétien à se prosterner, comme vos ouailles, devant des tablettes où sont écrits des noms d'ancêtres ? Le pape a interdit ces pratiques. Vous devez vous y soumettre.

— Ce sont nos ennemis, autour de lui, qui l'ont trompé : ces pratiques n'ont rien de religieux.

— C'est vous qui l'affirmez et vous voyez des ennemis partout. Un peu plus de modestie, par pitié !

— La modestie n'a jamais permis de gagner un empire !

— L'arrrogance non plus !

Rouge de colère, les joues tremblantes, Parennin se leva brusquement et tourna les talons.

8

Pedrini ne revit pas l'empereur de tout l'été. Pas plus que Parennin. Le premier l'ignorait, le second l'évitait soigneusement. Il n'eut pas le temps d'en souffrir. Ses journées étaient consacrées à la rédaction de son Traité de musique et à la composition d'une sonate pour violon et basse continue en six mouvements qu'il comptait offrir à Kangxi. Ripa, lui, passait son temps à peindre Jehol et le Hameau de la Montagne sous tous les angles pour répondre aux ordres de l'empereur. Mais il n'en avait jamais fini. Son talent avait fait des adeptes et il devait à présent satisfaire les commandes des nobles et des concubines.

Quand l'empereur rentra à Chang Chung Yuan, après les chasses au cerf de l'équinoxe d'automne qu'il n'aurait manquées pour rien au monde, Pedrini retrouva avec plaisir la maison qu'il avait quittée quelques mois plus tôt. Il prit le temps, cette fois, de s'y installer commodément, fit venir un clavecin, demanda une table de travail qu'il plaça devant la fenêtre donnant sur une petite forêt, ainsi qu'une bibliothèque pour ranger enfin ses livres et ses papiers. Tout le reste tenait dans deux coffres en bois de camphrier. Dans la chambre, il accrocha son crucifix au-dessus d'une table carrée recouverte d'une nappe blanche pour tenir lieu d'autel et, sur le mur opposé, le tableau d'Antoine Rivalz. De son grand lit laqué aux montants sculptés et incrustés de petits personnages d'ivoire, il était heureux de contempler La Trinita dei Monti avant de s'endormir.

— L'empereur a entendu dire que vous aviez cherché querelle à Parennin, à propos du respect dû aux ancêtres, dit Tchao Tchang d'une voix sévère. Il vous fait savoir que vous avez eu tort, Te Li-Ko, et m'a chargé de vous transmettre un message. Mettez-vous à genoux pour l'écouter !

Le mandarin avait convoqué Pedrini et Ripa dans son pavillon. Il était entouré de Parennin et Joseph Suarez, le vice-Provincial des jésuites portugais.

— Dix Mille Années de Vie déclare ceci, poursuivit Tchao Tchang : « Avant que Mathieu Ricci fût venu en Chine, aucun Européen n'avait posé le pied dans l'empire. Le pays était correctement réglé et ne manquait de rien. Les chrétiens sont venus ici et j'ai été tolérant pour eux, comme l'avait été mon père, pour les remercier d'avoir mis de l'ordre dans les affaires astronomiques. Mais les chrétiens ont transporté à la Cour leurs querelles stupides et ont voulu se mêler de ce qui ne les regardait pas. Ainsi, Tournon est venu, lui qui ne connaissait rien des coutumes de l'empire. Il a prétendu qu'il ne fallait pas rendre le culte des ancêtres et a condamné ce rite. Que pouvait-il en savoir ? Si moi, Kangxi, j'avais envoyé un député au pape en lui disant de ne pas adorer *Tien-Chou*, le dieu des chrétiens, l'aurait-il accepté ? » Répondez !

Pedrini qui, comme son compagnon, avait fixé le sol durant cette mercuriale releva la tête.

— Ce n'est pas le cardinal de Tournon qui a condamné les rites pratiqués par les chrétiens de Chine, dit-il avec force. C'est le pape lui-même. Mais jamais il n'a condamné, en tant que tel, le respect dont vous honorez vos ancêtres. Quant à votre question, sachez que le pape ne consentirait jamais à ce qu'on n'adorât point Dieu.

— Vous êtes un menteur ! s'écria le mandarin, hors de lui. Jamais le pape n'a fait de décrets pour condamner nos rites, comme vous le prétendez ! C'est Tournon qui a tout manigancé, par bêtise, mais surtout pour nuire à l'empereur. Vous n'êtes que des sots et des ignorants ! Vous n'auriez jamais dû être acceptés à la Cour.

— Sa Majesté nous y a pourtant accueillis, et fort bien, protesta Ripa.

— Vil enfant stupide ! hurla le mandarin en pointant deux doigts furieux sur le peintre. Vous deux, vous ne savez que porter le trouble dans la maison de l'empereur !

Les jésuites éclatèrent de rire en entendant Tchao Tchang insulter Ripa. Le Chinois se retourna vers eux.

— Pourquoi riez-vous ? Êtes-vous aussi idiots qu'eux ? Que répondrai-je à l'empereur lorsqu'il me demandera ce que vous avez dit ? Que vous avez ri ? Maintenant, partez ! Je rendrai compte de vos propos à Sa Majesté afin qu'elle décide ce qui doit être fait.

Ils se retrouvèrent tous dans la galerie qui faisait le tour du pavillon. Les jésuites arboraient des visages ironiques, les lazaristes massaient leurs genoux endoloris.

— Tchao Tchang a raison : vous n'êtes que des imbéciles, dit Suarez d'une voix mauvaise. Comment pouvez-vous prétendre convertir la Chine dont vous ignorez tout ? Nous, nous savons. Vous n'avez rien à faire ici. Vous n'êtes que les espions du pape.

— Le pape n'a pas besoin d'espions pour savoir à quoi s'en tenir sur votre compte ! rétorqua Teodorico.

— Ne soyez donc pas si sûr de vous, Pedrini. Vos manigances autour de l'empereur ne trompent personne. Nous savons bien que vous êtes là pour détruire tout notre travail. Mais nous ne vous laisserons pas faire et vous ferons chasser avant, croyez-moi !

— Au moins les choses sont claires. Vous cherchez à m'éliminer, comme Maigrot, comme Tournon, mais vos menaces ne me font pas peur, Suarez, et vous ne perdez rien pour attendre !

Il avait envie de frapper le jésuite mais préféra s'éloigner, suivi par Ripa.

— Si je comprends bien, dit celui-ci, les Portugais ont réussi à convaincre Tchao Tchang, et peut-être même Kangxi, que le pape n'a jamais été opposé aux rites chinois et que, par conséquent, leur condamnation par Maigrot et Tournon n'a aucune valeur. C'est habile. Pas étonnant qu'ils n'aient jamais estimé devoir obéir au décret de Clément XI : ils en nient l'existence.

— Je me demande si Kangxi est dupe, fit Pedrini. Rappelle-toi : quand nous sommes arrivés à Pékin, ils nous a demandé si nous étions bien envoyés par le pape. Il doit se méfier de ce qui se trame, en son nom, derrière son dos. Il ne voit les choses que de loin, sans doute, et ne jugera que lorsqu'il y sera contraint, en toute dernière extrémité. Ce jour-là, il choisira entre les jésuites et nous. À nous de faire en sorte qu'il ne se trompe pas.

Domenico Riviera lui manquait. Lui seul aurait pu lui donner les conseils dont il avait besoin pour frayer son chemin malgré les obstacles. Lui seul aurait pu l'aider à démêler l'écheveau de ses pensées. Après des débuts foudroyants, Pedrini voyait bien que les difficultés s'accumulaient devant lui. L'empereur ne le recevait plus. Devait-il y voir le résultat des manœuvres des jésuites ou celui de ses préoccupations politiques ? Kangxi devait résoudre de graves difficultés. Sa succession était le prétexte à une lutte acharnée entre les clans qui soutenaient ses différents héritiers. Quelques mois plus tôt, il avait déshérité son unique fils légitime, Yin Reng, puis, sans que personne sache pourquoi, venait de revenir sur sa décision. Il y avait aussi ces troubles endémiques qui secouaient les provinces du Sud à cause du procès de Dai Mingshi qui venait de s'ouvrir. Sans parler des menaces que faisaient peser les Dzoungars au nord et à l'ouest de l'empire.

Toutes ces explications ne suffisaient pas à le consoler de l'apparent désintérêt de l'empereur pour lui. « Ta nature trop impétueuse te joue une fois de plus un mauvais tour ! aurait dit Riviera. Laisse donc le temps faire son œuvre. Attends le moment propice pour reprendre l'avantage. » L'évocation du cardinal eut le don de l'apaiser, et il chercha le moyen d'attirer à nouveau l'attention de Kangxi.

— Qu'est-ce que tu es encore en train d'inventer ? demanda Ripa, en se penchant par-dessus son épaule.

Pedrini dessinait des plans apparemment complexes sur un grand rouleau de papier de riz.

— Un présent pour le soixantième anniversaire de l'empereur, répondit-il.

— C'est-à-dire ? insista le peintre en regardant de plus près.

Il reconnut le dessin en coupe d'un orgue positif, avec ses tuyaux, ses circuits d'air, ses soufflets et, en dessous, un assemblage compliqué de ressorts, de roues dentées, de rouages divers qu'il ne chercha pas à comprendre.

— Que vient faire ici tout cette mécanique ? questionna Ripa, intrigué.

— Sauras-tu garder le silence ? Bien. Je compte fabriquer un orgue capable de jouer tout seul les airs chinois favoris de l'empereur.

— Seigneur ! C'est d'une habileté diabolique !

— J'en ai déjà fabriqué un à Rome, autrefois.

— Je pensais plutôt au fait que l'empereur n'aura plus besoin de t'appeler quand il voudra écouter de la musique. Très ingénieux, vraiment ! Tu ne pourrais pas inventer quelque chose capable de peindre ces damnés paysages à ma place ?

— Ainsi, le pape m'écrit lui-même cette lettre ? insista Kangxi.

— Oui, Majesté. Un missionnaire est venu spécialement d'Europe pour l'apporter. Il m'a chargé de vous la remettre aussitôt.

Depuis leur dernière rencontre, à Jehol, Kangxi avait vieilli. Il était plus maigre et son dos se voûtait légèrement. Il semblait n'éprouver aucun plaisir à revoir son musicien et ne répondit par aucun petit hochement de tête à son *ko to*. Toute complicité semblait s'être évanouie entre eux.

— Êtes-vous sûr au moins qu'elle est authentique ? demanda le père Bouvet, jésuite et mathématicien, qui assistait à l'audience.

Visiblement, il n'appréciait pas que la lettre du pape parvienne à l'empereur à travers le lazariste et que Pedrini se trouve grâce à elle en position d'intermédiaire entre le Vatican et Pékin.

— Le sceau papal le prouve sans conteste. Vous pouvez vérifier vous-même, répondit Teodorico en présentant les cachets de cire rouge frappés aux armes de Clément XI qui fermaient la lettre.

— Eh bien, ne perdons plus de temps ! fit Kangxi. Traduisez-la donc.

— « À l'illustre et très puissant Empereur des Deux Tartaries et de la Chine, traduisit Teodorico, Salut et Lumière de la Grâce divine. Notre cœur n'a jamais été inondé d'une plus grande joie que lorsque nous avons appris que vous, le plus élevé et le plus illustre des Princes, comme personne ne l'ignore et comme la grandeur même de votre Empire et votre Sagesse singulière l'attestent en Europe et dans tout l'Univers, avez accueilli avec des marques extraordinaires d'honneur notre bien-aimé fils Charles-Thomas de Tournon... »

Pedrini vit du coin de l'œil que ce préambule magnifiquement flatteur plaisait beaucoup à Kangxi. Il poursuivit :

— « Il importe que votre esprit soit pleinement convaincu que nous ne désapprouvons en aucune manière la noble nation des Chinois de se montrer reconnaissante envers ses ancêtres et ses souverains ni qu'elle honore leur mémoire, sachant combien elle leur est redevable. Nous désirons seulement, ce qui est conforme à l'équité, que les chrétiens puissent s'acquitter de ces devoirs d'humanité d'une manière qui ne répugne pas à la pureté et à la sainteté de notre Religion, laquelle défend strictement de rendre à aucune créature, quelque excellente qu'elle puisse être, le culte qui est dû au seul et vrai Dieu, Créateur du Ciel et de la Terre. Donné à Rome, dans l'Église de Saint-Pierre, sous l'anneau du Pêcheur, le 2 mars 1709, la neuvième année de notre Pontificat. »

La satisfaction de Kangxi était visible. Le visage du père Bouvet afficha, lui, la plus grande contrariété.

— Le lettre du pape est une lettre sérieuse, dit l'empereur. Je le remercie des compliments qu'il m'adresse. Ainsi donc, il a condamné les rites ?

— Oui, Majesté, répondit Teodorico, il les a condamnés.

— Lesquels exactement ? Relisez.

— Dans ce Bref, Sa Sainteté ne le dit pas explicitement.

— Cela doit être précisé plus loin. Reprenez la lecture, Te Li-Ko.

Pedrini recommença la traduction et Kangxi, constatant que le pape ne donnait pas plus de détails, eut une petite moue :

— Les choses sont donc dans le même état qu'auparavant ? demanda-t-il.

— Les choses sont, au contraire, très claires puisque le détail des pratiques condamnées par le pape figure déjà dans le Décret publié par Monseigneur de Tournon, expliqua Teodorico.

— Et pour qui a-t-il publié ce décret ?

— Pour tous les missionnaires quels qu'ils soient, répliqua-t-il.

— Vous saviez donc que le pape condamnait les rites ? questionna Kangxi en se tournant vers le père Bouvet.

Celui-ci hésita quelques instants, le temps de réfléchir aux conséquences de sa réponse.

— Oui, Majesté, finit-il par avouer.

— Et vous ne m'en avez jamais rien dit ! lui reprocha Kangxi. C'est inadmissible.

Puis, retournant à Pedrini, il expliqua :

— Tournon était un dissimulateur. Il m'était difficile de savoir ce qu'il pensait. Lors de notre dernière rencontre, je lui ai dit qu'il était impossible d'interdire les rites que vous appelez chinois car, dans ce cas, les missionnaires ne pourraient plus prêcher la religion chrétienne en Chine. Il m'a répondu qu'il fallait les interdire totalement, faute de quoi il serait dans l'obligation de rentrer en Europe en donnant ordre à tous les missionnaires de le suivre. C'était une insulte à ma personne, moi, le Fils du Ciel, et à mon autorité, car ce n'était pas à lui de décider si les Européens pouvaient repartir ou non. C'était à moi seul. Quoi qu'il en soit, Tournon aurait dû observer et consulter avant de vouloir interdire les rites ! Un homme qui ne parle pas le chinois et qui vient d'arriver en Chine n'est pas compétent pour juger des usages de l'empire ! Il faut plusieurs années de présence à un Européen pour en être capable.

Pedrini comprit que Tournon avait été un piètre diplomate. Sa maladresse lui avait été fatale. C'était du passé. Le plus important était d'avoir la confirmation que Kangxi, parfaitement au courant des problèmes posés par les rites chinois, ignorait jusqu'à ce jour que le pape en personne les avait condamnés et reprochait aux jésuites de lui avoir menti sur ce point. Teodorico eut le sentiment d'avoir gagné un point essentiel dans la lutte sourde qui l'opposait à la Compagnie. Il se garda bien pourtant d'afficher la moindre satisfaction. Une année à la cour lui avait appris à ne rien laisser paraître de ses sentiments pour ne donner aucune prise aux intrigues sans fin des courtisans et des mandarins. L'empereur poursuivit :

— Jusqu'à présent, je n'ai voulu croire ni les uns ni les autres. Mais maintenant que le pape lui-même m'expose sa pensée, je dis qu'il parle bien et qu'il a raison, conclut-il en prenant le Bref en main. Voilà une lettre venue d'un pays bien lointain. Puisque le pape a pris la peine de m'écrire lui-même sur cette affaire si importante, je lui accorde tout ce qui y est exposé.

Les dernières paroles de l'empereur faillirent arracher un sourire de victoire à Pedrini, mais il se maîtrisa. Ce n'était qu'un premier pas. À voir la colère intérieure de Bouvet, les jésuites n'allaient pas renoncer à leurs pratiques sur un simple accord verbal de Kangxi.

Tous les fonctionnaires de la Cour, y compris les Européens, avaient été convoqués dans la Cité Interdite. Par milliers, dès l'aube, ils s'alignèrent sur la place Tai He Men par fonctions et grades, civils à l'est, militaires à l'ouest. Les dernières traces de neige venaient d'être balayées, mais le froid était vif dans ce matin de mars 1713. Debout au dernier rang des fonctionnaires du cinquième degré, Pedrini s'apprêta à écouter, lui aussi, l'acte d'accusation contre Dai Mingshi. À côté de lui, Ripa claquait des dents. La voix martiale de Zhao, le président du Taijian, s'éleva au milieu de la Cité Interdite :

— Le compilateur de l'Académie Hanlin, Dai Mingshi, est accusé d'avoir utilisé son talent pour commettre des excès sans frein. Tandis qu'il préparait les examens impériaux, il a fait imprimer à son compte des recueils de prose où il a écrit sans discernement, mélangeant le vrai et le faux, tenant des propos insensés et répandant des doctrines hérétiques. Cela dans le seul dessein d'en tirer le plus grand profit. Reçu parmi les premiers aux examens et jouissant, par conséquent, d'une grande faveur, il aurait dû se repentir de ses fautes en brûlant ses livres et leurs planches. Il ne l'a pas fait. Il est intolérable qu'un tel insensé fasse partie de la fine fleur de l'empire. C'est pourquoi Dai Mingshi est condamné à mourir.

Sur l'immense place, aucun murmure n'accueillit cette sentence. Pedrini s'étonna que l'on condamne quelqu'un sans dire vraiment pourquoi, mais en l'accusant seulement de vouloir tirer profit de sa position. Il réprima un frisson en entendant Zhao annoncer que tous les hommes de la famille de Dai Mingshi, des grands-pères paternels jusqu'aux petit-fils et cousins les plus éloignés âgés de plus de seize ans, seraient décapités, eux aussi. Quant aux femmes, de la mère aux concubines, elles seraient données comme esclaves à des fonctionnaires particulièrement méritants. Comment ne pas s'interroger sur une telle cruauté ? Supprimer d'un coup trois générations d'hommes d'une seule famille ? Aucune faute, même la plus lourde, ne méritait un tel châtiment collectif. Le sort du condamné du Campo dei Fiori, dont les yeux révulsés hantaient parfois encore ses rêves, pouvait, par comparaison, paraître doux.

— Kangxi prétend être un monarque éclairé, dit-il les dents serrées, en rentrant à Chang Chung Yuan avec Ripa. Tous ces raffinements, toute cette vie policée à l'extrême ne sont que des apparences. Derrière, c'est toute la barbarie des temps primitifs qui réapparaît, intacte. En réalité, l'empereur est un sauvage !

9

Comment Tchao Tchang et les jésuites avaient-ils pu apprendre qu'il était en train de fabriquer un orgue pour l'empereur ? En soudoyant ses ouvriers ? En dérobant ses plans ? Il était trop tard pour le savoir. Le résultat était là, au milieu de la salle d'audience du Palais de la Pureté Céleste. Devant toute la cour, Tchao Tchang venait solennellement de présenter à l'empereur un orgue positif de belle facture dont les tuyaux avaient été finement argentés. Pedrini enrageait de s'être fait voler son idée. Même si Ripa était insoupçonnable, il avait manqué de prudence. Alignés sur le côté, les jésuites ne cachaient pas leur satisfaction et se moquaient ouvertement de lui. Ils avaient réussi, il était vrai, un coup de maître qui ne pouvait que le déconsidérer aux yeux de l'empereur.

Kangxi accueillit l'orgue avec une satisfaction évidente et en complimenta longuement Tchao Tchang qui savourait déjà son succès. Mais lorsqu'il enfonça quelques touches pour entendre quel son rendait l'instrument, il sursauta en faisant une grimace épouvantable.

— Cet orgue est mauvais ! s'écria-t-il. Il joue faux.

Tchao Tchang fut interloqué et, ne connaissant en réalité rien à la musique, ne sut pas quoi faire pour réparer son erreur.

— Que Te Li-Ko vienne immédiatement pour l'accorder ! ordonna Kangxi. Il est bien le seul, ici, à pouvoir le faire.

Suarez, Morao et Bouvet devinrent brusquement livides.

Tout leur plan s'effondrait. Quand le lazariste passa devant eux, ils le foudroyèrent du regard.

— Allez, Te Li-Ko, dit l'empereur, impatient. Faites-en sorte que cet instrument soit digne de mes oreilles.

Teodorico savoura sa victoire. Lui seul possédait le secret de l'accord et l'art d'éviter les désastreuses vibrations produites par des tuyaux mal réglés. Il prit tout son temps pour les accorder convenablement et, quand il eut achevé, joua une gamme claironnante, un sourire triomphant aux lèvres.

— Voilà qui est mieux, fit Kangxi.

Sur un claquement de mains, il congédia tout le monde. Dehors, Pedrini s'arrêta devant Suarez et le toisa de toute sa hauteur.

— *Ne sutor supra crepidam !* lui dit-il. À chacun son métier, mon très cher frère...

Comme tous les autres missionnaires, Pedrini reçut peu après une lettre de l'empereur où il leur demandait de répondre au problème suivant : « Pour quelle raison le Créateur de l'Univers a-t-il suscité des êtres et des choses si dissemblables que, au sein de la même espèce, aucun individu ne ressemble jamais à un autre ? » La question était à la fois naïve et pleine d'un apparent bon sens. Plutôt que de se livrer à de longs développement philosophiques ou métaphysiques, Teodorico se borna, pour répondre, à déplacer le problème comme les jésuites, jadis — il fallait leur reconnaître ce mérite —, le lui avaient enseigné. Avec son plus beau pinceau, il calligraphia cette réponse : « La diversité infinie des espèces et des êtres dans chaque espèce trouve sa justification dans le simple constat qu'elle est la manifestation la plus évidente de l'infinie puissance de Dieu. »

Le 24 août, vingt-troisième jour de la septième lune du calendrier chinois, au palais de Pi Shu Shanchuang, à Jéhol, devant tous les mandarins du Tang Sin Tien et leur chef, Tchao Tchang, Pedrini présenta, à son tour, à l'empereur l'orgue qu'il avait fabriqué pour lui. Les jésuites portugais avaient été conviés à l'audience et l'observaient avec un mélange de haine et de jalousie. Teodorico n'en eut cure. Après le *ko to* d'usage, il fit déposer l'instrument au pied du trône.

— Qu'il plaise à Votre Majesté, dit-il, d'accepter ce modeste instrument conçu et fabriqué par son serviteur, Te Li-Ko, pour jouer à son intention, et sans intervention humaine, les plus belles musiques de l'Empire.

L'orgue était magnifique. Ses tuyaux les plus hauts mesuraient six pieds. Laqués de noir et rehaussés d'un décor floral à la feuille d'or, ils se déployaient, du plus petit au plus grand, en une onde élégante. Les touches d'ivoire et de santal étaient actionnées par un système de roues dentées mises en mouvement par des rouleaux de bois interchangeables dont chacun correspondait à un air précis. Le tout, y compris les soufflets, fonctionnait grâce à un jeu de ressorts hélicoïdaux, d'engrenages et d'échappements qu'il fallait remonter avec une manivelle. Sur un signe de Kangxi, Pedrini mit en marche toute cette mécanique au moyen d'une tirasse et, soudain, le *Chao Tian Zi*, l'hymne au Fils du Ciel, retentit dans la salle. Des murmures admiratifs se firent entendre et chacun put voir un large sourire se dessiner sur les lèvres de l'empereur. Tous les mandarins cédèrent à la magie de cet instrument qui fonctionnait sans que personne y touche. Seuls Tchao Tchang et Morao s'efforcèrent de rester impassibles. Mais Pedrini devinait dans quel état de rage intérieure ils devaient se trouver.

— Cet orgue est une grande réussite musicale et technique, complimenta Kangxi. Il me convient parfaitement et je l'écouterai souvent. Celui qui l'a fabriqué mérite une distinction.

Il prit une feuille de papier de riz et son pinceau, le trempa dans l'encre rouge, puis écrivit d'une main vive une suite de caractères. Il appliqua vigoureusement son sceau et la tendit à un mandarin en lui ordonnant de la lire à haute voix puis d'en remettre une copie à Pedrini.

— Ceci est un décret impérial. Dix Mille Années de Vie, *Shang* Kangxi, confère à Te Li-Ko la dignité de fonctionnaire du deuxième rang. Désormais, il devra porter le manteau de cour orné du *pufu* de faisan d'or, insigne du grade, ainsi qu'une boule de corail sur son chapeau. Qu'il en soit fait ainsi.

Un murmure de surprise parcourut la salle d'audience. Kangxi fit mine de ne pas y prêter attention. À la lecture du texte, Pedrini avait senti son cœur battre plus vite. Il s'était incliné devant le trône, autant par déférence que pour cacher son émotion. Jamais un Européen n'avait été distingué de façon aussi spectaculaire par l'empereur. Il aurait voulu lui exprimer sa gratitude, mais il n'en avait pas le droit et, d'ailleurs, Kangxi mettait fin à l'audience. Il s'apprêta à sortir quand l'empereur le rappela. Surpris, Tchao Tchang voulut rester lui aussi, comme l'exigeait l'étiquette, mais l'empereur le chassa d'un geste impatient. Le mandarin ne put que s'incliner et disparaître. C'était la première fois depuis des lustres que l'empereur restait ainsi seul à seul avec un étranger.

— Je suis fort intrigué par la réponse que vous avez formulée à la question que j'ai posée, il y a plusieurs mois, aux Européens, fit Kangxi. Je vous ai demandé la raison de la diversité des créatures terrestres et vous avez répondu qu'elle était le signe de la puissance de *Shangdi*, le Seigneur du Ciel, et que cela suffisait comme réponse. Pourquoi ?

L'empereur parlait à mi-voix. Craignait-il d'être écouté par des mandarins trop indiscrets ? Teodorico répondit de la même manière.

— Le fait que nous soyons tous dissemblables atteste que chacun de nous est une créature unique de Dieu, Majesté. Puisque tous les êtres, quels qu'ils soient, sont importants aux yeux du Créateur, cette diversité prouve la puissance de Dieu.

— Hormis la démonstration de sa puissance, quel intérêt *Shangdi* aurait-il à tant de diversité ? questionna l'empereur.

— Quel intérêt aurait-il à ce que tous les hommes soient semblables ? répliqua Pedrini.

Kangxi réfléchit un instant sans le quitter des yeux.

— À rien, j'en conviens. Pourtant, il doit bien y avoir une raison à tant de différences.

— Je n'ai pas d'autre réponse que celle que je vous ai apportée, Majesté. Le simple fait que nous nous interrogions sur un constat qui, d'évidence, nous dépasse et auquel nous cherchons une explication est la preuve absolue que la façon dont agit Dieu est hors de notre raison. Il est, par conséquent, non seulement tout-puissant mais aussi incompréhensible. C'est comme s'il nous disait : « Qui es-tu pour prétendre comprendre ma Création ? Si tu en possédais les clefs, tu serais Dieu toi-même, mais cela n'est pas possible, puisqu'il n'y a qu'un seul Dieu et que c'est moi. »

Teodorico vit l'empereur froncer les sourcils.

— C'est la première fois que j'entends pareille chose, dit-il, pensif.

— Les réponses que vous ont fournies les autres Européens vous ont-elles paru plus intéressantes ? questionna Teodorico.

— Aucune ne m'a convaincu. J'ai trouvé que les réponses imaginées par certains jésuites manquaient de justesse. Cela m'a déçu. Parlons de la musique, à présent. Vous êtes très savant en cette matière, mais connaissez-vous la façon dont cet art est servi dans mon empire ?

— Je ne suis au service de Sa Majesté que depuis deux ans et j'ignore encore beaucoup de choses.

Kangxi approuva d'un signe de tête cette déclaration de modestie.

— Je vais vous en dire l'essentiel afin que vous la compreniez mieux. Primitivement, nous avions cinq notes de base correspondant aux cinq éléments, aux cinq directions et aux quatre saisons auxquelles nous ajoutons le sixième mois. C'est ainsi que le *jiao* qui est votre mi est associé à l'est, au bois et au printemps ou que le *zhi*, votre sol, correspond au sud, à l'été et au feu. D'autres notes sont venues plus tard compléter cette gamme ancestrale. Comme vous le savez, ces notes sont fonction de douze *liu lü*, les hauteurs-pivots, qui se répartissent en six *yang* et six *yin* correspondant chacun à un mois de l'année.

Pedrini écoutait, fasciné, cete leçon de musique qui lui était prodiguée par le monarque le plus puissant de la terre. Comme Caproli aurait aimé être là ! songea-t-il.

— Ainsi, notre musique est en parfaite harmonie avec le Ciel et est intimement liée à lui pour le bienfait de tout l'empire. Le système des *liu lü* pose toutefois des problèmes qui nous empêchent d'avoir une gamme établie comme la vôtre sur un diapason définitif sur lequel tous les instruments peuvent s'accorder. Je m'en préoccupe et j'aimerais que vous y réfléchissiez, Te Li-Ko. Vous devez savoir également que, lorque mon père Shunzhi est monté sur le Trône du Dragon, il a fixé une nouvelle musique.

— Pourquoi ?

L'empereur ne se formalisa pas de cette interruption peu protocolaire. Au contraire, il semblait prendre goût à son rôle de pédagogue.

— Les Ming ont chuté car ils ont perdu tout lien avec les valeurs éternelles des premiers Fils du Ciel. La musique est la première d'entre elles. Mon père fit donc faire les calculs nécessaires pour la retrouver et lui fixer de nouvelles bases. Il a également fait écrire de nouveaux hymnes correspondant au changement d'ancêtres entraîné par l'installation de notre dynastie sur le trône céleste. La dynastie des Qing sera la dernière de l'empire, les prophètes me l'ont dit. C'est pour cela que, lors de ma huitième année, j'ai fait édicter de nouveaux réglements musicaux. Je voudrais à présent qu'en gage de stabilité éternelle elle soit dotée de fondements intangibles. Réfléchissez-y.

— Votre Majesté me fait bien trop d'honneur pour...

— Encore une fois, c'est à moi d'en juger, Te Li-Ko ! dit Kangxi, irrité. Je veux également que vous appreniez la musique à quelques-uns de mes enfants. Enseignez-leur à chanter et à jouer de vos instruments. Vos leçons leur ouvriront l'esprit. Sachant toucher votre clavecin, il n'en joueront que mieux du *qin*, la cithare à sept cordes, ou du *sheng*, l'orgue à bouche. Ma descendance est trop nombreuse, trente-cinq fils, pour qu'ils soient tous vos élèves. Seuls mes quatrième, quinzième et seizième fils le seront. Quand nous serons de retour à Pékin, vous vous rendrez tous les jours dans leur palais pour être leur maître de musique.

Teodorico se prosterna pour remercier l'empereur de la nouvelle faveur qu'il lui faisait en lui confiant ses enfants. Tant d'honneurs successifs donnaient le vertige.

— Avez-vous des nouvelles d'Europe ? demanda brusquement Kangxi en baissant encore plus la voix.

— Je n'en ai aucune, Majesté.

— Le pape ne vous écrit plus ?

— Je suppose que si, mais nous n'avons plus personne à Macao pour recevoir ces lettres, répondit Pedrini en pensant au père Appiani, prisonnier à Macao depuis plusieurs années.

— Comment cela se fait-il ?

— Lcs Portugais, Majesté. Peut-être faudrait-il exiger qu'ils rendent la liberté à notre frère qu'ils détiennent là-bas.

— J'y veillerai, Te Li-Ko. Maintenant, disparaissez, sinon les jésuites vont croire que nous complotons contre eux !

10

— Tiens, c'est pour toi, fit Ripa en lui tendant un tableau encadré de laque noire.

C'était un portrait équestre. Le sien. Pedrini se reconnut en costume de mandarin, assis sur le cheval pommelé que l'empereur lui avait offert quelques mois auparavant. En bas, il lut : « *Teodorico Pedrini, le Mandarin blanc, par son ami Matteo Ripa, Pékin, 1714* ».

— Comment te remercier ? dit-il touché par le geste de son compagnon. Tu me fais beaucoup trop d'honneur.

— C'est ainsi qu'on t'appelle à la Cour, je n'invente rien.

— Je l'ignorais.

En réalité, Pedrini entendait bien les murmures qu'il soulevait régulièrement sur son passage. Quand il se rendait à cheval au palais des Princes — ce que l'empereur et lui étaient les seuls à pouvoir faire — pour leur donner leurs leçons de musique, les eunuques et les mandarins de rangs inférieurs s'écartaient respectueusement devant lui en chuchotant. Il n'y avait jamais prêté attention et comprenait seulement maintenant que les privilèges accordés par Kangxi lui valaient une considération dont aucun missionnaire n'avait bénéficié jusqu'alors. Les Princes, en particulier Yinzhen, le quatrième fils, lui témoignaient, eux aussi, le plus grand respect et l'appelaient « Maître », sur ordre de leur père. Il était pourtant âgé déjà de trente-six ans et était considéré comme le successeur le plus probable de Kangxi.

— À l'aide ! Au secours, Matteo, viens vite !

Ripa, accouru en hâte, trouva Pedrini en train de se tordre de douleur dans son lit. Très inquiet, il expédia un eunuque alerter Yinzhen. Le prince lui dépêcha aussitôt ses deux médecins personnels. Les potions qu'ils lui firent avaler, pour dégoûtantes qu'elles fussent, calmèrent un temps ses douleurs, mais elles revinrent, plus atroces encore. Incapables de dire de quoi il souffrait, ils lui firent fumer du tabac et mâcher du bethel en assurant que cela allait le guérir. Rien n'y fit. Pedrini souffrait tellement qu'il se demanda si on ne l'avait pas empoisonné. Tous ses repas provenaient des cuisines impériales et quelqu'un aurait très bien pu payer un eunuque pour verser du poison dans un plat. Comment savoir ? C'était impossible. Finalement, Kangxi, très préoccupé par la santé de son musicien, prit les choses en main et lui envoya son médecin personnel. C'était le meilleur de la Cité Interdite.

L'homme dont le visage était aussi lisse et frais que celui d'une jeune fille malgré ses soixante ans commença par affirmer que c'était un honneur pour lui d'avoir à guérir un homme d'une si grande taille et que le Fils du Ciel avait en telle estime. Il l'examina avec soin pendant une heure, lui demanda sa date de naissance, sa couleur et sa matière préférées, et se livra à des calculs sans fin sur un rouleau de papier. Puis il disparut pour préparer ses remèdes. Une heure plus tard, il lui fit avaler des décoctions brûlantes au goût étrange et des pâtes médicinales à l'odeur fétide dont il refusa obstinément de préciser la composition.

— Un grand déséquilibre est en vous, dit-il. Il y a beaucoup de sécheresse dans vos organes et votre *yang* est trop faible. Avez-vous subi pendant longtemps une grande chaleur, sans pouvoir boire autant que vous l'auriez voulu ? Oui ? Et vous n'avez pas toujours mangé à votre faim, n'est-ce pas ? Votre corps en a beaucoup souffert et le montre aujourd'hui. Je vais vous prescrire une liste d'aliments et de potions qui vont rétablir l'équilibre dans vos organes. Cela prendra du temps. Mais vous devez vous fortifier dès maintenant et allez prendre pour cela quelque chose qui est réservée à Sa Majesté.

— De quoi s'agit-il ? demanda Pedrini d'une voix faible.

— D'une poudre secrète préparée à son seul usage et qu'on appelle la poudre de Tortue Immortelle. Il m'a ordonné de vous en donner. Elle accélérera votre guérison et vous fera vivre vieux. C'est un grand honneur que *Shang* vous fait là. Je ne l'ai jamais vu en donner la moindre once à qui que ce soit

— Que contient-elle ?

— Beaucoup de substances dont vous n'avez même pas idée. Cela ne servirait à rien que je vous le dise.

La poudre de Tortue Immortelle fit effet. Pedrini souffrit moins et recommença à s'alimenter légèrement. Une énergie nouvelle, il le sentait, circula dans ses veines. Contrairement à toutes les règles, le prince Yinzhen vint lui rendre visite pendant sa convalescence. Il lui apporta des fruits frais, de l'alcool de riz et du tabac destinés à redonner toute sa vigeur à son maître de musique. Après les compliments et les remerciements d'usage, il examina le petit meuble, recouvert d'une pièce de soie blanche brodée de fils d'or où il disait sa messe.

— Est-ce l'autel de vos ancêtres ? Et qui est cet homme, demanda le prince en désignant le crucifix.

Pedrini tressaillit. La curiosité de Yinzhen était une occasion inespérée, une chance inouïe de lui faire connaître le Christ. Allait-il réussir là où les jésuites avaient échoué ? La question lui traversa l'esprit de façon fulgurante. S'il parvenait à le convertir, tout deviendrait possible. D'autres suivraient pour l'imiter. Teodorico perçut en un éclair l'ampleur de l'enjeu, la complexité du combat : si, comme on le disait, Yinzhen était appelé à monter sur le trône, tout, même la conversion de la Chine tout entière, pouvait être envisagé. Il se prit à rêver. Quel triomphe pour lui et la Congrégation, quel échec pour les jésuites ! Mais comment expliquer le mystère de la Croix à un païen ? se demanda-t-il en revenant sur terre.

— Dieu, Créateur de toutes choses, du Ciel et de la Terre, nous a envoyé son Fils pour sauver l'humanité en rachetant ses fautes, commença-t-il en désignant le crucifix.

— Quelles fautes ? questionna le prince.

Comment expliquer le péché originel dans une langue qui ignorait la notion de péché ?

— La jalousie, la colère, l'avarice, l'orgueil, la paresse et j'en passe, répondit-il.

— Ce ne sont pas des fautes ! Ce sont des excès qui créent des déséquilibres.

— Si vous voulez. Nous les considérons, nous, comme des péchés, c'est-à-dire des transgressions de la Loi divine. C'est pour aider les hommes à combattre ces péchés que le fils de Dieu, qui s'appelait Jésus, est venu sur la terre.

— Comment ?

— En s'incarnant en un homme. Il était à la fois Dieu et homme.

— Est-ce possible ? s'interrogea Yinzhen, dubitatif. Et que s'est-il passé ?

— Il a eu des disciples qui ont reconnu sa nature divine et ont cru en lui, mais la plupart des hommes ne l'ont pas bien accueilli. Ils l'ont jugé et condamné à mourir sur une croix, comme vous pouvez le voir. Il est mort et...

— S'il était dieu, il ne pouvait pas mourir !

— Il meurt dans sa nature humaine mais, parce qu'Il est Dieu, Il ressuscite avant de monter au Ciel.

— Pourquoi a-t-il agi ainsi ?

— Pour prouver que tous les hommes devaient expier leurs fautes s'ils voulaient monter, eux aussi, au paradis de Dieu, son père.

Le visage du prince reflétait l'incrédulité. Visiblement, il ne comprenait pas. Il réfléchit et finit par dire :

— Si cet homme a été condamné à mort, c'est qu'il était coupable.

Pedrini sursauta.

— Mais non, voyons !

— On ne condamne pas à mort quelqu'un qui n'est pas coupable, coupa Yinzhen en fronçant les sourcils.

— Quand l'existence même d'un homme et ses paroles dérangent les rois parce qu'il dit la vérité, ils sont parfaitement capables d'inventer des motifs de culpabilité pour le faire mourir.

En le voyant se renfrogner, Teodorico comprit qu'il en avait trop dit.

— Maître, c'est là une religion bien compliquée, conclut le prince en hochant la tête. Je vous trouve très courageux d'en être l'adepte.

— Je veux répondre à la lettre que le pape m'a fait parvenir par votre intermédiaire, dit Kangxi.

L'empereur l'avait fait convoquer à l'aube. Pedrini ne s'en étonna pas. Il avait fort à faire : des paysans s'étaient révoltés dans le lointain Yunnan contre l'administration impériale et les troupes locales n'en venaient pas à bout. Il avait dû expédier une forte armée pour mater les paysans en colère qui menaçaient la tranquillité de l'empire. Teodorico le trouva en train de lire un rapport probablement consacré à cette affaire et se demanda omment il trouvait le temps de se préoccuper de ses relations avec le pape.

— Vous vous en chargerez en écrivant ce que je vais vous dire, notamment sur cette question des rites, afin que nous trouvions un accord, lui et moi. Cette lettre doit rester secrète. Bien que je sois le seul à décider de ce qui est bon ou non pour mes sujets, je tiens à être en accord avec votre souverain sur le problème des rites. Pour cela, je vous pose une dernière fois la question en vous demandant d'y répondre selon l'exacte vérité, Te Li-Ko : le pape condamne-t-il, oui ou non, les tablettes où sont inscrits les noms des ancêtres ?

— Non, Majesté. Il ne condamne pas leur présence. Il condamne simplement le fait de s'en servir au cours du rite chrétien, c'est tout. Il trouve, au contraire que l'hommage rendu aux ancêtres est quelque chose de très respectable.

— Voilà qui me contente. Écrivez donc au pape pour lui dire ma satisfaction. Il est important qu'il accepte la présence des tablettes. Quant à moi, je comprends et j'accepte qu'il ne veuille pas qu'on les invoque au cours de votre messe puisque vous n'y invoquez que votre Dieu.

Pedrini prit d'un coup conscience de la portée de ce que

venait de dire Kangxi : il acceptait que le pape condamne les rites pratiqués par les jésuites. C'était un énorme progrès.

— Vous lui direz également que nous achevons le *Liulü Zhengyi* afin qu'il sache que nous nous intéressons à la musique. Je suis satisfait des progrès de mes fils dans cet art, Te Li-ko. Vous le lui direz. Il est bon que votre souverain sache ce que vous faites pour le bien de mon empire. Demandez-lui aussi de nous envoyer des mathématiciens, des chirurgiens, des musiciens, des peintres. Nous en avons besoin et vous ne suffisez pas à la tâche.

— Mon seul désir est d'être utile à Votre Majesté et de répondre à ses attentes. Mais comment allons-nous faire sortir secrètement votre lettre, Majesté ? demanda Pedrini.

— Vous la confierez à la caravane de Moscovie qui est sur le point de repartir, répondit l'empereur avec un léger sourire. Les Moscovites la feront ensuite parvenir à Rome. Après l'avoir lue, comme à leur habitude. Mais cela ne me gêne pas. Une fois que vous l'aurez écrite, vous la ferez traduire secrètement avant de la communiquer à un homme qui a toute ma confiance, Wang Tao Aloa. Il me la fera lire pour que je l'approuve et y appose mon sceau.

Il avait réussi. Pour la première fois, une liaison était établie entre le pape et l'empereur de Chine. Il n'y aurait plus d'ambiguïtés, désormais, ou de mensonges. Mieux encore, les jésuites étaient, pour la première fois depuis Ricci, tenus à l'écart d'une négociation, au profit d'un missionnaire de la Congrégation. Pedrini sentit qu'une grande victoire était à portée de sa main. Il ne lui avait fallu que trois ans pour attirer l'attention de l'empereur et lui faire admettre que les jésuites n'étaient pas des interlocuteurs obligés dans ses rapports avec le Grand Occident. Trois ans pour lui faire comprendre que les rites chinois n'étaient pas compatibles avec la religion et lui apporter la preuve que les jésuites lui avaient menti en prétendant ignorer la condamnation papale.

Dans sa tunique de soie bleue où était brodée une grue aux ailes déployées, Wang Tao Aloa avait un air particulièrement affable. Il inclina la tête pour le saluer et Pedrini vit la boule de rubis qui ornait le sommet de son bonnet, ainsi que la plume de paon à deux yeux qui y était accrochée. Il l'invita à entrer. Bien que Wang Tao fût fonctionnaire du premier degré, il ne l'avait jamais vu à la Cour. Son assurance aimable trahissait l'homme habitué à être obéi. Sa démarche était souple, il était aussi grand et musclé que Teodorico et, en observant son visage souriant de Mandchou, l'Italien se demanda quel pouvait bien être son âge. Trente, quarante ou cinquante ans ? Impossible de le deviner. Pendant qu'on leur servait du thé, le mandarin sortit un rouleau de papier d'un étui de cuir.

— Dix Mille Années de Vie a apporté quelques corrections à la lettre qu'il destine au pape, dit-il en le lui tendant. La voici. Il a substitué certains mots que vous lui prêtiez à d'autres qui sont plus conformes à ce qu'il pense des difficultés religieuses que vous avez avec vos frères, les jésuites. Il souhaite également que vous précisiez qu'il traite tous les missionnaires sur un même pied et qu'il ne favorise aucun de vos instituts en particulier.

C'était une manière élégante de dire que Kangxi ne souhaitait pas, pour des raisons d'équilibre interne, que Pedrini mette trop l'accent sur la bonne fortune dont il était comblé. Ils examinèrent soigneusement chaque terme de la lettre et tombèrent d'accord sur toutes les corrections qu'il fallait apporter. Wang Tao engagea ensuite la conversation sur la religion des Européens, et fit preuve d'une connaissance étendue de leur histoire.

— Mais, je vous arrête tout de suite, dit-il à Teodorico en riant, je n'ai aucune envie de me laisser convertir au christianisme.

— Telle n'était pas mon intention, protesta Pedrini.

— Vous n'auriez pu vous en empêcher au bout de quelques minutes, monsieur Te Li-Ko. Je vous connais bien, vous autres Occidentaux. Vous essayez toujours de nous convaincre de la supériorité de votre religion et de vos techniques.

— N'est-elle pas réelle ?

— Pour ce qui concerne certaines connaissances scientifiques, j'en conviens. Vos mathématiques sont plus avancées que les nôtres et vous savez, grâce à vos télescopes et vos horloges mécaniques, calculer le temps avec une précision que nous ne connaissons pas. Vous êtes venus de loin et c'est un grand mérite de vous intéresser à nous et à nos âmes, comme vous dites. Mais l'empire, lui, ne s'intéresse qu'à lui : il est trop vaste pour se préoccuper d'autres choses que de sa propre stabilité.

— Et pour ce qui concerne la religion ?

— La Chine est comme le ciel : elle est infinie et sans transcendance. Nous n'avons nul besoin de quelque chose qui nous dépasse. Nous savons que *Tien* nous a créés, mais que sa Création est un Tout qui tire sa cohérence d'un équilibre subtil auquel participent toutes les créatures, tous les éléments, tous les souffles et les êtres, de la simple feuille de l'arbre planté dans votre cour ou du saint ermite dans sa montagne à l'empereur lui-même. Nous n'avons donc pas de religion car nous les pratiquons toutes. Nous faisons des sacrifices au Ciel, à la Lune, au Soleil et à beaucoup d'autres esprits. Nous savons bien qu'ils ne sont pas des Dieux mais des forces qu'il faut se concilier pour que les récoltes soient bonnes et les familles prospères. Nous adorons Fo, qui est Bouddha, de diverses manières, et nous, Mandchous, trouvons également beaucoup d'intérêt au lamaïsme tibétain. J'oserai dire que c'est souvent pour des motifs politiques. Nous pratiquons aussi le Tao que Lao Tse nous a enseigné, nous honorons Kung Fu Tse, que vous appelez Confucius, ainsi que nos ancêtres. Vous le voyez, Te Li-Ko, nous n'avons aucun besoin de votre dieu, ni de votre religion. Nous pourrions évidemment la pratiquer comme les autres, pour nous assurer de notre bonne fortune, mais vous exigez de tout y sacrifier. C'est impossible. Comment nous demander de croire uniquement à un fils de Dieu mort sur une croix ?

— Il s'est sacrifié pour racheter nos fautes.

— Nous apprécions la vertu du sacrifice mais, pour nous, naître n'est pas une faute, répondit Wang Tao.

— Il est ressuscité d'entre les morts, insista Pedrini, ébranlé par ce saisissant raccourci sur la question du péché originel.

Le Mandchou se leva pour prendre congé et salua son hôte d'une petite inclinaison du buste.

— Tout le monde ressuscite d'entre les morts, monsieur Pedrini. Vie après vie, cycle après cycle, dit-il avec un sourire énigmatique.

LIVRE QUATRE

L'AUTRE MOITIÉ DU CIEL

1

— Jamais l'empereur n'a pu dire cela ! s'écria Morao en brandissant la lettre écrite par Pedrini. Il n'y a que vous pour avoir inventé ce qui est écrit ici !

La rage déformait les traits du jésuite. Il était entré, en furie, chez le lazariste, suivi par Suarez et quelques gardes armés. Comment avaient-ils appris l'existence de la lettre de Kangxi au pape ? s'interrogea Teodorico. Un de leurs espions avait-il surpris sa rencontre avec Wang Tao et rapporté que le Mandarin blanc était en train de préparer quelque conspiration ? Alerté, Tchao Tchang n'avait dû avoir aucun mal à s'en faire remettre le texte chinois par le bureau impérial et à le communiquer aux jésuites. Pedrini tenta de calmer Morao.

— Je n'ai écrit que les mots prononcés par Kangxi, dit-il d'une voix paisible. Je le regrette pour vous.

— Je n'en crois rien et vais de ce pas demander une audience à l'empereur, poursuivit le Portugais d'une voix aiguë. On verra bien à qui il donnera raison ! À un gredin comme vous qui ne pense qu'à se pavaner et à nous nuire, ou à nous, les jésuites, qui nous dévouons corps et âme pour la religion et l'empire.

— Une fois de plus, Pedrini, vous avez voulu profiter de la situation pour nous évincer, renchérit Suarez. Mais Dieu Tout-Puissant veille et il vous punira comme vous le méritez !

La hargne des deux jésuites paraissait sans limite. Pedrini choisit d'en sourire.

— Ne mêlez pas Dieu à tout cela. Vous l'obligeriez à constater la noirceur de votre âme et il pourrait bien regretter de vous avoir laissés entrer dans son Église.

— Sacrilège ! Hérétique ! Comment osez-vous blasphémer ainsi et invoquer son Saint Nom. Vous irez en enfer, Pedrini !

— Dans ce cas, vous m'y aurez précédé pour pouvoir m'ouvrir la porte ! Maintenant, disparaissez ou c'est à coups de pied dans le derrière que je vous renvoie tous les deux chez Tchao Tchang !

Morao s'étrangla, Suarez suffoqua mais, devant l'air menaçant de Pedrini, ils décampèrent sans demander leur reste. Il referma la porte, fâché de constater que le secret de la correspondance avec le pape avait été éventé. Il se rassura en pensant que les jésuites auraient beau se démener, Kangxi ne retrancherait rien du texte sur lequel il s'était mis d'accord avec Wang Tao.

Comment s'y prirent-ils ? L'empereur se désintéressa-t-il soudain du sujet ou bien, plus versatile que Pedrini ne l'imaginait, céda-t-il aux exigences des jésuites de peur de les perdre ? Ils obtinrent de substituer une nouvelle lettre à celle qui avait été prévue. Quand il en eut connaissance, Pedrini n'en crut pas ses yeux. Kangxi revenait entièrement sur ce qu'il lui avait accordé et affirmait que les rites chinois ne devaient pas être condamnés mais, au contraire, acceptés car ils ne nuisaient pas à la pratique chrétienne. Tout son plan s'effondrait. Il ne sut ce qui l'attrista le plus, de son échec ou de la trahison de l'empereur. Surmontant sa déception, Teodorico décida de rétablir la vérité en écrivant au pape.

Le 19 mars 1715, Clément XI condamna sans équivoque les rites chinois. Sa bulle *Ex illa die* devait arriver à Pékin un an plus tard. Il y interdisait à tous les chrétiens de Chine d'honorer Confucius, de rendre hommage aux tablettes portant le nom des ancêtres et d'utiliser les termes *Tien* et *Shangdi* pour dénommer Dieu. Il exigeait également des jésuites de faire le serment de rompre avec leurs pratiques idolâtres. Allaient-ils pour autant se soumettre ? Pedrini en douta mais ressentit la condamnation papale comme une victoire personnelle.

Délivré momentanément du souci de lutter, Teodorico se consacra, comme le lui avait demandé Kangxi, à l'étude des instruments chinois et chercha le moyen de réformer leur diapason.

— Pourquoi n'écririez-vous pas une sonate italienne pour nos instruments ? lui proposa Yinzhen tandis qu'ils étudiaient ensemble les caractéristiques du *qin*. Je suis sûr que le résultat serait agréable aux oreilles de mon père.

L'idée était séduisante. Puisqu'il n'avait pas encore pu apporter la preuve, faute de musiciens européens, de son talent de compositeur à l'empereur, Pedrini le ferait en montrant quel parti il savait tirer des instruments chinois. Le soir même, dans le calme de sa chambre éclairée par une lanterne en papier que Ripa lui avait rapportée d'un marché, il se mit au travail. Il projetait d'écrire une sonatine en quatre mouvements — *grave, vivace, adagio* et *allegro* — pour flûte *dizi*, cithare *zheng* et *xiqin*, une vielle à quatre cordes. L'écriture se révéla beaucoup plus difficile qu'il ne l'imaginait. Il fallait répondre aux règles rythmiques et harmoniques européennes avec des instruments qui n'étaient pas conçus à cette fin, tout en composant une trame mélodique relativement aisée à interpréter. La sonorité des instruments chinois s'adaptait mal à ses exigences polyphoniques et leur manque de puissance rendait aléatoire toute nuance expressive. Quant à marier leurs timbres tout en restant harmoniquement juste, comme il pouvait le faire entre un violon et un clavecin, ce fut une véritable gageure. Après des semaines d'efforts, il vint à bout de la commande de Yinzhen et obtint que les deux jeunes princes la répètent avec lui avant de l'interpréter devant l'empereur. Le premier à la flûte, le second à la cithare et lui-même à la vielle, ils se lancèrent et ne purent, au début, que produire une cacophonie qui les fit éclater de rire. Puis un petit miracle se produisit : ils réussirent à jouer ensemble et à conserver le *tempo*. La mélodie du *vivace* apparut alors dans toute sa beauté aérienne. Yinzhen se mit à applaudir et Pedrini fut presque ému aux larmes du résultat qu'il venait d'obtenir.

Le soir du concert, l'empereur était déjà assis sur son estrade, quand on fit entrer Teodorico et les jeunes princes. D'un geste, il les dispensa de se mettre à genoux pour jouer et les fit asseoir confortablement au pied de l'estrade. De part et d'autre, les mandarins avaient pris place, ainsi que quelques jésuites français parmi lesquels il reconnut Parennin, Bouvet et de Rhodes. Parennin le salua d'un signe de tête auquel il répondit tout aussi aimablement. Les Portugais étaient absents, soit qu'ils n'eussent pas été conviés, soit qu'ils aient décliné l'invitation. Comment savoir ? Pedrini reconnut aussi le visage aimable de Wang Tao qui lui adressa un sourire complice. Il jeta un coup d'œil sur l'empereur. Il ne l'avait pas revu depuis des mois et regrettait toujours de n'avoir reçu aucune explication de sa part au sujet de la lettre adressée au pape. Kangxi avait un peu vieilli, ses joues s'affaissaient légèrement mais ses yeux étaient toujours aussi vifs et perçants. Comment allait-il réagir à sa musique ? N'allait-il pas trouver complètement hérétique l'idée de Yinzhen de jouer de la musique occidentale avec des instruments chinois ? Pedrini éprouva une vague inquiétude. Depuis la volte-face de l'empereur, il sentait qu'il ne pouvait plus se fier totalement à lui.

Ce fut un triomphe. La *Sonatine en do majeur pour instruments chinois* plut beaucoup à Kangxi. Heureux de voir ses fils jouer une musique dont il reconnut publiquement la beauté émouvante et le caractère original, il complimenta longuement Pedrini pour son travail.

— Je vois que vous avez compris l'âme de nos instruments, Te Li-Ko, ajouta-t-il.

— Le mérite en revient à vos fils, Majesté. Le prince Yinzhen en a eu l'idée et ses frères ont accepté de prêter leur talent à mes modestes inventions.

— Pourquoi ne tenterions-nous pas l'inverse, à présent ? J'aimerais assez entendre vos clavecins, violons et flûtes jouer selon le mode chinois. Vous êtes capable de composer quelques airs à notre manière et je suis certain que nos amis jésuites qui savent jouer de ces instruments auront grand plaisir à se joindre à vous pour me les faire entendre. N'est-ce pas, messieurs ?

Les jésuites s'empressèrent de louer cette proposition et de donner leur accord, quoi qu'ils puissent en penser. L'idée de l'empereur était habile. En leur imposant de se réunir sous un prétexte musical, il les encourageait à se réconcilier. Pedrini y était prêt, sans arrière-pensée. La seule inconnue résidait dans l'atttitude des Portugais : très jaloux de leur prérogatives, comment allaient-ils réagir à cette ouverture ? Kangxi les convia tous à souper. Hasard ou préméditation, Parennin et Pedrini se retrouvèrent à la même table et firent assaut d'amabilités.

— Je suis à votre disposition pour tenir la partie de violon de cette future sonate chinoise, dit le Français. J'aurai grand plaisir à jouer avec vous.

— Ce sera un honneur pour moi, répondit Teodorico.

— Autrefois, l'étiquette exigeait que notre petit orchestre reste à genoux pendant tout le concert. C'était très incommode, vous vous en doutez, de jouer dans cette position.

— À part vous, qui étaient les autres musiciens ?

— Nos frères Pereira, Pernon, qui était en quelque sorte votre prédécesseur et donnait des leçons de musique à Kangxi, et Giovanni Gherardini, qui a peint la coupole de notre église. Tous jésuites, naturellement, puisque nous étions les seuls à la Cour à cette époque. Nous souffrions le martyre, mais nous avions à cœur de montrer à Kangxi que nous étions aussi endurants, si ce n'est plus, que ses courtisans.

Malgré leur différend, Pedrini éprouvait une certaine sympathie pour Parennin. Avec lui, il était possible de s'entendre. Le jésuite était souvent hautain, mais savait se montrer aimable quand il le fallait et, contrairement à Suarez ou Morao, respectait l'adversaire. En l'occurrence, il reconnaissait le talent musical de Pedrini et lui offrait une sorte de trêve. Avec son esprit fin de diplomate, il avait compris la signification de la proposition de l'empereur. La rivalité qui les avait opposés appartiendrait bientôt au passé.

2

— Que ces gens sont cruels ! se plaignait Ripa, désespéré.

Pedrini était en train de manger une soupe aux œufs de caille. Il reposa son bol.

— Que t'ont-ils fait, encore ? demanda-t-il.

— Un nouveau peintre, jésuite naturellement, est arrivé à la Cour et Kangxi m'a ordonné d'être son interprète. C'est du machiavélisme pur. L'autre n'est là que pour me prendre ma place !

— Comment s'appelle-t-il ?

— Giuseppe Castiglione. Son nom chinois est Lang Shining.

— Pourquoi prendrait-il ta place ?

— J'ai vu quelques-uns de ses travaux. Ils sont remarquables. C'est un grand peintre, je l'ai tout de suite compris.

— Et alors ? Qu'as-tu à craindre ? Tu es le meilleur graveur de Pékin, toi !

Ripa eut l'air dubitatif.

— Que Dieu t'entende ! Et toi, as-tu bientôt fini tes fameux airs chinois ?

— Il le faut bien. Je me suis engagé à les faire jouer pour la fête que Kangxi veut donner à l'occasion de la publication du *Dictionnaire des Caractères.* C'est beaucoup plus complexe que je ne l'imaginais.

Quelques semaines plus tard, un soir de printemps, dans le pavillon de l'empereur à Chang Chung Yuan, pendant que Kangxi et les plus fins lettrés de l'empire admiraient le premier exemplaire du *Dictionnaire*, les notes des *Ricreazzione Sinese* de Teodorico Pedrini s'élevèrent dans la nuit. Fidèle en tout au modèle, Pedrini leur avait donné des titres évocateurs, *Chant d'une hirondelle de passage*, *Rides de l'étang sous la lune* et *Une fleur dans la dernière neige*. Parennin au violon, Tilis à la flûte et lui-même au clavecin, ils réussirent à faire tomber toute la Cour sous le charme étrange de ces mélodies chinoises dont on avait peine à croire qu'elles avaient été composées par un Européen. Kangxi en commanda aussitôt de nouvelles à Pedrini.

Ripa était en train de lui annoncer l'arrivée d'un jésuite musicien, Charles Slaviczeck, originaire de Moravie, quand Pedrini poussa un grand cri et s'effondra d'un coup.

— Teodorico ! Que se passe-t-il ? Réponds-moi !

Pedrini ne bougeait pas, il avait les yeux révulsés et Ripa le crut mort. L'attente du médecin qu'il avait envoyé chercher lui parut interminable. Malgré les remèdes qu'il lui administra, l'état de Pedrini empira pendant la nuit. À l'aube, il finit par sortir de son inconscience mais ce fut pour délirer en prononçant des phrases incohérentes. Il appelait indistinctement la Vierge et *Shangdi*, implorait Dieu de ne pas l'abandonner, puis exhortait une Maria de lui pardonner. Pris d'inquiétude, Ripa demanda audience à Kangxi.

— Il a été empoisonné, Majesté, j'en suis sûr. C'est un complot !

— Vous accusez les jésuites ?

— Il n'y a pas de coïncidence, Majesté. Pedrini retombe malade au moment même où ils font venir un frère morave qu'ils présentent comme un musicien. Pourquoi, si ce n'est pour remplacer Te Li-Ko ?

Kangxi parut ébranlé.

— Il ne doit pas mourir. Je vais donner des ordres. Rassurez-vous, Ma Guoxian. Je tiens à lui autant que vous.

Des eunuques vinrent chercher Pedrini pour le conduire chez Wang Tao dont la demeure était proche du palais. Son médecin personnel resta à son chevet pendant trois jours et trois nuits, mais la fièvre ne baissa pas et Pedrini continua de délirer. Il se mettait à hurler de frayeur, appelait Callière ou Spinucci. Parfois, il se dressait dans son lit, les yeux exorbités et repoussait des démons imaginaires en criant des mots incompréhensibles. À le voir lutter contre ces forces invisibles et se vider ainsi de sa substance, les médecins prirent peur. Ils comprenaient que la mort cherchait à emporter le Mandarin blanc et qu'il usait ses dernières forces à la rejeter. Leur impuissance à le guérir les terrorisait. S'ils échouaient, la colère de Kangxi se retournerait contre eux et ils seraient condamnés à l'exil dans les provinces les plus reculées ou, pis encore, à la mort.

La poudre de quinquina que Parennin, alerté, lui fit parvenir discrètement eut-elle l'effet escompté ou bien les prières de Ripa finirent-elles par être efficaces ? La fièvre se mit à baisser après une semaine et Pedrini émergea lentement de l'inconscience. Au sortir de cette longue nuit, le premier visage qu'il vit fut celui de Wang Tao.

— Que faites-vous ici ? articula-t-il faiblement.

— Vous êtes chez moi, mon ami, répondit le mandarin d'une voix douce, son éternel sourire aux lèvres.

— Que m'est-il arrivé ? Je suis rompu. J'ai l'impression de revenir de l'enfer.

— Ce n'est peut-être pas faux, Te Li-Ko. Vous sortez d'une maladie qui a bien failli être votre dernier voyage.

Teodorico voulut parler, mais ne put qu'exhaler un douloureux soupir. Il avait les traits creusés et le visage blême. Wang lui prit la main.

— Ce fut un honneur de veiller sur vous, mon ami, dit-il, Kangxi me l'a demandé en personne afin que vous soyez en sécurité. L'on a craint pour votre vie et Ma Guoxian a même soupçonné vos adversaires d'avoir cherché à vous empoisonner.

— Est-ce possible ?

— Je n'en sais rien. Je suis heureux de voir que vous êtes sur le chemin de la guérison. Je vais en informer l'empereur sans attendre. Dormez en paix, maintenant.

La longue robe du mandarin qui s'éloignait dans un froissement de soie fut la dernière image que Pedrini emporta avant de se dissoudre dans un sommeil sans rêve.

Le son lointain d'un *zheng* dont on pinçait délicatement les cordes le fit émerger lentement des brumes opaques dans lesquelles il végétait. Il avait déjà entendu cette mélodie. On la jouait à l'habitude pour un poème intitulé *Songe sur la Montagne du Sud*. Un vieil eunuque l'avait interprétée, un jour, pour lui dévoiler toutes les ressources expressives de cet instrument qui n'avait pas d'équivalent en Europe et il avait été séduit par cette mélodie nostalgique. Ne disait-on pas qu'elle avait été écrite par une jeune princesse Ming périssant d'ennui dans le pavillon des femmes ? Pedrini ouvrit les yeux. Il n'y avait personne dans sa chambre plongée dans la pénombre. Il se redressa et se leva avec précaution. La tête lui tournait et il dut s'appuyer contre le montant du lit pour ne pas tomber. Il serra frileusement les pans de sa robe de coton bleue autour de lui et marcha en direction de l'endroit d'où venait la musique. La maison était froide. La chanson, émouvante et triste, prenait sous les doigts de l'interprète, une pureté exceptionnelle. Il savait comme personne faire vibrer les cordes, s'attarder sur une note longue avant de la laisser s'évanouir dans un silence ou enchaîner des arpèges pour imiter une cascade. Qui pouvait jouer ainsi ?

Pieds nus, il déboucha dans une pièce faiblement éclairée par la lumière du jardin intérieur. Wang Tao était penché sur le *zheng*. Il s'apprêta à lui parler mais s'aperçut que les mains qui sortaient des longues manches de soie étaient trop fines pour être les siennes. À son approche, le geste gracieux qu'elles faisaient pour se poser sur les cordes s'interrompit et le visage d'une jeune fille se leva vers lui.

— Veuillez excuser mon intrusion, dit-il, surpris.

— Je vous en prie, monsieur Te Li-Ko, fit-elle. C'est moi qui vous demande de me pardonner. Je vous ai importuné alors que mon père m'avait chargée de veiller sur vous. Je suis confuse.

— Je vous en prie, l'interrompit-il. Je vous suis très reconnaissant, au contraire... Vous êtes la fille de Wang Tao ?

— Je m'appelle Yao Niang.

— Est-ce vous qui m'avez soigné ? Je ne sais même pas ce qui m'est arrivé.

— Une fille n'est pas informée de ces choses-là, mais je crois que vos souffles intérieurs sont éteints. C'est très grave. Père a beaucoup d'estime pour vous. Il veut que votre *qi* soit ranimé dans notre maison.

— Où est-il ?

— Il a été convoqué au Conseil par l'empereur. Ma musique vous a déplu, sans doute.

— C'est un grand plaisir de vous entendre. Depuis combien de temps suis-je chez vous ?

— Près d'une demi-lune.

La voix de Yao Niang était aussi douce que la caresse d'un chat. Elle gardait modestement le regard baissé. Ses cheveux noirs étaient rassemblés en un épais chignon retenu par une barrette de nacre sculpté que traversait une longue aiguille d'or. Les paupières mi-closes sur ses yeux délicatement étirés vers les tempes rendaient plus mystérieux son fin visage en partie plongé dans la pénombre. C'était la première fois qu'il voyait une femme de si près depuis qu'il était en Chine. Rares étaient celles qui s'aventuraient dans les rues de Pékin et il n'en avait aperçu que fort peu, et de loin, à la Cour. Les usages imposaient qu'elles demeurent dans le secret de leurs appartements, entourées de servantes, dans une subordination complète à leur époux et à leur belle-mère. Il ignorait tout de la manière dont elles passaient leur existence mais imaginait facilement qu'elle devait ressembler à une forme très civilisée de réclusion. Teodorico se sentit curieusement intimidé devant cette jeune fille à la féminité si discrète.

— Est-ce vous qui m'avez nourri pendant tous ce temps ? demanda-t-il.

— J'ai eu cet honneur, monsieur Te Li-Ko, répliqua-t-elle en baissant les yeux. Les médecins de mon père ont indiqué ce que vous deviez manger et nos cuisiniers l'ont préparé avec beaucoup de soin.

— Quels médicaments m'a-t-on donnés ?

— Je ne saurais vous répondre, mais je sais que mon père a fait venir de l'île de Hainan des petits crabes pétrifiés qui sont le meilleur remède contre les fièvres.

— Je ne me souviens de rien, avoua Teodorico. Comment pourrai-je jamais vous remercier, votre père et vous, de m'avoir guéri ? Je vous dois probablement la vie.

— Vous ne nous devez rien. Tout cela est dans l'ordre des choses, dit-elle en le regardant pour la première fois.

L'éclat de ses yeux noirs le traversa de part en part. Il s'affaissa légèrement.

— Qu'avez-vous ? questionna-t-elle, inquiète. Venez, je vais vous aider à vous recoucher. Vous êtes trop faible.

Il ne voulut pas la regarder quand elle se leva. C'était à lui, à présent, de garder les yeux obstinément baissés pour ne pas la voir. Il distingua seulement la longue robe de soie bleue brodée d'oiseaux et de fleurs qui tombait jusqu'à ses pieds.

— Appuyez-vous sur moi, proposa-t-elle en prenant le bras de Pedrini pour le passer autour de ses épaules. Ne craignez rien, mon père a toujours prétendu que j'étais aussi solide que lui.

Yao Niang était assez grande pour qu'il n'ait pas le sentiment de l'écraser de tout son poids et il se laissa aller contre ce corps féminin dont, involontairement, il perçut les contours à travers la fine soie de la robe. Elle mit sur le compte de sa maladie le brusque frisson qui le traversa des pieds à la tête.

— Pourrez-vous encore jouer du *zheng* pour moi ? demanda-t-il quand il eut regagné sa chambre.

Elle lui adressa un léger sourire et inclina la tête en signe d'assentiment avant de disparaître.

Quand Yao Niang vint lui donner soins et potions diverses, il s'efforça de ne pas la regarder avec trop d'attention. Elle se pencha sur lui et il ne put s'empêcher d'imaginer ce corps souple qu'il avait frôlé l'autre soir, dissimulé par sa tunique fermée autour du cou. Ce souvenir fit naître en lui d'anciens désirs qu'il tenta de chasser en priant silencieusement. Sa nature fut la plus forte. Le frôlement des mains caressantes de la jeune fille, le souffle tiède de sa bouche réveillèrent des sensations qu'il croyait enfouies mais qui surgirent par vagues. Il feignit de dormir pour mettre fin à sa torture. En vain.

Wang Tao fit venir son clavecin, quelques-uns de ses livres favoris et la Bible que le pape lui avait offerte avant son départ. Quand il put se lever, Teodorico prit plaisir à déambuler dans la vaste demeure de son hôte, en relisant les Épîtres de saint Paul. Ripa, finalement rassuré sur son sort, lui rendit quelques visites et lui raconta les derniers potins de la Cour, en particulier que Slaviczek n'avait toujours pas été reçu par l'empereur.

La maison du mandarin était bâtie autour d'un grand jardin carré, mais l'ordre des pièces répondait à un plan dont le sens, imposé par les géomanciens, lui échappait. Aux angles de chaque toit, une procession de génies en céramique vernissée, phénix, lion, cheval céleste et autres animaux tutélaires précédés par un Immortel, protégeait la demeure des mauvais esprits. Chaque pièce était meublée avec raffinement. Les murs, recouverts de papier blanc, rouge ou doré, étaient décorés de paysages de brume, de scènes champêtres ou de bestiaires peints sur des rouleaux de soie. Ici, posée sur une élégante console en *huanghuali*, une paire de jarres bleu et blanc encadrait un céladon Ming représentant la déesse Guanyin chevauchant une créature mythique ; là, une précieuse statuette de jade offerte par l'empereur donnait tout son prix à un guéridon ancien en orme. Sa chambre elle-même semblait avoir été conçue uniquement pour associer le repos et le plaisir des yeux. Des rideaux de taffetas protégeaient l'intimité du grand lit clos, un brûle-encens de bronze en forme de lion dont la tête était semblable à ceux de la Cité Interdite répandait un parfum subtil. Sur une table carrée, son hôte avait disposé un nécessaire de toilette et aussi, suprême attention, le crucifix qu'avait apporté Ripa, un jour, alors qu'il était encore plongé dans l'inconscient. Deux lanternes carrées en fine soie peinte pendaient du plafond.

Par un petit passage attenant, Pedrini pouvait accéder à un cabinet de travail meublé de fauteuils et d'une table basse en laque incrustée de pierres de couleur où Wang Tao venait parfois discuter avec lui. Sur la table en bois de rose placée devant la fenêtre, il trouvait papier, pinceaux, pierre à encre pour écrire. La belle boîte de laque rouge contenant son sceau personnel, cadeau de Kangxi, était là, elle aussi. Les calligraphies suspendues aux murs faisaient la fierté de Wang Tao. Les plus précieuses avaient été tracées de la main des plus vénérables maîtres du passé et avaient beaucoup de valeur, expliqua-t-il. Teodorico y lut des phrases étranges : « L'homme se règle sur la terre, la terre se règle sur le ciel, le ciel se règle sur le Tao. Le Tao n'a d'autre loi que lui-même. » Ou bien : « Le Tao est éternel, il n'a pas de nom. »

— Tao est-il un autre nom pour *Tien* ou *Shangdi*, le Seigneur du Ciel ? demanda Pedrini à son hôte alors qu'ils dînaient ensemble, servis silencieusement par Yao Niang.

Wang Tao eut un petit rire et inclina légèrement le buste avant de répondre :

— Non, cher Te Li-Ko. Il n'est pas question de Dieu ici. Le Tao est antérieur au Seigneur du Ciel, il existe de toute éternité. Sans nom, il est l'origine du ciel et de la terre ; nommé, il est la mère de tous les hommes. C'est le Mystère des Mystères.

— Je ne comprends pas. Est-ce le nom que vous donnez à une religion ?

— Non plus. Le Tao n'est pas une religion. C'est la Réalité, l'Être originel. Le carré qui n'a pas d'angles, la grande apparence sans forme. Mais c'est aussi une voie, une pensée, une façon de vivre.

— Avec ou sans Dieu ?

— Pour nous, la question ne se pose pas dans ces termes. Lao Tse et ses disciples nous ont montré comment nous unir au Tao par la méditation et en vivant en harmonie avec le monde. Nous disposons de plusieurs méthodes pour y parvenir. Certaines prétendent conférer l'immortalité à leurs adeptes. En réalité, le vrai taoïste n'aspire à rien d'autre qu'à l'effacement suprême.

Sur la nappe brodée de fils d'argent, Teodorico hésitait encore entre la soupe à la queue de cerf et les pattes d'ours présentées dans des plats de jade en forme de tournesol. Il venait de goûter une perdrix à la chair exquise cuite dans un jus au vinaigre, des beignets d'huître et une carpe dorée.

— Je n'ai aucune chance de devenir taoïste ! dit-il en avalant de bon cœur une gorgée de vin. Je suppose que vous l'êtes.

— Oui, répondit le mandarin.

— Et vous comptez accéder à l'immortalité par ce moyen ?

— Tout comme vous, je suppose, par le vôtre, rétorqua-t-il avec un sourire ironique.

Ils éclatèrent de rire en même temps.

Il aimait sentir à ses côtés la présence de la jeune fille. Elle l'avait accompagné dans sa promenade matinale jusqu'au kiosque situé sur le petit promontoire rocheux dominant le jardin extérieur. La vitalité proverbiale de Pedrini revenait peu à peu, mais il sentait bien que Yao Niang et son beau visage aux lèvres sensuelles en étaient la cause principale. Leurs regards restèrent accrochés l'un à l'autre sans pouvoir se déprendre. Il voulut dire quelque chose, ne trouva pas les mots et finalement baissa les yeux en même temps qu'elle. La première, elle rompit le silence.

— Parlez-moi de votre pays, demanda-t-elle.

Il évoqua les rues de Rome plongées dans la torpeur de l'été, les grands palais vides, les concerts de la petite cour de Christine de Suède. Elle battit des mains en apprenant qu'une femme avait été, un moment, à la tête d'un royaume. Pour elle, c'était impensable. Il lui expliqua que les femmes en Europe étaient plus libres qu'en Chine, qu'elles s'intéressaient aux sciences, qu'elles tenaient salon et discutaient de philosophie avec les grands esprits. Si elle voyageait en France ou en Italie, elle pourrait le faire elle-même, assura-t-il. Elle le regarda en fronçant les sourcils.

— Pourquoi, abandonnant tout cela, êtes-vous venu jusqu'en Chine ? questionna-t-elle.

— Pour obéir à mon souverain, le pape.

— Seulement pour cela ?

— Non, je voulais connaître le monde. Mon pays me parut un jour trop petit et le hasard trop puissant.

Il sentait bien qu'elle rêvait de partir, elle aussi, de découvrir cet univers dont elle ignorait tout, comme l'ensemble des Chinois, et dont il lui dressait un tableau à la fois terrible et magnifique.

— Avez-vous connu des femmes ? lui demanda-t-elle à brûle-pourpoint.

Surpris, il mit un certain temps avant de répondre. Il sentit qu'il allait s'égarer, réveiller des souvenirs, rouvrir des blessures jamais cicatrisées. Il ne pouvait ignorer que les heures passées avec Yao Niang attisaient la secrète attirance qu'il éprouvait pour elle. Son sourire le troublait beaucoup plus qu'il n'aurait dû, les rondeurs de sa poitrine, quand elle se tournait vers lui, la grâce de ses jambes qu'il devinait sous la soie à chacun de ses pas, le parfum jasminé que sa peau dégageait, le bouleversaient. Il savait déjà que toutes ses journées passaient dans l'attente du moment où elle allait enfin apparaître.

— Oui, j'ai connu des femmes, finit-il par reconnaître.

Le visage encore net de Maria del Carmen et celui, plus lointain, de Gabriella, avaient surgi de sa mémoire, comme ces fleurs du passé que l'on redécouvre entre les pages d'un livre oublié.

— Et pourquoi n'en avez-vous pas ici ? s'enquit-elle.

— Dans notre religion, ceux qui ont choisi de servir Dieu ne peuvent en avoir.

— Pourquoi ?

— Parce qu'on ne peut servir deux divinités à la fois ! dit-il en riant.

Elle eut un petit sourire entendu qu'elle masqua derrière sa main.

— Les femmes ne sont pas des divinités, ce sont des dragons ! fit-elle. Dites-moi plutôt qui sert les hommes qui servent Dieu ?

— Personne. Nous ne devons avoir besoin de personne.

— C'est faux puisque vous vivez dans notre maison.

— Si Dieu avait voulu que je meure, je n'y serais pas.

— Si vous n'êtes pas mort, c'est parce que nous vous

avons soigné et non parce que votre Dieu ne voulait que vous mouriez. Certainement voulait-il aussi que vous soyez dans la demeure de mon père pour...

— Je vous en prie..., coupa-t-il, subitement inquiet.

— Excusez-moi, dit Yao Niang en rougissant. J'ai cru un moment que je pouvais parler et me comporter avec vous comme les femmes auxquelles vous êtes habitué en Europe. J'ai eu tort, semble-t-il.

Elle se leva précipitamment et regagna la maison en courant.

Rétabli, Pedrini se résolut à revenir à la Cour. L'empereur le réclamait à cor et à cri. Il fit ses adieux à la jeune fille et à son père.

— Vous reverrai-je ? interrogea-t-il sans préciser à qui il s'adressait.

Ce fut Wang Tao qui répondit :

— Nous nous reverrons à la Cour, je n'en doute pas. Mais sachez que ma maison vous reste ouverte et que vous y trouverez toujours quelqu'un pour vous y accueillir.

Pedrini remercia le mandarin d'un sourire et s'inclina devant lui pour lui témoigner sa reconnaissance. Puis il fit de même devant Yao Niang qui gardait, comme la première fois, la tête obstinément baissée. Une fois installé dans sa chaise à porteurs, il entrouvrit le rideau qui lui masquait la vue. Elle n'avait pas bougé.

3

— Ton absence pour les funérailles de l'impératrice mère a été remarquée, dit Ripa. Tchao Tchang et les jésuites portugais n'ont pas manqué de signaler à l'empereur que tu n'avais pas paru pour les *ko tos* d'usage.

— Comment aurais-je pu me déplacer ? J'étais malade. L'empereur le sait assez pour ne pas m'en tenir rigueur.

— C'est vrai. Il a balayé d'un revers de main la remontrance de Tchao Tchang et t'a disculpé. Mais, comme je m'en doutais, les jésuites en ont profité pour introduire Charles Slaviczeck auprès de Kangxi en prétendant qu'il est meilleur musicien que toi. Tu devrais te méfier, Teodorico. Kangxi a fini par le recevoir et a été assez élogieux à son propos.

— De quel instrument joue-t-il ? demanda Pedrini, piqué au vif.

— De la guitare.

— L'empereur s'en lassera vite, affirma-t-il en se redressant de toute sa taille. Je suis sûr qu'il n'a dit cela que pour rétablir un certain équilibre avec les jésuites. Je commence à le connaître. Il est très soucieux de maintenir la balance égale entre nous. As-tu remarqué que chaque fois qu'un nouvel Européen arrive à la Cour, il lui donne un interprète du camp opposé, si je puis dire ? Pour nous, ce fut Parennin, un jésuite et pas n'importe lequel. Pour ce Morave de la Compagnie de Jésus, ce fut toi.

— Je n'y avais pas prêté attention. Pourquoi agit-il ainsi ?

— Pour être certain que chaque mot prononcé devant lui par

un missionnaire sera répété chez les jésuites et vice versa. Je suis sûr que les prochains prêtres envoyés par la Propagande se verront ainsi désigner des jésuites comme interprètes. Suprême habileté d'un monarque qui s'arrange pour que chaque camp ne puisse ignorer ce que l'autre fait et ce que lui, l'empereur, fait pour eux. Quant au reste, je suis sûr que Kangxi me conserve son amitié.

— Comment peux-tu en être sûr ? Cela fait deux mois que tu n'as pas mis les pieds à la Cour.

— Il ne m'aurait jamais confié, sinon, aux mains de Wang Tao.

— Justement. Ton long séjour chez lui a suscité autant d'interrogations que de rumeurs.

— Lesquelles ?

— Des jésuites font courir le bruit que tu ne serais pas insensible à certains aspects de la philosophie taoïste dont Wang Tao est un adepte connu. J'avoue n'avoir pu prendre ta défense sur ce point, car je n'y connais rien du tout.

— Ils sont bien confucéens, eux ! Pure médisance de leur part.

— Cette accusation n'est rien, comparée à l'autre.

— Parle ! fit Teodorico, alarmé.

— Elle me semble tellement effrayante qu'elle est, sans aucun doute, dénuée du moindre fondement.

— De quoi m'accuse-t-on encore ?

— Tchao Tchang prétend que la fille de Wang t'aurait soigné avec tant de prévenance que tu en aurais profité pour la séduire. Elle ne pourrait, depuis, te refuser ses faveurs. C'est évidemment impossible, n'est-ce pas ?

— Évidemment. Que vas-tu imaginer ? Je n'ai, sur ce point comme sur l'autre, rien à me reprocher. Sans doute Tchao Tchang souhaite-t-il faire d'une pierre deux coups : en salissant l'honneur de sa fille et le mien, c'est sans doute Wang Tao qu'il veut atteindre pour ruiner la confiance que Kangxi lui porte.

Comment Ripa aurait-il pu soupçonner que, depuis son retour, Pedrini ne pensait qu'à Yao Niang et cherchait désespérément un prétexte pour la revoir ?

Les nouvelles de la guerre contre Tseweng Rabtan, roi des Dzoungars, étaient alarmantes. La Tartarie et, avec elle, tout l'empire étaient menacés par ce lointain descendant de Tamerlan. Kangxi ne décolérait pas. À la tête de ses hordes, Tseweng s'était emparé de terres tributaires de l'empire et avait atteint la Grande Muraille, mais sans réussir à la franchir. À l'ouest, il avait dévasté les hauts plateaux tibétains placés sous la protection impériale et poussé l'arrogance jusqu'à entrer dans Lhassa en 1717, pillant le Potala, le palais du dalaï lama, de fond en comble. Plus de deux cent mille Chinois avaient déjà trouvé la mort à cause de lui. Kangxi avait réagi en lançant toute une armée à sa poursuite. Après des mois de marches forcées, de manœuvres et de batailles indécises, on finit par le prendre au piège. Cerné de toutes parts, Tseweng Rabtan tenta le tout pour le tout.

Avec une audace incroyable, il se rua à l'assaut des lignes chinoises pourtant dix fois supérieures en nombre. Sans succès. L'armée sino-mandchoue, capable des mouvements les plus complexes pour épuiser l'ennemi, le repoussa. À chaque charge, l'infanterie chinoise, disposée en profondeur, s'écartait devant lui, rang après rang. Les cavaliers dzoungars n'attaquaient ainsi que du vent et se retrouvaient, épuisés, face à un rideau compact de lanciers qui n'avaient plus qu'à enfoncer cette masse à bout de forces. Tseweng réussit à s'échapper. Des dépêches victorieuses informèrent Kangxi de sa prochaine capture. Les mandarins félicitaient déjà l'empereur quand un second messager arriva du front. Le triomphe tournait au désastre : par un incroyable retournement de situation, les armées impériales venaient de subir une défaite mémorable. Loin de s'avouer vaincu, le Dzoungar avait usé d'un stratagème diabolique pour reprendre l'avantage. Il fit installer des mannequins de paille sur trois mille chevaux et recouvrir leurs sabots de feutre. La nuit venue, il s'approcha silencieusement de l'immense camp adverse, puis mit le feu aux trois mille mannequins. Les chevaux, affolés par les flammes, galopèrent droit devant eux en poussant des hennissements déchirants et embrasèrent tout sur leur passage. Rabtan profita de l'effet de surprise pour s'introduire dans le camp avec ses dernières troupes et se livra à un carnage impitoyable. Au petit matin, la moitié de l'armée chinoise nageait dans le sang et le Dzoungar s'était volatilisé. Fou de rage, l'empereur passait, depuis, ses journées enfermé avec ses généraux mandchous à dresser des plans de campagne pour en finir une fois pour toutes.

Dans cette atmosphère guerrière, chacun convint que Pedrini faisait l'objet d'une faveur exceptionnelle lorsque Kangxi accepta de recevoir en personne le nouvel orgue qu'il avait fabriqué pour lui. Il ne s'agissait pas, cette fois, d'un automate destiné à le divertir, mais d'un grand positif capable de jouer les œuvres des plus grands maîtres italiens. Il était si imposant que Pedrini dut l'installer dans la grande salle qui servait d'atelier de peinture à Ripa, Castiglione et leurs élèves. Avec ses cent soixante-huit tuyaux, dont les plus hauts mesuraient huit pieds, il était incontestablement le plus beau qui eut jamais été fabriqué en Chine. Ses quatre jeux — un principal de huit, un prestant et une trompette de quatre, et une flûte de deux — auraient parfaitement convenu aux églises de Pékin.

Devant l'empereur et sa suite, Pedrini joua la petite passacaille qu'il avait spécialement composée pour l'occasion. La richesse sonore de l'instrument anima un moment cette grande salle un peu froide où s'alignaient tableaux et rouleaux de soie peints. Quand il eut fini, Kangxi lui fit les plus grands compliments puis repartit vers ses obligations martiales, suivi par Tchin Fou et quelques respectables eunuques du palais. Tchao Tchang, Suarez, Morao et Slaviczeck se retirèrent, eux aussi, mais sans prononcer une parole. Pedrini resta seul avec Ripa.

— C'est la jalousie qui les rend muets, on dirait ! s'exclama-t-il. Il était temps. Leur manœuvre a échoué : je ne suis pas mort et Slaviczeck est bien incapable d'en faire autant !

— Ne chante pas trop tôt victoire, Teodorico. Il suffit de les regarder pour se douter qu'ils n'ont pas renoncé à t'évincer. Reste sur tes gardes.

Pedrini ne l'écoutait plus. Dévoré d'impatience, il ne pensait qu'à Yao Niang et se demandait comment elle interpréterait la visite qu'il projetait de lui faire dans la soirée.

L'intendant de Wang Tao s'empressa de le faire entrer en mêlant à ses courbettes des paroles de bienvenue. Pedrini espérait et redoutait tout à la fois que le père de Yao Niang fût sur place pour le recevoir. Mais la jeune fille entra seule dans le salon de thé où il attendait. Elle était resplendissante dans sa robe à fleurs de soie rouge dont les plis tombaient jusqu'à ses pieds. Son cœur se mit à battre plus fort.

— Je suis venu prendre de vos nouvelles, dit-il en se levant précipitamment.

À la lueur qui traversa son regard, il vit qu'elle n'était pas dupe de ce prétexte.

— Je vais bien, monsieur Te Li-Ko, répondit-elle de sa voix chantante. Mon père également. Voulez-vous boire votre thé dans le salon de musique ?

Ils se retrouvèrent, comme deux vieux amis, dans cette pièce où il l'avait vue pour la première fois. Elle parla du poème qu'elle était en train de composer en l'honneur du printemps mais il l'écouta à peine. Il contemplait avec ravissement la ligne de son cou, le mouvement de ses lèvres, le battement de ses paupières. Agenouillée à ses pieds, elle avait sagement posé ses mains sur ses cuisses rondes.

— D'où vient le prénom que vous portez ? demanda-t-il, dévoré par l'envie de porter ces doigts si fins à ses lèvres.

Surprise par ce changement de sujet, elle marqua une hésitation.

— Mon père me l'a donné en souvenir d'une concubine de Li Yu, le dernier empereur Tang. C'était une danseuse d'une grande beauté. Tao Zongyi prétendait que, lorsqu'elle dansait, on aurait juré qu'elle allait rejoindre les nuages. Yao Niang avait un secret. Ses pieds étaient bandés de façon si serrée qu'ils étaient aussi effilés qu'un croissant de lune. Cela parut le comble de la beauté. C'est pour l'imiter que les nobles Chinois se sont mis à bander les pieds de leurs filles.

Teodorico avait entendu parler de cet usage. Dès leur plus jeune âge, on comprimait les pieds des petites filles de l'aristocratie en repliant les orteils sous la plante pour qu'ils deviennent le plus petit et le plus pointu possible. Toute leur vie, elles subissaient cette torture quotidienne qui les empêchait de marcher normalement et les obligeait à marcher bras écartés pour ne pas tomber.

— Comment se fait-il que vous n'ayez pas les pieds bandés, vous ?

— Les Mandchous rejettent cette pratique barbare. *Wan Suiye* Kangxi l'a interdite au début de son règne. Mais je crois qu'elle continue. Les Chinois y sont très attachés et une femme ne peut pas trouver de mari si elle n'a pas les pieds bandés.

— Pourquoi, alors, votre père vous a-t-il appelé Yao Niang ?

— Pour montrer aux mandarins chinois qu'une fille n'avait pas à subir de telles mutilations.

— Mais vous ne trouverez pas de mari ?

— Ne vous inquiétez pas de cela, répondit-elle sèchement. Je suis mandchoue, donc libre !

Il n'eut pas le temps de se poser des questions. La chose survint sans qu'il sache comment. Il la regarda soudain plus intensément, à moins que ce ne fût elle, et fut pris de vertige. Son cœur se mit à battre plus vite, une vague chaude le submergea et, quand il ouvrit la bouche pour lui dire qu'il l'aimait, elle lui posa un doigt sur la bouche. Puis, elle rapprocha son visage du sien et baisa ses lèvres en fermant les yeux. La sensualité de sa bouche, son parfum qui l'enveloppa tout entier étaient irrésistibles. Après une ultime hésitation, il referma les bras sur elle et l'embrassa avec passion, dénouant sa chevelure pour y noyer ses mains. Il bascula sur le sol et l'entraîna sur son corps massif.

Dans le silence du salon de musique, Yao Niang se mit à gémir en serrant ses jambes autour de lui. Les doigts de Teodorico se glissèrent sous sa robe pour chercher sa peau. Elle était extraordinairement soyeuse et sa bouche affolée, trop longtemps sevrée, ne pouvait quitter ses petits seins aux pointes dures, ses mains exigeantes caressaient ses fesses rondes et fermes. Son désir fut si violent qu'il la pénétra d'un coup. Cambrée au-dessus de lui, elle murmura des mots qu'il ne comprit pas mais qui décuplèrent son plaisir. Rien n'aurait pu calmer la tempête qui se leva en lui et qui l'emporta, sans remords, dans la plus totale volupté.

Pedrini refusa de se sentir coupable. Au contraire, il se trouva plus que jamais en accord avec lui-même. Ce qu'il venait de vivre n'était pas un péché. Il y vit un accomplissement qui donnait à sa foi une substance qu'aucune théologie, aucun dogme ne pouvaient égaler.

4

— Quel âge avez-vous maintenant, Te Li-Ko ? questionna Kangxi.

C'était par cette question rituelle que l'empereur manifestait généralement l'intérêt qu'il portait à ses proches. Pedrini avait reçu l'ordre de se présenter chez l'empereur, dans le Qian Qing Gong, le Palais de la Pureté Céleste où Kangxi résidait depuis son retour dans la Cité Interdite. Après quelques heures passées clandestinement avec Yao Niang, il avait galopé à bride abattue pour franchir la distance qui séparait Chang Chung Yuan de Pékin.

— Quarante-huit ans, Majesté, répondit-il en sentant le regard aigu de Kangxi l'observer avec attention.

— C'est un âge intéressant. Je vois à la couleur de votre peau que vous êtes à nouveau en bonne santé et je m'en réjouis. Mes clavecins ont besoin d'être accordés et vous êtes le seul à le faire convenablement. Dès demain, vous reviendrez donc faire votre travail ici.

L'empereur lui posa ensuite quelques questions aimables sur les œuvres qu'il lui avait commandées, puis congédia ses eunuques.

— Venez avec moi, Te Li-Ko. Vous allez m'accompagner dans ma promenade.

Teodorico suivit l'empereur jusqu'aux chaises à porteurs qui les attendaient dehors. Précédés par un impressionnant cortège de danseurs, de musiciens, de gardes impériaux à pied et à cheval, ils sortirent de la Cité Interdite par Wu Men, la Porte du sud, traversèrent Tiananmen, la Porte de la Paix Céleste, puis empruntèrent la grande avenue de l'est. Une lieue plus tard, ils s'arrêtèrent en bas d'une des tours des remparts et mirent pied à terre. Un peu surpris, Teodorico suivit Kangxi dans l'escalier qui menait au sommet. Ils étaient seuls, à l'exception d'un garde armé qui précédait l'empereur et d'un autre qui fermait la marche. Parvenu sur la terrasse, il découvrit qu'ils se trouvaient sur l'Observatoire impérial qu'il n'avait jamais eu la possibilité de visiter. Sphères armillaires, sextants, sphères terrestres et théodolites écliptiques occupaient toute la plate-forme. La plupart de ces instruments étaient en bronze ouvragé et s'ornaient de têtes de dragons ou de lions. Deux grandes lunettes à monture equinoxiale étaient fixées sur le sol. Kangxi se promena parmi ces instruments astronomiques, l'air rêveur, faisant bouger un cercle azimutal qui grinça légèrement ou s'essayant à régler un sextant. Il s'arrêta devant une lourde sphère céleste qui indiquait la position des constellations et la contempla en la faisant lentement tourner sur son axe. Elle grinçait, elle aussi.

— L'empire se trouve juste en dessous, dit-il en posant le doigt sur l'étoile polaire. C'est un vieil et noble empire dont les fondements sont immuables, Te Li-Ko. Ne l'oubliez jamais. Quand j'étais encore un tout jeune homme, je venais souvent ici avec Ferdinand Verbiest. La plupart des instruments que vous voyez ont été fabriqués sur ses instructions. Il était mon ami. C'est lui qui m'a appris le mouvement des astres et des planètes, qui m'a montré comment reconnaître les étoiles et calculer leur position. C'est aussi grâce à lui que l'empire a pu se remettre en accord avec la grande horloge de l'univers. À sa mort, je lui ai rendu hommage en lui offrant des funérailles dignes d'un prince impérial. Vous savez qu'il était jésuite, n'est-ce pas, Te Li-Ko ?

— Oui, Majesté, et j'ai le plus grand respect pour lui comme pour tous les astronomes qui travaillent à la Cour.

— Ils me rendent d'inestimables services. Je n'ai d'ailleurs pas hésité à confier la présidence du Tribunal d'astronomie à un jésuite. Les mandarins chinois y étaient formellement opposés, bien qu'ils eussent apporté la preuve de leur incompétence. Je n'ai pas craint d'affronter le scandale pour leur imposer mes vues. Je savais qu'elles étaient justes. Nous venions souvent ici la nuit, Verbiest et moi. Il m'entraînait, je vous l'ai dit, à trouver la position des planètes. Une fois, je lui ai posé une question sur *Shangdi*, tandis que nous contemplions le ciel d'hiver constellé d'étoiles. Il m'a répondu que, pour les chrétiens, le Ciel était la première demeure de Dieu. Je lui ai répondu que, pour nous, le Ciel était Dieu. Car il ne pouvait être autre chose que la substance qu'il avait créée et dont nous sommes tous faits. Verbiest a prétendu que Dieu était supérieur au Ciel puisque celui-ci n'était qu'une de ses Créations. J'ai pensé alors que, vous autres, gens du Grand Occident, vous étiez à la fois naïfs et compliqués.

— Votre Majesté permettra-t-elle à son serviteur de lui demander pourquoi ?

— Parce que vous concevez votre Dieu à la façon d'un être extérieur à sa propre création. Comme, par ailleurs, vous estimez que l'homme est supérieur aux autres créatures, cela vous conduit à le séparer du reste de sa création, c'est-à-dire l'univers. Vous posez, par conséquent, l'être humain entre Dieu et l'univers. Autrement dit nulle part. Vous avez tort. Nous, nous savons bien que l'homme est indissociable de l'univers, qu'il n'est pas en dehors de la nature comme vous le croyez, mais qu'il lui appartient et que, par conséquent, il n'échappe à rien de ce qui la régit. La terre tourne autour du soleil ? Donc les hommes tournent aussi autour du soleil. Cela signifie quelque chose pour vous, Te Li-Ko ?

— Oui, Majesté.

— Quoi donc ?

— Puisque nous tournons, tout en ayant le sentiment de l'immobilité, nous ne sommes jamais là où nous pensons être. Rien n'est constant et encore moins éternel puisque, quand nous nous croyons là, immobiles, sur tel point de la terre lancée autour du soleil, nous sommes en réalité déjà ailleurs dans l'univers. Aucune position ne peut donc être considérée comme définitive et, par conséquent, aucune opinion, même la plus solidement établie, ne peut résister à notre passage à travers l'espace.

— C'est une doctrine intéressante, Te Li-Ko. Mais vous osez l'exprimer uniquement parce que vous ne risquez pas d'être entendu par votre pape. Moi-même, je me garderais bien, même au sommet de cette tour, de prétendre que la doctrine de Kung Fu Tse n'est pas éternelle ! ajouta-t-il en riant. Votre raisonnement a pour résultat que la doctrine chrétienne, telle qu'elle est aujourd'hui, est appelée à changer un jour ou l'autre. Je me trompe ?

— Oui, Majesté, car elle est fondée sur l'amour et dépasse donc toutes les contingences, même astronomiques.

— L'amour, Te Li-Ko... Rien n'est plus exaltant pour le cœur de l'homme, mais rien n'est également plus funeste. La passion nous fait commettre des fautes de goût et des erreurs de jugement.

— Il nous aide également à trouver l'unité profonde de l'univers.

Kangxi le regarda, étonné. Il caressa les longs poils blancs de sa barbichette.

— Aimez-vous, Te Li-Ko, questionna-t-il, pour avoir accès à une telle vérité ?

La nuit était tombée et un des gardes avait allumé une torchère au sommet de la tour. Tout autour, Pékin se piquait de milliers de petits points brillants. La rumeur de la ville montait juqu'à eux et ils pouvaient discerner les cris des derniers marchands de patates douces, de volailles ou de charbon, l'appel des gardiens annonçant qu'ils fermaient les portes de la ville, la course d'un cavalier venu des lointaines frontières pour délivrer son message au palais. Dans la lueur dansante, Teodorico soutint le regard de l'empereur sans ciller.

— Oui, Majesté, murmura-t-il enfin. J'aime et je ne souhaite pas le cacher plus longtemps à Votre Majesté.

— Il s'agit de la fille de Wang Tao, n'est-ce pas ?

Pedrini était atterré. Comment l'empereur pouvait-il déjà savoir ?

— Oui, avoua-t-il. Et je ne sais plus que faire. Je ne suis plus digne d'exercer mon sacerdoce ni de servir Votre Majesté, puisque j'ai trahi à la fois mes vœux et sa confiance.

— Sachez une fois pour toutes que ce n'est pas à vous de

juger de ces choses-là. Votre sacerdoce ne regarde que vous. Je ne crois pas que le fait d'aimer une femme vous empêche d'aimer vos semblables ou vous dispense de continuer votre travail auprès de moi et des princes. En revanche, il vous impose de prendre le sort de cette jeune fille sous votre responsabilité. C'est un devoir. Il exige également la plus grande prudence afin de ne pas dresser davantage contre vous ceux qui ne vous veulent pas du bien. C'est la raison pour laquelle j'ai décidé de vous allouer la maison d'un ancien fonctionnaire de la Cour telle qu'elle figure dans ce décret, dit-il en tirant de sa tunique de soie jaune un tube de bambou dans lequel était serré un rouleau de papier. Elle est située dans la ville chinoise et nul ne connaît son existence, à part moi et le père de Yao Niang. Vous devrez y loger votre concubine, prendre soin d'elle comme elle le mérite et ne vous y rendre qu'avec la plus extrême discrétion.

Teodorico était trop stupéfait pour répondre. Il se prosterna pour prendre le décret que l'empereur lui tendait et balbutia des formules de remerciement qui ne devaient rien au protocole.

— Relevez-vous, Te Li-Ko. Et sachez que ce geste n'est pas guidé uniquement par l'amitié que je vous porte. Je le fais avant tout pour vous mettre à l'abri des espions des jésuites et éviter tout scandale.

— Wang Tao est...

— Parfaitement informé de l'amour de sa fille pour vous, oui. Elle lui a tout avoué. Soyez sans crainte. Je crois même qu'il s'en réjouit. C'est un homme de bien. Une dernière chose. Ne faites rien qui puisse provoquer la colère des jésuites contre vous ou qui m'oblige à prendre parti pour eux, même si vous avez raison. Ne m'obligez jamais à choisir entre eux et vous. Et si jamais vous me contraigniez à le faire, les intérêts de l'empire et de la dynastie seraient la pierre de touche de mon jugement. Jamais mes sentiments. Vous avez compris, en voyant tous ces instruments, à quoi me sont utiles, en grande partie, les jésuites ? Entre les nécessités du calendrier et l'agrément d'une jolie musique occidentale, vous imaginez sans peine vers quoi je me porterai.

— Ma mère est morte quand j'étais encore une enfant, raconta Yao Niang, un soir d'hiver dans la quiétude secrète de leur lit clos.

Comme chaque fois qu'il pouvait la rejoindre, Pedrini était sorti de la Cité Interdite par la porte orientale. Arrivé dans la ville chinoise, il avait renvoyé sa chaise à porteurs pour s'engouffrer dans le labyrinthe des ruelles. Après quelques détours destinés à perdre d'éventuels suiveurs, il avait pris la petite rue paisible au nom aussi évocateur qu'énigmatique d'Allée de la Fontaine des Quatre Yeux qui abritait le *siheyuan* attribué par Kangxi.

— Je l'ai peu connue, poursuivit-elle, et je ne conserve, dans mon souvenir, que la lumière de son sourire et le parfum de sa peau.

Aucun bruit ne venait troubler leurs retrouvailles. Cette fois, Pedrini pourrait passer une nuit entière avec Yao Niang et serrer amoureusement contre sa large poitrine son corps délié et gracieux. Un brasero faisait rougeoyer les murs de leur chambre et il se laissait bercer, attendri, par le son de cette voix aux modulations chantantes.

— Mon père me disait souvent pour me consoler qu'elle était belle et que je lui ressemblerais plus tard.

— Elle devait être très belle, alors. Qui t'a élevée quand tu étais petite ?

— La première concubine de mon père. Je ne l'aimais pas beaucoup, mais cela ne comptait pas. Quand j'ai eu dix ans, il a pris en main mon éducation et m'a donné celle qu'il aurait offerte à son fils s'il en avait eu un. Il prenait le temps de passer de longues heures avec moi pour lire le *Wujing*, les Cinq Classiques, et m'aidait à comprendre l'histoire de l'empire. J'avais un maître de calligraphie, un autre pour les poèmes, un qui m'enseignait le tir à l'arc, un autre l'équitation. Il disait que notre peuple était un peuple de cavaliers et que les filles devaient savoir galoper comme les garçons. Il prétendait aussi que, si l'empereur l'avait permis, j'aurais pu me présenter aux examens impériaux et y être admise dans les tout premiers. Je connaissais son regret de n'avoir pas de fils et je tentais d'assumer ce rôle de fille élevée comme un homme pour lui plaire.

C'est lui qui m'a enseigné le Tao. Il me disait que si je devais, un jour, donner la vie, je devais en connaître la vérité profonde.

— Et quelle est-elle ? demanda Pedrini, intrigué.

— La Vie est Une.

— Que veux-tu dire ?

— Tout ce qui vit, tous les êtres sont issus d'un même Être qui s'appelle le Tao. En dépit des apparences, une profonde unité d'origine et de substance relie entre elles toutes les manifestations visibles et invisibles de la Vie. C'est une chose que vous avez des difficultés à comprendre, vous autres hommes d'Occident pour qui tout est dissocié.

— Tout ne l'est-il pas ? Qu'y a-t-il de commun entre les poissons qui nagent dans le bassin de la cour, le saule qui les contemple et le cheval sur lequel tu galopes ?

— Rien si tu ne t'en tiens qu'aux apparences, tout si tu considères qu'ils sont soumis aux mêmes lois et qu'ils sont animés du même *qi*.

— Ni les uns ni les autres ne possèdent d'âme.

— Qu'en sais-tu ?

— Dieu...

— Il n'y a pas de Dieu.

— Viens plus près que je te prouve le contraire, dit-il en basculant sur elle.

Quand il rejoignit la Cité Interdite, à l'aube, Pedrini dut affronter un vent glacé qui lui fit regretter de n'être pas un homme comme les autres. En traversant les bourrasques de neige, il sentit qu'il attrapait froid. Le soir même, il s'alita, fiévreux, toussant à fendre l'âme et croyant que ses poumons allaient se déchirer à chaque crise. Le jour du Nouvel An, terrassé par la fièvre, il fut incapable de se rendre au palais pour faire, comme tous les mandarins et fonctionnaires impériaux, Européens compris, les neuf prosternations obligatoires devant l'empereur.

— Je ne vois pas Te Li-Ko, constata Kangxi avec amertume. Où est-il ?

— Il est très malade, Votre Majesté, répondit Ripa.

Tchao Tchang et Morao échangèrent un coup d'œil intéressé.

— C'est inacceptable ! s'écria l'empereur. Il est toujours malade ! Je l'ai confié à mes meilleurs médecins, j'ai ordonné qu'on lui administre mes propres remèdes et il se prétend encore en mauvaise santé ? C'est de la rébellion. Qu'on aille le chercher ! Et s'il refuse d'obéir, qu'on l'enchaîne et qu'on le ramène jusqu'ici.

— Lève-toi, bandit !

Agrippé par les sbires de Tchao Tchang, Pedrini se retrouva par terre sans comprendre ce qui lui arrivait. Ils lui passèrent une chaîne autour du cou, d'une autre emprisonnèrent ses bras contre son torse et, d'une troisième, entravèrent ses chevilles. Puis ils le firent sortir dans la cour recouverte d'une neige glissante où il tomba plusieurs fois, alourdi par le poids de ses chaînes. Tremblant de fièvre et crachant son sang, il passa entre la double haie de soldats qui s'étirait sur l'immense place et traversa les rangs des fonctionnaires subalternes, puis ceux des mandarins de moindre importance agenouillés sur la terrasse. Les gardes le tirèrent sans ménagement dans la Salle de l'Harmonie Suprême et finirent par le jeter, comme un trophée, au pied de l'estrade à sept marches sur laquelle se dressait le trône d'or de l'empereur. Teodorico sentait tous les yeux fixés sur lui. Il garda la tête baissée, chancelant sous son fardeau de métal, grelottant de tous ses membres. Pour la première fois, cette salle mystérieuse noyée dans les fumées d'encens et peuplée de dragons peints sur les colonnes dorées lui parut menaçante. Malgré ses chaînes, il dut faire le *ko to* en réprimant chaque fois des gémissements de douleur. Puis, sur un ordre de Tchin Fou, il partit rejoindre le dernier rang des Européens. Le silence était total. Il était l'objet d'une désapprobation unanime. Jamais, il ne s'était senti aussi humilié. Kangxi ne lui accorda pas un regard et, plus tard, quand chacun se dirigea vers la place qui lui était réservée pour la banquet offert par l'empereur, Pedrini constata qu'aucune table n'avait été préparée à son intention. Pour la première fois depuis son arrivée à Pékin, il n'était pas invité à partager le repas traditionnel du Nouvel An avec le Fils du Ciel.

— Kangxi se fait vieux, commenta Ripa, le soir même quand ils se retrouvèrent dans leur petite maison de la Cité Interdite. Il est plus que jamais sensible aux fautes de ses mandarins.

— Il savait que j'étais malade ! protesta Teodorico. J'avais fait prévenir la chancellerie que je ne pouvais me déplacer.

— Tu sais bien que seule la mort, et encore, est une excuse pour ne pas venir faire le *ko-to*, un jour comme celui-ci.

— De là à me traiter comme un chien. Enchaîné, moi, et devant toute la Cour ! Jamais je n'ai été aussi maltraité. Pourquoi ruine-t-il des années d'amitié pour une peccadille ?

Teodorico se remit à tousser de plus belle. Même enfoui dans son lit, il grelottait.

— Ce n'est pas une peccadille. C'est un crime de lèse-majesté. Estime-toi heureux de n'avoir pas reçu cinquante coups de bâton ! Kangxi est trop âgé à présent. Il change de plus en plus souvent d'avis et n'écoute que ceux qui prennent le temps de venir le flatter.

— Que veux-tu dire ?

— Contrairement à toi, certains s'arrangent pour être près de lui à tout moment, et déversent dans ses oreilles des sornettes sur leurs concurrents.

— Tu fais allusion aux jésuites et à Tchao Tchang ? Nous avons fait la paix, il y a deux ans.

— C'est ce que tu crois. Ils sont loin d'avoir désarmé et profitent de chaque occasion pour s'affirmer auprès de Kangxi. À ton détriment, naturellement. Tandis que toi, tu crois ta position si acquise que tu ne prends plus le soin de témoigner ta gratitude à l'empereur. Au contraire tu disparais, parfois, tout un jour et tu n'apparais plus à la Cour.

— Je ne fais qu'obéir à l'empereur, se défendit Teodorico. Et je n'ai pas l'intention de m'abaisser, moi, à faire des simagrées comme les jésuites pour gagner une faveur qu'il m'a déjà témoignée depuis longtemps.

— Tu as tort, la faveur est comme l'amour, mon cher : elle s'entretient et doit se gagner chaque jour.

— Que connais-tu à l'amour, toi, mon bon Matteo ?

À constater combien le visage du peintre s'était assombri, il regretta aussitôt d'avoir posé cette question.

— C'est vrai, pas grand-chose, répondit Ripa. Et certainement bien moins que toi, d'après ce qu'on raconte.

— Et que raconte-t-on ?

— Je préfère ne pas en parler.

Un silence gêné s'établit entre les deux hommes. Ripa ramena sagement la conversation sur les jésuites.

— Tu ne devrais pas oublier non plus que Kangxi n'a pas seulement besoin d'eux pour le calendrier. On annonce qu'une ambassade russe va venir cet automne à Pékin pour régler les différends du commerce entre l'empire et la Moscovie. Qui seront les interprètes, d'après toi ? Les jésuites, naturellement.

— Tu vois le mal partout. Tu ignores sans doute que ce sont deux jésuites, Gerbillon et Pereira, qui ont négocié, en août 1689, le traité de Nertchinsk fixant, en chinois, en russe et en latin, la frontière entre l'Empire Céleste de Kangxi et la Russie de Pierre le Grand ?

Cinq cavaliers en costume jaune ouvraient la marche. Derrière eux, on pouvait voir un officier de la garde impériale, épée en main, suivi de trois soldats à pied portant des bannières, d'un joueur de timbale et d'une escouade de vingt-quatre fantassins armés de hallebardes impressionnantes. Ensuite, venaient une douzaine de valets de pied portant des présents divers, puis les trois jésuites qui servaient d'interprètes et, enfin, un géant blond, le prince Ismaïloff, ambassadeur de sa Majesté Pierre le Grand, Czar de toutes les Russies, accompagné d'un mandarin du Tribunal des Affaires extérieures et de sa suite. Les armes brillaient sous le pâle soleil d'hiver et l'ambassadeur, coiffé d'un tricorne noir, avait une allure martiale dans sa tunique de soie blanche à galons d'or et sa culotte de velours vert. Pedrini était au deuxième rang des mandarins qui formaient une haie d'honneur sur la terrasse menant à la Salle de l'Harmonie Suprême où Kangxi attendait l'émissaire russe.

Précédé par le mandarin, Ismaïloff se présenta à l'entrée et dut attendre que les musiciens impériaux achèvent de chanter le *Yuanping zhi chang*, les *Strophes de la Paix originelle*, qui étaient exécutées chaque fois que l'empereur montait sur le trône. À voir son visage crispé, il ne semblait pas apprécier cette musique aux harmonies trop subtiles pour une oreille habituée à des chants plus vigoureux. Sur un signe du maître des cérémonies, il s'avança et se prosterna neuf fois au pied de l'estrade en cachant du mieux qu'il pouvait sa répugnance à faire ainsi acte d'allégeance devant un souverain étranger. Mais l'objet de l'ambassade primait toute considération personnelle. En le regardant faire, Pedrini se rappela le jour où lui-même, neuf ans plus tôt, accomplissait le même rite et fut pris d'une subite nostalgie. Qu'avait-il fait de ces années ? Gagné la confiance de Kangxi et acquis auprès de lui une position aussi enviée que celle qu'occupaient jadis les jésuites Matteo Ricci, Adam Schall ou Verbiest ? Sans doute. Il était le premier missionnaire n'appartenant pas à la Compagnie à être ainsi entré dans les bonnes grâces du Fils du Ciel. Ce n'était pas une mince réussite. Il savait qu'elle était fragile. Le souvenir terrible de l'humiliation que Kangxi lui avait infligée en le faisant traîner, enchaîné, au pied de son trône était encore cuisant. Pour le reste, il avait échoué à tirer profit de son crédit pour opérer la moindre tentative de conversion de l'empereur. Certes, la tâche était surhumaine et il eût fallu toute la grâce de Dieu pour y réussir ; certes, il avait dépensé beaucoup d'énergie à asseoir sa position, à déjouer les manœuvres des jésuites et à contrebalancer leur influence, notamment sur la question des rites. Mais il devait bien constater qu'il avait sacrifié une part de son sacerdoce à son bonheur personnel.

Il regarda sans la voir la cérémonie qui se déroulait sous ses yeux et l'image de Yao Niang s'imposa à lui. Dieu, qu'elle était belle ! Et si Dieu, justement n'avait pas voulu qu'elle soit sa concubine, pourquoi l'aurait-il mise sur son chemin, si ardente, si bonne et si aimante ? Pedrini avait le sentiment aigu de toucher une vérité qui lui était restée jusqu'alors inaccessible.

Et, dût-il être déclaré hérétique, il se demanda si le simple amour humain n'était pas aussi une mystique pour trouver Dieu. Venu pour convertir, il était, lui, en train d'être converti. L'évidence lui sauta soudain aux yeux : usant de méthodes raffinées, les Chinois ne réussissaient-ils pas à fondre lentement dans leur univers religieux ceux qui étaient venus leur proposer le leur ?

— Tu les vois ? demanda Yao Niang en pointant son doigt vers deux étoiles qui brillaient au zénith. Ce sont Niulang et Zhinü, le Bouvier et la Tisserande. Ils s'aiment, mais sont séparés par la Voie lactée. Toute l'année, ils attendent le moment où elle s'écartera pour leur permettre enfin de se réunir. Un peu comme nous... Ce moment est arrivé : c'est le septième jour du septième mois, la grande nuit des amants.

Ils étaient assis tous les deux dans le jardin de la résidence d'été de Wang Tao. L'empereur l'ayant dispensé de le suivre à Jehol, Pedrini avait fui les chaleurs de l'été en trouvant refuge avec sa concubine chez celui qu'il considérait comme son beau-père autant que son ami. Dans la fraîcheur de la nuit, ils auscultèrent le ciel, siège des dieux et des mystères, des calculs sacerdotaux et des légendes millénaires. Blottie contre lui, elle se fit toute petite et caressa de sa main fine sa longue barbe soyeuse. dans un geste qui l'attendrit. La tête levée vers le firmament, il reconnut les trois Belles d'été. Deneb, Véga et Altaïr formaient immuablement le Grand Triangle céleste qui le fascinait depuis l'enfance. Comme un signe de ce qu'était l'éternité.

— Cette nuit-là, les filles demandent à la déesse de leur donner un bon mari et de le leur faire voir en rêve, poursuivit Yao Niang.

— Et toi, que vas-tu demander à la déesse ?

Pour toute réponse, elle s'accrocha à son cou et chercha sa bouche avec une impatience juvénile. Il rit de plaisir quand elle le renversa dans l'herbe encore chaude, au pied du saule pleureur, en dévorant de baisers son visage. Emporté par sa fougue, il la dénuda avec impatience et ne chercha plus qu'à la combler, dans un don sans retour de lui-même.

5

— L'ambassade chrétienne intéresse peu l'empereur, expliqua Wang Tao. Il a, pour le moment, des préoccupations d'une autre ampleur et ne veut pas perdre de temps à écouter vos arguties habituelles. Autant que vous le sachiez, il tiendra un discours ferme à l'envoyé du pape.

Une nouvelle légation, dirigée par le patriarche d'Alexandrie, Ambroise de Mezzabarba, était arrivée à Pékin alors que les troupes mandchoues tentaient, à nouveau, de chasser les Dzoungars du Tibet. On ne pouvait choisir plus mauvais moment.

— Que compte-t-il dire ? demanda Pedrini.

— Kangxi demandera, en substance, au pape de cesser de se mêler de ce qui est bon ou mauvais pour les chrétiens de Chine. S'ils vivent ici, ils doivent se plier à nos usages..

— C'est un changement radical ! Jusqu'à présent, il était plutôt favorable aux arguments du pape et, jamais, il ne m'a laissé entendre...

— L'empereur a changé de politique, Te Li-Ko. Il s'est rapproché des jésuites et je suis venu vous mettre en garde.

— Médite-t-il encore une brimade contre moi ?

— Peut-être. Il veut que vous soyez, Ripa et vous, les interprètes des entretiens qui se dérouleront avec le légat. J'y vois un piège. Soyez prudent.

Dès la première audience du 31 décembre 1720, les choses se présentèrent mal. Kangxi avait décidé de recevoir Ambroise de Mezzabarba dans les fastes de Tai He Dian, la Salle de l'Harmonie Suprême, avec l'impressionnant protocole déployé en pareil cas, et non dans le cadre moins cérémonieux du Palais de la Pureté Céleste, comme Teodorico l'avait espéré. Ce n'était plus seulement l'empereur qui recevait, c'était la Chine millénaire, avec son *decorum* aussi mystérieux qu'inquiétant. D'entrée de jeu, Pedrini vit que le visage de Kangxi restait fermé. L'empereur était comme affaissé sur lui-même et dans son œil, autrefois si vif, il discerna une lueur d'hostilité qu'il n'y avait jamais vue. Après les prosternations et les compliments d'usage, Mezzabarba en vint rapidement à l'objet de son ambassade.

— Sa Sainteté le pape Clément prie Votre Majesté de permettre aux chrétiens de Chine d'observer ce qu'il leur a commandé dans la Bulle *Ex Illa Die* et de renoncer aux rites qui ne sont pas conformes au dogme de notre Religion. Il vous prie également de me laisser assurer les fonctions de Supérieur des Missionnaires résidant à la Cour.

Tout en traduisant, Pedrini vit Kangxi devenir aussi rigide qu'une statue de pierre. C'était un signe de grande contrariété.

— Si vous voulez parler de l'hommage rendu aux ancêtres, répondit-il d'une voix aigre, vous avez tort d'en faire toute une affaire. Quand donc comprendrez-vous que les tablettes qui portent le nom des ancêtres ne sont pas l'objet d'un culte religieux mais celui du respect dû à ceux qui nous ont précédés ? Chacun est d'ailleurs libre de l'observer ou non. C'est une coutume chinoise. Si elle ne vous plaît pas, vous n'avez qu'à partir avec tous vos chrétiens !

Mezzabarba fit appel à tout son sang-froid pour rester calme.

— Le pape ne s'attache qu'à corriger les erreurs des chrétiens et non à réformer les coutumes chinoises, dit-il d'une voix paisible.

Kangxi attendit à peine que Pedrini ait fini de traduire pour répliquer avec hargne :

— Et quand ces chrétiens sont chinois et se conforment naturellement aux coutumes chinoises, que propose-t-il ?

— Peut-être le pape pourrait-il leur suggérer de réserver aux cérémonies profanes l'hommage aux ancêtres et à Kung Fu Tse, comme Votre Majesté le souligne fort opportunément elle-même ?

Kangxi parut réfléchir puis, brusquement, congédia le légat d'un geste. Chacun put voir son irritation. Pressé, apparemment, de se consacrer à des problèmes plus graves, il quitta la salle et disparut dans un grand concert de gong et de tambours. La mauvaise humeur de l'empereur se confirma lors de l'audience suivante. En laissant à peine au légat le temps de présenter le mémoire qu'il avait préparé avec Pedrini pour défendre la position du pape, Kangxi s'emporta brusquement :

— Certains missionnaires de cette cour passent leur temps à inciter Rome à condamner les rites chinois. C'est devenu intolérable !

Le sang de Teodorico se figea. Il se sentit directement visé. Wang Tao avait raison, c'était un retournement complet. Mais il ne s'attendait pas à une attaque aussi brutale contre lui. Il n'était pas difficile d'imaginer qui l'avait inspirée. Voilà donc ce qu'avaient inventé les jésuites pour le discréditer : d'avoir trompé Rome. Il attendit la suite du discours de Kangxi avec une anxiété grandissante. Pointant son doigt vers Mezzabarba, l'empereur poursuivit d'une voix encore plus aiguë :

— Vous ne connaissez rien à la Chine et vous prétendez régir le comportement de ses habitants sous le prétexte que vous les avez convaincus de partager votre foi ? Comment pouvez-vous être si arrogant ? Que dirait votre souverain si moi, Kangxi, je lui envoyais des ambassadeurs pour exiger que son peuple se conforme à nos rites ? Vous êtes comme ceux qui vous ont précédé ici, Maigrot et Tournon, plein de morgue et d'ignorance des usages ! D'autres, ici même, ajouta-t-il en désignant Pedrini, sont également responsables de cette affaire. Ils ont pris un malin plaisir à interpréter de façon incorrecte les hommages rendus aux ancêtres et à Kung Fu Tse à seule fin d'exciter la colère du pape contre ceux qui les pratiquent. Ils l'ont mal informé et ont travesti la réalité à plaisir. En se comportant de la sorte, ils se sont dressés contre l'empire et se sont mêlés de ce qui ne regardait que moi, le Fils du Ciel, et le

Tribunal des Rites. Oui, toi, misérable Te Li-Ko, c'est bien de toi dont je parle ! s'écria-t-il en le fixant dans les yeux. Tu devrais mourir pour avoir agi d'une façon aussi coupable !

Pedrini sentit que le sol s'ouvrait sous ses pieds. Il garda la tête baissée. Comment aurait-il pu se défendre d'une accusation aussi absurde ? Pourquoi Kangxi, qui l'avait comblé de bienfaits jusqu'à ces derniers mois, le rejetait-il soudain avec une telle cruauté ? Il n'avait aucune réponse, sauf celle d'une duplicité qu'il n'avait jamais soupçonnée.

— Qu'attends-tu pour traduire, Te Li-Ko ? insista l'empereur. Dis bien au légat que tu mérites la mort !

Pedrini obéit d'une voix blanche, en réalisant à peine qu'il prononçait sa propre condamnation.

— Mon Dieu ! murmura Ambroise de Mezzabarba. Vous êtes perdu !

Le légat se redressa d'un coup.

— Je ne peux douter que Votre Majesté ait toutes les bonnes raisons de vouloir la mort de son humble serviteur, plaida-t-il d'une voix assurée. Mais qu'elle me permette d'implorer un pardon qu'il ne peut quêter pour lui-même. Pour grandes qu'aient été ses fautes, votre blâme et votre courroux seront la plus terrible des punitions. En effet, comme tous les chrétiens, Pedrini ne craint pas la mort puisqu'elle lui permet de rejoindre notre Dieu. En revanche, vous ayant servi fidèlement et ayant œuvré, sous votre magnanime protection et pour votre plus grande gloire, à la bonne entente entre nos deux mondes, très grands seront son malheur et sa punition si vous l'écartez de vos yeux et de votre Grandeur.

Ce discours plein de noblesse eut la chance de plaire à Kangxi. Il examina Pedrini des pieds à la tête, comme s'il hésitait encore, puis le congédia dans un claquement de manche :

— Que ce misérable disparaisse de ma vue ! lança-t-il d'un air furieux.

En rentrant dans la maison de la Cité Interdite qu'il partageait avec Ripa, Pedrini s'interrogea sur le sens de sa nouvelle et brutale disgrâce. Il n'arrivait pas à comprendre pourquoi

Kangxi le traitait plus bas que terre et regretta, soudain, d'être si loin de Yao Niang. D'un commun accord, ils avaient décidé qu'ils ne se verraient pas, aussi longtemps que durerait l'ambassade de Mezzabarba. Ce soir-là, elle lui manqua plus que de coutume, elle qui trouvait toujours les mots pour le réconforter quand il en avait besoin. Au lieu de quoi, il eut droit aux récriminations de Ripa qui ne cessa de dire qu'il l'avait prévenu, qu'il aurait dû se méfier davantage, qu'il ne pouvait s'en prendre qu'à lui-même s'il était tombé aussi bas. Ces jérémiades lui rappelèrent les mises en garde, autrement plus subtiles, de Caproli autrefois : plus le courtisan se rapprochait du soleil, plus sa chute était à craindre.

Pedrini ne fut plus autorisé à assister à aucune des audiences prévues. Condamné à attendre Ripa pour savoir ce qui s'était dit, n'osant rejoindre sa concubine dans la maison de l'Allée de la Fontaine aux Quatre Yeux, incapable de composer la moindre ligne de musique, il se morfondit en cherchant toujours quelle faute il avait bien pu commettre. La seule explication possible était que les jésuites avaient convaincu l'empereur que le pape ne s'opposerait nullement aux pratiques chinoises si Pedrini ne l'y encourageait pas. Le succès qu'ils rencontraient dans leur évangélisation témoignait d'ailleurs du bien-fondé des rites. Dominique Parennin n'avait-il pas converti et baptisé un des personnages les plus en vue de la cour, le prince Sourniama, et toute sa famille ? Fatigué des exigences papales, Kangxi avait choisi son parti, celui qui lui était le plus utile, celui des astronomes, des cartographes, des fondeurs de canons et des interprètes. L'autre, celui du musicien, il le sacrifiait sans état d'âme.

— Signez ce document ! ordonna Tchao Tchang d'une voix mauvaise, en désignant une liasse de feuillets recouverts d'une fine écriture.

— De quoi s'agit-il ? demanda Pédrini.

— C'est le compte rendu de la légation. Il est rédigé en latin et en chinois et relate tous les propos qui ont été échangés entre le légat et Sa Majesté. Puisque vous êtes officiellement l'interprète du légat, vous devez le signer comme je viens de le faire moi-même pour l'empereur.

— Il me faut d'abord le lire.

— Soit, mais faites vite.

Teodorico parcourut le texte avec autant d'attention qu'il le put et découvrit, atterré, que Mezzabarba, cédant sur tous les points, avait quasiment autorisé le culte des ancêtres. C'était en complète contradiction avec ce que le pape lui avait demandé. Pedrini chercha désespérément un prétexte pour ne pas cautionner cette capitulation.

— Je ne peux pas signer un compte rendu d'audiences auxquelles je n'ai pas assisté, dit-il fermement en reposant la liasse de papiers.

— Comment osez-vous refuser ? s'écria Tchao Tchang. C'est un crime contre l'empereur.

— Signe immédiatement ! ordonna Morao en le menaçant.

— Non, s'obstina Pedrini.

Hors de lui, le mandarin se précipita dans une pièce voisine et Teodorico l'entendit se plaindre d'une voix indignée à quelqu'un qui ne pouvait être que l'empereur lui-même. Quelques minutes plus tard, il revint accompagné de gardes. Ils fondirent sur Pedrini, le soulevèrent de sa chaise et l'emportèrent, gesticulant, pour le jeter aux pieds de Kangxi. Il voulut se redresser mais reçut une volée de coups de bâton sur tout le corps. Recroquevillé sur lui-même, il cria de douleur et de colère sans pouvoir échapper à ses bourreaux. Dans un brouillard, il entendit l'empereur lui ordonner de se taire et Tchao Tchang se moquer de son manque de courage. Armé d'un long bâton, le mandarin le frappait avec plus d'ardeur que les autres. Pedrini eut l'impression que tous ses os se rompaient. Il se retint de crier grâce pour ne pas lui donner satisfaction. Un geste de Kangxi arrêta son supplice.

Il chercha à se relever mais un garde le repoussa du pied et lui passa une lourde chaîne autour du cou sans dire un mot. Pedrini découvrit à travers son visage inexpressif celui de tous les bourreaux qui ne songent qu'à faire leur travail. Avaient-ils tous cette haleine fétide et ce masque stupide ? D'autres gardes le ficelèrent aux pieds, aux poignets, aux jambes avec des chaînes plus petites. Il en compta neuf. Jamais il n'avait autant souffert. Pendant qu'on le traînait hors de la pièce, il leva vers Kangxi des yeux pleins d'interrogation, mais celui-ci ne lui accorda pas le moindre regard.

Si alourdi par ses chaînes que les gardes devaient le soutenir pour l'empêcher de tomber, Pedrini dut marcher dans une galerie sombre qu'il ne connaissait pas, serrant les lèvres afin de ne pas crier de douleur à chaque pas. On le poussa dans une salle où Tchin Fou trônait sur une estrade derrière une table. En tombant à genoux, il reconnut Morao et Cardoso.

— Te Li-Ko, votre désobéissance est sans limite, commença Tchin Fou de sa voix posée. Votre conduite est inqualifiable et l'empereur est encore bien trop bienveillant avec vous. Vous méritez les pires châtiments pour avoir un comportement aussi séditieux.

Pedrini voulut plaider sa cause, mais Morao lui coupa la parole :

— Vous n'avez que trop mérité cette punition, Pedrini, cria-t-il d'une voix aiguë de vieillard courroucé. Si j'avais été le maître, il y a longtemps que je vous aurais tranché la tête !

Cardoso applaudit vigoureusement cette déclaration haineuse. Teodorico se demanda comment des chrétiens pouvaient se réjouir à ce point de l'infortune d'un des leurs ? Comment pouvaient-ils se prêter à cette parodie de procès ? Les usages de la Chine leur faisaient-ils donc perdre tout esprit de charité ? Tching Fou les fit taire d'un claquement de main.

— Voici le *chy* impérial qui vous concerne, Te Li-Ko, dit-il avec une moue méprisantre. L'empereur a ordonné que vous le lisiez devant tous ceux qui sont rassemblés ici, puis que vous le traduisiez vous-même en latin afin qu'il soit montré au pape. Il comprendra enfin quel personnage néfaste vous êtes et avec quelle duplicité vous avez agi. Lisez !

Malgré ses entraves, Pedrini parvint à saisir le rouleau. Il reconnut l'écriture de l'empereur et son sceau, en haut à droite. Il se redressa autant que ses chaînes le lui permirent et commença sa lecture. Sa voix haute et claire résonna comme un défi :

— « Moi, Kangxi, j'affirme que Te Li-Ko est un coquin

sorti de la plus basse lie du peuple. En refusant de signer le journal de la légation, il a gravement violé les lois de la Chine. Il existe peu d'hommes aussi pervers que lui à Pékin. Sa conduite fait douter des écrits qu'il a expédiés à Rome car il a l'habitude d'y répandre des nuages qui empêchent le pape de discerner le vrai du faux. J'ai pardonné jadis à Maigrot et à Tournon, mais aujourd'hui, je suis contraint de punir Pedrini. La foi chrétienne ne peut pas se tolérer dans l'empire. Il est juste d'en interdire l'exercice, de s'épargner par ce moyen les embarras qu'elle provoque et de finir les disputes. »

On apporta devant lui une table basse et il dut, toujours à genoux, écrire la traduction latine de ce qu'il venait de lire. Plus que sa propre condamnation, c'était celle du christianisme qu'il annonçait au pape. Son échec était total. Tout n'avait été qu'illusion. Quand il eut fini d'écrire, on le tira dehors, à nouveau, et il se retrouva, cette fois, sur une des places de la Cité Interdite. La neige recouvrait le sol et rendait périlleux le moindre pas. Le froid accentua ses douleurs et il ne put réprimer ses tremblements. Où ses gardiens le menaient-ils ? Il n'en savait rien. Se pouvait-il que Kangxi ait ordonné de le faire exécuter ainsi, à la sauvette, entre chien et loup, avant de jeter son corps dans un mauvais fossé ? Sa connaissance des mœurs du pays où tout, même la mort, était réglé par un cérémonial compliqué, le fit douter d'une solution aussi radicale et il eut soudain plus peur encore. Et si le châtiment qu'il lui réservait était pire que la mort ?

Il n'eut pas le temps de se poser la question. Un poste militaire, des visages patibulaires éclairés par des torchères, des cris gutturaux lancés en mandchou entre ceux qui tenaient ses chaînes et les soldats, des éclats de rire, une lourde porte qui donnait sur un couloir mal éclairé où des odeurs d'excréments humains dominaient, des cris, encore une porte qu'on ouvrait devant lui. Et puis cette poussée dans le dos, son front qui cogna contre le chambranle de la porte trop basse, ces coups de pied qui le jetèrent à terre dans le fracas des chaînes sur le sol glacé de la cellule, la douleur, le froid, le noir.

6

Était-ce le milieu de la nuit ou déjà l'aube ? Recroquevillé dans un coin de sa cellule, Pedrini grelottait de froid et de douleur. Prisonnier de ses chaînes, il souffrait le martyre. Il entendit des jurons, des cris. Des prisonniers se disputaient dans la cellule voisine. Il appela, frappa contre sa porte mais une voix lui ordonna de se taire et le traita de rat immonde. Lui, Teodorico Pedrini, protonotaire apostolique, musicien de l'empereur et mandarin du deuxième degré... Un rat immonde. La porte s'ouvrit violemment. Un garde l'apostropha :

— Réveille-toi ! As-tu de quoi acheter ta nourriture ?

— Oui, quelques pièces, répondit-il d'une voix pâteuse.

— Alors tu en auras pour quelques pièces. L'empereur a la bonté de t'offrir le toit, il ne va pas, en plus, te nourrir ! s'esclaffa le Chinois.

Pedrini mangea enfin. Mais le gardien refusa de lui ôter ses chaînes. Il n'avait pas assez d'argent. Curieux usage qui voulait que les punitions les plus dégradantes puissent être levées à condition d'y mettre le prix. En l'occurrence, l'empereur l'avait fixé à vingt taëls d'argent. Après tout, n'était-ce pas la même chose en Europe ? songea-t-il pour se consoler. Lorsque le prisonnier possédait l'argent nécessaire, un séjour dans une geôle n'était rien qu'une simple privation de mouvements. Pour le reste, dîners et femmes, la vie continuait dans des conditions simplement moins confortables. Le soir, la porte s'ouvrit et Wang Tao entra dans sa cellule. Pedrini ne put se lever pour l'accueillir.

— Ah, mon ami ! Vous venez me sauver !

— Pas encore, Te Li-Ko, répondit le mandarin, l'air sincèrement peiné. Pourquoi avoir tenu tête à l'empereur comme vous l'avez fait ? Je vous avais pourtant prévenu. Je ne vous imaginais pas aussi obstiné. C'est inutile face à une volonté supérieure, vous devriez le savoir.

— Je ne lui ai pas tenu tête ! C'est l'empereur qui me traite ainsi sans que je sache pourquoi.

— Comment pouvez-vous être aussi naïf ? Vous savez bien que l'empereur a besoin des jésuites. Ils ne l'ignorent pas et en jouent avec habileté. Vos disputes l'irritent et il refuse que le pape se mêle de ce qui se passe dans son empire. Il a décidé de réagir en vous disgraciant brusquement, vous, son favori. C'est un signe parfaitement clair qu'il vient d'adresser à Rome.

Pedrini soupira. Au jeu du pouvoir, il était vaincu.

— Combien de temps vais-je rester ici ? questionna-t-il, anxieux.

— Je ne le sais pas. L'empereur peut décider de vous en sortir dès demain comme de vous y laisser jusqu'à la fin de vos jours.

— Ce serait une terrible injustice ! s'écria Pedrini. Je n'ai rien fait qui mérite une telle punition.

— Qui vous parle de justice ? Croyez-vous que les affaires de l'empire s'accommodent de justice ? Moi seul puis comprendre pourquoi vous avez refusé de signer ces documents. Votre honnêteté vous fait honneur, mais elle est maladroite. Vous êtes coupable d'avoir provoqué votre propre disgrâce. Ne vous désespérez point, dit-il en posant une main rassurante sur l'épaule de Pedrini. Je connais l'empereur. Il a voulu vous donner un avertissement. Les monarques sont ainsi. Ils aiment rappeler à leurs courtisans d'où ceux-ci tirent leur faveur. Mais Kangxi n'est ni cruel ni ingrat. Il sait ce qu'il vous doit. Sans doute adoucira-t-il votre peine d'ici peu, lorsque sa colère sera retombée. En attendant, armez-vous de courage.

— Je suis plus solide que vous l'imaginez, fit Pedrini en reprenant espoir. Mais il n'y a de pire torture que l'incertitude.

Je ne la supporterai pas très longtemps, sachez-le. Et je supporterai encore moins de rester éloigné de votre fille.

— Je le sais. Afin d'adoucir votre sort, j'ai payé pour qu'on vous ôte vos chaînes.

— Comment vous remercier ? demanda Pedrini, éperdu de reconnaissance.

— En restant en vie, mon ami. Pour vous comme pour ma fille. Yao Niang est ce que j'ai de plus cher au monde et c'est vous qu'elle a choisi. Vous êtes responsable de son bonheur. Elle vous adresse ses tendres pensées et vous attend avec impatience. Elle m'a également donné ceci pour vous, ajouta-t-il en lui donnant un tube de bambou laqué de rouge. Quant à moi, qu'il me soit permis de vous offrir ce petit livre. Gardez-le précieusement, il vous sera utile pour comprendre votre malheur passager.

Pedrini prit l'opuscule. Il s'agissait du *Tao Te King* de Lao Tse dont ils avaient si souvent parlé ensemble. Deux gardes entrèrent, en témoignant de grandes marques de respect à Wang Tao mais, plus surprenant aussi, à Pedrini. Avec empressement, ils le délivrèrent de ses chaînes et il put enfin bouger librement ses bras et ses jambes. Après le départ du mandarin, il tira du tube de bambou un mince rouleau de papier. Yao Niang l'avait imprégné de son parfum et une délicate odeur de jasmin se répandit dans la cellule. Sur le papier, un poème calligraphié de sa main disait sa peine, sa solitude et son impatience de le retrouver. Il s'endormit en le lisant pour la dixième fois.

Pedrini mit à profit son inactivité forcée pour écrire à sa sœur, à Spinucci, à Jean Bonnet, Supérieur des lazaristes à Paris, et au cardinal Domenico Riviera. Faire le récit de ses tribulations lui apporta un certain réconfort et lui fit passer le temps. Dix jours plus tard, un mandarin du Tribunal des étrangers vint solennellement l'informer que l'empereur avait jeté un œil sur la misérable créature qu'il était et décidé d'alléger sa punition : il restait condamné à la prison, car l'empereur ne voulait plus le voir à la Cité Interdite ni à Chang Chung Yuan, mais ses conditions de détention seraient plus dignes du mandarin de deuxième rang qu'il était. Teodorico fut soudain plein d'espoir. Enfin, il allait sortir de ce trou à rats ! Mais quand le mandarin lui annonça que Kangxi, dans sa grande mansuétude, le consignait dans la résidence des jésuites français, au Pé-Tang, il crut que le ciel s'effondrait sur sa tête.

— Nous ne faisons qu'obéir aux ordres de Kangxi, dit Bouvet avec un geste d'impuissance.

— Je doute qu'il vous ait commandé de me jeter dans ce cul de basse-fosse ! protesta Pedrini.

Il montrait la petite pièce dans laquelle le jésuite prétendait l'installer. Un jour sale y pénétrait par une minuscule fenêtre garni de papier de riz.

— C'est la seule pièce qui soit encore libre, j'en suis désolé.

Teodorico savait qu'il mentait. La maison des Français était suffisamment vaste pour qu'ils le consignent dans des conditions convenables sans alourdir sa peine comme ils semblaient prendre plaisir à le faire.

— Dieu vous pardonnera difficilement d'avoir traité ainsi un de vos frères, s'emporta-t-il.

Le jésuite ne parut pas impressionné et éclata de rire.

— Dieu sait surtout à quoi s'en tenir sur votre compte, Pedrini !

Teodorico prit soudain peur. Le jésuite faisait-il allusion à sa double vie avec Yao Niang ? Il préféra ne pas insister.

— Laissez-moi seul, je ne veux plus vous voir, dit-il en le chassant de la main.

Dehors, deux gardes chinois se tenaient en faction dans le couloir.

— Ils seront là nuit et jour, prévint Bouvet avant de fermer la porte. Inutile, par conséquent, de tenter quoi que ce soit.

— Allez au diable ! dit Pedrini qui entendit Bouvet rire encore dans le couloir.

Il observa le réduit dans lequel il allait devoir vivre. Pour combien de temps ? Il n'en avait aucune idée. Le sol était en terre battue. Les murs et le toit en torchis laissaient passer l'air glacé du dehors. Un châlit recouvert d'un matelas de paille et de crin, une vieille couverture matelassée qui sentait l'humidité. Sur le mur opposé, une table où étaient posés un broc d'eau, un gobelet de métal et une lampe à huile. Un crucifix accroché au mur, un prie-dieu. C'était tout.

— Ai-je mérité cela ? interrogea-t-il en regardant le Christ.

Il n'espérait aucune réponse. En décidant de le confier aux jésuites, Kangxi faisait preuve du plus pur machiavélisme. Quant au profit qu'ils escomptaient, eux, en le traitant aussi bassement, c'était une autre affaire. S'ils cherchaient à l'anéantir, à lui tirer des aveux ou un quelconque repentir, s'ils voulaient le faire renoncer à sa mission auprès de l'empereur, ils en seraient pour leur frais.

Du maigre bagage qu'il avait pu emporter — les jésuites étant censés assurer tout son nécessaire, ce qui se révéla rapidement faux —, il tira sa Bible, son cher Tacite, le *Tao Te King* que lui avait donné Wang Tao et de quoi écrire. Il cacha dans la poche de sa robe son viatique le plus important, le poème de Yao Niang. Puis il ouvrit les *Annales* au hasard et tomba sur le Livre XIII : « Rien en ce monde des mortels, n'est aussi instable et fuyant que le renom d'une puissance qui ne s'appuie par sur sa propre force », avait écrit Tacite. Tout le jour, il médita cette phrase qui sonnait, rétrospectivement, comme un avertissement.

Teodorico se réchauffait comme il pouvait avec le petit brasero que lui avait accordé Bouvet. Ordre de Kangxi, avait prétendu le jésuite, tout contact avec le monde extérieur lui était interdit et il n'avait pas le droit de recevoir la moindre visite. Il n'en croyait pas un mot. Emmitouflé dans sa couverture, il passa ses journées à lire, à méditer et à rêver de Yao Niang qui lui manquait plus que la liberté. Jamais, il ne s'était senti aussi abandonné. Les seuls visages qu'il apercevait étaient ceux des gardes qui dormaient à tour de rôle devant sa porte et du valet chinois qui lui apportait ses repas. Ils étaient aussi maigres que frugaux, à croire que les jésuites, non contents de le priver de mouvements, profitaient de l'occasion pour le soumettre à pénitence. Son dénuement, sa solitude et le secret qu'on lui imposait, l'impossibilité de distraire l'interminable défilé des heures eurent pourtant sur Pedrini l'effet inverse de celui que Bouvet escomptait. Le Mandarin blanc s'obstina à ne donner aucun signe de faiblesse. Il regrettait seulement que Parennin ne vienne pas lui rendre visite comme il aurait pu le faire.

Pour supporter sa réclusion autant qu'en hâter la délivrance, il invoquait, dans le plus grand désordre, la Vierge Marie, Yao Niang et le Christ dont l'humanité, dans sa propre situation, lui parut plus évidente que le caractère divin. C'était au Fils de l'Homme plus qu'à celui de Dieu, à celui qui avait souffert d'un jugement inique que ses prières s'adressaient. Le *Tao Te King* acheva de lui apporter la paix et la tranquillité de l'âme. Entre quatre murs, la perception devenait-elle plus vive, l'intelligence plus aiguë ? Le texte de Lao Tse, *a priori* obscur, lui apparut étrangement lumineux. Écrit mille deux cents ans plus tôt, il commençait par cette phrase énigmatique : « Une voie qu'on énonce n'est pas la Voie, Un nom qu'on prononce n'est pas le Nom. Sans nom fit apparaître Ciel et Terre, Nommé est Mère des Dix mille êtres. » Souvent, Yao Niang avait commenté des passages de ce livre métaphysique, philosophique et politique qu'elle lui lisait avec parcimonie. En le parcourant, il comprit cette précaution : être placé face à une pensée aussi pénétrante que celle de Sénèque ou de Thomas d'Aquin, mais exprimée de manière si radicalement différente n'était pas une expérience anodine. Sa condition faisait de Pedrini un des rares Européens à pouvoir, à présent, la subir sans dommages. Être sans agir, être sans lutter, ignorer le désir et rejeter tout savoir étaient des notions apparemment étranges qui lui devinrent familières. La privation de liberté, le peu dont il dut se satisfaire leur donnèrent une réalité insoupçonnée.

« Plier pour rester intègre, ployer pour rester droit, se vider pour une plénitude, se flétrir pour un renouveau, avec moins on trouve, avec trop on se perd. Les Saints eux embrassaient l'Un pour être la règle du monde. Ne se donnant pas à voir, ils illuminaient, ne se faisant pas valoir, ils resplendissaient, n'agitant pas leur succès, ils avaient leur mérite, ne vantant pas leurs exploits, ils régnaient longuement. Voilà que ne disputant rien à personne, personne non plus ne leur disputait rien... » disait le livre.

Cette page et bien d'autres étaient-elles compatibles avec tout ce qu'on lui avait enseigné ? Elles apportèrent toutefois à Teodorico bien plus que la consolation : une explication là où il n'y avait rien à comprendre. Elles lui rappelèrent la sagesse qu'il avait trouvée chez les Stoïciens ou, dans une autre mesure, au détour des Évangiles. Pour approcher Dieu et supporter leur existence, les hommes avaient trouvé les mêmes chemins, où qu'ils fussent nés : le renoncement, l'union avec l'Esprit, le silence, l'humilité.

Qui pouvait, dès lors, prétendre détenir la forme ultime de la vérité ?

7

Kangxi finit par ordonner que Pedrini soit libéré. Le prince Yinzhen le réclamait pour le séjour d'été de la cour à Jéhol et se portait garant de lui. Cette soudaine bienveillance scandalisa ses geôliers, dépités de devoir abandonner leur proie.

— Ne vous réjouissez pas trop vite, prévint Bouvet d'une voix mauvaise. Vous ne vous en tirerez pas aussi facilement. L'empereur vous renverra ici dès son retour à Pékin !

— Vous êtes l'homme le plus méprisable que j'aie jamais rencontré, Bouvet, dit Teodorico d'une voix glaciale. Il fut un temps où je vous aurais volontiers administré la correction que vous méritez, mais j'ai compris que cela ne servirait à rien. Vous êtes irrécupérable et, tout compte fait, je préfère vous laisser seul avec votre conscience.

Il tourna les talons et monta dans la chaise à porteurs que le prince lui avait dépêchée. Sans avoir pu, à son grand désespoir, rendre visite à Yao Niang, Teodorico retrouva, très affaibli, la résidence d'été des empereurs mandchous avec le plaisir de celui qui n'a eu pour tout horizon, pendant des mois, que quatre murs aveugles. Il avait toujours aimé Jehol mais, cette fois, la douceur du climat, la splendeur des paysages, le confort des pavillons, le doux bruissement des eaux lui parurent plus paradisiaques que jamais. C'était en réalité à Wang Tao qu'il devait sa libération. Le père de Yao Niang avait eu l'idée de souffler à Yinzhen l'idée de réclamer sa présence en Tartarie. N'y serait-il pas plus utile que chez les jésuites qui n'avaient nul besoin d'un musicien de plus ? avait-il plaidé. Kangxi s'était laissé fléchir mais à condition que le lazariste n'apparaisse pas à la Cour, qu'il n'adresse la parole à aucun des Européens invités à Jehol et reste confiné dans la résidence du prince ou ses environs immédiats. Rien ne pouvait convenir davantage à Teodorico.

Pedrini reprit rapidement des forces. Les repas que les cuisines du prince confectionnaient pour lui étaient étonnamment copieux et il devina que Wang Tao, dans l'ombre, veillait sur sa santé. Il comprit pourquoi lorsque, rentrant un soir d'une journée passée à écrire le début d'une nouvelle sonate dans le calme d'un ravissant kiosque au bord de l'Étang des Mille Lotus, il devina la silhouette de sa concubine qui l'attendait dans la pénombre.

— Yao Niang ! s'écria-t-il en se précipitant dans ses bras. Tu m'as tellement manqué !

Elle se coula contre lui et il sentit des larmes couler sur son visage.

— Ne pleure pas. Tout est terminé, maintenant.

— J'ai cru ne jamais te revoir, Te Li-Ko. Mon père a eu pitié de mon désespoir. Il m'a fait venir clandestinement jusqu'à Jehol et m'a introduite ici dans le plus grand secret. Seuls les domestiques que le prince a mis à ton service sont au courant. Ils ont été si grassement payés que nous pouvons être tranquilles.

— Tu veux dire que tu restes avec moi ? demanda Pedrini, incrédule.

— Jusqu'à demain. Je repars avec mon père qui doit aller inspecter les troupes. On parle d'une nouvelle offensive contre les Dzoungars à l'automne.

Il la couvrit de baisers et elle rit de sentir sa longue barbe chatouiller sa peau délicate. Il s'écarta un moment pour mieux la contempler. Elle lui souriait. Les lueurs du couchant teintaient de rose ses joues pâles et faisaient briller ses cheveux noirs artistement noués. Dans sa veste de soie brodée de fleurs et son pantalon de soie unie, elle était irrésistible.

— Viens, dit-il en lui prenant la main pour l'entraîner vers la chambre.

Il l'embrassa avec passion pendant qu'elle faisait silencieusement glisser ses vêtements sur sa peau. Quand elle apparut nue, il fut, une fois de plus, subjugué par sa beauté. Il l'admira longuement, bouleversé par ses formes que rien, lorsqu'elle était vêtue, ne laissait deviner mais qui, dans l'abandon de sa nudité, se révélaient dans toute leur grâce. Ses seins petits et ronds, sa taille si fine qu'il l'entourait de ses grandes mains, la courbe émouvante de ses hanches, celle, ô combien troublante, de son ventre l'enivrèrent.

Sa passion l'emporta au cœur des choses. Dans ses bras, Yao Niang se laissa submerger par cette vague. Le temps s'arrêta et ils entrèrent dans un univers qui n'appartenait qu'à eux. Ce ne fut plus seulement un amour de chair, celui de deux corps mêlés, mais un retour extatique à leur propre unité, souffle et sang réunis. Ils ne firent plus qu'un. Dans un silence venu de la racine même de l'univers, leur fusion fut complète. Le sentiment éblouissant qu'il accédait au divin balaya les dernières présences terrestres de Pedrini et l'emplit d'une force sans nom. Une lumière éclatante l'aveugla soudain et il retomba dans la sphère du présent avec un grand cri. Près de lui, pâle comme la mort, Yao Niang avait un visage transparent où les étoiles se reflétaient encore.

— Pourquoi ne demandes-tu pas à l'empereur de venir avec moi ? demanda Ripa.

— Il n'acceptera jamais !

Le peintre avait beaucoup changé. Amaigri, il avait retrouvé son humeur joviale des débuts. Autorisé à fonder à Gubeikou, à vingt-cinq lieues de Pékin, une école destinée à former des prêtres chinois, il ne fréquentait plus la cour et apparemment s'en portait mieux. Giuseppe Castiglione occupait désormais la place de peintre de l'empereur comme il l'avait pressenti.

— Loin d'ici, crois-moi, on respire, dit-il. En province, les jésuites ne peuvent rien contre moi et mon sacerdoce prend enfin tout son sens. Tu devrais m'imiter.

— Convertir les Chinois me paraît toujours un mirage.

— La Cour en est un autrement plus dangereux ! Tu viens d'en faire l'expérience. Tu as passé ton temps à déjouer les manœuvres des jésuites et à intriguer pour obtenir ce que le pape t'avait demandé. N'en as-tu pas assez ?

— Peut-être. Mais c'est d'abord parce que je suis musicien que je suis ici, ne l'oublie pas. Je n'irai donc pas m'enterrer dans une ville de province. Qui écouterait ma musique ? Je ne te cache pas que je conçois autrement, désormais, mon sacerdoce. Pendant ces mois passés au Pé-Tang, j'ai compris bien des choses. Notamment que la conversion des Chinois était un prétexte de plus à la lutte de pouvoir opposant des clans romains. La question des rites leur a fourni, à l'autre bout du monde, un motif de querelle supplémentaire. Pour finir, à quoi a-t-on abouti ? À voir un lazariste emprisonné chez les jésuites ! Peut-on imaginer situation plus absurde ? Non. Arrivé à cinquante ans, j'aspire à autre chose.

— À quoi songes-tu ?

Pedrini ne pouvait pas lui avouer qu'il pensait à épouser Yao Niang et à partir à la découverte de la Chine avec elle.

— À me retirer, peut-être, pour écrire ma musique.

Les coups frappés à la porte ébranlèrent toute la maison.

— Ouvrez, Pedrini !

Le jour venait de se lever et Teodorico dormait encore après le long voyage qui l'avait ramené de Jehol à Pékin. Il reconnut la voix de Bouvet et entendit son domestique protester en chinois, une bousculade, des cris. La porte de sa chambre s'ouvrit à toute volée et Bouvet entra, suivi par ses Chinois.

— Que venez-vous faire ici ? s'écria Teodorico. Sortez immédiatement !

— Debout ! ordonna le jésuite sans se donner la peine de répondre. C'est vous qui allez sortir. Suivez-moi.

Teodorico se leva d'un bond et l'attrapa par le bras.

— Qu'est-ce que c'est que cette plaisanterie ? De quel droit vous permettez-vous ?

— Du droit de l'empereur ! cria Bouvet d'une voix mauvaise en se dégageant. Il ne veut plus vous voir, ni à la Cité Interdite ni à Chang Chung Yuan, et nous a chargés de vous garder. Définitivement, cette fois !

— Vous mentez ! Montrez-moi le décret signé de sa main.

— Il se trouve au Pé-Tang.

— Je ne vous crois pas, fit Pedrini en voulant le prendre à la gorge.

Bouvet recula vivement

— Emparez-vous de lui, ordonna-t-il à ses sbires.

Pedrini reconnut Ly, un géant brutal au visage dur qui faisait office de garçon d'écurie. Il eut beau se débattre, donner des poings, des pieds et même des dents, il finit par se retrouver à moitié assommé, chevilles entravées et poignets liés, une corde autour de la poitrine, une autre serrée autour du cou. Il hurla, appela au secours, mais personne ne vint. Ly le tira violemment par les cheveux et il ne put faire autrement que de le suivre. En sortant, il aperçut son eunuque, étendu par terre, inconscient.

— Vous l'avez tué ! cria-t-il. Vous en rendrez compte devant Dieu, Bouvet.

— Calmez-vous ! Cet imbécile prétendait m'empêcher d'entrer. Il a bien fallu le convaincre. Il sera réveillé dans quelques minutes.

— Vous êtes immonde.

— Vous êtes bien le seul de cet avis, répliqua le jésuite, d'une voix moqueuse.

Une heure plus tard, Pedrini franchit à nouveau les murs du Pe-Tang et retrouva les quatre murs miteux de ce que Bouvet appelait ironiquement sa chambre. Elle était dans l'état où il l'avait laissée. Quand il s'assit sur le bat-flanc en serrant la vieille couverture crasseuse autour de lui, il poussa un cri de rage. Cette fois, Bouvet ne lui laissait plus aucun droit, ni celui d'écrire ni celui de recevoir la moindre visite. Le seul livre qu'il était autorisé à lire était une Bible qu'un valet chinois déposa sur la table avec un pichet d'eau, un bol de riz froid et un bouillon insipide.

8

Le désespoir de Teodorico ne connut plus de limites. Il hurla sa colère et frappa à s'en faire saigner les poings contre la porte, sans aucun résultat. Personne ne viendrait le délivrer. Tout simplement parce que personne ne savait où il se trouvait. Yao Niang s'étonnerait sans doute de n'avoir aucune nouvelle de lui, mais comme ils restaient parfois des semaines sans pouvoir se parler, elle ne s'inquiéterait pas avant longtemps. Wang Tao, lui, guerroyait aux confins de l'empire. Quant à Ripa, il était retourné dans son école. Son seul espoir était Yinzhen qui s'étonnerait peut-être de ne plus le voir et exigerait alors de savoir où il se trouvait.

La question qui le hantait jour et nuit depuis qu'il était revenu en prison trouva sa réponse, un matin à l'aube : et si Kangxi ne l'avait honoré pendant des années, au vu et su de tous, que pour mieux le sacrifier le moment venu, tout aussi publiquement ? L'hypothèse était si troublante que sa première réaction fut de la rejeter. Pouvait-il avoir été le jouet de l'empereur et avoir reçu ses compliments moins pour ses mérites que par calcul ? Plus les jours passaient, cependant, plus elle lui parut plausible. Bientôt, elle fut la seule explication logique qu'il trouva à son emprisonnement. Toute sa vie s'effondra d'un coup : si les bontés de Kangxi n'avaient été que feintes, ce qu'il avait pris pour de l'estime n'était que du mépris et son talent ne comptait donc pour rien. Même l'amitié de Wang Tao devint suspecte. Durant la terrible nuit d'insomnie qui suivit, pelotonné dans sa couverture, pour échapper au froid qui pénétrait dans sa cellule, l'amour de Yao Niang lui sembla même comme le fruit d'un calcul destiné à le perdre.

Il en vint ainsi à douter, non plus de Dieu et des hommes, mais de lui-même. Tout était faux ? Tout devait donc être avoué. Sa double vie, ses doutes, son attirance pour une philosophie païenne. Au matin, il réclama un confesseur.

Les jésuites le lui refusèrent.

La vie de Pedrini finit par être celle d'un ermite devenant fou un peu plus chaque jour. Il en arriva à se demander si Yao Niang n'avait pas été un rêve. Sa déchéance lui sembla encore plus insupportable. Privé de musique et de lecture, il se réfugia dans la méditation et la prière. À Noël, les jésuites ne le laissèrent pas assister à la messe et il vécut cette nuit, abîmé dans une méditation solitaire où seules les ressources de sa foi lui évitèrent de sombrer tout à fait dans la folie. Plus tard, il perçut les échos lointains des fêtes du Nouvel An chinois et les grands froids firent bientôt place aux souffles plus tièdes du printemps.

Avril s'achevait quand on lui annonça que, par faveur spéciale, il allait recevoir une visite. C'était Wang Tao. Le jésuite qui l'introduisit dans la cellule de Pedrini voulut rester pour assister à l'entretien mais le mandarin le chassa d'un geste méprisant.

— Mon ami, ma joie de vous revoir est aussi grande que ma tristesse de vous trouver dans cet état, dit Wang Tao.

— Je désespérais d'entendre à nouveau le son de votre voix, répondit Pedrini.

— Tout cela est très regrettable. Je suis allé plaider votre cause auprès de l'empereur. Il était prêt à vous libérer définitivement mais les jésuites l'ont convaincu d'y renoncer.

— Il tient donc à eux à ce point ?

— Moins qu'ils ne le prétendent, mais plus que je ne le souhaiterais. Je ne sais quand il vous libérera. Pour le moment, je ne peux rien tenter. Kangxi est vieux et ils ont pris une grande influence sur lui, ces derniers temps, en ce qui concerne les affaires avec les Européens. Quand je lui décrirai les conditions dans lesquelles vous êtes prisonnier, peut-être consentira-t-il à vous sortir de là. Mais je ne peux pas le garantir. Il ne me croira peut-être pas. Une fois de plus, armez-vous de courage, mon ami.

— Je n'ai plus que cela, pour tenir. Dites-moi vite comment se porte Yao Niang.

— C'est pour elle que j'ai obtenu de pouvoir vous rencontrer.

— Que se passe-t-il ? interrogea Pedrini, soudain inquiet. Est-elle malade ?

— Rassurez-vous, elle se porte bien.

— Alors quel est ce mystère ?

— Il y a quelques jours, Yao Niang a mis au monde un garçon dont vous êtes le père, Te Li-Ko, répondit Wang Tao à mi-voix pour éviter que le jésuite posté derrière la porte puisse entendre.

Teodorico sentit qu'il se vidait de tout son sang. Il se laissa tomber sur son lit.

— Un enfant ? Je ne peux pas y croire, murmura-t-il.

Sa surprise amusa Wang Tao.

— Auriez-vous oublié que cela arrive généralement quand un homme et une femme mêlent leur *yin* et leur *yang* ? chuchota-t-il. Je vous félicite pour cette naissance, Te Li-Ko. Il est bon qu'un homme ait une descendance et ce garçon montre que vous avez la faveur du Ciel.

Pedrini était abasourdi, à la fois rempli de bonheur et écrasé par l'angoisse.

— Comment pourra-t-elle l'élever si je ne sors pas d'ici ? Quel prénom lui a-t-elle donné ?

— Elle lui a donné un prénom chinois, Zhong, et un autre italien, Fabrizio.

— Fabrizio, répéta-t-il, rêveur. Est-il... beau ?

— Il est magnifique. Solide comme vous et gracieux comme sa mère.

— Et elle, toute seule, comment a-t-elle... ?

— Ne vous inquiétez pas. Sa vieille gouvernante a pris les choses en main et est revenue s'installer chez moi pour plus de sûreté.

— Mon ami, je vous en conjure, faites tout pour me sortir de cette prison !

— Je ferai tout ce qui est en mon pouvoir, Te Li-Ko, mais vous savez que nous avons des ennemis puissants. Soyez patient, les choses finiront par s'arranger, je vous le promets.

— Je ne peux vraiment rien pour vous, dit Parennin, l'air sincèrement désolé.

Pedrini le croyait. De tous les jésuites de Pékin, il était le seul envers qui il avait une certaine confiance. Il était heureux qu'il soit enfin venu lui rendre visite. Dans sa petite cellule, l'air était irrespirable. C'était le plein été. Teodorico n'était plus que l'ombre de lui-même après ces mois de détention et ces nuits d'insomnie.

— Comment avons-nous pu en arriver là ? s'interrogea Pedrini.

Parennin s'assit à côté de lui sur sa paillasse.

— À cause de notre orgueil et de votre ignorance, dit-il. La Chine est trop grande pour nous. Elle est surtout trop ancienne pour accepter nos doctrines. Nous, les jésuites, avons fait le choix de nous adapter à elle pour mieux la gagner. Il n'existait aucun autre moyen. Rome n'a pas compris qu'il fallait en passer par là pour qu'elle tolère notre présence. Le pape a préféré nous combattre sur des questions de forme au lieu de nous aider.

Il poussa un soupir et resta silencieux quelques instants.

— Au fond, quelle importance cela a-t-il que nous rendions un hommage aux ancêtres et à Kung Fu Tse, si cela nous permet de professer notre foi sans être inquiétés ? poursuivit-il. Qu'est-ce qui est le plus important, la pureté de la doctrine ou la conversion de la Chine ?

— Les deux sont conciliables, dit Pedrini.

— Vous savez bien que non ! Seuls les dogmatiques peuvent croire que les rites chinois sont une hérésie.

— Ils menacent l'unité de l'Église, reconnaissez-le.

Parennin le regarda droit dans les yeux.

— Et alors ? fit-il. Ce ne serait pas la première fois. Pourquoi ne pourrait-il pas y avoir une Église de Chine, avec ses propres rites, ses cardinaux, son autonomie ?

— Et son pape ?

— Pourquoi pas ? La Chine le mérite.

— Si je comprends bien, je paye par avance la naissance d'un schisme ! ironisa Pedrini.

— Non. Vous payez votre fidélité à Rome.

— La Compagnie ne m'a pas épargné depuis mon arrivée à Macao.

— Vous aviez trop de talent et le talent est toujours dangereux. Vous êtes devenu un obstacle. Mais de quoi vous plaignez-vous après tout ? Souffrir pour l'Église n'est rien. Souffrir par l'Église, voilà le véritable témoignage, Pedrini.

— Je ne partage pas votre mystique du sacrifice, Parennin. Rappelez-vous que le bouc émissaire est toujours un innocent. Je reste persuadé que nous aurions pu nous entendre.

— Je ne le crois pas.

— Pourquoi ?

— Nous sommes devenus chinois. Pas vous, dit le jésuite en se levant pour partir.

— Qu'en savez-vous ? cria Pedrini à travers la porte qui se refermait.

9

« Laissez-moi passer ! Et ouvrez cette porte immédiatement ! »

Était-ce la voix de Matteo Ripa ou bien était-il victime d'une hallucination ? La seconde d'après, les verrous furent ouverts et le missionnaire, rouge de colère, pénétra dans sa cellule.

— Est-ce toi, vraiment ? demanda Pedrini qui s'était levé, incrédule.

— Il n'y a aucun doute là-dessus, Teodorico ! Prépare-toi vite. Tu repars avec moi.

— Comment as-tu réussi ?

— Je te raconterai plus tard. Sortons d'ici, je ne tiens pas à m'attarder.

Pedrini ne mit que quelques minutes à rassembler ses affaires. Il suivit Ripa dans le couloir au moment où le père Bouvet faisait irruption, suivi par Ly et un second valet.

— Que se passe-t-il ? De quel droit êtes-vous entré, monsieur Ripa ? Et que fait Pedrini hors de sa cellule ?

— Le nouvel empereur a ordonné de le libérer, répliqua le peintre. Écartez-vous, nous ne resterons pas une minute de plus au Pé-Tang.

— C'est impossible ! Vous mentez !

— Voici l'ordre écrit, fit Ripa en lui montrant le décret portant le sceau impérial.

Bouvet le lut, son visage se décomposa mais il ne bougea pas d'un pouce.

— Allons, Bouvet, ne nous retardez pas davantage Vous avez fait assez de mal comme cela.

À contrecœur, le jésuite fit un pas en arrière.

— Adieu, Bouvet, dit Pedrini. Dieu vous pardonnera peut-être pour ce que vous avez fait. Mais pas moi. Je n'oublierai jamais.

Ils le plantèrent là, traversèrent les bâtiments aussi vite qu'ils le purent et se retrouvèrent dehors. Pedrini cligna les yeux, ébloui par la claire lumière de ce matin de février. Ils prirent place dans un chariot tiré par deux buffles et, seulement alors, Ripa expliqua à Teodorico ce qui s'était passé.

— Kangxi est mort, il y a deux mois. Ses funérailles ont été grandioses. Il ne manquait que toi ! Yinzhen est monté sur le trône. Le bruit court que c'est un usurpateur et que Kangxi avait, en réalité, désigné son quatorzième fils pour lui succéder. Mais j'ignore ce qu'il y a de vrai dans ces rumeurs.

— Épargne-moi les détails et raconte-moi plutôt comment tu as fait pour obtenir ma libération.

— C'est très simple. À peine installé sur le Trône du Dragon, il a pris son nom de règne, Yongzheng, et a décrété une amnistie universelle pour tous les prisonniers de l'empire. Quatre cents hommes ont été libérés. Je pensais que tu faisais naturellement partie du nombre et j'ai attendu ton retour. En vain. J'ai pensé alors que tu avais peut-être été oublié ou, plus probablement, que les jésuites s'étaient bien gardés d'exécuter le décret impérial. Au début du mois, j'ai demandé audience à l'empereur pour lui expliquer ton cas. Pour la première fois, aucun jésuite n'assistait à l'entretien, pas plus que Tchao Tchang. J'y ai vu un signe encourageant. Quand je lui ai dit que tu n'avais pas été libéré, il s'est mis en colère contre les jésuites qui lui avaient désobéi et a aussitôt écrit le papier que j'ai montré tout à l'heure à Bouvet. Le temps de le faire enregistrer par le bureau impérial et me voilà, conclut-il avec une nuance de fierté dans la voix.

— Je te dois plus que la liberté, Matteo, je te dois la vie. J'étais en train de mourir dans ce trou à rat.

Ripa observa Pedrini des pieds la tête. Ce n'était plus le Mandarin blanc, superbe et sûr de lui, mais un pauvre bougre, harassé par deux ans de mauvais traitements. Teodorico faisait peine à voir. Sa grande carcasse s'était voûtée, sa barbe, mal entretenue, mangeait son visage creusé par les privations, ses yeux, cernés de noir, n'étaient plus que des lumières assombries. Il semblait flotter dans sa robe de soie sale et ses doigts décharnés tremblaient légèrement.

— Tu es bien mal en point, mon pauvre. Tu devrais demander une audience à Yongzheng dans cet état afin qu'il juge par lui-même du résultat de ta détention chez les jésuites.

— Je verrai cela plus tard. Dis-moi plutôt si tu as vu Wang Tao.

— Non, mais je sais qu'il se trouve à la Cour. Pourquoi ?

— À part toi, c'est mon seul ami.

Pedrini écarta les rideaux qui les protégeaient du froid et reconnut la grande avenue qui menait à la Cité Interdite. Ils traversaient un marché où des milliers de Pékinois se pressaient. Il respira à pleins poumons les odeurs appétissantes qui montaient des éventaires et des cuisines de plein air. Il ne put résister à l'envie des *jiaozi*.

— Arrêtons-nous un instant, proposa-t-il. Je suis affamé.

Il en dégusta une dizaine, les yeux fermés.

— Dieu que c'était bon ! s'écria-t-il quand ils furent remontés. Ce n'était vraiment pas chrétien de m'en priver pendant si longtemps !

— Tu en trouveras d'autres à la maison. J'ai fait préparer un repas pour fêter ton retour.

Ils franchirent Xi Hua Men, la porte de l'ouest, et se retrouvèrent à l'intérieur de la Cité.

— J'ai bien cru que je ne la reverrais jamais, soupira Pedrini en regardant tout autour de lui, heureux de revoir les hauts murs couleur rouge, les palais aux tuiles jaunes, les génies bienfaisants aux coins des toits et, au loin, la sphère d'or de la Salle de l'Harmonie Parfaite.

— Les jésuites t'ont-ils appris, au moins, que Clément XI avait été rappelé à Dieu, en 1721 ? Non ? Cela ne m'étonne pas. Le nouveau pape se nomme Innocent XIII.

Pedrini franchit le petit portail de bois et la clochette de bronze tinta comme autrefois. Il contourna le petit mur à auvent qui protégeait la maison des mauvais esprits, fit les quelques pas qui le séparaient de l'entrée. La maison de la Fontaine aux Quatre Yeux n'avait pas changé.

— Est-ce toi ? s'écria Yao Niang qui venait d'apparaître sur le seuil.

Elle se jeta dans ses bras et il put enfin la serrer contre lui. Il réalisa combien son corps léger lui avait manqué.

— Viens vite le voir !

Le cœur battant, il la suivit. Il attendait ce moment depuis si longtemps. Avec des yeux pleins de fierté, elle lui tendit son fils et c'est avec mille précautions, en pleurant d'émerveillement, qu'il le prit dans ses bras. Fabrizio se mit à pleurer en voyant ce géant barbu s'emparer de lui. Instinctivement, Teodorico le berça en lui parlant tout doucement. L'enfant se calma, lui fit un sourire et commença à zézayer. Bouleversé de sentir contre lui ce petit être fragile qui cherchait sa chaleur en se nichant contre son cou, Teodorico se mit à pleurer et à rire en même temps. Il le tint à bout de bras pour mieux le contempler et le bébé se mit à rire de plaisir.

— Fabrizio, c'est moi, ton père ! Dieu que tu es beau !

Dans son visage potelé, Pedrini reconnut le sourire lumineux de sa mère, ses yeux délicatement bridés et, plus troublant encore, ses propres traits, la forme du nez, celle du front et des arcades sourcilières. Il rendit doucement l'enfant à Yao Niang et, sans dire un mot, disparut dans les profondeurs de la maison. Quelques minutes plus tard, il revint, une étole violette autour du cou, avec un bassin de cuivre à moitié empli d'eau, un flacon d'huile de sésame, une pincée de sel et un linge immaculé. Il bénit l'huile et l'eau puis dit :

— Je voudrais le baptiser...

Elle accepta d'un hochement de tête. Jamais Teodorico n'aurait imaginé qu'un jour, il aurait à baptiser son propre fils. Il souffla trois fois sur le visage de Fabrizio pour en chasser l'esprit impur et laisser la place à l'Esprit Saint Paraclet, puis traça le signe de la croix avec son pouce sur le front et la poitrine de son fils tout en prononçant la prière rituelle, posa la main sur sa tête en priant Dieu de lui ouvrir la porte et déposa enfin un grain de sel dans la bouche de Fabrizio qui fit une grimace.

— Reçois le sel de la sagesse, mon fils. Qu'il te purifie pour la vie éternelle. Amen.

Il procéda ensuite aux rites de l'exorcisme en le signant de la croix et en lui imposant les mains, puis traça à nouveau de son doigt huilé le signe de la croix sur sa poitrine et ses épaules. Alors, il échangea son étole violette contre une autre de couleur blanche et fit couler trois fois l'eau baptismale sur la tête de l'enfant. :

— *Ego te baptiso in nomine Patris et Filii et Spiritus Sancti,* dit-il d'une voix pleine de ferveur. *Ite in pacem, filio meo.*

Il déposa le linge blanc sur la poitrine de Fabrizio qui, sans protester, avait observé son père d'un œil curieux pendant toute la cérémonie, et alluma la chandelle qu'il avait apportée.

— C'est un beau rite, murmura Yao Niang, profondément émue.

La gorge nouée par l'émotion, Teodorico essuya doucement les larmes qui perlaient de ses yeux et lui sourit avec chaleur. Il se pencha et, dans une même étreinte, il baisa tendrement les yeux de sa concubine et ceux de son fils qui se mit à rire aussitôt.

— Est-ce ma barbe ou le Saint-Esprit qui te rend aussi joyeux ? s'écria-t-il en chatouillant Fabrizio dans le cou.

Plus tard, il admira Yao Niang allaiter son enfant et pensa qu'il avait devant lui non seulement l'image du bonheur, mais aussi la réponse à toutes ses questions : la vie avait toujours raison ; il n'y avait ni Bien ni Mal, simplement la manifestation de la vie. Et la vie était Dieu. Tout le reste découlait de cette évidence. Quand le bébé fut endormi, il prit Yao Niang dans ses bras.

— Tu nous as fait une merveille, dit-il en la contemplant avec amour. Mon bonheur ne peut pas être plus complet.

— Tu étais fait pour le bonheur et tu ne le savais pas ? fit-elle en se blottissant contre lui.

— Je devais te rencontrer, Yao Niang. À présent, les

choses sont claires. Ces deux années loin de toi m'ont ouvert les yeux. Dès que possible, j'irai voir le nouvel empereur pour lui demander de me libérer de ma charge. Je veux me consacrer entièrement à toi et à Fabrizio.

— Tu es d'abord un homme de religion, Teodorico. N'abandonne pas ton sacerdoce pour nous.

— J'y pense parfois. L'idée m'en a effleuré en prison. Ce n'est pas la première fois, dit-il en se souvenant de Maria del Carmen, à Mexico. Les épreuves que je viens de traverser m'ont rapproché de ceux qui souffrent. Ce n'est pas seulement toi et Fabrizio que je veux aimer, c'est tous les hommes, quels qu'ils soient. Si je parviens à convaincre Yongzheng de me rendre ma liberté, je pourrai me consacrer à eux. Mon salut est dans l'amour. Je ne chercherai pas nécessairement à les convertir.

— Fais ce que tu dois faire, Te Li-Ko mais ne nous abandonne plus jamais, murmura-t-elle.

— Je connais maintenant le prix de la liberté, répondit-il. Jamais plus, je ne laisserai quelqu'un m'en priver.

— Où allons-nous ? demanda-t-il à l'eunuque qui le guidait à travers une partie de la Cité Interdite qu'il ne connaissait pas.

— Au Yang Xin Dian, le Palais de la Nourriture de l'Esprit, répondit l'eunuque. C'est là que Sa Majesté vit et reçoit quand elle demeure à Pékin.

Ils pénétrèrent dans une vaste cour dont il n'avait jamais soupçonné l'existence. Elle abritait plusieurs bâtiments imposants à l'architecture austère, moins ornementés que ceux qu'il avait l'habitude de fréquenter. Teodorico avait obtenu une audience avec Yongzheng. Il avait hâte de voir son ancien élève devenu le nouveau Fils du Ciel. Ils entrèrent dans une salle où Yongzheng était assis sur son trône. La première chose qu'il remarqua fut l'absence des jésuites et de Tchao Tchang. C'était nouveau. Le vieil eunuque Tchin Fou n'était pas là, lui non plus. En revanche, des mandarins qui, naguère, arboraient sur leur robe une caille ou une pie bleue, signes des degrés inférieurs, occupaient à présent le premier rang et portaient une grue ou un faisan doré, symbole des premier et deuxième degrés des fonctionnaires civils. Apparemment, l'empereur avait récompensé ses fidèles. Il fit le *ko to* rituel, puis resta à genoux, tête baissée en signe d'humilité en attendant que l'empereur lui adresse la parole.

— J'ai plaisir à vous voir, Te Li-Ko. Quel âge avez-vous ?

— Cinquante-deux ans, Majesté, répondit Teodorico.

— Votre visage est celui d'un homme plus âgé. Ce n'est pas convenable. J'en connais les raisons et je les déplore. Mon père avait une grande estime pour vous, Te Li-Ko, et je sais qu'il vous aurait libéré bien plus tôt si certains Européens de son entourage ne l'avaient pas trompé sur votre compte. Justice vous sera rendue sur ce point.

— Je ne demande rien, Majesté, si ce n'est de vous servir comme j'ai servi votre père, répondit Teodorico.

Il observa le visage de Yongzheng qu'il n'avait pas revu depuis son séjour à Jehol. Il s'était amolli et ses yeux s'étaient comme rétrécis. Pedrini n'y décela plus cette flamme qui le rendait autrefois si intéressant. L'empereur souriait légèrement mais seulement du bas du visage. Qu'y avait-il derrière ce regard devenu inexpressif ? se demanda Pedrini, vaguement mal à l'aise en se rappelant fugitivement les moments passés avec Yongzheng quand il n'était encore qu'un prince.

— Je vous dispense de perdre votre temps avec tous ces instruments dont raffolait mon père, commença l'empereur. Pour ma part, je les apprécie plus modérément et leur préfère décidément les nôtres. Vous n'aurez qu'à vérifier, régulièrement, le bon fonctionnement des clavecins les plus remarquables. Restez éloigné de la Cour, Te Li-Ko. C'est un ordre et un conseil que je vous donne. Prenez le temps de rétablir votre santé après ce que vous avez injustement subi. Mon père disait jadis que vous étiez un homme nécessaire. Pour vous avoir souvent eu à mes côtés, je le crois aussi. Restez chez vous et vaquez en paix à vos occupations. Je les connais, elles me réjouissent et nul ne vous inquiétera à ce propos, ajouta l'empereur de façon apparemment sibylline. Et revenez de temps à autre vous enquérir de ma santé.

Pedrini comprit qu'il faisait allusion à sa double vie. Wang

Tao avait dû l'informer. Il quitta la salle d'audience, heureux de savoir qu'il n'aurait rien à craindre de Yongzheng. Une chaise à porteurs de la maison impériale, privilège insigne, l'attendait à la sortie du palais. Pour une fois, elle était à sa taille et il y monta avec joie. Il n'avait même pas eu à plaider sa cause : l'empereur lui avait accordé le congé auquel il aspirait.

Délivré de ses obligations à la Cour, Pedrini goûta au bonheur paisible d'une vie sans intrigue ni chausse-trappes entre sa concubine et son fils. Pour la première fois depuis des lustres, il prit le temps de vivre et retrouva la légère insouciance qui était la sienne, à Rome, quand il avait vingt ans. Il fabriqua des instruments, clavecins et épinettes, pour des mandarins qui se piquaient de musique européenne et écrivit les mélodies qu'il avait mentalement composées en prison et dont il avait gravé les notes dans un coin de sa mémoire. La pièce dont il fut le plus fier était une sonate en si bémol majeur pour flûte et basse continue. Une nuit, dans la soltitude du Pé-tang, l'examen de son existence — Rome, le spectacle de la mort, les océans, les découvertes américaines, les vicissitudes chinoises et l'espoir de sa délivrance — lui avait inspiré des airs dont chacun devint le motif des cinq mouvements de la sonate. Quand il la joua au clavecin pour Yao Niang, elle fut émue aux larmes en entendant cette musique qui venait, elle le savait, des profondeurs de son âme. Sur ses genoux, les yeux brillants de plaisir, Fabrizio frappa dans ses mains en riant aux éclats.

Il recopiait son manuscrit original quand on lui annonça l'arrivée d'un messager venant de la Cité Interdite. L'homme se prosterna devant lui, lui remit une boîte rouge et disparut. Il l'ouvrit avec une certaine appréhension, déplia le papier plié en longueur et lut les caractères élégamment tracés d'un message. Le sceau de Wang Tao s'inscrivait en haut. « Allez à Hata Men, la porte orientale de la ville mandchoue, avait-il écrit, et vous verrez que vous n'avez pas souffert pour rien. » Intrigué, il fit seller son cheval, traversa la ville et se rendit à l'endroit indiqué. C'était un des quartiers les plus populeux de Pékin. Des soldats en armure, en faction devant la Porte, solide comme une forteresse, contrôlaient, hallebarde en main, les entrées de paysans venus vendre légumes et volailles, de marchands originaires des plaines du Qianshan, de Corée, du Heilongjiang ou des territoires de l'est. Les chameaux à longs poils des caravanes dominaient cette mer humaine qui se bousculait dans un nuage de poussière. Les vendeurs ambulants proposaient de l'eau, des oiseaux en cage, des serpents vivants, des nourritures exotiques. Il fut heureux de se retrouver dans cette foule bigarrée où se mêlaient des hommes venus de tout le continent, des Dzoungars, des Huihe, des Khitan, des Suzhen, des Xiongnu.

En fendant cette masse qui s'ouvrait devant son cheval, il pensa que la vérité de la Chine était bien plus là que dans le secret de la Cité Interdite. Il cherchait des yeux ce qu'avait voulu lui indiquer Wang Tao quand son attention fut attirée par des cris et des rires. Des hommes étaient attroupés au pied des remparts. Il s'approcha. Les Chinois s'écartèrent. « C'est le Mandarin blanc », entendit-il dire. Un misérable était assis par terre, écrasé sous le poids d'une énorme cangue de bois qui emprisonnait sa tête et sa main droite. Ses pieds étaient entravés par une lourde chaîne accrochée à un gros anneau fixé dans le mur. Il gardait la tête baissée. Sa robe de soie était en lambeaux et Pedrini pouvait l'entendre murmurer des mots sans suite. Devant lui, une écuelle sale où restaient quelques grains de riz.

Il mit pied à terre. Le spectacle du malheureux condamné, enchaîné comme un animal au milieu de ses propres déjections, le bouleversa. Depuis qu'il avait vécu dans sa chair les tourments du prisonnier, il se sentait plus que jamais proche de ceux qui souffraient comme lui avait souffert. L'autre leva des yeux à moitié fous sur cet homme qui se penchait vers lui mais qui, à la différence des autres, ne le battait ni ne l'insultait. Stupéfait, Teodorico crut reconnaître son visage.

— Est-ce vous, Tchao Tchang ? demanda-t-il, incrédule.

Le madarin sembla ne pas comprendre et finit par répondre d'un faible mouvement de tête. La honte et le désespoir se lisaient sur son visage.

— Pourquoi êtes-vous ici ? Que s'est-il passé ? Parlez-moi.

Tchao Tchang refusa de répondre et garda les yeux obstinément baissés.

— Le nouvel empereur ?

Le mandarin resta muet. En dépit de tout le mal qu'il lui avait fait, en dépit de ces années passées en prison pour rien, Teodorico fut retourné par le spectacle de son ennemi réduit à quémander sa nourriture, à éviter les coups et les quolibets, à vivre jour et nuit dehors, sans protection, écrasé sous le poids inhumain d'une pièce de bois conçue pour faire souffrir. Tchao Tchang était devenu famélique, ses membres décharnés, ses mains, autrefois si soignées, tremblaient, noires de crasse. Il dégageait une odeur repoussante. Depuis combien de temps pouvait-il être là, à mourir de faim ?

Pedrini se redressa et interpella un marchand ambulant à qui il acheta une écuelle remplie d'une soupe épaisse et un bol de riz copieusement arrosé de jus de soja. Il déposa le tout aux pieds de Tchao Tchang, sous le regard désapprobateur des Chinois qui l'observaient. Il était interdit de nourrir les prisonniers attachés aux portes de la ville. Pedrini n'en eut cure. Il s'agenouilla sur le sol et lui donna à manger aussi vite qu'il put avant l'arrivée des soldats. Tchao Tchang avait tellement faim qu'il avala à toute allure ce qu'il portait à sa bouche. Quand il eut fini, Pedrini pressa sa main entre les siennes et le força à le regarder.

— Je reviendrai demain, dit-il.

Puis, il remonta sur son cheval et se perdit dans la foule.

— Dès qu'il est monté sur le trône, raconta Wang Tao, Yongzheng a fait arrêter puis condamner Tchao Tchang par le Tribunal des crimes, le *Hing-Pou*. Ses fils ont été envoyés en prison, chargés de chaînes, tous ses biens confisqués, ses valets vendus et ses concubines mariées de force aux hommes les moins recommandables de la ville ou vendues aux soldats. Seules sa femme légitime et une concubine qui venait d'accoucher ont échappé à ce châtiment.

— De quoi a-t-il été accusé ? questionna Pedrini.

— Yongzheng lui a reproché d'avoir pris trop ouvertement

le parti des jésuites et d'avoir causé de graves torts aux autres Européens, vous et les membres de votre Congrégation, en l'occurrence.

— Mes malheurs ne méritaient pas une telle condamnation ! Pas plus que nos querelles avec les jésuites.

— Il ne s'agit pas uniquement de cela, Te Li-Ko, ni des rites. En réalité, Tchao Tchang est coupable de crimes beaucoup plus importants. Il a trahi l'empire ! En prenant fait et cause pour les jésuites, il est devenu leur instrument et a défendu leurs intérêts au lieu de défendre ceux de la Chine. Ils l'ont utilisé sans vergogne pour s'infiltrer dans l'administration impériale, intercepter des courriers, brûler des lettres, espionner et manœuvrer dans l'ombre.

— On pourrait en dire autant de vous et de moi.

— Sauf que je ne suis pas votre instrument et que vous ne complotez pas contre l'empereur, vous, dit Wang Tao d'une voix grave.

Pedrini était stupéfait. Les jésuites, comploter contre l'empereur ? C'était impossible. Wang Tao poursuivit :

— Oui, Te Li-Ko, ils complotaient. Kangxi était encore en vie et tout le monde songeait à sa succession. Les jésuites comme les mandarins et les eunuques. Ils ont pris le parti du neuvième prince dont on disait alors qu'il allait se convertir. Ils ont tout fait pour soutenir son ambition, qui était grande, et l'aider à succéder à Kangxi le jour venu. C'eût été leur triomphe. Un empereur chrétien sur le Trône du Dragon ! Mais Kangxi est mort, trop tôt pour que leurs intrigues aboutissent. Yongzheng a condamné Tchao Tchang pour avoir trempé dans ce complot. Quant aux jésuites, il ne leur pardonnera jamais de s'être mêlés de si près des affaires de l'empire.

— Craignez-vous des représailles ?

— Oui. Et ils n'auront que ce qu'ils méritent. Je ne sais même pas si ceux qui ont un emploi à la Cour seront épargnés.

— Qui sont les instigateurs du complot ? Les Français ?

— Les Portugais, en particulier votre vieil ennemi, le père Morao. Mais je soupçonne les Français de les avoir laissés occuper le premier rang pour mieux avancer masqués et agir à leur guise. Je sais que Morao revient de Macao où il est allé acheter quelques curiosités récemment arrivées d'Europe. Il comptait les offrir à Kangxi, mais comme celui-ci est mort entre-temps, il va vouloir les présenter à Yongzheng. Il devra attendre, car l'empereur s'apprête à repartir en guerre contre Tseweng Rabtan. Dans un mois, il aura rejoint le camp impérial de Chen Si. Mais ce n'est qu'un répit pour Morao.

— Vous l'accompagnez, je présume ?

— C'est ce que j'étais venu vous annoncer.

— Que Dieu vous protège.

— Que *Tien* vous protège aussi, mon ami.

12

Vêtu de ses habits les plus modestes, Pedrini se rendit tous les jours à la Porte Hata Men pour donner à manger à Tchao Tchang. Autrefois plein de morgue, le mandarin déchu s'effondrait quotidiennement un peu plus sous le poids de sa cangue. Il n'était plus qu'un être informe aux portes de la mort. Jamais ils ne se parlèrent. Qu'auraient-ils pu se dire ? Les yeux baissés, Tchao Tchang n'avait plus la force d'exprimer sa haine ou son repentir, et Pedrini éprouvait une pitié sans limites pour cet homme qui avait voulu l'anéantir. Il ne savait comment la lui déclarer. Au milieu de cette foule brutale qui montrait par des grognements et des bousculades qu'elle n'aimait pas voir un étranger, fût-il mandarin, s'obstiner à nourrir une loque condamnée à disparaître, seul le silence unit les deux hommes. De retour chez lui, il priait longuement Dieu de lui épargner un trop long supplice. Dix jours plus tard, il ne le retrouva pas. Il n'y avait plus aucune trace de sa présence. Un des officiers qui gardaient la porte, un gros Mandchou au visage idiot, lui dit en riant que Tchao Tchang était mort la veille au soir. Pedrini ne lui en voulut même pas de se réjouir aussi stupidement. C'était dans la nature des choses, aurait dit Yao Niang. Il tourna les talons, définitivement résigné devant la cruauté dont les hommes, qu'ils fussent supérieurs ou imbéciles, faisaient preuve envers leurs semblables.

La délégation des jésuites demanda à se rendre au Palais de la Nourriture de l'Esprit pour rendre hommage à Yongzheng, mais elle se vit refuser l'entrée de la Cité Interdite. Devant la Porte de l'Harmonie Suprême, deux fonctionnaires revêches les refoulèrent sans ménagement.

— Jamais nous n'avons été traités ainsi ! protesta Slaviczeck.

— Vous n'avez plus le droit d'entrer dans la Cité Interdite ! Ainsi en a décidé l'empereur. Vous dépendez désormais du bureau des eunuques et c'est à eux que vous devez vous adresser pour toutes vos affaires.

Ils crièrent au scandale et menacèrent d'en appeler à l'empereur pour plaider leur cause.

— Nous ne sommes pas des domestiques ! s'écria le jésuite. C'est scandaleux !

Ils firent tant de tapage qu'un des mandarins de la maison de l'empereur, attiré par le bruit, vint leur demander d'une voix rogue s'ils voulaient connaître le même sort que Tchao Tchang. Ils firent aussitôt demi-tour. Pedrini se demanda si ce bannissement, sans doute passager — après tout, Yongzheng avait autant besoin d'eux que son père, au moins pour établir le calendrier —, n'était pas le prélude à quelque chose de plus grave.

Son instinct ne le trompa point. À la fin de l'été, des nouvelles alarmantes parvinrent d'une ville du Fokien, Foun Gan Hiem, qui abritait une petite communauté chrétienne. Un jeune Chinois, récemment converti au christianisme se plaignit auprès des autorités de certaines pratiques. Il trouvait anormal, en particulier, qu'hommes et femmes puissent se côtoyer librement dans l'église et, plus grave encore, que les prêtres obligent les jeunes filles à conserver leur virginité. Toutes choses qui étaient contraires aux usages de la Chine. Le mandarin local enregistra sa plainte, la transmit à ses supérieurs hierarchiques. Elle arriva entre les mains du *Tsong-fou,* le représentant de l'empereur dans la province, qui l'adressa à Pékin. Yongzheng saisit immédiatement le Tribunal des Rites et toute la Cour ne parla plus que de cette affaire.

— La plainte de ce jeune Chinois tombe trop à point pour être vraie, commenta Ripa qui était rentré à Pékin. En réalité, l'empereur cherche un prétexte pour nous chasser, j'en suis sûr. Depuis qu'il a ravalé les jésuites au rang des fonctionnaires de second ordre, il prépare quelque chose.

— Ce n'est pas si certain, répondit Pedrini. La plainte de ce jeune Chinois n'est peut-être pas infondée. J'ai appris que les chrétiens de Foun Gan Hiem sont sous la coupe de deux dominicains espagnols fraîchement débarqués. Ils doivent totalement ignorer les usages du pays. Ils ont dû pécher par excès de zèle.

— C'est possible, mais cette affaire pourrait bien signer la fin de la chrétienté de Chine, dit Ripa d'une voix lugubre.

— Tu es trop pessimiste, Matteo.

— Oh, non ! Je ne serais pas étonné que l'empereur saisisse cette occasion, vraie ou fausse, pour nous mettre dehors. Je préfère prendre les devants.

— Tu pars ? demanda Teodorico, stupéfait.

— Oui, Teodorico, je quitte la Chine. Je ne me suis pas vraiment plu dans ce pays. Nous n'arrivons à rien. Les Chinois et nous restons des étrangers les uns pour les autres. Nous ne nous comprenons pas.

— Est-ce une raison pour tout quitter ?

— Oui. Tous nos efforts sont condamnés à l'échec. Ils nous veulent chinois, mais ce n'est pas possible. Regarde notre peinture : ils reconnaissent qu'elle est techniquement supérieure à la leur, mais demandent que nous l'adaptions à leur goût et à leurs règles. Notre musique ? Ils admirent nos instruments, notre manière d'écrire les notes mais la jugent trop compliquée et, finalement lui préfèrent leurs airs joués à l'unisson et ponctués de coups de gong !

— Paradoxalement, tu donnes raison aux jésuites qui ont cherché, justement, à s'adapter à leurs usages pour faire entrer le christianisme dans l'empire.

— Peut-être, mais ils sont allés trop loin et ont dénaturé la foi. Je pense, moi, au contraire, que nous n'arriverons jamais à rien de l'intérieur, comme ils le croient, mais que c'est de l'extérieur qu'il faut agir.

— À quoi penses-tu ?

— Je pars, mais pas seul. J'emmène mes élèves. Je vais

fonder un Collège chinois, chez nous, en Italie. La Congrégation et la Propagande sont d'accord pour l'installer à Naples. Là, nous pourrons vraiment former des prêtres chinois. Loin de chez eux, délivrés de ce qui reste en eux de superstitions, ils pourront enfin comprendre la supériorité de notre religion. Une fois formés aux usages de l'Église, une fois instruits dans notre langue, ils pourront revenir en Chine, missionnés par le Saint Père lui-même, et pourront réussir là où nous avons échoué, auprès des populations comme à la Cour de l'empereur. Voilà mon idée, Teodorico. Elle est la clef de la conversion future de la Chine. Tu as constaté, toi-même, le peu de résultats obtenus après tout le travail que nous avons fait pendant ces années. Toi aussi, tu es déçu, avoue-le. Rentre avec moi, Teodorico. Plus rien ne te retient ici.

Pedrini eut un imperceptible sourire et sentit les battements de son cœur s'accélérer. Il s'apprêtait à protester du contraire quand Ripa poursuivit :

— Tu as vu où nous a menés l'entêtement des jésuites sur cette stupide querelle des Rites ? Kangxi leur a accordé trop d'importance et aujourd'hui Yongzheng veut se débarrasser d'eux. Après, ce sera notre tour. Pars avec moi. Tu n'as plus rien à faire ici et tu seras beaucoup plus utile à Naples. Ne serait-ce qu'en servant d'interprète à nos Chinois.

Teodorico faillit lui avouer que tout, au contraire, le retenait ici et que sa vie avait enfin trouvé son sens. Il renonça. Ripa n'aurait pas compris pourquoi la Chine était devenue son pays et à cause de qui.

— Comment comptes-tu sortir tes élèves de là ? demanda-t-il pour faire diversion. Combien sont-ils ?

— Cinq. Le seizième frère de l'empereur qui a une certaine estime pour moi a promis de me donner un passeport spécial pour chacun d'eux.

— Et tu le crois ? Il faudra le payer pour l'obtenir.

— J'ai l'argent nécessaire. Réponds à ma question : reviens-tu avec moi en Europe, oui ou non ?

— Non, Matteo, je reste.

Le visage de Ripa exprima d'un coup une immense déception.

— Tu peux réfléchir encore, si tu veux, insista-t-il.

— C'est tout réfléchi.

Le peintre se passa la main sur le crâne, signe, chez lui, d'une grande perplexité.

— Puis-je savoir pourquoi ? demanda-t-il sans oser regarder son vieil ami.

Pedrini quitta son fauteuil de bois et se mit à marcher de long en large.

— Contrairement à toi, je me suis beaucoup attaché à ce pays, finit-il par dire. J'y compte quelques amis, des païens, qui sont un peu devenus ma famille. Curieusement, je crois que j'ai toujours été fait pour vivre en Chine. J'ai compris beaucoup de choses ici, même en prison. Je n'ai peut-être réussi à convertir personne, contrairement à toi, mais je n'y renonce pas. Il y a tant à faire ! Tant à voir, à comprendre ! Je crains qu'il ne soit trop tard pour revenir à Rome. Je ne veux pas retourner dans mon passé. Il est trop lointain, il m'est devenu étranger. Je suis chez moi ici. Je suis devenu chinois.

Devant Tien An Men, Matteo Ripa et ses élèves finirent de charger leurs derniers bagages. Pedrini le serra longuement contre son cœur et, alors seulement, prit conscience que le seul ami européen qu'il avait à Pékin allait disparaître à jamais de sa vie. Cachant mal leur émotion, les deux hommes se recommandèrent mutuellement à Dieu. Ils ne parvenaient pas à se séparer et n'osaient s'avouer à quel point ils s'étaient, au fil des ans, attachés l'un à l'autre. Au moment de monter dans sa chaise à porteurs, Ripa se retourna une dernière fois vers son ami.

— Tu peux bien me l'avouer, maintenant, dit-il, que tu caches une femme et un enfant dans la ville chinoise, n'est-ce pas ?

— Non, Ripa. Ce ne sont que des rumeurs malveillantes, répondit calmement Pedrini.

Ripa hocha la tête. Était-il convaincu ? Teodorico préférait le laisser partir avec ce doute plutôt que de lui avouer la vérité. Elle ne regardait que lui. Le peintre se détourna, lui fit un dernier sourire et partit. Pedrini resta quelque temps les yeux perdus dans le vague, indifférent aux Chinois qui le bousculaient comme à leur habitude, aux vendeurs qui l'apostrophaient, aux paysans qui le détaillaient des pieds à la tête avec curiosité. Il se revoyait, treize ans plus tôt, devant cette même porte, plein d'illusions et de foi en compagnie de Ripa. Kangxi les attendait. Aujourd'hui, le premier repartait vers le Grand Occident, le second était mort. Il éprouva brusquement le poids de la solitude et de la vieillesse qui approchait. Ce fut avec le sentiment diffus qu'une page venait de se tourner définitivement qu'il prit le chemin de la maison de la Fontaine aux Quatre Yeux.

13

— Que diriez-vous si j'envoyais une troupe de bonzes et de lamas dans vos pays pour y prêcher leur loi ? demanda Yongzheng. Comment les traiteriez-vous ? Ly ma Teou, Matteo Ricci, est entré en Chine la première année de Ouan Ly. Les Chinois l'ont laissé s'installer. En ce temps-là, vous étiez peu nombreux, vous n'aviez pas d'églises et vos prêtres n'allaient pas dans nos provinces. C'est seulement sous le règne de mon père que vous avez commencé à en construire partout et que votre loi s'est répandue rapidement. Je m'en inquiétais mais je n'osais rien dire. Ce temps est révolu. Si vous avez su tromper mon père, n'espérez pas me tromper, moi. Vous honorez le ciel, prétendez-vous. La loi du King Tien dit la même chose, celle de Fo également. Pourtant vous les condamnez et vous injuriez ceux qui en suivent les principes ! Qui vous autorise à agir ainsi ? Votre Dieu ? Alors c'est un mauvais Dieu !

Depuis un quart d'heure, à genoux sur le sol dur de la salle du Trône, Pedrini et Parennin subissaient la colère de l'empereur contre les chrétiens.

— Vous voulez que tous les Chinois se fassent chrétiens ? Mais, dans ce cas-là, que deviendrions-nous ? Nous ne serions plus que les sujets de vos rois ! Déjà, les chrétiens que vous avez faits ne reconnaissent que vous ! Si des troubles éclataient, ils n'écouteraient que votre voix, pas celle de l'empire. Pour le moment, je ne crains rien de tel, mais si un jour vos vaisseaux venaient ici en quantité, les choses pourraient changer et des troubles graves pourraient naître. Est-ce acceptable ? Non. La Chine a le royaume des Moscovites au nord, ce qui n'est point négligeable ; elle a les Européens au sud, avec leurs bateaux et leurs royaumes bien plus considérables et, à l'ouest, le Mongol Tseweng Raptan. Lui, je lui fais la guerre pour le contenir dans ses terres. Aux Moscovites qui voulaient s'installer partout dans l'empire, je n'ai autorisé qu'une présence à Pékin pour le commerce. Quant à vous, je ne veux pas de vous dans les provinces. J'autorise seulement quelques-uns d'entre vous à demeurer ici et à Canton, à condition qu'ils ne me donnent aucun motif de me plaindre d'eux. Ce que je fais maintenant, c'est en qualité d'empereur. Mon unique soin est de bien régler l'empire.

Les deux Européens se retrouvèrent dehors. Ils traversèrent sans un mot les multiples cours de la Cité Interdite pour rejoindre la Porte du Méridien. C'était un jour noir pour la chrétienté de Chine. Tête baissée, les mains dans leurs manches doublées de fourrure, ils affrontaient les bourrasques de vent glacé qui s'engouffraient entre les hauts murs de la Cité.

— Tout cela est de votre faute, Pedrini, finit par dire Parennin. Vous et tous les Missionnaires de la Propagande, vous vous êtes comportés sans discernement, comme des balourds que vous êtes, en ne pensant qu'à cette question des rites et sans vous préoccuper des usages de ce pays. Voilà le résultat : la religion est interdite, nos églises vont être fermées et la plupart d'entre nous chassés de Chine.

— C'est moi que vous accusez, Parennin ? Je vous croyais plus intelligent. Faut-il que votre intransigeance vous aveugle pour que vous ne reconnaissiez pas vos torts et ne respectiez même pas les souffrances que j'ai endurées à cause de vous !

— Notre frère Bouvet n'a fait qu'obéir à Kangxi, plaida Parennin.

— Mensonge ! Je sais parfaitement que vous avez refusé de me libérer quand l'empereur l'a demandé. Mais laissons cela, c'est du passé et j'ai ma conscience pour moi, ce qui n'est pas votre cas. Je vais vous dire, en revanche, pourquoi vous êtes chassés. Car c'est bien vous, les jésuites, dont Yongzheng veut se débarrasser. La raison en est simple : votre goût pour le pouvoir et les intrigues. C'est ce qui vous perd aujourd'hui à Pékin ; c'est ce qui vous perdra demain à Rome.

— Moi aussi, je vous croyais plus intelligent ! rétorqua Parennin. Reprendre la vieille antienne contre notre Compagnie ne vous grandit pas !

— Inutile de vous offusquer. Je sais tout, Parennin. Le complot de votre frère Morao contre Yongzheng, vos manœuvres pour porter sur le trône le neuvième fils de Kangxi...

Le jésuite s'arrêta net. Malgré le froid, il avait pâli et ses lèvres tremblaient. Décomposé, comme statufié, Parennin n'était plus ce dignitaire hautain et sûr de lui, mais un homme qui voyait tout son univers secret s'effondrer.

— Vous savez ? murmura-t-il. Ce sont les Portugais, Pedrini, uniquement les Portugais. Mais comment avez-vous appris tout cela ? C'était le secret le mieux gardé de Pékin.

— Cela ne vous regarde pas. De même que ne vous regarde pas l'usage que je pourrais faire de ce savoir, à Rome. C'est la raison pour laquelle je vous conseille de ne pas nous accuser de l'exil qui vous attend. Ne cherchez plus de coupables, Parennin, ne cherchez plus à vous disculper en accusant les autres de complot, comme vous le faites si souvent. Votre mal, ce pour quoi je vous ai combattus, c'est l'orgueil de vous penser maîtres de la parole divine. Reconnaissez vos erreurs et disparaissez. Quant aux rites, laissez-moi vous dire qu'il m'est bien égal, au fond, que vous vous prosterniez devant les tablettes des ancêtres ou les mânes de Kung Fu Tse. Il m'arrive d'en faire autant et je ne m'en porte pas plus mal !

La neige s'était mise à tomber à gros flocons. Pedrini éclata d'un grand rire devant son adversaire encore stupéfait, puis monta dans la chaise à porteurs qui se couvrait lentement de blanc.

La maison donnait sur la large rue qui conduisait à Si Che Men, la Porte de l'Ouest, dans la ville mandchoue, au nord de la Cité Interdite. Elle était beaucoup plus grande qu'on ne pouvait le supposer de l'extérieur. Yao Niang regarda le bâtiment principal qui devait bien mesurer plus de deux cents pieds. Avec ses toits de tuiles grises et ses murs percés de petites fenêtres sur le jardin intérieur, elle devina qu'il avait appartenu à une famille de la noblesse mandchoue.

— Je l'ai payé deux mille taëls en tout pour soixante-dix pièces ! expliqua Pedrini avec enthousiasme. Plus tard, quand tout sera rentré dans l'ordre, les missionnaires de notre Congrégation qui viendront à Pékin pourront venir s'y installer.

Ils entrèrent dans l'une des dix cours intérieures que comptait la résidence. Fabrizio courait partout et jouait à cache-cache avec sa nourrice.

— Et là, je planterai des arbres, des fleurs, une treille. Viens, je vais te montrer où je compte installer l'église.

Ils traversèrent une cour qui donnait sur la rue et pénétrèrent dans une grande salle.

— C'est ici. Derrière, je ferai la sacristie, là le baptistère. Là-bas, j'installerai l'orgue que je vais fabriquer. Elle est assez grande pour accueillir tous les chrétiens de Pékin.

— Comment as-tu trouvé tout cet argent ? s'inquiéta Yao Niang.

— J'ai vendu des instruments et ton père m'a aidé.

— Mon père ? Pour construire une église ?

— Oui. Il a estimé que c'était une action intéressante.

Une lueur inquiète voila un instant le regard de la jeune femme.

— Une fois que tu auras tout fini, tu ne viendras plus chez nous ? interrogea-t-elle en prenant son fils dans ses bras.

— Bien sûr que si. Il vaut mieux que tu ne viennes pas t'installer ici avec Fabrizio. En tout cas pour le moment. Ce serait trop risqué. Je rentrerai chez nous presque tous les jours. En espérant que la complicité de tes domestiques me restera acquise encore longtemps, dit-il en la serrant contre lui.

— Mais pourquoi fais-tu tout cela ?

— Parce que les chrétiens vont en avoir besoin, je le crains. Ils doivent avoir un refuge et je crois qu'ici, ils n'auront rien à redouter.

14

— Quand Yongzheng est rentré à Pékin, il l'a aussitôt fait arrêter, dit Wang Tao. Morao a fini par avouer qu'il était complice du neuvième prince et de Tchao Tchang. Le *Hing Pou* l'a condamné à être décapité et découpé en morceaux, mais l'empereur a demandé qu'il ait une mort plus honorable. C'est un homme clément.

Le père de Yao Niang était venu leur rendre visite pour passer avec son petit-fils les fêtes de *zhongqiu*, la pleine lune d'automne. La légende voulait qu'un lapin y habite en compagnie de la déesse Chang'e et il avait apporté à Fabrizio un petit lapin en terre cuite avec lequel l'enfant se mit aussitôt à jouer. Il était émerveillé par sa vivacité intellectuelle, sa curiosité inlassable, son air perpétuellement rieur. Il le prit sur ses genoux.

— La mort est-elle jamais honorable ? s'interrogea Pedrini à voix haute.

— C'est une question de dignité et de courage. Celle de Morao a été plus triste que digne. Yongzheng a ordonné de l'exiler dans un temple loin de Pékin, à Taï Toung, à l'ouest du Shansi pour qu'il mette, lui-même, fin à ses jours. Sur place, les gardes l'ont installé dans une pièce isolée, avec un couteau, une corde et une fiole de poison et l'ont laissé seul pour qu'il puisse mourir en toute quiétude. Morao n'a même pas eu ce courage.

— Qu'en savez-vous ? protesta Pedrini. Notre religion

nous interdit de nous suicider, même réduit à la pire extrémité. Comment tout cela a-t-il fini ?

— Au bout de trois jours, comme Morao refusait toujours de mourir, les soldats sont entrés dans la chambre et l'ont étouffé sous un sac de sable. Puis l'un d'eux l'a étranglé pour s'assurer qu'il était bien mort. On lui a donné les vêtements de Morao, puis ils ont brûlé son corps.

— Ses cendres ?

— Jetées au vent.

Pedrini poussa un soupir. Il imaginait son vieil ennemi acceptant la mort, mais refusant de se la donner et remettant son âme à Dieu quand ses bourreaux étaient entrés pour le tuer. Le savoir sans sépulture l'attristait davantage encore. Morao avait été un ennemi redoutable mais il était mort pour rien. L'inutilité de leur combat lui sauta subitement aux yeux. Tous les missionnaires de Chine avaient été exilés à Canton, trois cents églises détruites ou converties en temples bouddhistes et, dans toutes les provinces, les persécutions contre les chrétiens avaient commencé. Ils devaient abjurer leur foi ou mourir. À Pékin, les fidèles étaient encore peu inquiétés, à condition de se montrer discrets. Mais les princes qui s'étaient convertis, les Souniama en particulier, souffraient davantage. Jetés en prison ou exilés dans les provinces les plus hostiles, ils payaient très cher leur attachement à l'Église et aux jésuites. Sur les vingt religieux qui restaient à Pékin, seuls Pedrini et Castiglione étaient encore autorisés à entrer dans la Cité Interdite.

— Tchao Tchang et Morao sont morts pour avoir joué à un jeu qui les dépassait, commenta Pedrini. La querelle des Rites n'a été qu'un piège dans lequel nous sommes tous tombés pour des questions d'honneur, de pouvoir, de vanité.

— Elle m'a toujours semblé ridicule, ajouta Wang Tao en reposant Fabrizio par terre. Mais toute votre chrétienté de Chine va payer cette erreur. Yongzheng me l'a clairement dit : il ne veut pas de chrétiens dans l'empire. Un jour ou l'autre, ils seront tous chassés.

— Le peuple, non plus, ne veut pas vraiment de nous. Il reste réfractaire à nos mystères, la double nature du Christ, sa mort et sa résurrection, un dieu trinitaire. Pourtant, il a bien adopté ceux du bouddhisme et du lamaïsme tibétain.

— Le lamaïsme n'est pratiqué que pour des raisons politiques, ne vous y trompez pas. L'empereur a besoin du Panchen lama pour encadrer les tribus mongoles et les neutraliser afin d'assurer la sécurité de la Chine. Les Mongols sont extraordinairement superstitieux. Ils ne craignent qu'une chose : la colère des lamas. J'en déduis que, si l'empereur avait besoin des chrétiens pour ses affaires militaires ou politiques, il se ferait chrétien.

— Je crains que cela ne soit jamais le cas, contrairement à ce que les papes ont espéré. Et, tout compte fait, je ne vois plus pourquoi nous chercherions à vous imposer une religion qui ne répond pas à vos attentes.

La nuit était tombée. Fabrizio les tira par la manche pour les entraîner dans le salon de la lune où Yo Niang les attendait devant le petit autel au Lapin. Ils s'amusèrent de son impatience à y déposer, comme tous les ans, ses *yuebing*, petits gâteaux aux fruits secs dont il raffolait comme tous les enfants. Ils burent une coupe de thé. Pedrini alluma la petite lanterne en forme de lapin qu'il avait offerte à Fabrizio et le regarda, attendri, en train de s'amuser à faire sautiller son lapin de terre cuite dans le rond de lumière argentée projeté par la pleine lune à travers la fenêtre ronde prévue à ce seul usage.

— Ne vous trouvez pas à l'étroit dans votre demeure, ne prenez pas en dégoût votre existence, dit Pedrini du haut de sa chaire. Il suffit de ne pas mépriser sa condition pour ne pas s'en lasser. Faites comme les saints, aimez-vous sans faire aucun cas de vous. Grâce à la charité, vous pouvez être audacieux ; grâce à l'économie, généreux ; grâce à l'humilité, accomplir de grandes choses. Celui qui pratique cela est invincible, le Ciel le secourt et il est protégé par sa miséricorde.

Wang Tao sursauta. C'était bien des phrases du Tao que le Mandarin blanc mêlait à son sermon. Il était venu, par curiosité, assister à sa messe dominicale. Une centaine de Chinois l'écoutaient avec ferveur dans l'église encore rudimentaire et pauvrement décorée du Si-Tang, la Maison de l'Ouest, ainsi que l'avait baptisée ses fidèles. Il avait installé un autel doré, un tabernacle et un crucifix en plâtre peint. Un grand tableau représentant la Vierge décorait les murs blancs. Les Chinois semblaient s'être mis instinctivement sous la protection de cet homme dont la chasuble d'or, la longue barbe grise et les yeux pleins de bonté leur inspiraient confiance. Wang Tao médita sur le sens du nom donné aux hommes et sur le chemin qu'ils devaient parcourir pour le mériter. Les trois caractères Te Li-Ko pouvaient aussi signifier qu'il savait comment atteindre l'Essence des choses. Ses fidèles ne s'y étaient pas trompés.

À la fin de l'office, Wang Tao gagna la sacristie où Pedrini repliait sa chasuble.

— Cette cérémonie ne manque pas d'intérêt, lui dit-il.

— Vous étiez là ?

— Savez-vous que les prêtres taoïstes font comme vous : ils aspergent leurs fidèles d'eau bénite. Mais, contrairement à vous, ils la font payer ! Je comprends pourquoi vous avez autant de succès !

— Je sais bien que pour mes ouailles, l'eau bénite est pleine de *qi* et qu'ils lui accordent des vertus magiques. Qu'importe, si cela leur fait du bien ?

— Vous êtes un incorrigible idéaliste, Te Li-Ko !

Les deux coffres venaient d'arriver de Canton. Ils étaient pleins de livres. Avec une joie juvénile, Pedrini se plongea dedans et poussa des cris de joie. Il découvrit, soigneusement emballés, tout ce qu'il avait demandé dans sa dernière lettre à la Congrégation : *De la Clémence* de Sénèque, l'*Organon* et l'*Éthique à Nicomaque* d'Aristote, le *Timée* et le *Critias* de Platon, *La Somme théologique* de Thomas d'Aquin, et des dizaines d'autres, un ouvrage de géométrie, un autre d'astronomie, des livres de mécanique ou d'histoire romaine. Il trouva aussi une Bible, un bréviaire et un psautier. Il était si absorbé par ses découvertes qu'il n'entendit pas tout de suite les chiens, dehors, hurler à la mort. Il se dirigeait vers la fenêtre qui donnait sur la rue pour voir ce qui se passait quand il fut traversé des pieds à la tête par une vibration étrange. Sans comprendre ce qui arrivait, il perdit l'équilibre et tomba lourdement sur le sol. Au même moment, un grondement venu du fond de la terre monta vers la surface en s'amplifiant. La maison se mit à trembler et, brusquement, le plancher s'ouvrit sous ses pieds. Teodorico cria, voulut fuir, mais il avait le souffle coupé et ne pouvait plus bouger, paralysé par un poids gigantesque qui le clouait au sol. Une peur animale s'empara de lui. Terrorisé, il vit les murs se lézarder et s'effondrer dans un terrible fracas. Avec un craquement sinistre, la bibliothèque tomba sur lui, puis le plafond s'écroula à son tour. Tout devint obscur et il se vit mourir. Au milieu des clameurs, la terre trembla pendant une éternité avec un bruit terrifiant. Le temps s'arrêta.

Quand ce fut fini, on n'entendit plus qu'un silence de mort. Pedrini reprit peu à peu ses esprits. Il était au milieu des livres, coincé entre deux rayonnages de sa bibliothèque qui l'avaient protégé des poutres du plafond. Il souffrait de la tête et sentait le sang couler sur son visage. Il réussit à se dégager et se redressa en toussant. C'était un spectacle d'apocalypse. La maison n'était plus qu'un champ de ruines. Les toits s'étaient effondrés et il pouvait voir le ciel gris au-dessus de sa tête. Il ne restait rien du Si Tang. Un énorme nuage de poussière semblait s'être pétrifié dans l'air. En quelques secondes, tout avait été rasé, plus un seul mur n'était debout. La rue offrait le même spectacle de totale désolation. À perte de vue, la terre était éventrée, les maisons écroulées, les arbres abattus, des malheureux, prisonniers des décombres, appelaient à l'aide, d'autres couraient dans tous les sens, hébétés, en poussant des cris de douleur, des nuages de fumée s'élevaient un peu partout. Pedrini, encore assommé, chercha à s'orienter. Il reprit peu à peu ses esprits et poussa un cri d'horreur en pensant soudain à Yao Niang et à Fabrizio.

Il se précipita vers l'endroit où se trouvaient les écuries quelques minutes plus tôt, enjamba poutres, gravats et crevasses pour retrouver le bon chemin. Par miracle, son cheval était vivant. Les yeux révulsés, affolé, couvert de poussière blanche, il tremblait de tous ses membres en hennissant de terreur. Pedrini le détacha, l'enfourcha à cru et partit au galop vers l'Allée de la Fontaine aux Quatre Yeux. Tout Pékin avait été rasé, comme balayé par une main géante. Il lui fut presque impossible de retrouver son chemin dans ce dédale de décombres, de ruines d'où sortaient des Chinois hagards. Combien étaient morts ? Pedrini éperonna son cheval qui n'allait pas assez vite. L'angoisse l'étreignit et il pria Dieu de toutes ses forces. Un goût amer envahit sa bouche, sa gorge était sèche et il sentit le poids de la fatalité s'abattre sur lui. Le portail de sa maison était encore debout et il se rua à l'intérieur. Tout s'était écroulé. Le souffle court, il appela :

— Yao Niang ! Fabrizio ! Répondez ! Où êtes-vous ?

De faibles appels lui répondirent sur sa gauche. C'était la vieille servante de Yao Niang qui venait vers lui, courbée en deux dans sa robe déchirée et soutenant son bras cassé de l'autre main. Elle prononçait des phrases sans suite.

— Où sont-ils ? demanda-t-il.

— Là-bas, dans l'appartement de madame, maître, finit-elle par dire d'une voix hachée.

Teodorico se fraya un chemin parmi les éboulis, poussa un tas de pierres, rampa sous des charpentes écroulées. Il ne cessait d'appeler, mais n'obtenait aucune réponse. Fei, le cuisinier, apparut au milieu des décombres et se précipita à ses pieds en poussant des cris de joie. Il était blessé, lui aussi, et une plaie sanglante s'ouvrait sur son front. À deux, ils progressèrent plus rapidement.

— Yao Niang ! Fabrizio ! cria-t-il à nouveau.

L'angoisse broya sa poitrine. Avec l'aide de Fei, il déblaya les pierres et les débris de bois aussi vite qu'il put et appela encore. Enfin, Fabrizio répondit :

— Papa ! Papa ! Je suis là !

— Merci, mon Dieu, tu es vivant !

Il vit la petite main tout égratignée de son fils lui faire signe sous un amoncellement de pierres et de morceaux de plâtre.

— Et maman, où est-elle ? demanda-t-il d'une voix tremblante.

— Sur moi, papa. J'étouffe, elle est lourde.

Pedrini essaya de le dégager encore plus vite, la peur au ventre.

— Yao Niang ! cria-t-il.

Pas de réponse. Il s'interdit de penser et s'efforça de faire le plus vite possible. Il l'appela encore. En vain. Pierre après pierre, il dégageait les décombres sous lesquels ils étaient ensevelis. Les cheveux de Yao Niang apparurent, rouges de sang, puis sa nuque et ses épaules. Elle était écrasée sous une grosse poutre. En poussant à trois avec Fei et Liu, le palefrenier qui les avait rejoints, ils réussirent à la dégager. Aussi doucement qu'il le put, Pedrini la retourna et reçut en plein cœur son visage sans vie, ses yeux grands ouverts sur le vide, sa bouche béante sur le cri qu'elle avait poussé en protégeant Fabrizio. Pedrini prit son enfant dans ses bras et le serra convulsivement contre lui. Son hurlement de douleur monta dans le ciel.

— Pourquoi ne l'as-tu pas épargnée, mon Dieu ? s'exclama-t-il en levant son visage ravagé par la douleur.

C'était le 30 novembre 1729.

Fabrizio dormait sur un petit lit de fortune dans la tente que son père avait dressée au milieu des décombres du Si-Tang. Dans son sommeil fiévreux, il cria soudain de peur comme s'il revivait en cauchemar ce qu'il venait de subir. Pedrini l'apaisa d'une caresse sur le front, murmura quelques mots à son oreille et l'enfant finit par se calmer. Il ne restait rien, ou presque, de la maison de la Fontaine aux Quatre Yeux. Il avait refusé de s'y installer, même provisoirement. D'un seul coup, ses cheveux et sa barbe avaient blanchi. Le lendemain du tremblement de terre, Wang Tao et lui avaient enterré Yao Niang dans une cité funéraire mandchoue des environs de Pékin. Après avoir baisé une dernière fois ses lèvres, il lui avait mis un morceau de jade dans la bouche pour l'aider dans son voyage vers l'au-delà. Puis il avait récité la prière des morts et béni le cercueil. Le visage fermé, il était au-delà de la souffrance et ses yeux étaient secs comme des pierres. Fabrizio sanglotait à côté de lui, sa petite main accrochée désespérément à la sienne. Plus tard, pour le réconforter, Wang Tao avait eu ces mots apaisants :

— Vivre, c'est le hasard du temps ; mourir, c'est se conformer à la loi de la nature. Tous les êtres jouissent de ce hasard et obéissent à cette loi. Quand vous aurez compris cela, Te Li-Ko, ni joie ni tristesse ne pourront pénétrer votre âme. Chassez la peine de votre cœur, comme je le fais. Yao Niang est passée, elle a rejoint nos ancêtres, votre Dieu, le mien, le *Tien*.

Après un dernier regard sur les ruines de sa maison, Pedrini était monté sur son cheval, Fabrizio accroché à son cou, pour prendre le chemin du Si-Tang. La vieille gouvernante, Fei, le cuisinier, et Liu, le palefrenier, l'avaient suivi. Ils n'avaient plus que lui.

Dans la solitude de la nuit, Pedrini ne pouvait trouver le sommeil. Les images du visage torturé de Yao Niang ne cessaient de le hanter et il se reprochait de n'avoir pas été près d'elle au moment de la catastrophe. Elle serait encore vivante, Fabrizio n'aurait pas été condamné à grandir sans les caresses de sa mère et lui, à vivre sans son sourire lumineux.

La plupart des temples, des palais et des simples habitations étaient en ruine. Les murs de la Cité Interdite avaient en partie tenu bon ainsi que les remparts extérieurs mais, partout, des hommes essayaient de reconstituer des abris de fortune, des femmes s'activaient autour des feux, des enfants se serraient les uns contre les autres. Des groupes de soldats entassaient les cadavres dans des charrettes et les emportaient à l'extérieur de la ville pour les enterrer dans d'immenses fosses communes. Où qu'il regardât, Pedrini voyait des monceaux de corps sans vie. Parfois, une meute de chiens réussissait à en emporter un et se le disputait pour le dévorer à l'écart. Une odeur pestilentielle flottait dans l'air. Le ciel était couleur de plomb et une petite pluie froide tombait sans discontinuer depuis la veille. Il frissonna et rentra la tête dans les épaules. L'eau pénétrait lentement les habits de cérémonie qu'il avait sauvés du désastre. Tant pis, l'empereur à qui il venait demander de l'aide le recevrait tel qu'il était.

Sur la route de Chang Chung Yuan, le spectacle était tout

aussi dramatique. La terre entrouverte ici et là semblait avoir avalé les troupeaux qui, quelques jours plus tôt encore, paissaient paisiblement dans les prairies. Les villages étaient en ruine, les champs et les forêts dévastés comme après le passage d'une armée. Dans la résidence impériale, les parcs et les jardins étaient anéantis de fond en comble. Il ne restait presque rien des pavillons gracieux, des kiosques délicats, des galeries finement ouvragées où l'on venait écouter le chant du rossignol, des pagodes aux toits recourbés qui s'élançaient vers le ciel. Le Palais de l'Ouest, où Yongzheng résidait d'ordinaire, était entièrement en ruine et les eunuques menèrent Pedrini jusqu'à la rivière qui coulait en contrebas. L'empereur vivait là, sur une barque aménagée naguère pour son agrément et sur laquelle il avait trouvé refuge au moment du cataclysme. Sur l'autre rive, un camp d'une cinquantaine de tentes avait été dressé pour l'impératrice et les concubines. Des eunuques y couraient avec fébrilité, comme s'ils étaient surpris d'être encore en vie. Yongzheng accueillit Pedrini avec une joie non feinte :

— Je m'inquiétais de vous, cher Te Li-Ko, car j'ai appris la disparition de Yao Niang. J'en suis affligé pour vous.

— Je remercie Votre Majesté de sa sollicitude. Je souhaitais m'enquérir de sa santé et de celle de sa famille. Mon cœur est triste, mais mon âme souffre davantage à l'idée de tous les sujets de l'empire qui sont aujourd'hui sans abri ni soutien et qu'il faut aider, nourrir.

— Je vais vous faire donner mille taëls pour rétablir votre résidence du Si-Tang et vous aider à soigner mes sujets. L'on m'a informé que cent mille des nôtres étaient morts à Pékin, mais je crains qu'il n'y en ait plus. Et combien, parmi les survivants, seront encore sur cette terre lors la prochaine aube ?

Pedrini avait devant lui un homme brisé : le visage de Yongzheng, d'ordinaire impénétrable et las, paraissait profondément accablé. Une tristesse que rien ne pourrait guérir imprégnait chacun de ses mouvements. Ses yeux étaient encore plus ternes que d'ordinaire et les coins de sa bouche s'affaissaient davantage.

— Je suis l'unique responsable de ce drame, dit-il d'une

voix brisée par l'émotion. Je n'ai pas agi avec autant de droiture qu'il l'aurait fallu, j'ai mécontenté le *Tien* et il a puni l'empire.

— Votre Majesté ne peut s'accuser ainsi, commença Pedrini.

Yongzheng leva la main pour l'interrompre :

— Vous devez comprendre qu'il existe entre le Ciel et l'homme un rapport, une correspondance infaillible pour les récompenses comme pour les châtiments. Lorsque nos campagnes sont ravagées par les inondations, la sécheresse, les insectes ou les tremblements de terre, qui est la cause de ces calamités ? L'empereur. C'est le signe qu'il s'écarte de la droiture nécessaire pour bien gouverner. Le Ciel doit alors user de ces châtiments pour le faire revenir dans le droit chemin. En agissant mal, le Fils du Ciel ne donne pas le bon exemple. Ici et là, on se met à violer les lois, à mépriser les coutumes, à vivre dans le désordre. Le cœur de l'homme se corrompt et la belle union qui existe entre le Ciel et lui se trouble et se fausse. Les hommes manquant à leurs devoirs, le *Tien* fait pleuvoir sur eux des malheurs de toutes sortes. C'est pourquoi je suis entré en moi-même pour examiner ma conduite et rectifier les dérèglements qui se sont produits dans mon palais. Je m'applique dès maintenant à donner au Ciel des marques de droiture et de piété. Par une vie régulière, je rétablirai l'équilibre et ferai changer le *Tien* dans sa volonté de nous punir.

Le désarroi de l'empereur et son désir de contrition apitoyèrent Pedrini. Le Fils du Ciel était comme un enfant pris en faute.

— Je prierai pour vous, Majesté, dit-il en s'inclinant profondément. Le malheur qui a frappé l'empire m'a frappé moi aussi et, avec l'aide de Dieu, je consacrerai toute mon énergie à en effacer les traces.

15

— Entrez, mes frères, vous êtes les bienvenus ! dit Pedrini avec un sourire bienveillant. Vous ne risquez rien, ici.

Il trouva de la place pour cette nouvelle famille apeurée qui fuyait les persécutions. L'église se remplissait d'heure en heure. La chasse aux chrétiens durait depuis la veille. On les accusait de tout : d'être responsables des tremblements de terre, des inondations, des mauvaises récoltes, des maladies. L'exil des missionnaires à Canton avait donné le signal des bastonnades. L'église du Mandarin blanc était le dernier refuge des chrétiens de Pékin. Étrangement, aucun soldat ne chercha à y entrer de force ou à la fermer, comme les autres. Pedrini ne se demanda pas s'il devait cette protection à la mansuétude de l'empereur. Il se contenta de remercier le ciel.

— Fei ! appela-t-il. Apporte de la soupe, ils n'ont rien mangé depuis hier.

Pour réconforter ceux qui venaient se cacher chez lui, Pedrini se dépensait sans compter. Fabrizio sur ses talons, il était partout, aux cuisines pour surveiller les chaudrons où cuisaient de quoi nourrir tous ces malheureux, au milieu des enfants apeurés pour calmer leur peur, réconfortant chacun, soignant comme il pouvait les blessures de ceux qui avaient échappé aux bandes de Pékinois ivres qui les pourchassaient dans les rues. Une folle énergie l'habitait. Tous ces êtres à sauver de la mort ou du désespoir lui donnaient une nouvelle raison de vivre, d'espérer, d'aimer. Le détachement stoïque qu'il cultivait depuis la mort de Yao Niang fit place au dévouement.

— Le Non-Agir du Tao a aussi ses limites, expliqua-t-il à Wang Tao.

Le vieux mandarin était venu s'assurer que Fabrizio auquel il tenait plus qu'à la prunelle de ses yeux ne risquait rien aux côtés de son père.

— Quand il s'agit d'empêcher des hommes de mourir, rien n'a de limites, Te Li-Ko.

— On ne se demande plus si on est italien ou chinois, si on est un prêtre ou un homme ordinaire, on sauve tous ceux que l'on peut. L'on est.

— N'avez-vous pas l'envie, parfois, de rentrer en Italie ? demanda Wang Tao, curieux.

— La nostalgie de Rome, les visages de ceux que j'ai aimés jadis, le désir des lumières et des saveurs de l'Italie... oui, j'y ai songé, quelquefois. Mais à quoi bon ? Ici ou là-bas, ma vie est la même, elle est un merveilleux paradoxe, elle ne m'appartient plus. Ce n'est pas de retrouver quelques plaisirs de jeunesse qui va y changer grand-chose. Et puis Fabrizio, vous, Yao Niang, immatérielle et si présente autour de moi, la Chine, non décidément, c'est ici que je veux continuer de vivre.

— Elle me manque, parfois, à moi aussi, avoua Wang Tao, la voix brisée.

Dans un geste fraternel qu'il n'aurait jamais osé avoir auparavant, Pedrini passa son bras autour de ses épaules.

— Il nous reste Fabrizio, dit-il pour le consoler. Il a hérité de sa lumière. Et puis rappelez-vous ce que disait Tang Xianzu : « Nul ne sait comment se cristallise le sentiment amoureux, mais une fois formé, il ne fait que s'approfondir. Les vivants peuvent en mourir, les morts en vivre. » Qui de nous trois a réellement disparu ? Elle ou nous ?

Yongzheng mourut, égorgé par la fille de Lü Liulang, un lettré qu'il avait injustement condamné dix ans plus tôt. Les Chinois ne regrettèrent pas cet empereur qu'ils accusaient d'avoir usurpé le trône. Pedrini, lui, pria longuement pour un homme qui lui avait rendu sa liberté. Peu après les funérailles, il eut la surprise de recevoir l'ordre de venir se présenter devant le nouvel empereur, Qian Long, à Chang Chung Yuan. Éloigné de la Cour pendant des années, il pensait que tout le monde l'avait oublié, mais c'est avec un certain plaisir qu'il revêtit son costume de mandarin. Il ne l'avait pas porté depuis si longtemps. Fabrizio, plein d'admiration, le regarda boutonner sa vieille veste de soie ornée du faisan doré, passer autour de son cou le long collier de corail, poser sur son crâne chauve son petit bonnet et partir au galop en lui faisant signe de la main.

Deux fonctionnaires de rang inférieur l'accueillirent à l'entrée du domaine impérial. Il leur abandonna son cheval pour monter dans le palaquin que Qian Long lui avait envoyé. Depuis sa dernière visite à Yongzheng, trois ans plus tôt, beaucoup de choses avaient changé. Jamais, la résidence d'été n'avait autant mérité son nom de Jardin de la Clarté parfaite. Une multitude de petites collines formaient autant de vallons couverts d'arbres et de fleurs. Des sentiers parsemés de petites maisons en bois et de grottes artificielles invitaient à chaque détour le promeneur au repos. Des canaux en zigzag bordés de rocailles et de mousses reliaient les uns aux autres des étangs et des lacs où des barques effilées glissaient paresseusement. À moitié dissimulés dans les arbres, au bord de l'eau ou sur le sommet d'une colline, il découvrit des pavillons aux toits de tuiles jaunes brillant au soleil, des petits palais solitaires, des kiosques au toit pointu. Il entra dans un pavillon à un étage construit sur pilotis au bord d'un lac aux eaux limpides.

— Giuseppe Castiglione ! s'écria-t-il en voyant un jésuite qui attendait déjà dans l'antichambre. Quelle joie de vous revoir !

Il n'avait pas rencontré le peintre depuis des années.

— Vous aussi, vous avez été convoqué ? demanda Pedrini.

— Oui. Pour me présenter, paraît-il. Mais avec eux, on ne sait jamais.

Un eunuque vint les chercher pour les introduire dans le cabinet de travail du Fils du Ciel. Qian Long, assis devant une table basse, calligraphiait soigneusement un texte. Ils firent le *ko to* et attendirent patiemment qu'il daigne lever les yeux sur eux. L'empereur impressionna Pedrini par sa jeunesse et sa prestance. Il devait avoir vingt-cinq ans et ressemblait beaucoup à son grand-père dont il avait hérité le visage et le sourire. Que leur voulait-il ?

— Depuis longtemps, Te Li-Ko, commença Qian Long, vous êtes au service de ma famille et je vous en complimente. Vous avez rendu de grands services à l'empire. Je sais également que vous avez été victime de certaines injustices et que vous avez montré en ces circonstances une grande fermeté de cœur. Je sais enfin que vous n'avez pas épargné votre peine après le dernier tremblement de terre et que vous consacrez beaucoup de temps à mes sujets les plus pauvres.

Teodorico l'écouta tête baissée pour cacher sa surprise. Il resta méfiant. Ce type de compliment pouvait cacher quelque chose.

— Vous, Lang Shining, vous avez également bien servi mon grand-père et mon père. Vous êtes un peintre remarquable, l'égal des plus grands. Vous méritez tous les deux d'être récompensés.

Qian Long fit un signe et un eunuque s'approcha silencieusement.

— Recevez cette plume de paon à un œil. Vous la porterez à votre bonnet pour que nul n'ignore vos mérites et en quelle estime je vous tiens. Peu d'Européens ont reçu cet honneur et vous êtes probablement les derniers.

Les deux hommes s'inclinèrent jusqu'au sol et attendirent que leur plume soit fixée à leur bonnet pour se redresser. Qian Long reprit aussitôt la parole.

— Je vous charge maintenant de faire savoir à tous les missionnaires de Pékin que je ne les recevrai pas et que la religion chrétienne reste proscrite dans tout l'empire. J'interdis de la divulguer. Les jésuites doivent se conformer à ma volonté sous peine d'être chassés à jamais. Le Si Tang, l'église du Mandarin blanc, pourra rester ouverte par grâce spéciale. Vous demeurerez tous les deux à mon service, l'un pour composer de la musique et prendre soin de mes instruments comme par le passé, l'autre pour orner de ses peintures les murs de mon palais.

Ils prirent congé et n'échangèrent pas un mot jusqu'au petit embarcadère où une barque les attendait pour les ramener à l'entrée du domaine.

— Cette fois-ci, c'est vraiment la fin de notre présence en Chine, constata Castiglione d'une voix lugubre.

Pedrini réfléchit un instant. Il regarda autour de lui ces paysages enchanteurs, le reflet du soleil sur les eaux du lac. Un parfum d'éternité semblait flotter dans l'air. Il ne s'était jamais senti aussi libre qu'en cet instant.

— Ce n'est pas si sûr, répliqua-t-il. « On peut tout prévoir sauf l'avenir », dit un proverbe chinois. La distinction dont nous sommes gratifiés est un signe. Qian Long sait qu'il aura besoin, tôt ou tard, de nouveaux mathématiciens, de nouveaux ingénieurs, de nouveaux musiciens. Mais il ne peut pas l'avouer. Ce serait perdre la face. En Chine, seule compte l'apparence.

— En êtes-vous si certain ? demanda Castiglione.

— La Chine est l'empire des illusions. J'en ai fait, naguère, l'expérience. Yongzheng me convia, un jour, à un curieux spectacle. Vous savez que l'étiquette chinoise interdit au peuple de voir l'empereur et donc à l'empereur de voir le peuple ? Eh bien, pour qu'il ait, tout de même, une idée de la vie que mènent ses sujets, on construisit naguère une fausse ville au cœur de la résidence d'été. Remparts, tours, portes aux quatre points cardinaux, rues, boutiques, maisons, jardins rien n'y manquait. Plusieurs fois par an, les eunuques y donnaient ce qu'ils appelaient la Représentation de la Vie, copiée sur celle qui se déroule dans la réalité. Le temps d'un jour, les eunuques se transformaient en marchands, en gens du peuple, en voleurs, en artisans ou en soldats. Nous avons ainsi marché dans la rue des porcelainiers, des tisserands, des couteliers. Nous nous sommes arrêtés dans des auberges ombragées pour boire du vin. Des colporteurs cherchaient à nous vendre des colifichets, des livres, des fruits, des enfants nous tiraient par la manche pour nous attirer devant un étal. Dans cette bousculade qui ressemblait à celle des vraies rues de Pékin, l'empereur se promena, sans que rien le distingue d'un homme ordinaire. Il acheta ce qui lui sembla bon, commenta la qualité d'une porcelaine, les défauts d'une soierie. Je vis même un faux voleur recevoir une bastonnade qui, elle, était loin d'être feinte !

— Le royaume de l'illusion, en quelque sorte ?

— J'ai compris, devant ce spectacle, que tout, en Chine, n'était que représentation et simulacre. Qu'il s'agissait moins de connaître l'existence réelle que de donner l'illusion de son mouvement.

— Au fond qu'est-ce que cela change ?

— Tout, Castiglione, tout. Si l'on veut que l'empereur change d'opinion sur notre religion, il nous suffit de lui donner l'image qu'il attend d'elle. Une image débarrassée des disputes qui nous ont fait tant de torts.

— Je doute que la Compagnie de Jésus soit prête à renoncer aux rites chinois pour suivre votre idée. Et encore plus que le Vatican y adhère.

— Sauf si, moi, en ma qualité de protonotaire apostolique, je prenais le parti que j'ai combattu et expliquais à la Propagande de la Foi qu'elle doit se rallier aux thèses jésuites. Au risque, sinon, de voir la Chine lui échapper pour toujours.

Castiglione le regarda, interloqué.

— En seriez-vous capable ?

— Sans aucun doute.

— On vous accusera de trahison, vous serez considéré comme un renégat jusqu'à la fin de vos jours !

— Si ce n'était qu'à cause de cela ! Je commence à être âgé. Qu'ai-je à craindre ? Les foudres de Rome ? Je n'en ai jamais eu cure. La Chine est devenue mon pays. Je ne rentrerai jamais en Italie, je ne reverrai jamais les miens, ni le pape, ni aucun cardinal. Qu'ils me condamnent s'ils le souhaitent ! Je m'en moque. Essayons, voulez-vous ? Allez présenter mon idée à Parennin. Il comprendra. Et dites-lui que j'aurai bientôt achevé l'orgue que je lui destine.

— Volontiers. Mais s'il n'accepte pas votre offre ?

— Il ne me restera plus qu'à demander congé à Qian Long et à me retirer dans un temple éloigné, afin d'y mourir en paix.

— Vous seriez prêt à renoncer à la foi ?

— Ma foi est bien plus riche qu'à mon arrivée, il y a près

de trente ans, et elle m'a entraîné dans des directions que vous ne soupçonnez même pas.

— Partirez-vous accompagné de ce jeune garçon dont on dit qu'il s'est beaucoup attaché à vous ?

— Ce n'est pas ce que vous croyez. Mais oui, il viendra avec moi, jusqu'à ce que sa vie l'appelle ailleurs.

— Vous êtes décidément un homme bien singulier, Pedrini, fit Castiglione, une pointe d'admiration dans la voix.

— Ce n'est pas moi qui suis singulier, mon frère. C'est le monde.

Remerciements

L'auteur tient à exprimer sa gratitude à Isabelle Laffont et Jean-François Colosimo, ses éditeurs, sans lesquels ce roman n'aurait pu voir le jour. Que soient également remerciés le Père Henzman C.M., qui lui a ouvert les portes de la bibliothèque de la Congrégation à Paris, lui donnant accès à la documentation qui a servi de base à cette libre interprétation de la vie de Teodorico Pedrini ; Antoine Jouve pour lui avoir fait découvrir les œuvres de Teodorico Pedrini ; François Kircher dont l'inépuisable connaissance de la Chine lui a été précieuse ; ainsi que Jean-Christophe Frisch de l'ensemble Musique des Lumières pour avoir tiré ce musicien de l'oubli.

Table des matières

Pour écouter la musique de Teodorico Pedrini

Concert baroque à la Cité Interdite
XVIII - 21 Musique des Lumières
Jean-Christophe Frisch, direction
CD ASTRÉE/AUVIDIS E 8609

et aussi

Messe des Jésuites de Pékin
XVIII - 21 Musique des Lumières
Ensemble Meihua Fleur de Prunus
Chœur du Centre catholique chinois de Paris
Jean-Christophe Frisch, direction
CD ASTRÉE/AUVIDIS E 8612